NORA
ENGEL

gretas erbe

DIE WINZERIN

ROMAN

dtv

FSC
www.fsc.org
MIX
Papier aus verantwortungsvollen Quellen
FSC® C019821

Originalausgabe

Umschlaggestaltung: U1berlin/Patrizia Di Stefano
Umschlagmotiv: Rekha Garton/Arcangel Images
Satz: Greiner & Reichel, Köln
Gesetzt aus der Aldus nova
Druck und Bindung: Druckerei C.H.Beck, Nördlingen
Printed in Germany · ISBN 978-3-423-22006-4

»… schade, daß man einen Wein
nicht streicheln kann.«
Kurt Tucholsky

PROLOG

Kirchheim an der Weinstraße,
Sommer 1953

Maria stieg vom Fahrrad. Sie war barfuß, auf ihren nackten Füßen hatte der trockene Lehm, über den sie gefahren war, feinen roten Staub hinterlassen. Rasch zog sie ein Taschentuch aus ihrer Rocktasche und wischte sich damit übers Gesicht, strich sich das schulterlange, glatte Haar zurück. Es war der dritte heiße Augusttag hintereinander mit fast vierzig Grad.

Auf dem Hof hatte Elfriede Hellert wie immer das Mittagessen zubereitet. Seit zwei Jahren war es Marias Aufgabe, dieses den Männern zu bringen, die auf den zwei Weinbergen der Hellerts arbeiteten.

Sie war etwas später dran als sonst. Der Anstieg zum südlichen Hang war mit dem Rad für die Sechzehnjährige, so zart und zierlich, wie sie war, in der Hitze besonders beschwerlich gewesen. Immer wieder hatte sich ihr roter Tellerrock in den Speichen verfangen.

Auf dem Rücken trug sie einen großen Rucksack, der gefüllt mit gekühlten Getränken war. Hinten und vorn auf dem Fahrrad standen Körbe, in denen sie Essen, Geschirr und Besteck transportierte.

Als Maria die Körbe abgenommen hatte, legte sie das

Fahrrad am Wegesrand ab. Nur selten kam jemand außer den Hellerts hier herauf. Dann griff sie die Körbe und trat in eine der Rebreihen, die zu der alten Ulme führte, dem bevorzugten Rastplatz der Männer. Gebückt unter der schweren Last lief sie auf der Schattenseite der Reihe entlang.

Auch hier war die Erde trocken und rissig. Und obwohl die Menschen unter der Hitze litten, für den Wein war sie gut. Bei jeder Mahlzeit, die Maria mit den Hellerts einnahm, drehten sich die Gespräche irgendwann um das Wetter. Beschwingte Stimmung herrschte, wenn es so warm war wie jetzt, sorgenvoll und alarmiert war die Familie, wenn ein Gewitter das zu vernichten drohte, wofür sie das Jahr über gearbeitet hatten. Sie sprachen auch oft über Politik. Denn gern politisierte Harald Hellert, während Elfriede Hellert, die Kinder und Maria ihm lauschten. Über die Krönung der Queen Elizabeth hatte er berichtet, eine junge Frau an der Spitze des Commonwealth. Im Juni erst hatte Herr Harald sich über den Aufstand in der DDR ereifert, hatte verurteilt, wie von Staatsseite auf die protestierenden Arbeiter geschossen und so der Aufstand unterdrückt wurde. Da hatte ihm Maria aufmerksam zugehört und sich später vorgestellt, wie es sein musste, gegen den eigenen Staat zu revoltieren und bereit zu sein, dafür den Tod in Kauf zu nehmen. Sie war sich nicht sicher, ob sie den Mut dazu aufbringen würde. Was sie vor allem aber nicht verstand: Ein Staat sollte seine Bürger doch schützen, nicht verfolgen und töten. Das war schließlich der Unterschied zwischen dem demokratischen und dem nationalsozialistischen Deutschland, oder? Und die DDR hatte das »demokratisch« sogar im Namen.

Als Harald Hellert sie sah, rief er ihr zu: »Dräm net rum. Wir sind am Verhungern, und mächtigen Durst haben wir auch!«

Die Männer waren bis zum Ende der Reihe gekommen. Meist schaffte Harald die Arbeit auf dem Weinberg allein. Doch wenn es zu viel wurde, holte er sich tageweise zwei oder manchmal sogar drei junge Burschen aus dem Dorf dazu, die ihn unterstützten und nicht viel kosteten. So wie in dieser Woche.

Sie hatten die Triebe angebunden, um sie vor Windbruch zu schützen, und warteten bereits im Schatten der alten Ulme auf Maria. Maria wusste: Wenn Herr Harald ins Pfälzische verfiel, war das ein klares Anzeichen, dass er ungeduldig wurde. Besser, sie beeilte sich. Die letzten Meter lief sie schneller, auch wenn die Riemen des Rucksacks mit jedem Schritt tiefer in ihre Schultern schnürten. Elfriede Hellert hatte ihr heute Morgen einen scharfen Blick von der Seite zugeworfen, als sie in der kurzärmeligen, ausgeschnittenen Bluse die Küche betreten hatte. Sofort hatte Maria sich entschuldigt: »Ich war gestern Abend so müde. Ich habe es nicht mehr geschafft, die andere auszuwaschen.«

»Ja, ist ein heißer Sommer dieses Jahr«, hatte Elfriede Hellert nur gemeint. »Aber wenn du später zu den Männern auf den Weinberg gehst, ziehst du dir was über!« Ihr war nicht entgangen, dass Maria weibliche Formen bekam – und sie hatte den Gesichtsausdruck der Männer bemerkt, wenn sie das blonde Mädchen sahen.

Aber Maria hatte ihr leichtes Tuch vergessen.

Als sie bei Harald Hellert und den zwei Gehilfen ankam, stellte sie die beiden Körbe ab. Harald nahm ihr den Rucksack von den Schultern. Einer der Burschen schlug das karierte Leinentuch zurück, mit dem Elfriede das Essen abgedeckt hatte, und warf es seinem Kollegen zu. Heute gab es Grumbeersalat mit Wurst und als Nachtisch einen Apfelkuchen. Der zweite Arbeiter musterte Maria kurz, bevor er das Leinentuch auf dem Boden ausbreitete, damit es als Tischdecke diente, und nahm aus dem zweiten Korb Teller und Besteck, um den »Tisch zu decken«.

»Komm, setz dich zu uns. Hast du schon gegessen?«, fragte Harald Hellert wohlwollend.

»Ja, unten mit den Kindern«, antwortete Maria. »Ich soll das Geschirr gleich wieder mitnehmen, hat Frau Elfriede gesagt.« Seit sie bei den Hellerts war, nannte sie Elfriede und Harald »Frau« und »Herr«. Nur Elfriede und Harald wäre respektlos gewesen, »Frau Hellert« und »Herr Hellert« zu distanziert, und Mutter und Vater – das waren sie nun mal nicht.

Harald nickte. »Geht's meiner Frau gut?«

»Eigentlich schon, aber die Hitze macht ihr zu schaffen. Ihre Füße sind ganz geschwollen.«

»Wird Zeit, dass das Kind kommt«, grummelte Harald und nahm sich von dem Salat, während Maria unschlüssig neben ihm stehen blieb. »Und es wird Zeit, dass die Buwen hier auf dem Feld mit anpacken.«

Maria kicherte. »Na, das wird aber noch ein paar Jahre dauern, Herr Harald. Der Johann ist doch erst vier, und Robert steckt noch in den Windeln. Auch wenn er schon ganz stolz meint, keine mehr zu brauchen.«

Harald schlug sich amüsiert vor die Stirn. »Wie konnte ich das nur vergessen. Sprechen und singen kann er schon, der kleine Lump, aber in die Windeln …« Er sah sie aufmerksam an. »Wird es dir nicht zu viel, wenn das Kleine kommt, Maria? Dann musst du auf drei Racker aufpassen.«

Maria sah ihn ernst an: »Aber Sie wissen doch, Herr Harald, wie sehr ich Kinder mag. Besonders Ihre.«

Harald nickte kauend. »Du bist uns wirklich eine große Hilfe, Mädsche. Und meine Frau, na, die ist im Moment vielleicht manchmal ein bisschen ungeduldig, weil gerade alles eben nicht so leicht ist für sie.«

Maria verstand, was er ihr sagen wollte, und freute sich über das versteckte Lob. Denn letztendlich war sie im Moment allein für die Kinder verantwortlich, wusch die Wäsche, auch Roberts schmutzige Windeln. Aber das störte sie nicht. Sie war dankbar, dass sie nach dem Tod ihrer Mutter im vergangenen Winter bei den Hellerts hatte bleiben dürfen. Sie sei jetzt so etwas wie die Haustochter, hatte Elfriede gesagt und sie kurz an sich gedrückt, als sie vom Friedhof zurück auf den Hof gegangen waren.

Frau Elfriede hatte ihr geholfen, die wenigen Sachen der Mutter zusammenzupacken. Viel war es nicht gewesen. Die Kleidung hatten sie in einen Karton gelegt. Maria hatte das einzige Foto, das es von ihr und ihrer Mutter gab, von dem kleinen Nachttisch genommen und es auf ihren gestellt. Der Nachbar hatte es letztes Jahr auf seinem großen Weinfest aufgenommen. Maria erinnerte sich noch gut daran. Sie war froh, dass sie dieses Foto von sich und ihrer Mutter besaß. Ganz nah hatte sie neben ihrer Mutter gestanden, und in dem Moment, wo das Foto gemacht wurde, hatte die Mutter, statt in die Kamera zu blicken, ihr liebevoll zugelächelt.

Ein halbes Jahr nach dem Hoffest war die Mutter gestorben, und allmählich verblasste deren Antlitz in ihrer

Erinnerung. Seit dem Tag der Beerdigung bedachte Maria das Foto jeden Abend mit einem Luftkuss, bevor sie die Augen schloss.

Maria hatte sich nun doch unter die Ulme gesetzt und lehnte mit dem Rücken gegen den breiten Stamm. Für einen kurzen Augenblick schloss sie die Augen und genoss den kühlen Luftzug, der über ihr Gesicht wehte. Als die Männer das Geschirr klappernd zusammenstellten, blickte sie auf und erhob sich. Umsichtig stellte sie Gläser und Teller wieder in die Körbe, deckte das karierte Tuch ordentlich darüber. »Bis heute Abend«, sagte sie und winkte Harald Hellert zu, der mit seinen Arbeitern bereits in der nächsten Reihe begonnen hatte, weitere Triebe anzubinden.

Mit den deutlich leichteren Körben lief sie beschwingt zu ihrem Fahrrad, stellte es auf und befestigte die Körbe darauf. Sie freute sich. Was für ein Vergnügen war es jetzt, sich langsam den Feldweg nach unten rollen zu lassen! Doch als sie aufsteigen wollte, sah sie, dass sie vorne einen Platten hatte. Und sie hatte die Luftpumpe nicht dabei. Die lag im Schuppen auf dem Regal. Gestern hatte sie mit Johann gespielt, ihm immer wieder Luft damit ins Gesicht geblasen, dass der Kleine jedes Mal laut aufgejuchzt hatte und vor ihr weggelaufen war, um dann gleich wieder erwartungsvoll stehen zu bleiben, um die nächste Luftspritze zu bekommen.

Es half nichts: Seufzend schob sie das Fahrrad den Feldweg entlang. Sie war noch nicht weit gekommen, als hinter ihr ein tuckerndes Motorengeräusch erklang. Sie sah sich um. Ein Traktor, dessen Anhänger mit alten, verdorrten Weinstöcken gefüllt war, kam auf sie zu. Rasch schob sie das Fahrrad zur Seite, um ihn vorbeizulassen. Nur wenige Weinbauern hatten einen Traktor wie diesen soliden Allgaier, der hellgrün lackiert war wie ein frisch ausgetriebenes Weinblatt. Maria kannte den Mann auf dem Fahrersitz und grüßte.

Zu ihrer Überraschung fuhr er nicht an ihr vorbei, sondern hielt wenige Meter vor ihr an. Beschwingt sprang er vom Fahrersitz auf den Boden. »Was schiebst du denn das Rad? Brauchst du Hilfe?«

Maria sah zu ihm auf. Der Mann überragte sie um einen Kopf. Groß und schlank war er und von der körperlichen Arbeit muskulös. Mit einer nachlässigen Handbewegung strich er sich sein Haar zurück, das er länger trug als die anderen Männer im Dorf, und musterte das Fahrrad.

Maria zeigte auf den platten Reifen. »Ich habe die Luftpumpe zu Hause vergessen.«

Er hockte sich hin und inspizierte fachmännisch das Vorderrad. Als er sich wieder aufrichtete, blieb sein Blick kurz an ihrem tiefen Ausschnitt hängen, bevor er ihr in die Augen sah und sie anlächelte. »Du bist doch bei den Hellerts. Maria, richtig?«

Maria nickte, erstaunt, dass er ihren Namen kannte.

»Ich bringe dich nach Hause. Wir laden dein Fahrrad hinten auf. Du kannst bei mir oben auf dem Bock mitfahren. Da weht ein leichter Wind.« Spontan strich er Maria eine Haarsträhne aus dem Gesicht, die an ihrer Wange klebte. Die Berührung hatte nicht nur etwas Fürsorgliches. Eine Zärtlichkeit lag darin, die die junge Frau erschauern ließ. Er nahm das Fahrrad auf, und mit einer Leichtigkeit, als ob es nichts wiegen würde, schwang er es auf den Anhänger und warf es neben die trockenen Weinstöcke. Die Körbe und den Rucksack, den Maria ihm reichte, stellte er daneben.

»Bist du schon mal mit einem Traktor gefahren?«

Maria schüttelte den Kopf. »Nein, Herr Harald sagt, dass wir dafür noch lange sparen müssen.«

Er nickte bedächtig. Wieder streifte sein Blick ihren Ausschnitt, und wieder lief Maria ein kleiner Schauer über den Rücken. »Na, dann sitz mal auf.« Er sah auf ihre nackten Füße. »Gib Obacht, dass du dich an dem scharfen Metall nicht schneidest.«

Er griff sie mit beiden Händen an der Taille. Fast konnte er sie umfassen, so schmal war sie und so groß waren seine Hände. Er hob Maria hoch, bevor er selbst hinaufkletterte.

»Ich sitze hier?«, fragte sie und zeigte auf den Beifahrersitz, der auf dem Schutzblech des hohen Hinterrads befestigt war.

»Nein, hier.« Er schlug mit der flachen Hand zweimal auf den Fahrersitz. »Ich zeige dir, wie man fährt.«

Maria riss die Augen auf. »Das traue ich mich nicht.«

Er zog sie auf seinen Schoß. »Ich bin ja da und passe auf. Brauchst keine Angst zu haben«, sagte er, bevor er den Traktor anließ und auf das Kupplungspedal zeigte. »Und da trittst du jetzt vorsichtig drauf.« Maria streckte ihr Bein aus, doch es fehlten ein paar Zentimeter. Er lachte laut auf. »Also gut, wir machen es anders. Du lenkst fürs Erste nur.« Er gab vorsichtig Gas.

Langsam setzte sich das Gefährt in Bewegung.

Mit beiden Händen umklammerte Maria das Lenkrad. Sie war aufgeregt, aber schon nach wenigen Metern fühlte sie sich sicherer. Wie herrlich war es, hier so weit oben zu sitzen. Der leichte Fahrtwind fuhr ihr durch das helle Haar, wehte es aus ihrem erhitzten Gesicht. Unter ihren Beinen spürte sie, wie sich seine Muskeln anspannten, wenn er Gas gab oder behutsam bremste.

Wenn sie mit dem kleinen Johann unterwegs war, blieb der jedes Mal stehen, wenn er einen Traktor sah. So eine fahrende Ziehmaschine war noch immer ein imposanter Anblick. Und nun fuhr sie selbst so eine! Wenn sie das den Hellerts heute beim Abendessen erzählen würde …

Maria biss sich auf die Lippen. Besser, sie behielt dieses kleine Abenteuer für sich.

»Achtung«, rief er in diesem Moment. »Da vorn biegen wir rechts ab. Wir fahren durch das kleine Buchenwäldchen beim See, das ist der kürzere Weg, und schattig ist es da auch.«

Er griff nach ihren Händen und führte gemeinsam mit ihr die Rechtskurve aus. Sie spürte seine rauen Handinnenflächen auf ihrer Haut. Es lag etwas Selbstverständliches in der Berührung, und sie ertappte sich dabei, dass sie dieses Gefühl genoss. »Du bist begabt, Maria«, raunte er ihr zu.

Als sie die Kurve hinter sich gelassen hatten und auf das Wäldchen zusteuerten, ließ er seine Hände auf ihren liegen.

Auf einmal ruckte es unter ihr. Der Traktor beschleunigte, und Maria lachte auf. Der Wind wehte ihren Rock hoch, strich über ihre schlanken Beine. Frei und unbeschwert fühlte sie sich. So musste es sein, wenn man flog. Als sie an den ersten Bäumen des Wäldchens vorbeikamen, legte sich deren dunkler Schatten wie eine kühle Decke über sie. Maria atmete tief durch. Sie genoss diese Fahrt und blickte verstohlen auf die von der Sonne gebräunten Hände des Mannes.

Die geheimnisvollen Geschichten, die sie über ihn gehört hatte, hatten ihr Respekt eingeflößt. Und immer, wenn sie ihn sah und gegrüßt hatte, hatte sie ein kleines angstvolles Gefühl beschlichen. Aber davon spürte sie jetzt nichts, hier oben auf dem Traktor, mit seinen Händen auf den ihren.

Nach der nächsten Kurve tauchte unvermittelt der See vor ihnen auf. Wie herrlich wäre es, dort hineinzuspringen, einmal unterzutauchen und sich abzukühlen! Als hätte er ihre Gedanken gelesen, verlangsamte der Mann das Tempo. Schließlich hielt er an, stellte den Traktor ab und griff nach ihrer Hand. »Komm, du Naturtalent. Du hast dir eine kleine Erfrischung redlich verdient.« Er half ihr herunter.

Maria ließ seine Hand los und lief leichtfüßig zum Ufer. Mit ihren nackten Füßen watete sie in den See, bis ihr das Wasser zu den Knien reichte, wobei sie ihren roten Rock etwas raffte und anhob. »Das tut gut. Wollen Sie sich nicht auch ein bisschen erfrischen?«, rief sie ihm zu.

Er lächelte sie an. Statt einer Antwort bückte er sich und schnürte seine schweren Feldschuhe auf, streifte die Socken ab und krempelte die Hosenbeine hoch. Dann trat er in das Wasser, beugte sich vor und spritzte sich eine Handvoll kühles Nass ins Gesicht.

Er sah zu Maria, die sich ein Stück von ihm entfernt hatte. Das Mädchen beeindruckte ihn. Eine rührende Unschuld und eine unbändige Lebensfreude zugleich gingen von ihr aus.

Er hatte davon gehört, dass sie es nicht leicht gehabt hatte in den letzten Jahren. Und wie anmutig sie war! Ihr Haar schimmerte fast silbern in den Sonnenstrahlen, die durch die Bäume am Seeufer fielen. Als Maria sich zu ihm umdrehte und ihn anlächelte, wusste er, dass er dieses Mädchen haben musste. Er wollte ihre Haut spüren, ihr nah sein, etwas von der Leichtigkeit zurückbekommen, die er in den letzten Jahren in seiner Ehe verloren hatte. Von seiner Frau fühlte er sich nicht mehr angezogen, vielleicht weil sie seit Jahren nicht schwanger wurde und die monatliche Enttäuschung sie immer trauriger werden ließ.

Er hatte gedacht, er könnte keine Frau mehr begehren. Er hatte sich getäuscht.

Maria watete auf ihn zu, griff nach seiner Hand und zog ihn zu einer Ansammlung von Findlingen im Uferbereich, die zum Sitzen einlud. Sie stemmte sich hoch, nahm Platz und ließ die Füße baumeln. Wie eine blutrote Decke breitete sie ihren Rock um sich aus, er hatte dunkle Flecken dort, wo der Stoff mit Wasser in Berührung gekommen war.

Plötzlich breitete sie die Arme aus und rief:

> »*Des Menschen Seele*
> *Gleicht dem Wasser:*
> *Vom Himmel kommt es,*
> *Zum Himmel steigt es,*
> *Und wieder nieder*
> *Zur Erde muss es,*
> *Ewig wechselnd.*«

Mit verschränkten Armen stand er im seichten Wasser vor ihr und sah sie prüfend an.

»Das ist von Goethe, eines meiner Lieblingsgedichte«, sagte sie und fuhr fort: »Ich muss unbedingt mit den Kindern einmal herkommen, wenn es Frau Elfriede erlaubt.« Sie schlug leicht mit den Füßen im Wasser, sodass es unter ihr aufwirbelte.

»Was willst du denn einmal werden, Maria? Du kannst doch nicht ewig bei den Hellerts als Dienstmagd arbeiten.«

Maria legte kokett den Kopf schief. »Sie wollen wirklich wissen, was mein größter Traum ist?«

Er nickte.

»Ich will Lehrerin werden. Meine Mutter hat immer gesagt, dass ich lernen soll. Wenn man lernt und was kann, dann sehen einen die Leute anders an, hat sie gemeint. Und man muss dann nicht so schwer arbeiten.« Sie kicherte. »Und vielleicht unterrichte ich dann eines Tages die Kinder von den Hellerts. Ohne die kann ich mir mein Leben gar nicht vorstellen.«

»Das ist ein guter Plan.« Er wunderte sich, wie viel diese junge Frau schon vom Leben zu verstehen schien. Wie vorhin griff er um ihre Taille und hob sie vom Stein herunter. Doch er setzte sie nicht ab, sondern küsste sie.

Ihre Lippen fühlten sich so voll und weich an. Den Gedanken an seine Frau schob er rasch zur Seite, um diesen Kuss zu genießen. Als sie sich schwer atmend voneinander lösten, trug er sie vorsichtig wie eine unendlich wertvolle Last ans Ufer.

Mit einem Mal war die Lust, von der er schon geglaubt hatte, sie verloren zu haben, wieder da. Er spürte, wie

Maria ihre Hand vorsichtig unter sein Hemd schob, fühlte ihre warmen Finger auf seiner nackten Haut und sog hart die Luft ein, weil seine Erregung fast schmerzte.

»Wir dürfen das nicht tun, Maria. Es ist nicht recht.«

»Doch«, murmelte sie. »Wir dürfen alles. Wir sind frei …«

Das Mädchen hatte recht. Er dachte nur daran, dass er mit ihr sein wollte. Er ging, sie immer noch in den Armen haltend, etwas tiefer ins Wäldchen hinein, bis er zu einer moosbewachsenen kleinen Lichtung kam. Hier wollte er sie lieben, hier wollte er ihr nah sein und sich in ihr verlieren.

Maria saß seitlich von ihm auf dem Traktor. War das, was sie eben erlebt hatte, wirklich geschehen? Oder hatte sie das nur geträumt? Es schien ihr so unwirklich. Sie glaubte, seine Hände noch auf ihrer Haut zu spüren, schmeckte seine warmen Lippen. Nie würde sie das vergessen. Aber warum sprach er nicht mit ihr? Nicht ein Wort hatten sie gewechselt, seit sie vom See aufgebrochen waren. Drei Kurven, und sie wäre zu Hause, bei den Hellerts. Sie musste unbedingt vorher von dem Traktor steigen. Sie durfte nicht zusammen mit ihm gesehen werden. Doch sie wünschte, er würde weiterfahren, immer weiter …

Ob Frau Elfriede ihr ansah, was sie eben getan hatte? Sie betrachtete sein Profil, die große, aber gerade, schmale Nase, den strengen, etwas harten Mund, dessen Lippen sich so weich angefühlt hatten. Er blickte geradeaus. Würden sie sich wiedersehen? War das, was sie eben mit ihm erlebt hatte, die Liebe? Was war es sonst? Sie konnte sich diese Frage nicht beantworten, aber wen sollte sie fragen? Wem konnte sie sich anvertrauen?

Vor der letzten Kurve hielt er an und schaltete in den Leerlauf. Er sah Maria direkt in die Augen. »Und jetzt runter mit dir.«

Er wartete, bis sie heruntergeklettert war. Dann stieg er ebenfalls ab, nahm das Fahrrad vom Anhänger und stellte die beiden Körbe und den Rucksack daneben. »Und komm bloß nicht auf den Gedanken, jemandem von unserem Stelldichein zu erzählen. Denn das hat nie stattgefunden, verstanden? Kein Wort, kein Ton – zu niemandem! Man würde dir sowieso nicht glauben, einem kleinen Dienstmädchen. Also halt den Mund!«

Maria zuckte zusammen. Seine Stimme klang rau und herrisch, sein Gesicht erschien ihr wie eine Maske, in der sie nichts lesen konnte. Er sah sie kalt an. War das der Mann, der ihr eben noch Zärtlichkeiten ins Ohr geflüstert hatte? Bevor sie Gelegenheit hatte, ihn zu fragen, wann sie sich wiedersehen würden, stieg er zurück auf den Sitz, legte den Gang ein und fuhr ohne ein Wort des Abschieds davon.

Maria sah ihm nach, bis er um die nächste Biegung und damit ihrem Blick entschwand. In diesem Moment schwor sie sich, niemandem von dem Zusammensein am See zu erzählen. Nicht etwa, weil er ihr gedroht hatte. Sie wollte sich ihren Stolz bewahren.

Wenn sie nicht darüber sprach, war es, als sei es nie passiert.

1. KAPITEL

Kirchheim an der Weinstraße,
Mai 1970

Greta Piontek lief die letzten Meter die leicht ansteigende Einfahrt zum Haus hinauf, an dessen weißgetünchter Wand sich der Efeu bis zum Dach emporrankte. Rechts und links des Weges, der von der Straße zum Hof führte, hatten Greta und Elfriede Hellert, ihre Ziehmutter, vor einigen Jahren Pfingstrosen gepflanzt, die nun in voller Pracht blühten.

Greta hatte sich sehr beeilt. Der Bus aus dem zehn Kilometer entfernten Bad Dürkheim, wo sie zur Realschule ging, war pünktlich gewesen. Aber vom Dorf aus waren es gut zwanzig Minuten zu Fuß bis zum Gehöft der Hellerts. Elfriede hatte sie heute Morgen ermahnt, nach der Schule auf keinen Fall zu trödeln. Ein paar schnelle Herzschläge lang hatte Greta gedacht, dass Elfriede etwas Besonderes zu ihrem sechzehnten Geburtstag plante. Doch stattdessen fuhr Elfriede fort, dass Greta ihrem Ziehvater Harald bei der Arbeit auf dem Weinberg helfen solle. Als sie Gretas enttäuschtes Gesicht sah, fügte sie rasch hinzu, dass sie ihren Geburtstagskuchen dann später essen würden, alle sechs zusammen. »Herzlichen Glückwunsch!« Sie hatte Greta kurz gedrückt und erklärt, was das Mädchen längst gewusst hatte: Dieses Jahr wollte Harald einen besonderen Wein aus den Rieslanertrauben machen, die er sofort gepflanzt hatte, als sie vor zwei Jahren ihre Zulassung bekommen hatten. Die Weinstöcke waren noch jung und mussten deshalb intensiv gepflegt werden.

Vor der Haustür nahm Greta ihren Lederranzen ab und zog sich die Strickjacke aus, die ihr Renate, die Tochter der Hellerts, gnädig überlassen hatte. Die Farbe – ein helles Blau – würde ihr nicht stehen, zu sehr Babyfarbe, hatte Renate gesagt. Als ob ein Geschenk einer Erklärung bedurfte! Erst später hatte Greta entdeckt, dass die Jacke ein kleines Loch hatte. Deswegen hatte Renate sie ihr geschenkt. Greta lächelte, als sie jetzt daran dachte. Das Loch war ganz eindeutig ein Brandloch, Renate hatte wahrscheinlich wieder einmal heimlich geraucht.

Doch Greta mochte die Jacke. Sie hatte das Loch gestopft; die Farbe passte perfekt zu ihren blauen Augen und zu dem blau-weiß gepunkteten Wickelrock, den sie sich neulich genäht hatte.

Hinter ihr erklang eine Fahrradklingel. Als sie sich umdrehte, stieg Renate von ihrem weißen Bonanzarad ab, das einen rosafarbenen Sattel passend zu den Handgriffen hatte. Am unteren Teil des Lenkers hatte es eine rosafarbene Fahrradhupe. Sie hatte es letztes Jahr von den Eltern zum Schulabschluss bekommen. Greta wartete, bis Renate das Rad die Einfahrt bis zu ihr hochgeschoben hatte. Sie trug eine orangefarbene Bluse, die Greta noch nie an ihr gesehen hatte. Renate rückte ihre übergroße Sonnenbrille zurück in ihr dunkles Haar. »Na, Schulkind, wie geht's?«, grinste sie Greta kess an.

»Selber Schulkind«, konterte die.

Renate lachte auf. »Mein Sekretärinnen-Lehrgang ist ja wohl mit deiner Realschule nicht zu vergleichen. Mann, bin ich froh, dass ich da nicht mehr hinmuss. Du wirst schon noch sehen, wie es sich anfühlt, wenn du das im Sommer endgültig hinter dir hast.« Renate hatte letztes Jahr mit Ach und Krach die Mittlere Reife bestanden und wahrscheinlich auch nur, weil sie ihren Klassenlehrer gezielt umgarnt hatte, bis er gar nicht anders gekonnt hatte, als ihre Fünf in Mathe in eine Vier zu verwandeln.

»Mir gefällt es wirklich gut in der Schule«, sagte Greta.

»Streberin«, meinte Renate abfällig.

Was nicht stimmte. Greta war keine Streberin, obwohl sie seit Jahren Klassenbeste war. Ihr fiel das Lernen leicht. Sie warf einen Blick auf die englischen Vokabeln, und schon konnte sie sie. Auch Mathematik lag ihr. Da stand sie seit Jahren auf Eins, wie auch in allen anderen Fächern. Nur in Kunst hatte sie im letzten Zeugnis ein Befriedigend bekommen. Aber das hatte nicht an ihrem Siebdruck gelegen, sondern an der ollen Schweiger. Die gab als beste Note nur ganz selten eine Zwei.

Renate stellte ihr Fahrrad direkt vor den Treppenstufen ab, die ins Haus führten. Elfriede würde sich bestimmt wieder darüber ärgern, doch Renate bekam selten Schimpfe, wenn sie etwas nicht richtig machte. Greta hingegen wurde immer gleich gerügt.

Die Tür zum Wohnhaus wurde aufgerissen, und Elfriede kam mit einem Korb leerer Flaschen die Stufen herunter. Sie sah Greta streng an. »Harald wartet schon auf dem Weinberg auf dich. Was trödelt ihr denn hier herum? Renate, du hilfst mir beim Spülen der Flaschen. Hopp, hopp jetzt, ihr zwei!«

Greta lief an ihr vorbei ins Haus. Im breiten Flur hatte es sich der schwarze Kater, den sie auf den Namen Murr getauft hatten, neben der Kommode auf einem Stapel alter Pullover bequem gemacht. Aus einem Regal quollen die Gummistiefel der Hausbewohner. An den Garderobenhaken, die die beiden älteren Söhne im Werkunterricht geschmiedet hatten, hingen diverse Jacken. Greta ging an der offenen Küchentür vorbei. Die Tür zum Wohnzimmer, das der Küche gegenüberlag, war wie immer tagsüber geschlossen. Dann stieg sie die Treppe hoch.

Die Zimmer der Hellerts befanden sich allesamt im ersten Stock – das Schlafzimmer von Elfriede und Harald, die Jugendzimmer von Johann, dem ältesten Sohn, und Tochter Renate, das Kinderzimmer vom kleinen Matthias, den alle Matse nannten. Und der leere Raum, in dem der zweitälteste Sohn Robert gewohnt hatte, bis er bei Nacht und Nebel nach Berlin gegangen war.

Gretas Zimmer war oben unter dem Dach. In der kleinen Kammer hatte früher ihre Mutter Maria gewohnt. Als Renate ein Jahr vor Greta eingeschult wurde, hatte Elfriede dafür gesorgt, dass die beiden ihr eigenes Zimmer bekamen, damit Renate als Schulkind besser lernen konnte. Es war ganz selbstverständlich, dass Greta nach oben zog.

Längst hatte Greta sich an das leise Knarren der steilen Holzstiege gewöhnt, die nach oben führte und deren Stufen zu flüstern schienen: »Du bist anders als die anderen.«

Rasch griff sie nach einer Latzhose und einer alten Bluse. Sie musste sich umziehen, ihre guten Sachen sollten auf dem Weinberg nicht schmutzig werden. Als sie die Kommodenschublade öffnete und nach einem Paar Socken griff, die sie in die Gummistiefel anziehen wollte, fiel ihr Blick auf das Foto auf der Kommode, neben dem immer eine kleine Kerze stand. Eine sehr junge und eine ältere Frau lächelten in die Kamera. »Mama, ich bin heute sechzehn Jahre alt geworden«, flüsterte sie der Jüngeren zu.

Zärtlich strich Greta mit dem Finger über das Glas. Es war das einzige Foto, das sie von ihrer Mutter Maria und ihrer Großmutter Magda besaß. 1952 hatte es ein Nachbar auf einem Weinfest gemacht, ganz klein stand das Datum auf der Rückseite, mit Bleistift geschrieben. Da war ihre Mutter fünfzehn gewesen. Mit siebzehn, bei Gretas Geburt, war Maria gestorben.

Die Hellerts hatten Greta mit ihren Kindern zusammen aufgezogen. Elfriede war es wichtig gewesen, dass sie von Anfang an wusste, dass sie nicht ihre leibliche Tochter war. »Heimlichkeiten tun keinem gut, schon gar nicht einer kleinen Kinderseele«, hatte sie Greta erklärt, als sie älter wurde und nach ihren Eltern gefragt hatte. Über Gretas Vater wusste Elfriede nichts. Maria hatte niemandem erzählt, wer der Vater ihres Kindes war.

Doch über Maria konnte Elfriede etwas erzählen, schließlich hatte sie jahrelang auf dem Hof mitgearbeitet und bei ihnen gelebt.

Zusammen mit ihrer Mutter Magda war diese als neunjähriges Mädchen 1946 auf den Hof der Hellerts gekommen. Flüchtlinge waren sie gewesen, kamen aus Breslau. Sie hatten in der Nähe der niederschlesischen Stadt zwei Jahre bei einem Weinbauern gearbeitet. Doch eines Tages hatte Magda einen Rucksack gepackt. Frühmorgens war sie mit ihrer kleinen Tochter Maria aufgebrochen und hatte sich auf den langen und gefährlichen Weg in den Westen gemacht. Sie hatte von einem Cousin gehört, der sich in der Pfalz, in Laumersheim, niedergelassen haben sollte. Mit dem Weinanbau waren Magda und die kleine Maria schon vertraut, und so schien es eine gute Lösung zu sein, zu ihm zu gehen. Doch sie fanden ihn nicht. Dafür kamen sie bei den Hellerts unter, die damals dringend eine Dienstmagd suchten. Bei ihnen bekamen Mutter und Kind ein Zuhause, obwohl viele im Dorf den Flüchtlingen aus dem Osten misstrauten. Wieder und wieder hatte Elfriede Greta diese Geschichte erzählt. Sie wollte, dass das kleine Mädchen das bisschen Familiengeschichte, das sie kannte, erfuhr. Jedes noch so kleine Detail hatte Greta sich gemerkt.

Für Elfriede war es ganz folgerichtig gewesen, das Foto von Maria und Magda neben Gretas Wiege zu stellen. Ein kleines schwarzes Oktavheft legte sie in die unterste Kommodenschublade, das Greta erst fand, als sie in der zweiten Klasse war und lesen konnte. Darin hatte ihre Mutter mit Bleistift Gedichte von Dichtern wie Goethe, Heine, Novalis, Kästner, Ringelnatz und Morgenstern notiert. Die Schrift war mit den Jahren verblasst, kaum noch lesbar. Aber Greta hatte die Gedichte bereits als Kind auswendig gelernt und öffnete heute das kleine Heftchen nur selten, aus Angst, die zunehmend brüchigen Seiten einzureißen.

Als Greta älter wurde, war sie Elfriede dankbar für diese Offenheit und dass es nie Heimlichkeiten um ihre Herkunft gab. Greta war blond und hatte hellblaue Augen, war zartgliedrig, während die vier leiblichen Kinder der Hellerts dunkelhaarig und stabil waren, mit dunklen Augen. Was hätten sich die Leute das Maul zerrissen, wenn die Hellerts sie als leibliche Tochter ausgegeben hätten.

Greta erinnerte sich an ein Gespräch zwischen Renate und Elfriede, das sie zufällig im letzten Jahr mitangehört hatte, als sie an Renates Zimmer vorbeigegangen war. Die beiden hatten Kleidung für die Sekretärinnenschule sortiert. Renate sollte immer ordentlich und adrett aussehen. »Auch wenn du glaubst, du wärst jetzt erwachsen – lass dich bloß nicht mit einem Kerl ein. Wir Hellerts werden schon vom Angucken schwanger. Es ist wie ein Fluch!«

»Aber Mutti, hast du uns denn nicht gewollt?«, hatte Renate erschrocken gefragt.

»Ach, Kind.« Elfriede hatte leise und beruhigend aufgelacht. »Ich war fast vierzig, und es hat nur einen Schlüpfer gebraucht, der übers Bett flog, dass ich mit Matse schwanger wurde.« Greta, die wie angewurzelt vor Renates Zimmer stehen geblieben war und ein schlechtes Gewissen bekommen hatte, dass sie dieses Mutter-Tochter-Gespräch belauschte, wollte schon gehen, als Elfriede hinzugefügt hatte: »Ich liebe alle meine leiblichen Kinder. Das weißt du doch, Renate.«

Greta schüttelte die Erinnerung ab, band sich das Haar zu einem Zopf und wollte nach unten eilen, als das jüngste der Hellert-Kinder die Treppe hochgelaufen kam und in ihr Zimmer stürmte. Aufgeregt wedelte Matse mit einem Blatt Papier.

»Du warst heute Morgen so schnell weg, Mimi. Warum hast du mich nicht geweckt?«

»Du musstest doch erst zur zweiten Stunde. Ich wollte, dass du ausschlafen kannst«, meinte Greta.

Er streckte ihr das Papier entgegen: »Hier, dein Geschenk.«

Matse war der Einzige in der Familie, der sie Mimi nannte. Von klein auf hatte Greta ihn immer ins Bett gebracht. Als er zwei Jahre alt war, hatte es Greta gelangweilt, ihm stets die gleichen Schlaflieder vorzusingen, und sie ging zu Schlagern über. Einer ihrer Lieblings-Hits war »Ohne Krimi geht die Mimi nie ins Bett«. Sie mochte den Swing in der Melodie und schnipste mit den Fingern dazu. Matse hatte den Song ebenso gemocht wie sie. Seitdem nannte er sie Mimi.

Greta setzte sich aufs Bett und zog Matse zu sich. »Hast du das gemalt?«, fragte sie, obwohl es unverkennbar der Stil des Neunjährigen war. Er hatte ein Ballkleid gezeichnet, daneben ein rot schimmerndes Stück Stoff geklebt. »Das ist wie ein Gutschein. Also, wenn ich größer bin, dann nähe ich dir mal so ein Kleid. Gefällt es dir?«

»Das ist ein wunderschönes Geschenk, Matse. Das schönste überhaupt.« *Und es ist bisher das einzige Geschenk von den Hellerts,* dachte sie und biss sich auf die Unterlippe. Es tat weh.

»Echt?!« Er strahlte sie an und zeigte auf eine kleine Stelle auf dem Stoff. »Den Fleck habe ich nicht herausgekriegt. Aber später wird das Kleid keinen Fleck haben. Versprochen, Mimi.«

Greta drückte Matse fest an sich. »Danke.«

Der Junge streckte ihr zwei Haargummis entgegen. »Machst du mir wieder Zöpfe?«

Greta schüttelte den Kopf. Seit einiger Zeit bestand Matse darauf, dass sie seine kurzen dunklen Locken zu Mini-Zöpfen flocht. Einmal hatte er sich einen Rock von ihr stibitzt und ihn wie ein Kleid über seine schmalen Schultern gezogen. Sie ließ ihn, aber sie war sich sicher, dass das bei den Hellerts nicht gut ankommen würde. Ein Junge, der gern Mädchensachen anzog – das passte nicht in ihr Weltbild. Sie selbst fand es auch etwas eigenartig, aber Matse war so ein süßer Junge, und sie hatte ihn so lieb, dass sie ihn besser beschützte, indem sie nichts sagte.

»Tut mir leid, ich muss jetzt gleich dem Vati helfen. Aber heute Abend vielleicht, zum Schlafengehen, einverstanden?« Greta lehnte den Kleidentwurf auf der Kommode gegen die Wand. »Hier kann ich es immer sehen.«

Matse stand auf, fischte nach dem Papier und flitzte mit einem »Ich bin noch nicht ganz fertig« aus dem Zimmer.

Als Greta auf Socken die Treppe hinuntereilte, hörte sie draußen Motorengeknatter. Sie nahm ihre Gummistiefel aus dem Regal und stieg hinein. Das Motorengeräusch erstarb. Greta öffnete die Tür und trat in den Hof.

Mitten auf dem Platz stand ein schweres Motorrad. Der Tank blitzte in einem auffälligen Goldorange. Der Motorradfahrer, ganz in Jeansblau gekleidet und mit schwarzen Lederstiefeln, wandte ihr den Rücken zu und kramte in einer der Satteltaschen. Auf dem Sitz war ein Gitarrenkasten festgebunden. Greta sah sich um, konnte Elfriede und Renate aber nirgends sehen. Wahrscheinlich waren die beiden noch im Weinkeller und hatten nicht gehört, dass ein Kunde gekommen war.

»Kann ich Ihnen helfen? Für die Weinverkostung sind Sie leider etwas zu früh dran. Wir haben erst wieder um fünfzehn Uhr geöffnet«, rief sie dem Motorradfahrer zu.

Der Mann verharrte einen Moment, als er ihre Stimme hörte, dann richtete er sich langsam auf und drehte sich zu ihr um. Dunkle lange Locken ringelten sich um ein schmales Gesicht, braune Augen blitzten, als er sie anlachte. »Du arbeitest an deinem Geburtstag? Fleißig, fleißig …«

Gretas Herz machte einen Sprung. »Robert! Ich habe dich gar nicht erkannt! Was machst du hier?«

Lässig schlenderte er auf sie zu. »Ich hatte die Nase voll von Berlin. Und da dachte ich mir, dass ich dich an diesem Tag nicht allein lassen sollte. Bittersüß wie jedes Jahr?«

Greta wusste, dass er damit nicht nur ihren Geburtstag, sondern auch den Todestag ihrer Mutter meinte.

Robert zog eine kleine braune Papiertüte aus der Jackentasche und umarmte Greta. »Alles Gute, Gretchen.« Dann ließ er sie abrupt los, trat einen Schritt zurück und musterte sie unverhohlen. »Schau an, schau an. Aus dem Gretchen ist ja eine Greta geworden …«

Greta knuffte ihn in die Seite. Sie war froh, dass ihr Lieblingsziehbruder wieder da war. »Ganz schön frech. Lernt man das in Berlin?«

Doch bevor Robert antworten konnte, gellte es über den Hof: »Mutti, komm schnell!« Renate stellte einen Korb mit gespülten Flaschen neben der Tür zum Weinkeller ab und lief auf Robert zu. Als sie vor ihm stand, stützte sie die Hände in die Taille und musterte ihn von oben bis unten. »Na, du hast ja Mut, hier ohne Ankündigung aufzukreuzen.« Greta trat einen Schritt zur Seite, als Renate die Hand ausstreckte, eine seiner schulterlangen Locken griff und heftiger als nötig daran zog, während Robert hastig die kleine Papiertüte zurück in die Jackentasche steckte. »Bin ja mal gespannt, wie Vati deine neue Frisur gefällt.«

Greta musterte ihn verstohlen. War Robert noch größer geworden? Als er vom Hof verschwand, waren sie beide beinahe gleich groß gewesen, jetzt war er fast einen Kopf größer als sie selbst. Auch hatte sie ihn nicht so mager in Erinnerung.

»Immer noch die kleine Kratzbürste?«, raunte er Renate zu.

Seine Schwester schnappte nach Luft.

Doch Robert lachte und umarmte sie. »Wer austeilt, muss auch einstecken können. Komm her, Schwesterlein.« Er drückte ihr einen Kuss auf die Wange.

»Ja, Junge, was machst du denn hier?«, erklang nun Elfriedes Stimme von der Kellertür, erschrocken und erfreut zugleich.

Robert sah zu seiner Mutter. »Hallo, Elfriede.«

Greta horchte auf. Warum nannte Robert seine Mutter mit Vornamen und nicht Mutti, wie Johann, Renate und Matse es taten? Es klang ungewohnt, fremd. Als ob er die familiäre Verbindung zu seiner Mutter abgelegt hätte. Elfriedes gab es viele, aber er hatte nur eine Mutter, oder? Am liebsten hätte Greta ihn gleich danach gefragt, aber sie verkniff es sich.

Elfriede schien die neue Anrede nicht zu bemerken. Sie kam eilig auf Robert zu, wobei ihre in Locken gelegten Haare auf und ab wippten. Im Gegensatz zu Roberts wilder Mähne wirkten ihre Locken zahm und gebändigt. Sehr präzise drehte Elfriede jeden Samstagabend ihr frisch gewaschenes Haar auf Wickler, befestigte diese dann mit einem kleinen, daran angebrachten Gummiband und träufelte Haarfestiger darauf. Danach hielt Haarspray die Frisur in Form. »Ach, Junge, warum hast du denn nicht angerufen?«

Robert wendete theatralisch das Taschenfutter seiner Jeans nach außen und grinste sie an. »Mit den letzten Groschen musste ich tanken. Ich dachte, du siehst mich lieber, als dass du meine Stimme hörst.« Er umarmte seine Mutter, doch die wandte sich sofort zur Seite und klopfte ihm etwas ungelenk auf den Arm. Zärtlichkeiten wurden bei den Hellerts höchst sparsam verteilt. Das galt wohl selbst für Söhne, die nach eineinhalb Jahren unerwartet zurückkehrten. »Du bist gesund. Das ist gut«, murmelte sie mehr zu sich selbst.

»Und ich habe einen mörderischen Kohldampf.« Robert versuchte, eine Verbindung zu seiner Mutter herzustellen, was Greta nicht entging. Denn wenn es um die Versorgung der Familie ging, war Elfriede die Ansprechpartnerin. Natürlich ahnte er, dass sein Auftauchen die Familie erschüttern würde, da war es nur klug, die Mutter als Verbündete zu haben. »Meinst du, du hast noch etwas zu essen für den verloren geglaubten Sohn?«

Elfriede sah ihn streng an. »Du weißt ja hoffentlich, dass hier dein Zuhause ist.« Sie wischte sich die vom Flaschenspülen vermeintlich nassen Hände an ihrer geblümten Kittelschürze ab, obwohl sie längst in der warmen Maisonne getrocknet waren. Dann fuhr sie sich mit der Hand übers Gesicht, gab vor, von der Sonne geblendet zu sein. Aber Greta sah, dass sie Tränen in den Augen hatte.

Weshalb Elfriede wohl den Blick auf das Motorrad statt auf den Sohn richtete. »Darfst du denn mit so einer Höllenmaschine überhaupt fahren?«, fragte sie kopfschüttelnd.

Robert nickte. »Na klar. Diese ›Höllenmaschine‹ ist eine Honda CB750. Ich hab in West-Berlin den Führerschein gemacht. Den 1er und den 3er. War total leicht.«

Zum ersten Mal lächelte Elfriede. »Wundert mich nicht. Du konntest ja auch schon früh Traktor fahren.« Sie wandte sich von Robert und den Mädchen ab und schritt zur Eingangstür. »Ein Butterbrot kannst du haben.«

Robert grinste. »Klingt super«, sagte er.

Elfriede blieb stehen, drehte sich zu ihm um. »Lass dich bloß nicht in diesem Aufzug von deinem Vater sehen. Wenn du was gegessen hast, läufst du gleich rüber zum Fahlbusch. Der verpasst dir einen ordentlichen Haarschnitt, bevor Vater vom Weinberg kommt.«

Renate kicherte. »Erst gestern hat sich Vati über die Gammler mit den langen Zotteln ausgelassen«, zischte sie boshaft in Roberts Richtung.

Der ignorierte sie, zwinkerte stattdessen Greta zu und flüsterte ihr ins Ohr: »Nur über meine Leiche. Ich liebe meine Matte.«

Elfriede, die inzwischen am Haus angekommen war, drehte sich noch einmal zu ihnen um. »Hopp, hopp jetzt, Kinder. Renate, ab zurück in den Weinkeller, da warten noch mehr Flaschen, die gespült werden müssen.« Sie sah zu Greta. »Was stehst du hier rum? Harald braucht dich. Und sag ihm, dass Robert zurück ist. Dann kann er sich an den Gedanken schon mal gewöhnen«, rief sie ungeduldig, bevor sie Robert, der noch immer lächelte, mit einer herrischen Handbewegung bedeutete, ihr zu folgen.

Er hat gut lächeln, dachte Greta mit bangem Herzen, da sie es sein würde, die Harald die Nachricht überbrachte und wahrscheinlich seinen Unmut abbekam.

So war es häufig bei den Hellerts: Wenn es etwas Unangenehmes zu tun gab, reichte man es gern an Greta weiter. Doch das würde sie wie immer aushalten. Hauptsache, Robert war zurück.

2. KAPITEL

Kirchheim,
Mai 1970

Trotz der klobigen Gummistiefel lief Greta leichtfüßig in Richtung westlicher Weinberg. Am liebsten wäre sie bei jedem Schritt wie ein kleines Mädchen gehüpft, so froh war sie. Doch das verkniff sie sich, es würde sie zu viel Zeit kosten. Und Harald wartete sicherlich schon auf sie.

Sie bog von der Straße ab, die erst vor einigen Jahren asphaltiert worden war und keine Seitenbefestigung hatte, sodass Harald mit dem Traktor, wenn es regnete, immer wieder Gefahr lief, mit einem Reifen in dem schmalen, flachen Graben abzurutschen. Neben der staubigen Sandstraße erstreckten sich rechts und links Weinfelder. Greta war diesen Weg schon von Kindesbeinen an unzählige Male hinauf- und hinabgelaufen. Und jedes Mal genoss sie den Anblick der weiten Reihen der Weinreben, die je nach Jahreszeit ihre eigene Farbe hatten – ein lichtes Hellgrün, ein kräftiges Dunkelgrün, ein flammend buntes Rot und dann ein strenges Dunkelgrau, das sich gegen Frost und Schnee abhob. Der Weg führte zwischen den sanften Hügeln hinauf auf eine kleine Anhöhe, die in einer Ebene auslief und sich ausbreitete. Und wie jedes Mal hielt Greta kurz inne, drehte sich im Laufen um und genoss den

Blick auf die Weinfelder, die bis nach Kirchheim reichten. Sie blinzelte kurz, als sie die Kirchturmspitze in der Sonne glänzen sah.

Nach zwanzig Minuten hatte sie ihr Ziel erreicht. Sie entdeckte den Traktor mit dem Anhänger am Ende der vierten Rieslanerreihe. Beschwingt eilte sie auf Harald und Johann zu, die neben dem Traktor standen. Beide waren sich mit ihren etwas untersetzten Figuren und den ausgebeulten Hosen so ähnlich, dass man sie aus der Ferne fast für Brüder halten konnte. Bloß dass Harald schon grau war, während Johanns zurückgekämmtes Haar tiefschwarz glänzte. Was auch an dem Haarwasser liegen mochte, das er benutzte.

Als Greta auf die beiden zulief, wurde ihr erst bewusst, wie lange keiner da gewesen war, der mal einen ironischen Scherz beim Abendessen gemacht, keiner, der ihr beigestanden hatte, wenn Elfriede sie zu Unrecht gerügt hatte. Die Tadel, die Greta galten, hatte Robert mit seinen intelligenten Kommentaren oftmals relativiert. Und Matse würde sich bestimmt auch freuen, dass Robert zurück war. Robert verstand es, seinem kleinen Bruder Aufmerksamkeit zu schenken, die dem Jungen guttat. Er spielte auf der Gitarre und sang ihm Titel der Komikergruppe Insterburg & Co. vor, in die Matse dann einfiel und sich vor Lachen ausschüttete.

Erst jetzt wurde Greta bewusst, wie sehr sie ihn vermisst hatte.

Sie biss sich auf die Unterlippe. Der Gedanke, dass er vielleicht bald schon wieder fortging, tat weh. War er nur zu Besuch da? Wie lange würde er bleiben? Warum hatte sie ihn nur nicht gleich danach gefragt.

Als Harald Greta die Reihe entlangkommen sah, winkte er ihr zu. Johann sah nicht von seiner Arbeit auf. Er befüllte gerade eine Buckelspritze, die er anschließend auf seinem Rücken befestigen würde. Die Herbizidflüssigkeit, die Mehltau und Ungeziefer verhindern sollte, wurde manuell auf die Weinstöcke gespritzt.

Als Greta bei den Männern ankam, reichte Harald ihr sofort eine Stockhacke. »Alla hopp, los geht's. Bis heute Abend muss das Unkraut in der Reihe weg sein. Wir wollen den Boden schön auflockern, Mädsche.« Er wandte sich an Johann. »Und wir zwei sehen zu, dass wir den Mehltau wegkriegen.«

Johann nickte zustimmend. »Wenn nicht dauernd die Düse verstopft.«

Greta stöhnte innerlich auf. Diese Arbeit hasste sie am meisten. Sie wusste jetzt schon, dass sie morgen vor Rückenschmerzen kaum aus dem Bett kommen würde. Gerade auf dem westlichen Weinberg war der Boden lehmig. Was für die Weinstöcke gut war, war für das Bearbeiten äußerst mühsam. Seit zwei Wochen hatte es nicht geregnet. Da musste man schon mit aller Kraft in den Boden reinhacken, um ihn aufzulockern und das Unkraut zu entfernen. Und sie ahnte, dass Johann sie wie immer mit Argusaugen kontrollieren würde. Manchmal glaubte sie, er machte sich einen Spaß daraus, sich wie ein Oberfeldwebel aufzuführen. Sie musste daran denken, dass Robert seinen Bruder früher oft als »Sklaventreiber« bezeichnet hatte.

Ach, hoffentlich blieb Robert eine Weile hier. Dann würden sie sich abends wieder in der alten Scheune treffen und sich hinten auf den kaputten Karren setzen. Früher hatten sie sich oft nach dem Abendessen hingeschlichen, um sich ungestört auszutauschen oder auch einfach nur schweigend nebeneinanderzusitzen. Robert hatte geraucht und sie sogar mal ziehen lassen. Aber Greta hatte gleich so einen Hustenanfall bekommen, dass sie das nie wieder probiert hatte, und er hatte es ihr auch nicht mehr angeboten.

Als er vor anderthalb Jahren Kirchheim verlassen hatte, war Greta die erste Zeit gelegentlich allein in die Scheune gegangen. Aber es war nicht mehr das Gleiche wie mit Robert gewesen. Sie hatte sich auf den Karren gesetzt, die Beine baumeln lassen, aber nicht so recht gewusst, was sie hier eigentlich sollte. Eine Leere hatte sie überfallen, sodass sie diesen Ort seitdem bewusst mied.

Haralds ungeduldige Stimme drang an ihr Ohr: »Mädsche, dräm net rum. Nun greif schon zu, oder willst du hier Wurzeln schlagen?«

Greta sah zu ihrem Ziehvater auf, der ihr immer noch ungeduldig die Stockhacke entgegenstreckte. Sie griff danach. »Ich soll noch sagen, dass Robert wieder da ist«, sagte sie und hielt die Luft an.

»Robert?« Harald sah sie einen Moment stirnrunzelnd an, dann wandte er sich an Johann. »Hast gehört, Johann? Dein Bruder ist zurück, da kommen wir morgen ordentlich voran.«

Johann zuckte mit den Schultern. »Wenn der Drückeberger überhaupt noch mit anpackt.«

Greta fand Johanns Spruch ungerecht. Roberts Weggang war in der Familie nur kurz kommentiert worden. Er hatte einen Zettel hinterlassen, geschrieben, dass er auf dem Weg nach West-Berlin sei. Denn keine zehn Pferde würden ihn zu den Totschlägern, womit er die Bundeswehr meinte, bringen. Er wolle nicht zum Mörder werden.

Johann hatte sich damals ziemlich aufgeregt und Robert als Angsthasen und Vaterlandsverräter bezeichnet. Bis ihm Elfriede mit einem strengen Blick Einhalt geboten hatte. Johann war kurz verstummt, verkündete aber gleich darauf, dass er mit Robert nichts mehr zu schaffen habe. Er selbst habe schließlich auch gedient, war achtzehn Monate beim Bund gewesen und hatte ihn immerhin als Obergefreiter verlassen, so wie es sich gehörte als pflichtbewusster deutscher Staatsbürger.

Bereits einen Tag später wurde über Roberts Weggang nicht mehr gesprochen. Das Thema wurde totgeschwiegen. Über Roberts Postkarten, die er hin und wieder schickte und die Elfriede kommentarlos in der Küche neben dem Kühlschrank ein paar Tage liegen ließ, wurde nicht geredet. Greta hatte sie immer begierig gelesen, auch wenn sie nicht mehr als ein flüchtiges Lebenszeichen von Robert gewesen waren.

Schweigend machte sich Greta an die Arbeit, hackte in den lehmigen Boden, bis die trockene Erde aufbrach, in kleinen Schollen nach links und rechts fiel. Schon nach wenigen Schlägen spürte sie, wie ihr der Schweiß in einem dünnen Rinnsal die Wirbelsäule entlang über den Rücken lief. Mit jedem Schlag reagierte sie ihre Wut über Johanns Worte ab.

Nach einer Weile reichte Harald Greta einen Becher mit Wasser. »Trink mal, Mädsche. Schuftest ja heute für zwei.«

Dankbar trank sie den Becher in einem Zug leer.

»Freust dich, dass der Robert wieder da ist, gell?«

Greta nickte. »Wir sind doch eine Familie«, sagte sie leise, ohne ihn anzusehen.

Harald legte ihr eine Hand auf die Schulter, und als sie den Blick hob, sah er sie ernst an. »Sozusagen. Aber jeder hat hier in dieser Familie auch seine Pflicht zu erfüllen, wenn er seinen Platz behalten will.«

Johann mischte sich ein. »Ein Klampfenspieler bringt uns auf dem Hof nicht weiter. Wir brauchen jemanden, der zupackt, so wie du.«

Greta war erstaunt, sie hörte selten ein Lob von Johann. Insgeheim freute sie sich, aber sie wusste auch, wie gerissen Johann war und wie gern er Fronten aufbaute. »Psychologische Kriegsführung«, hatte er das genannt, als er einen Schoppen beim letzten Weinfest zu viel hatte und sich vor einem Kumpel profilieren wollte, »Grenzen abstecken, Meinung beeinflussen.« Das hatte Greta aufgeschnappt und sich gemerkt.

Harald bückte sich, hob einen faustgroßen Stein auf, der zwischen zwei Weinstöcken lag, und reichte ihn Johann. »Robert kann sich gleich mal den Frontlader vornehmen. Bin erst vor zwei Tagen wieder damit liegen geblieben, ausgerechnet als ich die vertrockneten Reben hinten auf dem Hänger hatte. Und glaub mal nicht, dass Freudberg, als er vorbeifuhr, mir geholfen hätte. Ohne Gruß ist der weitergefahren. Hab das Gefährt mit Müh und Not wieder zum Laufen gebracht«, sagte Harald. Er nahm selbst noch einen Schluck Wasser, bevor er die Flasche zuschraubte und auf den Anhänger zurückstellte. Dann saß er auf und fuhr den Traktor ein Stück vor, damit sie mehr Platz zum Arbeiten hatten. Jedoch nicht mehr als fünfzig Meter. Das war Haralds ehernes Gesetz: Kanister und Werkzeuge in der Nähe zu haben. Er war ein »Freund der kurzen Wege«, wie er gern betonte.

»Ich hätt auch nix anderes von diesem Teufelswinzer erwartet, führt sein Gut wie ein Landgraf. Fehlt nur noch, dass seine Angestellten vor ihm knicksen«, sagte Johann verächtlich. Greta lächelte über diesen Vergleich. Johann konnte mit seinen Sprüchen manchmal recht bissig sein, aber brachte es auch auf den Punkt. »Da lassen wir uns mal überraschen, was mein kleiner Bruder zustande bringt.«

Schweigend arbeiteten sie weiter. Greta hing ihren Gedanken nach. Ihre Lieblingslehrerin Fräulein Heuser hatte ihr heute Morgen, gleich als sie ins Klassenzimmer kam, zum Geburtstag gratuliert. Das tat sie bei allen ihren Schülerinnen und Schülern. Doch Greta glaubte, dass die Lehrerin sie besonders mochte. Denn sie hatte ihr ein kleines Taschenbuch geschenkt, und Greta hatte sich freudig bedankt. Im Haus der Hellerts gab es kaum Bücher. Für so etwas war kein Geld da. Außerdem las keiner der Hellerts gern. Die einzige Lektüre war höchstens mal das Gemeindeblatt oder die Tageszeitung, die Elfriede von ihrer Cousine mitbrachte und über deren politische Artikel sich dann Harald aufregte, wenn er sie spät am Abend las.

Zwar hatte Greta eine Karte für die öffentliche Stadtbücherei in Kirchheim. Aber da hatte sie jetzt schon so viele Bücher ausgelesen, dass sie immer auf die Neuanschaffungen warten musste.

Fräulein Heuser hatte ihr heute aber nicht nur etwas geschenkt, Greta hatte in ihrem Aufsatz über Wolfgang Koeppens *Tauben im Gras* eine Eins geschrieben. Sie hatte den Roman abends im Bett förmlich verschlungen. Wie

Heinrich Böll und Siegfried Lenz gehörte Koeppen zu ihren Lieblingsliteraten. Wenn er über etwas schrieb, hatte es zwar manchmal etwas Trauriges, aber es sprach auch eine Ehrlichkeit aus seinen Gedanken, die Greta in eine andere Welt versetzte und sie an ein anderes Leben glauben ließ.

Das Leben zwischen den bedruckten Seiten gab ihr eine Sicherheit, die sie in ihrem realen Leben nicht hatte. Wenn sie las, vergaß sie alles um sich herum, tauchte in die Geschichte ein und fühlte sich mit den Charakteren enger verwoben, als sie es je mit ihrer Ersatzfamilie sein würde.

Noch mehr als über die Eins im Aufsatz hatte sich Greta über das Lob von Fräulein Heuser gefreut, die erklärt hatte, dass sie sich überlegen sollte, aufs Gymnasium zu gehen. Der Gedanke war neu und aufregend.

Inzwischen war Greta am Ende der Reihe angekommen und atmete tief durch. Wie immer legte sie an dieser Stelle eine kurze Pause ein und lehnte die Hacke gegen den letzten Rebenstock. Johann, der mit der Buckelspritze aus Messing auf dem Rücken neben ihr hergegangen war, zündete sich eine Zigarette an und blies den Rauch in Kringeln aus.

»Noch zwei Reihen, dann ist Feierabend. Hoffentlich reicht die Brühe noch.« Er grinste sie an. »Und nachher machen wir uns über deinen Geburtstagskuchen her. Gibst uns doch ein Stück ab, oder?«

»Na klar«, meinte Greta und wedelte den Rauch, den Johann in ihre Richtung blies, mit der Hand weg. »Aber erst mal müssen wir hier fertig werden.« Sie wandte sich an Harald, der bereits den Traktor in die nächste Reihe umgesetzt hatte und begann, dort die Rebenblätter zu spritzen. »Ich habe heute eine Eins zurückbekommen«, erzählte sie stolz und griff nach der Stockhacke.

Harald nickte. »Sehr gut. Wirst schon deinen Abschluss im Sommer schaffen.« Er schwieg, und Greta nahm an, dass er es damit beließ. Harald lobte nicht. Aber sie täuschte sich, denn er fuhr fort. »Eigentlich wollten wir es dir erst sagen, wenn es so weit ist, Mädsche. Aber warum nicht schon jetzt? Du wirst nach dem Sommer beim Mahlig in die Lehre gehen.«

Greta hielt mitten in der Bewegung inne. »Beim Mahlig Schorsch? Der leitet doch den Edeka in Kirchheim?«

»Ganz genau. Da lernst du Verkäuferin, was Vernünftiges, und Geld gibt's während der Lehre auch. Das hilft uns allen.«

Johann trat seine Zigarette aus und lachte laut. »Hat es gleich was gebracht, dass der Rudi Carrell für Edeka Reklame macht.« Er schob sich die Spritze auf dem Rücken in eine angenehmere Position zurecht. »Mal sehen, ob sie in der Berufsschule auch so gute Noten bekommt.«

»Das Mädchen ist fleißig, das wird uns schon nicht enttäuschen«, sagte Harald.

Greta war es gewohnt, dass man in ihrer Gegenwart oft über sie sprach, als sei sie gar nicht anwesend. Aber das, was sie eben gehört hatte, riss sie aus der Unsichtbarkeit heraus. »Ich soll Verkäuferin werden? Muss man dafür überhaupt auf eine Berufsschule?« Sie ließ die Stockhacke sinken. Die Vorstellung, eine Lehre als Verkäuferin zu machen, war entsetzlich.

»Selbstverständlich. Wenn du Lebensmittel verkaufst, musst du eine Menge lernen. Warenkunde und Buchhaltung sind wichtig«, meinte Harald.

»Heinrich Böll und Wolfgang Koeppen werden da wohl nicht sein«, kommentierte Greta leise.

»Keine Ahnung, wer dann in deiner Klasse ist. Aber der Heinrich vom Obstbauern in Laumersheim, der heißt doch Bölling? Und der muss doch auch erst noch zum Bund, außerdem ist er der Zweitgeborene, oder?«, wandte sich Harald an Johann. »Und ob der Verkäufer werden will?«, setzte er zweifelnd hinzu.

Johann nickte. »Für den müssen sie erst noch eine Berufsschule erfinden. Der ist strunzdumm. Der braucht eher eine gute Partie.«

Harald lachte auf. »Da pass mal auf, dass der nicht ein Auge auf die Metzgerstochter wirft.«

Johann ging nicht auf den Spaß ein. »Für Dagmar ist der viel zu jung!« Er wandte sich ab und fuhr kommentarlos fort, die Rebenblätter zu spritzen.

Harald grinste in sich hinein und zwinkerte Greta zu, bevor er zum Traktor ging, um ihn erneut ein Stück vorzufahren.

Greta wusste, dass Johann zum Wurstmarkt in Bad Dürkheim im vergangenen Herbst mit der Metzgerstochter Dagmar gegangen war. Er hatte sich dafür extra den Wagen, den Harald vor zwei Jahren gebraucht gekauft hatte, ausgeliehen. Greta erinnerte sich, wie Harald zusammen mit Johann auf dem Hof gestanden war, den Autoschlüssel fest umschlossen in seiner Hand. Eine regelrechte technische Einweisung über das Auto hatte Johann über sich ergehen lassen müssen. Mahnend hatte ihm Harald eingeschärft, auf den »Großen Bruder« vom Käfer, dem VW 1600, dieser Schräghecklimousine, gut aufzupassen, ihn wie ein rohes Ei zu behandeln.

Greta und Renate hatten am Küchenfenster gelehnt und gelauscht. Dabei hatten sich beide immer wieder zwicken müssen, um nicht loszuprusten, so lustig hatten sie Haralds Ansprache und vor allem Johanns entnervten Gesichtsausdruck gefunden. Als dann auch noch Elfriede auf den Hof gelaufen war, hatte Johann sich vor den nicht enden wollenden Ermahnungen seines Vaters endlich in den Wagen flüchten können. Elfriede hatte aber energisch ans Fahrerfenster geklopft und im nächsten Moment die Autotür aufgerissen, bevor Johann, in seiner besten Hose und seinem besten Hemd, losfahren konnte. Dass er nur ja nicht die Scheibe herunterdrehte, hatte sie ihm eingeschärft. Denn die klemmte, nie wieder würde er sie danach hochdrehen können. Und keinen Tropfen Alkohol dürfe er trinken. Sonst würde er wie Dagmars Bruder Otto im Straßengraben landen.

Es war Dorfgespräch gewesen, als der junge Mann vor zwei Jahren verunglückt und später herausgekommen war, dass er betrunken gewesen war. Das Mitleid war in Häme umgeschlagen, und Otto war nie mehr im Dorfgasthof aufgetaucht.

Johann hatte zu den Ermahnungen genickt und dann den Motor angelassen. Zweimal hatte er selbstbewusst auf die Hupe gedrückt und war wie ein grüner Blitz vom Hof gebraust.

Doch seitdem war der Name Dagmar nicht mehr gefallen. Bis heute.

Greta wusste, wie Johann seine Zukunft sah. Ein einfacher Plan: Er wollte heiraten und eines Tages das Weingut übernehmen. Fast beneidete sie ihn um diese Klarheit in seinem Leben, denn sie selbst konnte für sich noch nicht erkennen, wie ihre Zukunft aussah. Aber Verkäuferin wollte sie keinesfalls werden.

In den letzten Wochen, wenn sie abends im Bett noch las und dann ihr Buch zur Seite legte, hatte sie davon geträumt, eines Tages wie Fräulein Heuser vor einer Schulklasse zu stehen und Kinder zu unterrichten. Sie wusste, dass sie für das Lehren eine Begabung besaß. Dem kleinen Matse brachte sie gern etwas bei, und sie mochte es, Fragen beantworten zu können. Renate zog sie damit oft auf. Doch das war Greta egal. Diesen heimlichen kleinen Traum, eines Tages Lehrerin zu werden, behielt sie für sich. Nicht einmal Robert hatte sie davon erzählt. Sie lächelte. Wie auch? Als Robert gegangen war, hatte sie das noch nicht geträumt.

Vielleicht konnte sie in den nächsten Tagen mit ihm darüber reden. Er würde sie verstehen. So hoffte sie zumindest. Und vielleicht hatte er eine Idee, wie sie das bei den Hellerts ansprechen konnte. Oder war das undankbar gegenüber Elfriede und Harald, die sie aufgezogen hatten und ihr so viel ermöglichten? Musste sie ihnen nicht für ihre Großzügigkeit etwas zurückgeben, wenn sie mit der Schule fertig war? Da würden Verkauf und Buchhaltung schon passen. Für den Hof wäre es sicher gut, wenn jemand nicht nur Wein anbauen konnte – das wusste Harald, und Johann hatte ja auch eine Ausbildung zum Winzer gemacht. Aber keiner der Hellerts hatte das Wissen, wie man das fertige Produkt am besten verkaufte, vom Ab-Hof-Verkauf oder der Restaurantbelieferung im Umland mal abgesehen. Das reichte, das hatte ihnen immer gereicht. Tatsächlich reichte es überhaupt nicht, wusste Greta.

Plötzlich überkam sie ein Gefühl von Einsamkeit. Es war ihr nicht neu, sondern auf traurige Weise wohlbekannt. Es überfiel sie immer mal wieder, solange sie zurückdenken konnte. Doch heute schien es ihr anders, schmerzte sie mehr als sonst. Ja, sie war einsam in dieser Familie. Und nun hatte man sie für eine Ausbildung bestimmt, die sie kein bisschen interessierte.

3. KAPITEL

Kirchheim,
Mai 1970

Johann fuhr den Traktor zurück zum Hof. Harald saß auf dem Seitensitz neben seinem Sohn, während Greta hinten auf dem Anhänger kauerte. Um nicht völlig durchgeschüttelt zu werden, hielt sie sich mit beiden Händen an den niedrigen hölzernen Seitenwänden fest, da, wo sie eine Ecke bildeten. Die Sonne tauchte das Haus in ein warmes Licht. Als sie auf den Hof fuhren, beugte Greta sich ein bisschen vor. Sie wollte unbedingt wissen, ob Roberts Motorrad noch da war.

Den ganzen Nachmittag hatte sie gegrübelt, was er jetzt wohl vorhatte. Blieb er? Hatte er Pläne? Oder noch schlimmer: War er gar schon wieder fort? Doch da stand sie, Roberts Honda, das Chrom blitzte in dem hellen Sonnenlicht.

Greta krachte gegen die Holzplanken, so abrupt bremste Johann und schaltete den Traktor in den Leerlauf. Genervt drückte er auf die Hupe. »Welcher Idiot hat hier seine Angeber-Karre in den Weg gestellt? Wie soll ich denn da rangieren?«

»Es ist Roberts Motorrad«, sagte Greta leise, aber laut genug, dass Johann es hörte.

Harald sprang vom Traktor. Während er zum Haus lief, rief er schon: »Robert!«

»Hallo, Vater«, erklang Roberts Stimme aus der großen Scheune, die quer zum Wohnhaus stand und in der Traktor und Hänger untergestellt wurden. Er trat in einem zerschlissenen blauen Overall, dessen Hosenbeine ihm viel zu kurz waren, und mit einem Schraubenschlüssel in der Hand in den Hof. »Regt euch ab. Ich fahr's gleich weg.« Er löste den Ständer und schob die schwere Honda zur Seite. »Passt's jetzt?« Er grinste seinen Bruder an, der ihn keines Blickes würdigte.

Wortlos ließ Johann den Traktor an und lenkte den Hänger so dicht an Robert vorbei, dass er rasch einen Schritt zurücktreten musste.

Harald blieb vor seinem Sohn stehen. »So, so, da bist du also wieder«, begrüßte er ihn knapp und zeigte auf den Schraubenschlüssel. »Machst dich nützlich?«

»Hab mich gefragt, warum der Frontlader ganz hinten in der Ecke steht und voller Spinnweben ist. Habe den Motor repariert. Du kannst ihn wieder hernehmen.«

Harald nickte zustimmend. »Gut. Dann fahr ihn in die alte Scheune. Wir brauchen Platz hier in der großen.« Er ließ den Blick prüfend über Robert schweifen, wobei er etwas zu ihm hinaufschauen musste. »Morgen gehst du erst mal zum Friseur.«

Damit ging er an Robert vorbei zur Scheune, wo Johann den Hänger abkuppelte und Greta herunterkletterte. Sie angelte auf Zehenspitzen nach der Stockhacke auf der Ladefläche, um sie zu den anderen Werkzeugen zu stellen, die in der großen Scheune aufbewahrt wurden.

»Steh nicht rum, pack mal mit an!«, rief Johann Robert

zu, während er den Tank mit der Herbizidlösung herunterhob.

Doch Robert tat, als hörte er ihn nicht. Er lächelte Greta zu, dann ging er provozierend langsam zum Haus, ohne sich noch einmal umzudrehen.

Greta sah ihm nach. Sie blies sich eine Haarsträhne aus ihrem verschwitzten Gesicht und versuchte vergeblich, das unbehagliche Gefühl zu verdrängen, das sie beschlich. Robert und Johann, obwohl keine zwei Jahre auseinander, hatten sich schon als Jungen immer gestritten. Einmal war Johann – er war damals zwölf – in einem Streit so weit gegangen, seinen Bruder mit einer ätzenden Lauge zu besprühen, mit der die Tanks gereinigt wurden. Robert hatte noch heute Narben davon am Rücken. Greta erinnerte sich, wie Elfriede den weinenden Robert mitten auf dem Hof ausgezogen hatte und ihn eine Stunde mit dem Gartenschlauch abgespritzt hatte, um die ätzende Lauge von seiner Haut zu waschen. Johann hatte grinsend dabei zugesehen, bis Harald ihm eine Ohrfeige gegeben und ihn aufs Zimmer geschickt hatte.

Das Verhältnis der Brüder schien sich nicht verändert zu haben.

Elfriede und Renate hatten in der guten Stube den Esstisch gedeckt. Weil sie Geburtstag hatte, fragte sich Greta, oder weil Robert wieder zurück war? Jedenfalls aßen sie nicht wie sonst in der Küche, wo sich Matse, Greta und Renate auf der Eckbank drängelten, während Harald, Elfriede und Johann ihre festen Sitzplätze auf den drei Stühlen hatten. Heute nahmen alle am reich gedeckten Abendbrottisch Platz, auf dem auch Gretas Geburtstagskuchen stand.

Elfriede sprach ein kurzes Tischgebet, dann reichte sie eine große Schüssel Kartoffelsalat herum.

Johann tat sich auf. »Was ist dein Plan?«, wandte er sich an Robert, als er die Schüssel an ihn weiterreichte.

Robert nahm sich eine ordentliche Portion. »Mal sehen.«

Matse, der neben Robert saß, hielt ihm seinen Teller hin. »Ich will auch. Genauso viel wie du!«

Robert beugte sich zu seinem kleinen Bruder und wuschelte ihm durchs Haar, bevor er ihm deutlich weniger gab. Matse hatte die gleichen dunklen Locken wie Robert, nur kringelten sie sich viel mehr, da Matses Haare kürzer waren. »So einen Hunger hast du, Kleiner?«

»Ich bin nicht klein«, empörte sich Matse und schob sich eine große Gabel Kartoffelsalat in den Mund.

»Was heißt hier ›mal sehen‹?« Johanns aggressiver Ton war nicht zu überhören, und Greta ahnte, dass Robert ihn nicht sehr viel länger ignorieren konnte.

Elfriede warf ihrem ältesten Sohn einen warnenden Blick zu. Dann stand sie auf, holte ein in Packpapier eingewickeltes Geschenk mit einer bunten Schleife von der dunklen Eichenanrichte und reichte es Greta über den Tisch. »Alles Gute zum Geburtstag. Heute Morgen war ja keine Zeit dafür.«

Greta griff danach und wog es in der Hand. Leicht war es, und es raschelte verlockend. »Danke schön«, sagte sie, und Elfriede und Harald nickten.

»Die Schleife habe ich drumgebunden«, rief Matse aufgeregt. Er sprang vom Stuhl und lehnte sich an Greta. »Nun mach schon, ich will sehen, was drin ist.« Matse hibbelte von einem Fuß auf den anderen.

Greta erinnerte sich an das letzte Weihnachtsfest, als

alle Geschenke ausgepackt waren. Für die Älteren hatte es nur eine Kleinigkeit gegeben, aber für Matse, der noch ein Kind war, hatte Elfriede jedes noch so kleine Geschenk einzeln eingepackt. Drei Schlumpffiguren allein hatte er geschenkt bekommen und hatte vor Begeisterung jedes Mal laut aufgejuchzt. Doch als er feststellte, dass alle Geschenke ausgepackt waren – er hatte auch die zwei für Greta auswickeln dürfen –, hatte er angefangen zu weinen. Schnell hatte sich Greta die Schlümpfe geschnappt, war in die Küche geeilt und hatte sie erneut verpackt. Im richtigen Moment hatte sie sie zurück unter den Weihnachtsbaum gelegt und Matse darauf hingewiesen, dass es noch etwas zum Auspacken gäbe. Sofort waren seine Tränen versiegt, und er hatte sich wieder eifrig ans Auspacken gemacht. Elfriede und Harald hatten etwas missbilligend mit dem Kopf über Gretas Aktion geschüttelt, aber nichts gesagt. Es war schließlich Heiligabend.

Greta reichte Matse ihr Geschenk. »Wenn du saubere Hände hast, kannst du es für mich auspacken.«

Er streckte ihr seine Hände entgegen. Sie waren, abgesehen von den Trauerrändern unten seinen Fingernägeln, erstaunlich sauber.

Ungeduldig riss Matse das Papier ab. Etwas Weißes, mit kleinen rosa Blüten Besticktes kam zum Vorschein. »Oh, ist das schön!«, rief er aus, hob es bewundernd hoch und hielt es sich vor seinen schmalen Körper. »Damit sehe ich aus wie eine Prinzessin! Kann ich das auch mal haben?«

»Das passt dir nicht, Matse.« Liebevoll nahm ihm Greta das Nachthemd aus der Hand. Für ihren Geschmack war es zu bieder und zu langweilig, aber es rührte sie, dass Elfriede es extra für sie ausgesucht hatte. Etwas Ähnliches hätte sie sicher auch Renate geschenkt – und hätte bei deren Geschmack genauso danebengelegen.

Abrupt stand Robert auf. Alle Blicke folgten ihm, als er das Zimmer verließ. Einen Augenblick später kam er zurück, die Gitarre in der Hand. Elfriede stöhnte leise auf, als er einen Fuß auf seinen Esszimmerstuhl stellte, obwohl er barfuß war. Er schlug ein paar Akkorde an und begann, »Happy Birthday, Sweet Sixteen« von Neil Sedaka zu singen.

Es klang gut, fand Greta, wenn auch völlig fehl am Platz in der Runde der Hellerts. Was hatten Renate und sie dafür gekämpft, einmal im Monat Samstagabend die *Hitparade* mit Dieter Thomas Heck sehen zu dürfen. Renate tanzte gern, war letztes Wochenende heimlich in der Discothek *Holzwurm* gewesen. Jetzt summte sie am Tisch zu Roberts Gesang mit und schnippte mit den Fingern im Takt dazu. Dann stand sie auf, stellte sich neben Robert und versuchte mitzusingen. Gleich darauf fing sie an, albern zu kichern und hielt sich den Bauch vor Lachen.

»Kannst du kein deutsches Geburtstagslied spielen? Hast du wohl in dem Mauer-Kaff verlernt«, platzte Johann so laut heraus, dass er Roberts Gesang übertönte.

Doch Robert beachtete ihn nicht und sang weiter. Als er endete, drehte sich Matse vor Freude um sich selbst. »Das ist aber ein schönes Lied.«

Robert verneigte sich leicht in Gretas Richtung. Sie strahlte ihn an und klatschte. »Danke, Robert.«

»Gut gemacht. Damit könntest du auf jeder Party auftreten.« Renate zog einen Mini-Lippenstift aus ihrer Rocktasche und reichte ihn Greta. »Hier, das ist von mir.«

Greta nahm den kleinen weißen Lippenstift in die Hand und zog die geriffelte Kappe ab. Er war flamingofarben. Sie sah, dass Renate ihn schon einmal benutzt haben musste. »Schöne Farbe, danke, Renate«, sagte sie, bevor sie ihn wieder schloss und zu dem Nachthemd auf den Tisch legte. Greta wusste, dass die Mutter von Renates bester Freundin Avon-Beraterin war. Den Probe-Lippenstift gab es bei Bestellungen gratis dazu.

»Schneide mal den Kuchen an«, forderte Elfriede sie nun auf und reichte ihr das Messer.

Greta erhob sich und schnitt ihren Geburtstagskuchen an. Auf jeden Teller, der ihr gereicht wurde, legte sie ein Stück, wobei sie sich bemühte, dass die Stücke gleich groß waren.

Alle sahen ihr schweigend dabei zu, bis Harald die Stille unterbrach: »Jetzt beantworte Johanns Frage, Robert. ›Mal sehen‹ ist ja keine Antwort!«

Johann genoss die Unterstützung seines Vaters, lehnte sich zufrieden auf seinem Stuhl zurück und setzte nach: »Der muss erst mal zum Bund.«

»Wer sagt das?« Robert blitzte seinen älteren Bruder wütend an.

»Das Gesetz«, meinte Johann und biss ein großes Stück von dem Gugelhupf ab, kaute bedächtig.

»Wohl kaum. Ich muss gar nichts.«

Harald schlug mit der flachen Hand auf den Tisch. »Genug jetzt. Morgen gehst du zum Kreiswehrersatzamt und meldest dich! Für dich ist Schluss mit dem Lotterleben!«

»Brauche ich nicht.«

»Warst du schon da?«, bemerkte Johann erstaunt.

Robert schüttelte mit dem Kopf. »Mein erster Wohnsitz ist jetzt in Berlin. Habe mich da bei einem Kumpel angemeldet. Ich muss also nicht zum Bund.«

»Spinnst du jetzt total?! Davor kannst du dich nicht drücken! Das ist Pflicht.« Johann redete so heftig, dass ein kleiner Regen Kuchenkrümel aus seinem Mund schoss.

Elfriede sah Harald hilflos an. Was war nur in ihren Jungen gefahren?

Harald nahm ihren Blick auf, wandte sich an Robert. »So, so. Verstehe, der junge Mann hat also andere Pläne. Aber welche, das weiß der junge Mann noch nicht. Denn ›mal sehen‹ ist kein Plan, verdammt noch mal! Wenn du nicht zum Bund gehst, dann machst du eine Ausbildung. Haben wir uns da verstanden? Und wenn dir nichts einfällt, dann bestimme ich das eben. Und ich warne dich: Lass dir nicht zu viel Zeit!«

»Ich bin doch eben erst zurück, noch keine vierundzwanzig Stunden und …«

Harald ließ ihn nicht ausreden. »Du machst eine Banklehre!«

Johann schlug in dieselbe Kerbe wie Harald. »Du musst eines Tages auf eigenen Füßen stehen. Lern was Sinnvolles! Den Hof bekomme schließlich ich!« Als er Haralds strengen Blick auffing, fügte er etwas leiser hinzu: »Eines Tages. Jedenfalls wirst du mir nicht auf der Tasche liegen. Das kommt überhaupt nicht infrage.«

»Keine Angst. Das wird nicht passieren«, erwiderte Robert angespannt. »Ich habe die letzten anderthalb Jahre sehr gut für mich selbst gesorgt und habe niemanden auf der Tasche gelegen.« Er sah zu Harald, hielt dem Blick stand. »Zur Bank? Nicht mit mir!«

»Aber Junge, du musst doch etwas Richtiges lernen«, mischte sich Elfriede besorgt ein.

Robert legte beruhigend eine Hand auf ihren Arm. »Das werde ich auch, keine Angst. Wenn ich etwas anfange, bringe ich es zu Ende. Und zwar ehrlich. Nicht so wie mein Bruder.«

Harald zog die Brauen in die Höhe. »Kein Wort mehr!«

Greta wusste, dass ihr Ziehvater kurz davor war, zu explodieren.

Johann war nach der Schule auf die Winzerschule in Worms gegangen, weil Harald mit einem der Lehrer befreundet war und darauf setzte, dass dieser Johanns Leistungen wohlwollend bewerten würde. Trotzdem waren seine Noten von Beginn an schlecht gewesen. Weder hatte er gelernt noch war er klug genug gewesen, sein Unvermögen geschickt zu kaschieren. Seine Mitauszubildenden hatten sich schnell von ihm ausgenutzt gefühlt und ihn schon bald nicht mehr unterstützt. Auch hatten sie Johanns aufbrausenden Charakter erkannt. Johann hatte dort keine Freunde gehabt. Als er dann im zweiten Jahr seiner Ausbildung die Einberufung zur Bundeswehr erhalten hatte, hatte er die Lehrzeit unterbrochen und seinen Wehrdienst absolviert. Johann war im Herbst 1968 vom Bund zurückgekehrt und hatte nur noch zwei Einzelprüfungen bei Lehrer Christian Hirtz ablegen müssen, um seinen Abschluss zu erhalten.

Es herrschte auf einmal eine drückende Stille im Esszimmer. Johanns Ausbildung war ein absolutes Tabuthema in der Familie.

Greta und Robert wussten, dass Harald den Lehrer bestochen hatte. Sie hatten mitbekommen, wie entsetzt Elfriede gewesen war, als Harald ihr davon erzählte und hinzufügte, dass es dieses Weihnachtsfest deshalb keine großen Geschenke geben könne. Elfriede hatte protestiert, war jedoch von Harald harsch zurechtgewiesen worden: Für die Zukunft des Weinguts sei der Abschluss von Johanns Ausbildung die wichtigste Maßnahme.

Greta blickte auf ihren Teller. Langsam brach sie ein Stück von ihrem Geburtstagskuchen ab und schob es sich in den Mund. Der Kuchen war ein bisschen zu trocken, sie unterdrückte den Kitzelreiz im Rachen, sie durfte jetzt nicht husten, das Schweigen, das bleiern über ihnen lag, nicht brechen. Greta versuchte sich zu erinnern, wann die Familie einmal lachend und unbeschwert am Tisch zusammengesessen hatte, ohne dass einer von ihnen Angst gehabt hätte, aus Versehen etwas Falsches zu sagen. Aber ihr fiel keine Situation ein, wo es heiter zugegangen war.

Sie warf Robert einen verstohlenen Blick zu.

Der zuckte unmerklich mit den Schultern und zwinkerte ihr zu. »Der Kuchen ist wirklich gut, Elfriede.«

Harald sog hörbar die Luft ein, kommentierte aber Roberts Anrede seiner Mutter nicht weiter.

Zwei Stunden später brachte Greta Matse ins Bett. Er kuschelte sich an sie. Zwei winzige Zöpfe ringelten sich links und rechts an seinem Kopf. Sie klappte *Der Mäusesheriff* zu. Das Buch hatte sie für Matse in der Bücherei ausgeliehen. Sie beugte sich zu ihm und zog vorsichtig die Gummibänder aus seinem Haar. »Das drückt dich sonst beim Schlafen, Matse.« Sie gab ihm einen Kuss auf die Wange. »Träum was Schönes.«

Matse rollte sich unter seiner Decke zusammen. »Bis morgen, Mimi.«

Greta zog leise die Tür hinter sich zu und ging die Stiege zu ihrem Zimmer hinauf. Von unten drang Geschirrklapper zu ihr hoch, sie hörte den Nachrichtensprecher der Tagesschau. Harald und Johann hatten den Fernseher eingeschaltet, wie fast jeden Abend. Und die Frauen wuschen ab, wie jeden Abend.

Greta überlegte kurz, ob sie Renate und Elfriede in der Küche helfen sollte. Doch es war eines der vielen ungeschriebenen Gesetze in der Familie: An seinem Geburtstag musste man nicht den Abwasch machen. Sie lächelte. Dieses Gesetz gefiel ihr ausnahmsweise.

Sie blieb einen Moment in ihrem Zimmer stehen. Dann nahm sie den kleinen Gedichtband, der auf der Kommode lag und den ihr Fräulein Heuser geschenkt hatte. Sie ging die Stiege wieder hinunter, warf im ersten Stock einen kurzen Blick in Matses Kinderzimmer und lief im Erdgeschoss schnell an der angelehnten Wohnzimmertür vorbei.

Sie hatte keine Lust, Haralds Kommentaren zuzuhören, mit denen er den Redefluss des Nachrichtensprechers übertönte. Wenn er dazwischenredete, war es fast unmöglich, sich auf die Informationen zu konzentrieren, geschweige denn darüber nachzudenken.

Sie griff nach ihrer Strickjacke, die an der Garderobe hing, und warf sie sich über. Als sie die Tür am Ende des Gangs öffnete, die in den hinteren Teil des Hofes führte, und in die laue Abendluft trat, atmete sie tief durch. Sie liebte diesen Frühlingsgeruch. Es war großartig, in dieser Jahreszeit Geburtstag zu haben, auch wenn es der 8. Mai war, der Tag, an dem Deutschland vor fünfundzwanzig

Jahren bedingungslos kapituliert hatte. Aber es war auch der Todestag ihrer leiblichen Mutter, der sich an jedem ihrer Geburtstage jährte.

An der alten Scheune, die sich parallel zum Wohnhaus erstreckte, kroch ungebändigt wilder Efeu die Fassade empor. Jedes Jahr beschlossen die Hellerts, ihn abzureißen. Aber dann hatten sie so viel mit der Pflege ihrer beiden Weinberge zu tun, dass sie es nicht schafften und der Efeu sich weiter ungestört an dem alten Gemäuer hochranken konnte.

Greta gefiel diese dunkelgrüne Wildnis. Aus der kleinen Dachgaube ihres Zimmers blickte sie direkt hinein, konnte im Frühling beobachten, wie die Vögel darin nisteten.

Knarrend öffnete sich die große Tür, als Greta sich zum ersten Mal seit langer Zeit wieder dagegenstemmte und in die alte Scheune trat. Kater Murr, der wohl auf Mäusejagd gewesen war, strich an ihr vorbei.

Heute fühlte es sich gut an, den Abend hier zu verbringen. Sie ging zu dem Frontlader, den Robert unter dem kleinen Fenster geparkt hatte, und setzte sich in die Schaufel. Dämmeriges Licht fiel durch das schmutzige Glas, doch für ihren Zweck reichte es. Sie schlug das Buch auf und vertiefte sich in die Zeilen, als eine Stimme, ganz nah, sie zusammenfahren ließ.

»Verschlingst du immer noch jeden einzelnen Buchstaben, Gretchen?«

Sie ließ das Buch sinken. Nur wenige Meter entfernt saß Robert auf einem Anhänger, dessen Deichsel gebrochen war, und beobachtete sie. So war es vor seinem Verschwinden auch oft gewesen – Robert hatte hier auf sie gewartet, da sie meist in der Küche helfen musste. Ihre Treffen hatten sie weder vor den anderen geheim gehalten noch groß erzählt. Es war selbstverständlich, dass sie sich hier austauschten.

So auch jetzt. Nahtlos knüpfte er an früher an.

Greta nickte. »Das hier ist ein so schönes Wortspiel. Und irgendwie hoffnungsfroh.«

Robert flankte vom Anhänger und kam zu ihr. Er nahm ihre Hände und schlug das Buch dort auf, wo sie ihren Zeigefinger zwischen die Seiten geklemmt hatte. Dann beugte er sich vor.

»Ziemlich fies, dieses Gedicht *Sie*, findest du nicht?« Er las zwei Strophen noch einmal laut vor:

»Sie vergisst ihren Weg
sie wankt von Verrat zu Verrat
von Fehler zu Fehler
sie schläft in den Niederlagen

Die an sie glauben
sind manchmal müde von Zweifeln
Einige die sie hassen
wissen sie kommt«

Robert sah sie an. »Was um alles in der Welt meint …«, er las Titel und den Namen des Autors, »… dieser Erich Fried damit?«

»Die Wahrheit?«, flüsterte Greta. Sie senkte den Kopf, suchte nach der Zeile und sagte mit klarer Stimme:

»Dass sie unnötig ist
lernt jedes Kind in der Schule

dass das Volk sie nicht will
hat das Volk sich endlich gemerkt«

Er überlegte kurz. »Ja, könnte sein. Habt ihr das in der Schule durchgenommen?«

Greta schüttelte den Kopf. »Hat mir Fräulein Heuser zum Geburtstag geschenkt, sie weiß, dass ich die Gedichte von Erich Fried sehr mag. Ich habe es gleich in der Pause gelesen und schon die ganze Zeit drüber nachgedacht.«

»Ach, die Heuser. Offenbar immer noch eine echte Vertreterin des Bildungsbürgertums, selbst wenn sie dafür progressive Dichter bemüht«, meinte Robert süffisant.

Greta verstand nicht, was er mit »Bildungsbürgertum« und »progressiv« meinte, aber sein Ton ärgerte sie. »Ich mag Gedichte. Besonders die, die sich nicht reimen. Das ist so, als hätte jedes Wort mehr als nur eine Bedeutung.«

Robert lehnte mit der Hüfte gegen den Frontlader und zog ein Päckchen Schwarzer Krauser No. 1 aus der Hosentasche, verteilte etwas Tabak auf ein Zigarettenpapier und begann, sich eine Zigarette zu drehen. Schnell fuhr er mit der Zungenspitze über die schmale Klebeschicht, steckte sich die dünne Zigarette dann zwischen die Lippen und zündete sie mit einem Streichholz an.

»Rauchst du immer noch nicht?«, fragte er Greta, die beobachtete, wie er so heftig daran zog, dass das überstehende Zigarettenpapier in einer kleinen Flamme aufging, bis es gemächlich glomm und der Zigarettenrauch in einer kleinen Wolke aufstieg.

Sie schüttelte den Kopf.

»Was machst du hier?«, platzte sie dann heraus. Sie musste endlich erfahren, warum er zurückgekommen war.

Robert lachte laut auf. »Von deiner Direktheit hast du nichts eingebüßt, Gretchen.« Er stupste sie in die Seite, nahm ihr das Buch aus der Hand und blätterte darin. »Mal sehen, ob ich hier die passende Antwort finde. So als Art Büchertarot, verstehst du.«

Greta gefiel, dass Robert auf sie einging, sie ernst nahm und trotzdem ganz neue Dinge sagte, über die sie erst nachdenken musste. Sie lehnte sich zurück und wartete.

»Ha, da haben wir es ja schon!«, rief er schließlich aus. Er tippte auf eine Stelle, nahm einen tiefen Zug von seiner Zigarette, wischte achtlos ein bisschen Asche von der Seite, die in diesem Moment herabgefallen war, und las vor:

»Gestern fing ich an, sprechen zu lernen.
Heute lerne ich schweigen.
Morgen hör ich zu lernen auf.«

Greta nahm ihm das Buch aus der Hand. »Fried kann dir nicht sagen, was du nicht selbst weißt«, neckte sie ihn und schlug das Buch zu. »Hör lieber nicht auf zu lernen. Jetzt sag mal im Ernst, wie lange bleibst du?«

»Na, bis ich die Banklehre hinter mir habe.« Robert rollte mit den Augen und ahmte die Stimme seines Bruders ziemlich gut nach. Er trat vom Frontlader weg und drückte die Zigarette in der Schaufel aus. »Ich muss doch auf eigenen Füßen stehen.«

Sie ging nicht darauf ein. »Du machst wirklich eine Banklehre, weil Harald es will?«

Robert schüttelte verneinend den Kopf. »Niemals. Ich werde ihm vorschlagen, erst mal auf dem Hof mitzuhelfen. Für lau, versteht sich. Da gehen die beiden bestimmt drauf ein.«

Greta nickte nachdenklich. »Mir hat er heute gesagt, dass er eine Lehrstelle beim Edeka in Kirchheim für mich hat. Nach dem Sommer geht es los.« Bedrückt hielt sie inne. Hatte Harald das überhaupt gesagt? Hatte sie Zeit bis nach dem Sommer, oder würde sie direkt nach dem Schulabschluss mit der Verkäuferinnenlehre anfangen?

»Ach, du Scheiße«, entfuhr es Robert. »Verkäuferin? Das ist doch nichts für dich.«

»Ich würde so gern weiter zur Schule gehen«, sagte Greta leise.

»Das kannst du vergessen. Das werden die Eltern niemals zulassen. Je mehr du lernst, desto fremder wirst du ihnen.«

Robert ahnte nicht, wie sehr sie diese Bemerkung verletzte.

Aber er hatte recht. Für die Hellerts reichte es vollkommen, wenn die Kinder ihren Abschluss schafften. Greta hingegen wollte weiterlernen und wusste doch zugleich, dass weder Elfriede noch Harald das verstehen würden. Es war der Moment, in dem sie wieder einmal erkannte, dass sie anders war als die Hellert-Kinder. Wie viel sie von ihren Gedanken für sich behielt, das wusste nur sie allein.

Dass ausgerechnet Robert jetzt mit dem Finger in die Wunde stieß, tat ihr besonders weh.

»Ich weiß«, murmelte sie. »Ich beneide dich. Du kannst wenigstens wieder weggehen, wenn sie dich zu etwas zwingen wollen. Aber ich …«

Robert machte einen Schritt auf sie zu, und im nächsten Moment legte er einen Arm um sie. Sie sah auf seine Hand auf ihrem Oberarm. Sie kam ihr auf einmal sehr fremd vor, so mager, mit den feinen dunklen Haaren bedeckt und mit einem schmalen braunen Lederband, das er darum geschlungen hatte. Ein zarter Geruch von gebeiztem Leder und etwas frischem Schweiß stieg ihr in die Nase. »Zusammen stehen wir das durch. Ich bin ja wieder da«, hörte sie ihn an ihrem Ohr sagen.

Sie lachte, wenn auch noch immer traurig. »Fragt sich nur, wie lange.«

Er ließ sie los und streckte sich. »Ich werde wohl eine Weile bleiben. Ich habe nämlich einen Plan, nur weiß ich noch nicht, ob der aufgeht. Wenn es so weit ist, erzähle ich ihn dir.« Greta betrachtete ihn neugierig, während er theatralisch seufzte und eine ausschweifende Handbewegung machte. »Und irgendwie hat mir das alles hier ein bisschen gefehlt, der Mief, die Spinnweben, der Geruch von Diesel …« Er sah ihr in die Augen. »Berlin ist echt dufte. Aber es gibt da keine Weinberge.«

Greta kicherte und drehte sich unbewusst eine hellblonde Haarsträhne um den Zeigefinger. »Dafür aber umso mehr Autos. Die magst du auch. Und Motorräder.«

»Stimmt.« Er zog die kleine braune Papiertüte, die er bei seiner Ankunft in der Hand gehalten hatte, aus der Hosentasche. »Hier, für dich. Aber ich bin mir nicht sicher, ob es zu diesem entzückenden Nachthemd passen wird. Da hat ja Elfriede mal wieder haargenau deinen Geschmack getroffen.«

»Ich hatte eigentlich vor, dir daraus eine Schlaghose zu nähen. Ich weiß ja, wie sehr du Blümchenmuster magst«, gab sie trocken zurück.

»Du verwechselst mich wohl mit Matse«, bemerkte Robert. »Der Kleine ist …« Er schwieg.

Neugierig öffnete Greta das Tütchen, das oben nur umgeschlagen war, und zog einen kleinen silbernen Schmuckanhänger heraus. Vorsichtig nahm Greta das Medaillon in Buchform in die Hand. »Oh, ist das schön«, hauchte sie. »Danke, Robert. Ein Buch, das ich immer bei mir tragen kann.«

»Ja, um den Hals. Guck mal rein.« Er grinste, während er sich erneut eine Zigarette drehte.

Vorsichtig schob Greta den Fingernagel in den Verschluss und öffnete das Medaillon. Rechts und links im Inneren war jeweils ein kleines Foto mit einem Auge eingesetzt, die sie jetzt als Augenpaar anblickten. Greta sah fragend zu Robert, der die Zigarette senkrecht auf die Schaufel des Frontladers klopfte. »Ich hab ein Passfoto von mir zerschnitten, damit erst mal was drin ist. Kannst du ja später austauschen, wenn du einen Freund hast. Aber so lange passe ich auf dich auf.«

Er fing an, »Birthday« von den Beatles zu summen.

Greta hielt sich das kleine Medaillon vor die Brust. »Ich spare sofort für eine Kette. Denn an einen Bindfaden will ich es nicht hängen. Dazu ist es viel zu wertvoll. Nachher verliere ich es gar.«

Robert zog sein Taschenmesser aus der Hosentasche, schnitt das Lederbändchen durch, das er um sein Handgelenk trug, und wickelte es langsam ab. »Hier, benutz erst mal das.« Er nahm ihr den Anhänger aus der Hand und fädelte geschickt das Band hindurch, wägte ab, wie lang er es ließ, bevor er die beiden Enden zusammenknotete und es über Gretas Kopf streifte. Vorsichtig zog er es dann so, dass der Anhänger genau mittig war, und ließ ihn sacht fallen. Greta spürte, wie es leicht gegen ihr Brustbein fiel, sie fühlte die Kühle des Silbers, die nichts mit Kälte zu tun hatte, auf ihrer Haut.

Robert trat einen Schritt zurück, betrachtete sie. »Perfekt.«

Greta griff nach dem Anhänger, umschloss ihn fest mit einer Hand. Sie sah zu Robert, dessen Silhouette sich gegen den dunklen Abendhimmel hinter dem kleinen Scheunenfenster abhob.

»Das ist das schönste Geburtstagsgeschenk, das ich je bekommen habe.«

4. KAPITEL

Kirchheim,
Juni 1970

Als Harald die Küche betrat, war die Familie mit dem Abendessen fast fertig. Er kam spät, viel später als sonst. Ganz offensichtlich war etwas Außergewöhnliches vorgefallen.

Als die Arbeit auf dem Weinberg beendet war, hatte er etwas von einem Treffen gemurmelt und war noch mal mit dem Wagen weggefahren. Elfriedes Frage, mit wem und warum er sich treffen wollte, hatte er nicht beantwortet.

Stolz stand er jetzt da, schaute herausfordernd in die Runde. Auch seine Körperhaltung war ungewöhnlich. Sonst ging er abends nach einem harten Arbeitstag leicht gebeugt, als sei es ihm nicht mehr möglich, den Rücken durchzustrecken. Wie ein buckliger alter Mann wirkte er dann. Aber heute war das anders: Er drückte die Schultern nach hinten und hatte die Brust herausgestreckt. Was vielleicht an dem frischen hellblauen Nylonhemd lag, das er nach der Arbeit angezogen hatte.

»Hol den Edelbrand raus, Elfriede! Und gieß uns einen gehörigen Schluck ein. Heute gibt's was zu feiern«, rief er.

Elfriede sah ihn fragend an, sprang aber auf und eilte zum Eichenbuffet im Wohnzimmer, wo die Schnäpse aufbewahrt wurden. Den Männern schenkte sie Edelbrand ein, sich und den Mädchen einen Kräuterlikör. Sogar Matse bekam einen Minischluck, doch als er daran nippte, verzog er das Gesicht und fing an zu würgen. Greta klopfe ihm sanft auf den Rücken, bis er sich wieder beruhigt hatte.

»Was ist denn passiert?«, fragte Johann. Er klang verärgert, was Greta überraschte. Sie musterte ihn erstaunt, dann verstand sie: Auch er wusste nicht, warum Harald so aufgekratzt war. Johann war genauso wenig eingeweiht wie sie alle.

Harald räusperte sich und hielt sein Glas in die Höhe. »Wir haben ab heute zwei Weinberge mehr! Alte Riesling-Stöcke. Gut zwei Hektar Land. Prost!« Er kippte den Schnaps in einem Zug runter und sah triumphierend von einem zu anderen, nickte jedem eifrig zu, um die Zweifel zu zerstreuen, die er in den sechs Augenpaaren entdeckte.

»Wie kann das sein ...?«, fragte Elfriede ungläubig und sank auf einen Stuhl.

Harald hielt das inzwischen leere Schnapsglas auffordernd seiner Frau entgegen, die sogleich erneut aufsprang und ihm nachschenkte. »Ja, da muss man schnell sein«, sagte er selbstzufrieden. »Und das war ich diesmal! Ihr wisst doch, dass der alte Musert vor einer Woche an Krebs eingegangen ist. Also bin ich heute zu seiner Witwe, der Ingeborg, gefahren. Ist schon über sechzig, will sich die viele Arbeit nicht mehr aufbürden. Der Sohn, der immer mal wieder ausgeholfen hat, hat kein Interesse am Weinbau. Und was soll ich euch sagen? Sie verpachtet uns ihre beiden Weinberge, oben am grünen Drachenweg! Per Handschlag hat sie sie mir zugesagt, das ist so gut wie Brief und Siegel, auf Ehre und Gewissen.«

Greta verstand seinen Triumph. Schneller sein als alle anderen, noch mal Land dazu zu gewinnen, das war fast wie ein Sechser im Lotto. Die Hellerts hatten es nicht leicht: Sie bewirtschafteten zu viel Land, um es als Nebenerwerb zu betreiben, aber es war sehr knapp, wenn eine sechsköpfige Familie, mit Greta sieben, davon leben wollte. Jetzt war Harald ein guter Schachzug gelungen.

Die Hellerts gehörten zu den kleineren Weinbauern im Leiningerland. Erst in diesem Jahr hatte Harald beschlossen, einen Teil seiner Weinernte allein zu keltern und nicht alles an die Winzergenossenschaft zu geben, der fast alle kleineren Winzer ihre Trauben lieferten. So hoffte er, höhere Preise zu erzielen. Elfriede träumte von einer neuen Sitzgarnitur fürs Wohnzimmer, die sie sich schon im Neckermann-Katalog ausgesucht hatte. Harald hingegen wollte von dem mehr erwirtschafteten Geld einen Farbfernseher kaufen. Die zusätzlichen zwei Hektar könnten diese Wünsche vielleicht erfüllen.

Harald knallte das Glas auf den Tisch. »Lasst uns zusammen hochfahren und Bestandsaufnahme machen!«

Kurz darauf drängelten sie sich zu siebt in den VW 1600 und fuhren zu ihrem neuen Land.

Greta sah auf den ersten Blick, dass es viel zu tun gab. In den letzten Monaten hatten die Muserts das Land vernachlässigt, so sehr waren sie mit dem Kampf gegen den Krebs beschäftigt gewesen. Da hatte auch der Sohn nichts ausrichten können.

Zwei Tage war dieser aufregende Abend her. Jetzt fuhren sie erneut zu dem gepachteten Weinberg.

Greta saß mit Robert auf dem Anhänger. Sie schloss einen Moment die Augen und hielt ihr Gesicht in die frühe Morgensonne, die für diese Uhrzeit bereits ungewöhnlich stark war, obwohl der Sommer dem Kalender nach gerade erst begann. In der Ferne hörte sie die Kirchenglocken sieben Uhr schlagen. Heute ging sie nicht zum Gottesdienst, wie sie es sonst sonntags immer tat. Sie, Robert, Harald und Johann hatten etwas anderes vor.

Elfriede hingegen würde sich später mit Renate und Matse auf den Weg in die Kirche machen. Und sicher würde sie hinterher, wenn sich die Gemeinde zu einem Plausch vor dem Kirchentor versammelte, stolz erklären, warum der Rest der Familie verhindert gewesen war.

Greta seufzte leise. Ein arbeitsreicher Tag lag vor ihnen, und das bei der Hitze. Merkwürdigerweise war Renate immer gerade unpässlich, wenn sie es zeitlich eigentlich hätte gut einrichten können, mitzuhelfen. Greta ließ ihre Gedanken schweifen. Sie war froh, dass sie heute nicht in die Kirche musste, obwohl es ihr seit ein paar Jahren zur Gewohnheit geworden war, vor dem Gottesdienst auf den Gräbern ihrer Mutter und ihrer Großmutter eine kleine Blume niederzulegen. Die Toten waren erst dann wirklich tot, wenn man sie vergaß. An diesen Satz glaubte sie. Seit sie ihn gelesen hatte, gehörte der Besuch der zwei Gräber zu ihrem sonntäglichen Kirchgang.

Doch die Predigten des Pfarrers waren einschläfernd. Beim ersten Satz nahm sie sich jedes Mal vor, ihm zu folgen, vielleicht hinterher sogar in der Bibel nachzulesen. Aber dann sprach er salbungsvoll den zweiten Satz, und der hatte oft schon keinen Bezug mehr zum ersten. Und während Greta noch nachgrübelte, wie die Aussagen des ersten und des zweiten Satzes zusammenpassten, war der Gottesmann schon beim dritten und vierten Satz – und sie war verloren. Wenn sie das mit den Gedichten von Fried verglich! Da hatte jedes einzelne Wort eine Bedeutung, da war jede Zeile wichtig …

Sie hielt sich fest, als sie durch eine tiefe Senke fuhren.

Dass Renate jetzt im Bett liegen und ausschlafen konnte, wurmte Greta. Gestern war es ihr noch so gut gegangen, dass sie sich wieder heimlich aus dem Haus geschlichen hatte, um im *Holzwurm* abzutanzen. Greta war es ein Rätsel, wie sie dort hinkam. Aber wahrscheinlich flirtete sie mit irgendeinem Jungen aus dem Dorf, der ein Auto hatte, warf dem Türsteher mit ihren dunkel geschminkten Kajalaugen schmachtende Blicke zu und wurde ohne Ausweiskontrolle durchgewunken.

Robert stieß Greta in die Seite. »Hey, aufwachen. Warst wohl mit Renate gestern in der Disco.« Er grinste sie breit von der Seite an.

Greta rückte ein Stück von ihm ab. »Du weißt, dass sie da war? Du verrätst sie doch nicht, oder?«

Robert beugte sich zu ihr. »Wie könnte ich. Dann müsste ich ja sagen, dass sie mit mir da war.«

»Was?!«

»Na klar, und wenn du alt genug bist, nehmen wir dich vielleicht mit.« Er kniff ihr in die Wange. »Also, wenn du deinen Babyspeck verloren hast.«

»Besser nicht vorhandener Babyspeck als dein verzweifelter Versuch, sich einen Bart stehen zu lassen. Rasier dir mal das Sauerkraut am Kinn ab«, konterte sie.

Robert grinste etwas schmaler.

Sie hatten seit dem Treffen in der alten Scheune selten Gelegenheit gehabt, ungestört zu sprechen. Robert schwang sich abends meist auf seine Honda und besuchte »alte Kumpels«, wie er Elfriede sagte. Greta hingegen kümmerte sich um Matse und um ihre Hausaufgaben. Sie war froh, dass Robert jetzt neben ihr saß.

Harald lenkte den Traktor über eine letzte kleine Kuppe, hielt schließlich rechts am Wegrand, wo er den Motor abstellte und voller Tatendrang vom Bock sprang.

Johann kletterte ebenfalls herunter. Er blickte skeptisch auf die Rebreihen, die sich weit den Weinberg hinaufzogen. Vorgestern Abend waren sie zu aufgeregt gewesen, um die Entfernungen, die Weite und die Höhe realistisch einzuschätzen. Er atmete scharf ein. »Das schaffen wir nie, Vati.«

»Geht nicht gibt's nicht.« Harald bückte sich und griff eine Handvoll Erde. »Schau, Johann«, meinte er und zerbröselte sie. »Kaum Lehm, nicht so wie bei uns, dafür kalkiger und mineralreicher. Perfekt für den Riesling.« Er nahm seine Arbeitshandschuhe aus der hinteren Hosentasche und zog sie bedächtig an. »Wir machen es wie immer. Nämlich anfangen und nicht lang drum herumreden! Dieses Jahr haben wir ja einen Arbeiter mehr.« Er sah zu Robert, der Greta vom Anhänger half. Stirnrunzelnd betrachtete er dessen abgeschnittene Jeans, die über den Knien ausgefranst war. »Hast keine gescheite Hose mehr im Schrank? Läufst ja rum wie ein Gammler.«

Robert sah an sich herab. »Ist praktisch. Wird ja heiß heute.«

Harald zeigte auf Roberts Turnschuhe. »Und das sind jetzt deine Arbeitsschuhe?«

»Hab meine alten heute früh nicht gefunden. Ich habe da aber einen Verdacht …« Er sah zu Johann, der von dem Gespräch nichts mitbekommen hatte. »Passen dir gut, meine alten Treter, oder?«

Johann zuckte mit den Schultern. »Du warst nicht da. Müssen ja nicht rumstehen, wenn andere sie brauchen können, oder? Sind eh nicht schick genug für West-Berlin.«

Harald trat ein paar Schritte in die erste Reihe. »Wird höchste Zeit, dass wir uns kümmern. Nächste Woche nehmen wir uns den anderen Weinberg vor.« Er begutachtete die Reben. »Einige sind schon über die Blüte hinaus. Schaut mal, die haben einen ordentlichen Fruchtansatz. Jetzt darf es nur keinen zu starken Regen geben, sonst kriegen die hier noch Pilzkrankheiten.«

In dieser Jahreszeit sah Harald den Wetterbericht im Fernsehen nicht nur jeden Abend, auch morgens stellte er dafür das Radio an. War das Wetter im Juni schlecht, wurde der Ertrag weniger. »Alte Winzerwahrheit«, meinte Harald jedes Mal.

Greta band sich ihr Kopftuch um, zog ihre Strickjacke aus, schlang sie um ihre schmale Taille und verknotete die Ärmel.

»Ich brech die Geiztriebe aus, das Mädsche schlauft ein. Und ihr Buwen kümmert euch um den Boden.« Er warf Johann einen strengen Blick zu und verfiel ins Pfälzische. »Aber net wie letschd Johr am Südhang, wo das halbe Unkraut hast stehen lassen.«

»Das höre ich wohl jetzt bis an mein Lebensende«, grummelte Johann verdrossen und griff nach Stockhacke und Eimer. »Kann sie doch machen.«

»Nee, nee. Das Mädsche schlauft besser ein.«

Johann warf Robert einen Eimer zu. »Hier, Kleiner, kannst aufklauben.«

»War ja klar, dass ich wieder die Drecksarbeit kriege. Und übrigens, falls es dir entgangen ist, ich bin ein ganzes Stück größer als du.«

»Länger, nicht größer«, gab Johann bissig zurück.

»Ihr habt immer noch nicht verstanden, was ihr aneinander habt«, fuhr Harald seine Söhne an. »Ich wünschte, Erwin wäre noch an meiner Seite.«

Die beiden jungen Männer hielten einen Moment in ihrer Arbeit inne. Selten genug gab Harald etwas von seiner Kindheit und Jugend preis. »Ja, ich wünschte wirklich, mein älterer Bruder würde noch leben«, wiederholte er nun. »Erst habe ich ihn bewundert, dann nachgeahmt und schließlich Hand in Hand mit ihm zusammengearbeitet. Auch ihr braucht jemanden, auf den ihr euch blind verlassen könnt. Es tut noch heute weh, dass Erwin im Krieg geblieben ist. Er war mein bester Freund.«

Er räusperte sich, um seine Söhne dann scharf zurechtzuweisen: »Also, ein bisschen Respekt täte euch beiden gut. Hier ist keine Arbeit weniger wert.«

Er drehte sich um, musterte die Rebstöcke und begann dann, die Geiztriebe abzubrechen. Greta, die ein Stück neben ihm stand, schlaufte die langen Ruten in die vorhandenen Drahtrahmen ein, wenn Harald fertig war.

»Nimm einen Teil der Blätter gleich mit weg. Ist ja der reinste Dschungel hier«, wies Harald sie an.

Greta nickte, obwohl er ihr nichts Neues sagte. Sie wusste, dass die Reben eine gute Durchlüftung brauchten, um genug Sonnenstrahlen zu bekommen, und nach einem

Regen schnell trocknen mussten, damit sich kein Schimmel unter den großen Weinblättern bilden konnte. Sie griff nach dem ersten Trieb und wand ihn vorsichtig um das Drahtgespann, das zwischen den Rebstöcken gespannt war. Ihr gefiel diese Arbeit. Oftmals dachte sie, dass sie dem Trieb wie einem Kind half, sich zu entwickeln. Das frische Holz lag weich und biegsam in ihrer Hand. Sie mochte den Geruch von Erde und noch mehr den des frischen Grüns, das einen ganz eigenen, aromatischen Duft verströmte.

Als sie die Hälfte der ersten Reihe bearbeitet hatten, schritt Harald die Reihe noch einmal zurück und kontrollierte ihre Arbeit. Bei ihr angekommen, klopfte er ihr etwas ungelenk auf die Schulter. »Hast wirklich viel gelernt, Mädsche. Gut gemacht. Mit deiner Lehre müssen wir mal gucken, jetzt, wo wir mehr schaffen müssen.«

Johann merkte auf. »Das ist doch aber abgemacht mit dem Mahlig Schorsch. Du hast den Lehrvertrag schon unterschrieben.«

Harald winkte ab. »Da werde ich mit ihm schon einig.«

Johann insistierte. »Und was ist mit dem Geld, das sie dann beisteuert?«

Harald funkelte ihn an. »Halt du dich da raus!«, fuhr er seinem Ältesten über den Mund.

Robert hatte sich auf den Boden gesetzt und sich eine Zigarette gedreht, die er sich jetzt anzündete.

»Hat hier irgendjemand was von Pause gesagt?«, rief Harald ihm zu. »Auf geht's. Die zehn Reihen hier müssen wir heute schaffen. Hol den Traktor her.«

Schweigend arbeiteten sie weiter. Robert ließ den Traktor an und rangierte den Anhänger rückwärts auf den bereits gesäuberten Boden, damit er das Unkraut besser auf den Anhänger kippen konnte. Dabei pfiff er leise vor sich hin.

Erst als sie am Ende der Reihe angekommen waren, verteilte Harald die von Elfriede zubereiteten Brote. Zufrieden blickte er auf die bereits bearbeitete Reihe, nahm einen großen Schluck aus der Wasserflasche und reichte sie an Johann weiter.

Der tat es seinem Vater gleich, bevor er die Flasche an Robert weitergab. »Habe mal eben gerechnet, Vati. Wir sollten zwei Erntehelfer einstellen zur Lese. Vielleicht finden wir jemanden, der bei BASF im Schichtdienst schafft. Die verdienen sich ja für ihr Häuslebauen gern was dazu. Anders ist das nicht zu machen. Und mit der Ernte hier machen wir ja auch mehr Gewinn. Die Bank muss uns das vorstrecken.«

Harald nickte bedächtig. »Aber noch verteilen wir das Fell des Bären nicht. Zumindest nicht, bevor er erlegt ist«, warnte er.

»Wenn uns das Wetter keinen Strich durch die Rechnung macht, wird das ein richtig gutes Jahr für uns.«

Greta horchte auf. Ein gutes Jahr? Fräulein Heuser hatte sie am Freitagmittag nach Schulschluss zur Seite genommen. Sie würde den besten Abschluss in der Klasse machen. Als Greta ihr von der Lehrstelle erzählt hatte, hatte die Lehrerin sie ungläubig angeschaut. Sie solle sich das noch einmal reiflich überlegen, hatte die Lehrerin gemeint. Doch Greta hatte geantwortet, dass das die Hellerts bereits entschieden hätten.

Jetzt schöpfte sie Hoffnung. Wenn sich die finanzielle Situation der Hellerts verbesserte, dass sie sogar zwei

Erntehelfer beschäftigen konnten, würden sie vielleicht doch auf Gretas Hilfe und auf ihr Lehrgeld verzichten? Sie musste den richtigen Moment abwarten, um mit Harald zu sprechen. Vielleicht konnte sie ihn überzeugen.

Um elf war es so heiß, dass Greta der Schweiß den Rücken hinunterlief. Auch die Männer schwitzten. Greta sah, dass Johanns Nacken krebsrot war, er würde einen Sonnenbrand bekommen. Und Harald nahm sich immer wieder die Mütze vom Kopf und wischte sich mit einem Taschentuch übers Gesicht.

»Eine Viecherei«, keuchte er, als sie mittags die Hälfte des Weinbergs geschafft hatten. »Wird Zeit, dass wir etwas in den Magen bekommen. Elfriede wollte uns eine Gulaschsuppe bringen.«

»Bei der Hitze?«, ächzte Robert, der immer noch Unkraut einsammelte. Auch er schwitzte trotz seiner kurzen Hose.

»Nur nicht wählerisch werden«, kommentierte Johann. »Vielleicht macht sie etwas anderes. Dass es heiß ist, merkt sie ja selbst.« Er strich sich mit dem Zeigefinger über seinen Schnauzbart, den er seit Kurzem trug. Als er ein Motorengeräusch hörte, drehte er sich um. »Mutti kann das kaum sein. Oder hat sie einen Führerschein gemacht, ohne dass wir etwas davon mitbekommen haben?«, scherzte er.

»So weit kommt's noch!«, schnaubte Harald. »Du weißt doch: ›Frau am Steuer, das wird teuer.‹« Er lachte, blickte jetzt aber ebenfalls den Hang hinab.

Ein orangefarbener VW-Bus kam den Weg rasant hochgefahren. Die Staubwolke hinter ihm breitete sich schwebend in der klaren Sommerluft über den Weinbergen aus.

»Das ist doch Freudbergs Bus, oder?«, meinte Johann und stützte sich auf die Stockhacke. »Was will der denn am Sonntag hier?«

»Wahrscheinlich schauen, was seine Reben machen.« Harald wies aufs Nachbarfeld. »Das ist sein Land. Und dafür scheucht er seine Leute auch am heiligen Sonntag raus«, grummelte er. »Die können froh sein, dass sie nicht auch noch dieses Land hier beackern müssen. Diesmal war ich schneller. Noch mal schnappt der mir nix weg.«

Greta wusste nichts Genaues über die alte Fehde zwischen Fritz Freudberg und den Hellerts. Nur dass der junge Freudberg nach dem Krieg als Erntehelfer für die Hellerts gearbeitet hatte. Alles, was er über den Weinbau wusste, hatte er von Harald gelernt. Als er bald darauf das Gut des alten Weinbauers Anton Bender übernahm, wurde er zum größten Winzer im Leiningerland und der erklärte Feind der Hellerts, die davon überzeugt waren, dass Freudberg dabei kriminell vorgegangen war.

Zu allem Unglück wurde er dadurch Hellerts direkter Nachbar. Es war unausweichlich, dass man sich gelegentlich sah. Und jede von Freudbergs arroganten Bemerkungen zum Rebenstand der Hellerts brachte Harald zum Schäumen, was er dann an seiner Familie ausließ.

Greta warf Robert einen besorgten Blick zu. Doch der zuckte nur gleichgültig mit den Schultern.

»Kommt, Kinder. Weiterarbeiten. Mit dem Satan haben wir nichts zu schaffen«, sagte Harald bitter.

Schon trat er in die letzte Reihe dieses Schlags und begann, die größeren Geiztriebe mit der Schere abzuschneiden, als der VW-Bus stoppte und Freudberg ausstieg. Ohne zu grüßen, ging er um den Wagen herum und öffnete die Schiebetür. Sofort stiegen acht seiner Helfer aus, die er über das ganze Jahr immer wieder sporadisch beschäftigte. Zur Lesezeit stellte er zusätzlich an die dreißig Landfrauen aus der Umgebung ein. Doch heute hatte er nur Männer dabei, alle kräftig, mit Werkzeug und Eimer ausgestattet. Abwartend blieben sie neben dem Wagen stehen. Greta sah, wie jetzt auch ein Traktor mit Hänger den Feldweg hochfuhr.

Nun endlich schien Freudberg sie zu bemerken. Er nickte Johann und Robert zu und betrat die Reihe, in der Greta die Triebe der Rebstöcke weiter in Form brachte. »Wünsche einen guten Tag. Fleißig am Schaffen?«

Greta sah zu Fritz Freudberg auf, der sie um einen Kopf überragte. Er lächelte sie an, sein Haar war mehr grau als sandfarben, um seine Augen bemerkte Greta viele Fältchen. »Die Junihitze hat es in sich, gell? Passen Sie auf, dass Sie keinen Sonnenstich bekommen.«

Greta wusste, dass Johann und Robert das Gespräch genau verfolgten, auch wenn sie so taten, als würden sie weiter Unkraut entfernen. Und auch das Klappern von Haralds Schere war aus der Nebenreihe nicht mehr zu hören.

Spätestens beim Abendessen würde ihre Antwort auf die Goldwaage gelegt werden. Sie blickte Fritz Freudberg direkt ins Gesicht und erwiderte sein Lächeln. »Die Sonne macht mir nichts. Sie wird den Rieslingtrauben guttun. Das ist genau das, was sie brauchen. Was wir brauchen.«

Fritz Freudberg hielt ihrem Blick stand. Doch jetzt lächelte er nicht mehr. Greta konnte in seinem Gesicht nichts lesen. Sie spürte den leisen Schmerz in ihren Fingern von dem unablässigen Einschlaufen und wunderte sich, warum er nicht zu seinen Leuten ging.

In diesem Moment raschelte etwas in der Nebenreihe, und zwischen zwei Weinstöcken beugte sich Harald vor: »Lass das Mädsche in Ruhe! Kümmer dich um deine eigenen blutverseuchten Weinberge! Runter von meinem Grund!«

Freudberg drehte sich betont langsam zu Harald um. »Der Herr Nachbar, wünsche einen schönen Tag.« Er tippte sich zum Gruß an die Stirn und lächelte Harald breit an. Aber Greta sah, dass seine Augen dabei nicht mitlächelten. Er blickte über den Weinberg, strich sich nachdenklich das Haar zurück, während er wohlwollend nickte. »Gute Arbeit, gute Reben! Danke.« Der Hohn in seiner Stimme war nicht zu überhören.

Harald trat in ihre Reihe und baute sich vor Freudberg auf. »Hast du nicht gehört? Runter von meinem Boden!«

Freudberg sah Harald nicht an, drehte den Kopf zu seinen Arbeitern, schürzte die Lippen und gab ihnen mit der Hand ein Zeichen, sich in den Reihen zu verteilen. Dann wandte er sich wieder Harald zu und schüttelte überheblich den Kopf. »Du irrst, Herr Nachbar. Das hier ist mein Weinberg.«

Harald lachte laut auf. »Der Weinberg gehört der Musert Ingeborg. Und wir haben ihn …«

Freudberg unterbrach ihn. »Er *gehörte* Ingeborg. Und jetzt gehört er mir! Also … », er ahmte Harald nach, »runter von meinem Grund. Packt eure Sachen zusammen.«

Harald verschlug es die Sprache. Fassungslos sah er Freudberg an, der ein zusammengefaltetes Papier aus der rechten Hemdtasche zog. Damit trat Freudberg einen Schritt auf Harald zu und ließ es ihn lesen.

»Glaubst du es jetzt?«, fragte er, während Haralds Blick

von Zeile zu Zeile glitt und schließlich bei den beiden Unterschriften hängenblieb.

Freudberg faltete das Papier wieder zusammen und sah Harald direkt in die Augen: »Brief und Siegel, Ehre und Gewissen – was für hehre Ausdrücke. Aber harte D-Mark, die spricht eben eine eigene Sprache. Auch für die Musert Ingeborg.« Er schlenderte auf seinen ersten Arbeiter zu, der bereits wie Greta zuvor die weichen Rebentriebe einschlaufte.

Mit hängenden Armen blickte Harald Freudberg nach, und Greta, die ihm am nächsten stand, sah, wie ihm Tränen in die Augen traten. Schon wollte sie einen Schritt auf ihn zugehen, ihn trösten. Sie wusste, dass er diesen Kampf mit Freudberg verloren hatte, und schlimmer noch, er wusste es auch. Sie spürte, dass es viel mehr war, als nur diesen Weinberg nicht bewirtschaften zu können. Doch bevor sie ihn erreicht hatte, ging er wortlos auf den Traktor zu. Er schien nicht zu bemerken, wie ihm die Schere aus der Hand fiel und mit der Spitze im Boden stecken blieb. Schweigend traten seine Söhne aus der Nebenreihe. Greta bückte sich, zog die Schere aus dem Boden und folgte den Männern.

Robert, der auf den Anhänger geklettert war, streckte Greta die Hand entgegen. Sie ergriff sie und ließ sich von ihm hochziehen. Bevor sie sich neben ihm niederkauerte, drehte sie sich noch einmal um.

Freudberg stand am Eingang der Reihe. Er tippte sich erneut zum Gruß an die Stirn, dann wandte er sich abrupt ab.

Greta schloss für einen kurzen Moment die Augen – sie konnte nicht glauben, was eben geschehen war.

Auf dem Hof angekommen, stieg Harald vom Traktor, ohne ihn auszuschalten, und ging gebeugt zum Haus. Keiner hatte während der Rückfahrt ein Wort gesagt, weder auf dem Traktor noch auf dem Anhänger. Es war, als ob sich das, was geschehen war, nicht in Worte fassen ließ.

Greta blickte ihrem Ziehvater nach. Ihr Herz war voller Mitleid. Hilfesuchend sah sie zu Robert. Auch er sah seinem Vater nach, konnte den Blick von diesem scheinbar gebrochenen Mann nicht lösen.

Johann klemmte sich hinter das Lenkrad und drehte sich zu ihnen um. »Runter mich euch!«, schnauzte er sie an.

»Freudberg ist ein Schwein«, stellte Robert knapp fest, während er und Greta hinunterkletterten. Langsam ging Robert hinter dem Traktor in die große Scheune, um den Anhänger abzukuppeln. Greta folgte ihm. Keinesfalls würde sie jetzt ins Haus gehen und sich Elfriedes Fragen aussetzen. Denn sie wusste, wie schweigsam Harald war, wenn ihn etwas beschäftigte, wie er sich weigerte, seiner Frau Antworten zu geben, die diese dann bei den anderen Familienmitgliedern herauszufinden versuchte. Diesmal wollte sie ganz sicher nicht die Überbringerin dieser schlechten Nachricht sein.

Als Johann in Richtung Haus verschwunden war, klaubte Greta Wasserflaschen, Werkzeug und Jacken vom Anhänger und setzte sich auf einen Stapel Europaletten, die in der Scheune lagen. In Hinblick auf die Eigenvermarktung ihres Weins hatte Harald Flaschen geordert, die auf den Paletten geliefert worden waren. Es hatte noch keiner Zeit gehabt, sie zu entsorgen.

Robert setzte sich neben Greta, holte seinen Tabakbeutel heraus und drehte sich eine Zigarette. »Das wird

Vati so schnell nicht verwinden«, sagte er und zog ein Streichholzheftchen aus der Hosentasche.

Greta fragte sich, wann Robert das letzte Mal »Vati« gesagt hatte.

In diesem Moment klappte die Haustür zu. Harald lief im Sonntagsanzug über den Hof, stieg in den VW 1600 und fuhr vom Hof.

5. KAPITEL

Speyer,
Juni 1970

Irene Heuser lief durch die Altstadt von Speyer. Sie war auf dem Weg zum Bahnhof. Eine Stunde würde sie brauchen, um zurück nach Bad Dürkheim zu kommen, wo sie eine kleine Wohnung gemietet hatte. Wie jeden Sonntag in den letzten Wochen war sie heute auf den Spuren pfälzischer Literaten gewandelt.

Heute früh hatte sie sich entschieden, das Geburtshaus von Sophie von La Roche zu besichtigen, der ersten deutschen Schriftstellerin, die man als Bestsellerautorin bezeichnen konnte. Den Briefroman *Die Geschichte des Fräuleins von Sternheim* hatte Irene wieder und wieder gelesen. Sie konnte sich genau an die Empfehlung ihres Professors vor zwanzig Jahren erinnern, der ihr den Roman in einem Seminar an der pädagogischen Akademie in Neuwied empfohlen hatte.

Ihre Gedanken schweiften zu ihren eigenen Schülern. Sie waren ihr über die Jahre ans Herz gewachsen. Sicherlich nicht alle, aber diejenigen, die ein instinktives Literaturverständnis hatten und jede Art von Lektüre verschlangen. Sie waren ein Geschenk und erinnerten Irene im oft anstrengenden Schulalltag daran, warum sie ihren Beruf ergriffen hatte. So wie die kluge Greta Piontek, ein ganz besonderes Mädchen. Irene Heuser lächelte in sich hinein. Wie sehr hatte sich Greta über den kleinen Gedichtband von Erich Fried gefreut. Irene wusste um Gretas trauriges Schicksal, die junge Waise, die bei den Hellerts aufwuchs. Drei ihrer Kinder hatte sie unterrichtet, aber keins von ihnen hatte dieses Erkennen im Blick gehabt, wenn es um Literatur ging. Und was Irene am meisten berührte: Greta versuchte, ihren Enthusiasmus zu unterdrücken, da dieser in der Winzerfamilie nicht erwünscht war. Umso bedeutsamer war es in ihren Augen, dass das Mädchen sich ihren Wissensdurst nicht nehmen ließ.

In der kommenden Woche fanden die Zeugniskonferenzen statt, und die Lehrerin wusste schon jetzt, dass Greta als Klassenbeste abschließen würde. Was für ein Jammer, dass Gretas Zieheltern sie nicht auf die weiterführende Schule schicken würden. Wenn jemand aus der Klasse das Zeug zu einem Gymnasialabschluss hatte, dann war es Greta Piontek. Was hatte das Mädchen erst neulich gesagt – sie würde eine Lehre bei Edeka machen?

Irene Heuser dachte an ihre ältere Schwester, die ebenfalls alleinstehend war und in ihrem Elternhaus an der Nordsee lebte und als Verkäuferin arbeitete. Immer wieder drängte diese sie, zu ihr zu ziehen und eine Stelle in Husum anzutreten. Denn auch sie wurde nicht jünger. Und das elterliche Haus, das sie beide geerbt hatten, wäre groß genug für sie beide. Doch Irene war unentschlossen.

Nächstes Wochenende wollte sie sich in Mainz das Frauenlob-Gymnasium ansehen, an dem Anna Seghers zur Schule gegangen war. Ursprünglich hatte sich Irene dort nach ihrem Referendariat um eine Stelle beworben. Doch ausgerechnet dort hatte sich ihr ehemaliger Kommilitone Walter Rechenberg beworben. Als sie davon erfuhr, hatte sie ihre Bewerbung umgehend zurückgezogen und war in Bad Dürkheim gelandet, wo sie bis heute an derselben Schule unterrichtete.

Irene hatte diesen Entschluss nie bereut, denn keineswegs wollte sie Walter, in den sie während ihrer Studienzeit sehr verliebt gewesen war, wiederbegegnen, geschweige denn zusammen mit ihm in einem Kollegium sein.

Ein Kommilitone hatte damals zu Silvester in die Villa seiner Eltern eingeladen. Mit Papierhütchen auf dem Kopf hatten sie an einem langen Tisch gesessen und Feuerzangenbowle getrunken, als Walter lautstark seine Ansicht verkündet hatte: Es sei ein gutes Gesetz, das Frauen verbiete, eine Arbeitsstelle ohne Zustimmung des Ehemanns anzutreten. Dabei hatte er besitzergreifend den Arm um sie gelegt. Seine Haltung, aber auch seine übergriffige Berührung hatten Irene zutiefst gekränkt und abgestoßen. Wahrscheinlich war das der Grund, dass sie ledig geblieben war, obwohl es im Lauf der Zeit durchaus Kollegen gegeben hatte, die sie umwarben.

Auf der anderen Seite konnte sie Walter sogar dankbar sein. Ohne die schreiende Ungerechtigkeit, die er als normal empfunden hatte, wäre sie nicht so darauf aus, dass ihre Schülerinnen niemals unter ihren Möglichkeiten blieben und selbstbestimmt ihr Leben gestalten konnten. Begabte Mädchen und bestmögliche Bildung – das gehörte für sie untrennbar zusammen.

Irene schob den Gedanken an Walter beiseite. Sicherlich würde er sich nicht an einem Sonntag am Frauenlob-Gymnasium aufhalten, sollte er dort überhaupt noch tätig sein.

Sie bog in die Große Himmelsgasse ab. Sie hatte sich umentschieden, wollte in dem Café am Dom noch ein Stück Kuchen essen. Dabei konnte sie ein wenig in dem Briefroman von Sophie von La Roche lesen, bevor sie mit dem Zug zurück nach Bad Dürkheim fuhr. Sie blieb stehen und sah in ihrer Schultertasche, die ihr ihre Schwester zu ihrem letzten Geburtstag geschickt hatte, nach. Hatte sie das Buch heute Morgen eingepackt, oder lag es womöglich noch auf dem Küchentisch? Erleichtert zog sie den Roman aus der Tasche und wollte weitergehen, als sie mit einem Mann zusammenstieß, der wie aus dem Nichts vor ihr aufgetaucht war und nun einen Schritt zurück trat. Erschrocken setzte sie zu einer Entschuldigung an.

Doch der Mann kam ihr zuvor, zog den Hut. »Verzeihung …« Er hielt inne, seine Augen weiteten sich, als er sie erkannte. »Fräulein Heuser«, stammelte er mit hochrotem Kopf. In diesem Moment öffnete sich hinter ihm die Haustür eines kleinen, alten Fachwerkhauses. Eine rothaarige, stark geschminkte Frau in einem Negligé, das nur notdürftig über ihrem üppigen Busen geschlossen war, trat auf Harald Hellert zu und reichte ihm seine Anzugjacke. »Die hast du vergessen. Bis zum nächsten Mal«, raunte sie ihm leise zu, aber immerhin so laut, dass Irene es hören konnte. Daraufhin verschwand sie wieder im Haus.

Irritiert ließ Irene ihren Blick zwischen Harald Hellert und dem dezenten Rotlichtschild *Maison d'amour* hin und her wandern, das im Erdgeschossfenster prangte. Und sie verstand.

Harald Hellert sah wie das personifizierte schlechte Gewissen aus. Sein Unbehagen war deutlich von seinem Gesicht abzulesen.

Irene Heuser trat einen Schritt zur Seite, nickte ihm ausdruckslos zu. Sie musste diese peinliche Situation schnellstens beenden. »Ich wünsche Ihnen noch einen schönen Sonntag, Herr Hellert.«

Nach dieser Begegnung dachte sie nicht mehr daran, sich mit ihrem Buch in ein Café zu setzen. Zügig lief sie Richtung Bahnhof und versuchte, das soeben Erlebte zu sortieren. Eine Idee blitzte in ihr auf, die sie nur allmählich zu fassen bekam. Einen Moment lang blieb sie stehen und sah zu den hohen Türmen des Speyerer Doms hinauf, ohne sie wirklich wahrzunehmen.

Sie musste sich ihre nächsten Schritte genau überlegen. Nur dann würde der gewagte Plan, der mit jedem Meter, den sie dem Bahnhof näher kam, konkreter wurde, von Erfolg gekrönt sein.

6. KAPITEL

Kirchheim,
Juli 1970

Greta pfefferte ihren Schulranzen in die Ecke und warf sich aufs Bett. Mit aller Macht hielt sie die Tränen zurück. Das war er nun gewesen, ihr letzter Schultag. Eigentlich sollte sie glücklich sein und auch stolz. In der Aula waren die Abschlusszeugnisse verteilt worden, und alle hatten geklatscht, als sie als Allererste aufgerufen worden war: Sie war Jahrgangsbeste.

Doch was nutzte ihr das? Ihr Traum vom Gymnasium war zerplatzt. Tot. Greta fühlte eine unglaubliche Leere in sich, konnte sich kaum vorstellen, wie ihr Leben nach den Sommerferien weitergehen sollte. Dabei wusste sie es doch. Und genau das machte sie so traurig. Sie sah sich schon in einer weißen Kittelschürze beim Edeka an der Käsetheke stehen und Scheiben vom alten Gouda für die Kunden abschneiden. »Darf es ein bisschen mehr sein?«

Allein bei der Vorstellung wurde ihr schlecht. Wie beneidete sie ihren Mitschüler Lutz, dass er aufs Gymnasium gehen durfte, obwohl er viel schlechtere Noten hatte als sie. In seiner Familie war es ganz selbstverständlich, dass er als Arztsohn Abitur machte, auch wenn er seinen Realschulabschluss nur knapp geschafft hatte. Und das auch nur, weil Greta im letzten Schulhalbjahr neben ihm gesessen und ihn hatte abschreiben lassen.

Greta seufzte, rappelte sich auf und nahm Marias Foto in die Hand. »Hättest du mir erlaubt, weiter zu lernen?«, flüsterte sie. Wie würde ihr Leben aussehen, wenn Maria noch lebte? Ein Gefühl der Verlassenheit überkam sie.

Sie stand auf, zog die unterste Kommodenschublade auf und holte das kleine schwarze Oktavheft hervor, schlug es auf. Behutsam blätterte sie die porösen Seiten um und las:

Mein Reich ist klein und unabschreitbar weit.
Ich bin die Zeit.
Ich bin die Zeit, die schleicht und eilt,
die Wunden schlägt und Wunden heilt …

Jetzt liefen ihr doch Tränen die Wangen hinunter, als sie das Gedicht von Erich Kästner zu Ende las. Wann würde *ihre* Wunde verheilt sein? Sie hatte keine »Mama«, wie sie Maria für sich nannte. Und sie hatte auch keine »Mutti« wie die Hellert-Kinder. Eine Mutter, für die sie, Greta, der wichtigste Mensch auf der Welt war, die sie bedingungslos liebte, sie beschützte und für sie kämpfte, gab es nicht, hatte es nie gegeben.

Als es an der Tür klopfte, stellte sie die Fotografie zurück, wischte sich hastig die Tränen fort und setzte ein Lächeln auf.

Es war Robert, der ins Zimmer trat.

»Hi«, sagte er und stutzte dann. »Tränen, Gretchen?«, fragte er einfühlsam.

Greta konnte ihm nicht verheimlichen, dass sie geweint

hatte, dazu kannte er sie zu gut. »Ist aber schon vorbei«, murmelte sie.

»Du freust dich nicht wegen der Lehre, oder?«

Sie nickte, versuchte, die erneut aufsteigenden Tränen zu unterdrücken.

Robert setzte sich zu ihr, legte einen Arm um sie. »Denk nicht mehr dran. Über Dinge, die man im Moment nicht ändern kann, darf man nicht grübeln.«

Jetzt konnte Greta nicht mehr an sich halten. Laut schluchzte sie auf.

»Es ist vorbei, Robert. Mein Leben. Es ist vorbei!« Ihre Worte klangen dumpf, da sie ihr tränennasses Gesicht in sein weißes T-Shirt drückte, das nach Rauch und Motoröl roch.

Robert zog sie fest an sich. »Sch, sch …«, murmelte er beruhigend. »So etwas darfst du nicht einmal denken. Alles hat seine Zeit. Und du wirst sehen: Deine Zeit kommt erst noch.«

Greta löste sich aus seinen Armen und sprang auf. Mit verweintem Gesicht sah sie ihn wütend an. »Wann denn? An der Käsetheke beim stinkenden Gouda? Das ist meine Zukunft. So und nicht anders sieht sie aus!«

»Vielleicht ja auch am Kuchentresen?«, versuchte Robert, sie aufzumuntern.

»Sehr witzig! Ich stecke fest. Begreifst du das nicht? Nie werde ich etwas anderes in meinem Leben machen. Ich bin nämlich nicht wie du, Robert. Ich bin ein Mädchen, falls dir das noch nicht aufgefallen ist. Ein Mädchen, das wie eine Rosine im Käsekuchen feststeckt. Auf immer und ewig!«

Robert stand auf und trat dicht vor sie. »Du musst mir etwas versprechen, Gretchen.« Er zog sie erneut fest an sich. »Versprich mir, dass du nie zu träumen aufhörst. Und auch nicht zu lesen. Denn ich weiß, wie sehr du beides brauchst. Hörst du?«

Sie hob den Kopf und sah in seine ernsten dunklen Augen. »Versprochen«, flüsterte sie nach einer Weile und strich mit dem Zeigefinger über die Stelle auf seinem T-Shirt, die sie nass geweint hatte.

Abrupt löste sich Robert von ihr und hielt sie an beiden Schultern ein Stück von sich weg. »Gut. Dann hätten wir das ja geklärt. Bist du bereit?«

Greta sah ihn fragend an. »Bereit wofür?«

»Für eine kleine Sause. Ich habe meine Maschine wieder flottbekommen.« Robert hatte sich vor zwei Wochen bei einem Gewitter »langgemacht«, wie er es nannte. Ihm war zum Glück außer ein paar Schürfwunden und Schrammen nichts passiert, aber seine Honda hatte ziemlich gelitten.

Greta griff nach der Bürste, die auf der Kommode lag, und fuhr sich rasch durch ihr langes Haar. »Wohin fahren wir?«, fragte sie ihn, als sich ihre Blicke im Spiegel trafen.

Robert grinste sie breit an. »Überraschung!«

Plötzlich stand Matse in Gretas Zimmer. Er hatte ihr Gespräch wohl gehört, denn er rief freudig: »Au ja, ich komme mit.«

Robert wandte sich zu ihm um und gab ihm einen liebevollen Nasenstupser. »Nee, Kleiner, das passt nicht.« Er beugte sich zu ihm hinunter. »Du weißt doch, dass Mutti es dir verboten hat, bei mir mitzufahren. Und mir auch. Den Ärger wollen wir zwei Männer uns doch nicht einhandeln, oder?«

Matse sah ihn aus seinen großen Augen ernst an. Schließlich nickte er: »Mutti kann ganz schön streng sein.«

»Genau, und deswegen hören wir lieber auf sie. Abgemacht?«

Matse streckte Robert seine kleine, schwitzige Hand entgegen. »Versprich mir, dass du mich mitnimmst, wenn ich alt genug bin«, forderte er.

Robert nahm seine Hand und drückte sie männlich fest. »Ehrenwort.«

Der Kleine machte kehrt und verschwand aus Gretas Zimmer. Bei jedem seiner Schritte die Stiege hinunter klapperte es leise, wenn das Holz der Klapperlatschen gegen seine nackten Sohlen schlug. Er hatte unbedingt die mit dem roten Lederriemen haben wollen. Bei ihrem Jüngsten ließ sich Elfriede eher als bei ihren älteren Kindern dazu hinreißen, einen Sonderwunsch zu erfüllen.

»Dann los«, sagte Robert und zog Greta mit sich.

Greta saß hinter Robert und hatte die Hände vor seinem Bauch ineinander verschränkt. Der warme Fahrtwind blies ihr ins Gesicht. Immer wieder wischte sie sich die Strähnen weg, die ihr in die Augen wehten. Robert legte sich in die Kurven, und Greta ging mit seinen Bewegungen mit. Links und rechts von ihnen erhoben sich sanft die Weinberge, kurvig führte die Straße zwischen ihnen hindurch. Unbewusst nahm Greta wahr, wie es um die Trauben stand, welche Winzer ihre Reben vernachlässigten oder sie sorgsam pflegten, sodass man weit und ungehindert die Wege zwischen den Weinstöcken entlangschauen konnte.

Ein Gefühl von Freiheit durchflutete sie, so mächtig, dass sie Robert fester umklammerte, bis er unvermittelt auflachte. Wenn es nach ihr ginge, könnte diese Fahrt ewig dauern. Doch als sie das Ortsschild von Sausenheim passierten, drosselte Robert das Tempo.

Er drehte sich zu ihr um. »Ich zeig dir was. Einverstanden?«

Greta nickte.

Kurze Zeit später hielt er vor einem Einfamilienhaus. Sie stiegen ab, und Robert bockte die Maschine auf.

»Hier lang«, sagte er und ging einen schmalen Weg neben dem Haus entlang, der an einer Kellertreppe endete. Robert stieg sie hinunter, Greta folgte ihm und hielt die Luft an, da es modrig roch. Robert klopfte an die Eisentür.

»Da bist du ja endlich«, sagte eine dunkle Stimme. Da es so eng war, sah Greta nur Roberts Rücken und dass sich die Tür geöffnet hatte. »Wen hast du denn mitgebracht?«

»Das ist Greta«, sagte Robert und trat zur Seite. Greta sah einen schlaksigen, blonden jungen Mann mit einer auffallend großen Nase. »Das ist Benno. Wir kennen uns aus Berlin, aber er wohnt wieder in Sausenheim. Wir spielen zusammen in einer Band.«

»Deine Freundin?«, fragte Benno und musterte Greta von ihrem glatten hellblonden Haar bis hinunter zu ihren orangefarbenen Clogs.

»Quatsch. Meine kleine Schwester«, gab Robert zurück. »Ist Luke schon da?«

Benno trat zur Seite, um auch Greta hereinzulassen, und schloss die Tür. Sofort war der fensterlose Kellerraum in ein schummriges Licht getaucht. Auf einem selbstgezimmerten Bartresen stand eine ovalförmige rote Lampe, in der sich eine Flüssigkeit träge bewegte. Benno fing Gretas Blick auf. »Ziemlich abgefahren, oder? Eine Lavalampe, hab ich aus West-Berlin mitgebracht.«

Greta schien es, als würde sie eine andere Welt betreten. In dem kleinen, quadratischen Raum roch es nach Bier, Rauch und etwas Würzigem, das sie nicht kannte. Die Luft war abgestanden, aber zugleich verheißungsvoll fremd. An die Wände waren leere Eierkartons geklebt. Sie ließ einen Finger über die aufgeraute Pappe gleiten.

»Wegen der Akustik. Dann können wir so richtig Gas geben«, beantwortete Robert ihren fragenden Blick.

Sie sah zu dem Poster, das an der Eingangstür hing: Ein Mann mit wilden Locken und merkwürdigem Bart saß nackt auf einer Toilette. Sie kicherte.

»Das ist Frank Zappa, geilomato«, sagte Benno, der neben sie getreten war. »Luke, bist du so weit?«

Greta sah sich um. Erst jetzt fiel ihr der dritte junge Mann auf. Er stand hinter einem Keyboard in einer dämmrigen Ecke. Seine Zähne blitzten hell in dem dunklen Gesicht auf, als er ihr zulächelte.

»Gibt kein Instrument, das er nicht spielen kann. Ihm liegt der Rhythmus im Blut. Hat er wahrscheinlich von seinem Daddy geerbt.«

Luke rollte mit den Augen. »Please, Benno. Komm mir jetzt bloß nicht wieder mit Daddys *Bugle-Wake-Up-Call*.«

Benno wandte sich an Greta: »Lukes Vater ist Musiker in der US-Army.« Er schob ihr einen zerschlissenen Barhocker zu.

Greta setzte sich und sah zu, wie Robert eine E-Gitarre an einen anthrazitfarbenen Lautsprecher anschloss, auf dem groß *Fender* stand. Die ersten Akkorde dröhnten laut durch den Raum. Robert rief seinem Kumpel Luke zu: »The Doors?«

Benno am Schlagzeug begann zu zählen. »Und eins, und zwei, und eins, zwei, drei, vier.«

Nach einem kurzen Intro fing Robert an zu singen.

Greta schloss die Augen. Sie hatte den Song schon einmal im Radio gehört, in dem es um »Light My Fire« ging. Sie genoss, wie die Lautstärke scheinbar durch ihre Haut direkt in ihren Körper drang, sie mochte den Rhythmus, den Benno am Schlagzeug vorgab, den Sound von Lukes Keyboard, die durchdringenden Töne der E-Gitarre. Aber noch mehr gefiel ihr Roberts Gesang. Warum hatte er ihr nicht erzählt, dass er in einer Band spielte und sang? Er hatte schon immer Gitarre gespielt, und obwohl er nie Unterricht gehabt hatte, klang sein Spiel in ihren Ohren sehr professionell.

Als sie zwei Stunden später durch die Weinberge nach Kirchheim zurückfuhren, stotterte Roberts Maschine plötzlich. Er fluchte und ließ sie ausrollen. Als sie zum Stehen kam, stellte er beide Beine auf den Boden und drehte sich zu Greta um. »Jetzt geht es zu Fuß weiter«, meinte er mit schiefem Grinsen.

Greta rutschte vom Sitz, blieb neben ihm stehen und strich sich die vom Fahrtwind zerzausten Haare glatt. »Ist was kaputt?«

Robert lachte und stieg ebenfalls ab. »Der fehlt nur Sprit. Ich hatte gehofft, dass wir es bis nach Hause schaffen. Bin völlig abgebrannt. Das wird auch wieder anders, wenn wir unseren ersten Gig haben. Doch bis dahin muss ich schieben.« Er lehnte sich gegen den Motorradlenker, um der schweren Maschine einen ersten Anschwung zu geben und sie ins Rollen zu bringen.

Während er die Honda schob, ging Greta neben ihm her. Als sie auf einem Stein auf der Straße abrutschte und der Holzabsatz ihres rechten Clogs gegen ihren linken Knöchel schlug, zuckte sie kurz zusammen. Aber kaum dass der Schmerz nachließ, war sie mit ihren Gedanken wieder bei Robert. Sie bewunderte ihn für seine Sorglosigkeit. Für ihn ging es immer irgendwie weiter. »Was willst du eigentlich wirklich mal machen?«, fragte sie.

Er sah sie erstaunt an, ohne stehen zu bleiben. Vor ihnen, da, wo die Straße eine letzte Biege machte, war bereits der Kirchturm von Kirchheim zu sehen. »Na, zurzeit bin ich doch voll ausgelastet. Wenn ich nicht auf dem Weinberg stehe, spiele ich in der Band.«

Greta nickte. »Aber später? Ich meine, irgendwann musst du eine Ausbildung machen.« Ihre Aussage klang wie eine Frage.

Robert zuckte mit den Schultern. »Du redest ja wie Harald. Jetzt ist jetzt, und morgen ist morgen. Im Moment schlage ich mich doch ganz gut durch.«

Sie deutete auf den Tank. »Klar, wer sein Motorrad liebt, der schiebt. So als mittelloser Musiker gehört das wohl zum Image«, sagte sie spöttisch. »Seit wann habt ihr die Band?«

»Die Purple Floors gibt es seit ein paar Wochen. In Berlin habe ich mit Benno Mucke gemacht, und mit Luke sind wir eine Band geworden. Du warst quasi unser erstes Publikum. Wir wollen Rock-Songs covern, die wir richtig stark finden«, sagte Robert mit funkelnden Augen.

Greta hatte ihn bisher nur auf seiner akustischen Gitarre und zu besonderen Anlässen, wie eben ihrem Geburtstag, spielen gehört. Eine Leidenschaft wie unten in dem Keller hatte sie zuvor noch nie bei ihm bemerkt.

Sie freute sich, dass Robert sie mitgenommen hatte. »Danke, dass du mir deine Welt gezeigt hast.«

Robert lächelte. »Kein Problem. Gern geschehen.«

»Das war …«, sie überlegte kurz und fügte dann schlicht hinzu: »Das war toll!«

»Ja, war ganz groovy«, erwiderte Robert etwas selbstgefällig.

»Aber wer um Himmels willen hat sich denn diesen Namen ausgedacht?«, wollte Greta wissen.

»Hast du nicht den pekigen Teppich gesehen?« Er lachte.

»Nicht dein Ernst!« Als Greta an den schmuddeligen dunkellila Nadelfilzteppich dachte, in dem sie zahlreiche Brandlöcher entdeckt hatte, lachte auch sie auf.

Nachdem sie eine Weile schweigend weitergegangen waren, sah sie erneut zu Robert hinüber. »Wovon hast du eigentlich in Berlin gelebt? Und wie bist du zu der Honda gekommen?«

»Ich habe mich mit Gitarrespielen über Wasser gehalten. Auf der Straße, am Bahnhof Zoo, in der U-Bahn, halt überall, wo ich ein paar Mark verdienen konnte. Einmal sogar im *Go in*.« Als Greta ihn fragend ansah, erklärte er: »Das ist ein Laden, in dem man gut mal auftreten kann. Um zu testen, wie die eigenen Songs aufs Publikum wirken. Kennst du Reinhard Mey?«

Greta schüttelte den Kopf.

»Hätte ich auch nicht gedacht. So bekannt ist der nicht. Der ist an dem Abend vor mir aufgetreten. Ein netter Typ. Ein Liedermacher, wie man diese Musiker jetzt nennt«, sagte Robert.

»Und das hat für die Maschine gereicht?«, fragte Greta erstaunt.

»Nicht ganz. Ein Kumpel, der als Studiomusiker spielte, hatte sich die Hand gebrochen. Ich bin für ihn eingesprungen. Das war bislang mein bester Job. Manchmal braucht es eben ein bisschen Glück.«

»Wo hast du gewohnt?«, wollte Greta wissen. Sie konnte sich Roberts Leben in Berlin immer noch nicht vorstellen. Sie musste mehr darüber erfahren, und dieser Weg auf der Landstraße, wo nur gelegentlich ein Wagen an ihnen vorbeifuhr, schien für ihre Fragen perfekt, nachdem sie sich in der Scheune nicht mehr gesehen hatten. Jetzt wusste sie, was er abends machte, wohin er so häufig fuhr. Purple Floors – hah!

»In einem runtergekommenen Viertel, das direkt an die Mauer grenzt. In Kreuzberg, zweiter Hinterhof, Klo auf halber Treppe. Da hab ich bei Benno gewohnt. Ist ein echter Kumpel. Nur wenn es ums Kohlenschleppen ging, war er faul. Wenn er dran war, war die Bude immer kalt. Die Wohnung hat Benno noch, ist inzwischen untervermietet. Aber ich bin da ja auch noch gemeldet. Wegen dem Scheiß-Bund. Sein Vater hat ihm leider den Geldhahn zugedreht, als rauskam, dass er nicht mehr zur Uni ging. Egal – dann starten wir eben hier durch. Und Luke ist ein Spitzen-Keyboarder.«

»Ist das dein Plan? Von Musikmachen kannst du doch nicht leben«, warf Greta ein. Kurz ärgerte sie sich, dass sie wie Harald und Elfriede klang. Aber sie wollte Roberts Plan verstehen.

»Wenn wir Erfolg haben, wird das Geld in Strömen fließen. Man muss nur daran glauben«, keuchte er, während er die Honda eine kleine Anhöhe hinaufschob.

»Und mit dem Geld fließt das Benzin«, kommentierte

Greta trocken, als sie das Ortsschild von Kirchheim passierten.

»Ab nächster Woche habe ich einen kleinen Nebenjob.«

»An der Tankstelle?«, fragte Greta ironisch.

»So ähnlich. Ich kann beim Löbell in der Werkstatt in Grünstadt anfangen. Aber verpetz mich bloß nicht bei den Eltern!«

»Wieso willst du denn da so ein Geheimnis draus machen? Harald findet es sicher gut, wenn du Geld verdienst. Außerdem werden sie doch sowieso fragen, wenn du immer wieder weg bist und nicht mit auf den Weinberg kommst.«

Robert schüttelte den Kopf. »Mache ich nur abends oder am Wochenende. Deswegen: Halt ja die Klappe!«

»Von mir erfährt niemand was.« Natürlich würde sie keiner Menschenseele von Roberts Aktivitäten erzählen. Zu groß wäre die Gefahr, dass Harald seinen Sohn zu einer Lehre zwingen würde. Und wie sie Robert kannte, setzte der sich dann auf seine Honda und brauste sonst wohin. Nur weg aus Kirchheim.

Das durfte sie keinesfalls riskieren. Denn seit Robert aus Berlin zurück war, hatte sie wieder jemanden, mit dem sie reden konnte. Und sie hatte sich nicht mehr ganz so allein gefühlt wie in den letzten eineinhalb Jahren.

Als der kleine Anstieg zum Hof begann, trat Greta hinter die Maschine und schob mit an. »Komm, Kleiner, ich helfe dir mal«, neckte sie Robert.

»Gut, dass es dich gibt, Gretchen!«

Greta wollte etwas erwidern, da hielt sie unvermittelt inne. Auch Robert hörte auf zu schieben.

Auf dem Hof standen Harald und – Fräulein Heuser!

Die Lehrerin hielt mit beiden Händen ihre Mobylette fest und redete auf Harald ein, der wie ein gerügter Schüler den Kopf senkte.

»Was um alles in der Welt macht Fräulein Heuser hier?«, entfuhr es Robert. »Genau so hat sie mal mit mir gesprochen, als ich eine Fünf im Grammatiktest geschrieben habe. Sie hat mir auf den Kopf zugesagt, dass ich nicht eine Minute dafür gelernt hätte.«

»Komm, wir sagen ihr Guten Tag.«

Doch bevor sie Harald und Fräulein Heuser erreichten, warf die Lehrerin mit einem gezielten Tritt ihr Moped an und saß auf. Greta ließ Roberts Honda los und lief auf sie zu. Und obwohl Fräulein Heuser sie sehen musste, stoppte sie nicht und fuhr knatternd an ihr vorbei.

»Lebe wohl, liebe Greta!«, war alles, was sie ihr zurief.

Greta sah ihr verwirrt nach. Was war mit ihrer Lehrerin los? Warum war sie hier gewesen? Warum hatte sie mit Harald gesprochen? Was war geschehen? Und warum redete sie nicht mit ihr?

Greta bemerkte nicht, dass ihr Ziehvater neben sie getreten war. Erst als sie seine kräftige Hand auf ihrem Arm spürte, sah sie ihn an und erstarrte. Sein Gesicht war wutverzerrt.

Greta zog sich im Dunkeln aus und schlüpfte in ihr dünnstes Nachthemd. Sie legte sich aufs Bett, ohne sich zuzudecken. Die Hitze des Tages staute sich unter dem Dach. Aber Greta wollte das Fenster nicht öffnen. Das Fliegengitter war kaputt; abends fanden die Mücken ihren Weg zu ihr herein, und morgens wurde sie von Fliegen geweckt, die an ihren Ohren surrten oder sich auf ihr Gesicht setzten. Greta war erst letzte Woche so zerstochen gewesen, dass sie in einem alten Marmeladenglas eine angeschnittene Zwiebel mit in die Schule genommen hatte, um die juckenden Stiche damit zu betäuben. Ihr Schulkamerad Lutz hatte die Nase krausgezogen und gemeint, dass sie wie ein Stück Zwiebelkuchen riechen würde, der im Herbst bei den Weinfesten zum Federweißen serviert wurde. Sie hatte gelacht, aber es war ihr trotzdem unangenehm gewesen.

Ohne Licht zu machen, lag Greta in der stickigen Finsternis und schaute zur Mansardendecke hoch.

Der Tag war in mehrfacher Hinsicht außergewöhnlich verlaufen. Zum einen war es ihr letzter Schultag gewesen. Von nun an änderte sich ihr Leben, und das in eine Richtung, die ihr missfiel. Dann der Ausflug auf dem Motorrad mit Robert, der hinter dem Rücken der Eltern das tat, was er am liebsten machte, nämlich Musik. Und der sie in sein Geheimnis eingeweiht hatte. Was einerseits dafür sprach, dass er ihr vertraute, sie aber auch zwang, vor Elfriede und Harald etwas geheim zu halten.

Und das Merkwürdigste an diesem Tag: Fräulein Heusers Besuch auf dem Hof.

Greta war es nicht gelungen herauszufinden, was die Lehrerin gewollt hatte. Robert schien sich das auch gefragt zu haben. Doch als er es beim Abendessen angesprochen hatte, war Harald ihm über den Mund gefahren. Elfriede, die Greta beim Abwaschen gefragt hatte, hatte geschwiegen. Dabei hatte sie ein dünnwandiges Weinglas so heftig abgetrocknet, dass es unter ihren Händen zersprungen war. Sie hatte Greta nur böse angeschaut, als sei sie schuld daran.

Was in aller Welt hatte Fräulein Heuser mit Harald besprochen? Greta verstand nicht, warum so ein Geheimnis aus diesem Besuch gemacht wurde. Sie war immerhin Jahrgangsbeste, und ihre Schulzeit war jetzt vorbei. Da konnte es sich doch also keinesfalls um eine Beschwerde handeln. Oder hing alles gar nicht mit ihr zusammen? Hatte die Lehrerin einfach Wein bei den Hellerts bestellt? Aber warum hatte Harald sie, Greta, dann so wütend angesehen?

Gretas Gedanken schossen hin und her, ohne dass sie einer Erklärung näher kam. Schließlich gab sie auf. Sie drehte sich zur Seite, knipste die Nachttischlampe an und griff nach dem Roman, der auf ihrem Nachttisch lag. Das Lesezeichen, das Matse gebastelt hatte, fiel heraus. Lächelnd betrachtete sie es. Der Kleine hatte bunte Stoffreste aus Elfriedes Nähkästchen genommen und mit Pattex auf eine kaputte Socke von sich geklebt. Als er ihr das Geschenk überreicht hatte, hatte er betont, dass die Socke frisch gewaschen sei.

Ihr gefiel die bunte Anordnung. Die Stoffstücke erinnerten sie an die verschiedenen Kleidungsstücke, die sie und die Hellert-Kinder getragen hatten, bis sie nicht mehr zu flicken gewesen waren. Elfriede war eine gute Näherin, was die Haushaltskasse schonte.

Deswegen wusste Greta auch allzu gut, dass Matse seinen kaputten Strumpf an Elfriede vorbeigeschmuggelt haben musste. Aus verschiedenen Stoffstücken hatte er eine ganz eigene Geschichte zusammengeklebt. Begonnen hatte er mit einem kleinen roten Punkt, der links oben auf das Lesezeichen geklebt war. »Du bist rot, Mimi«, hatte er ihr mit einer Ernsthaftigkeit erklärt, die Greta so gar nicht an ihm kannte. »Das ist deine Farbe, denn sie ist so warm. Und hier unten, das bin ich. Das Rote wärmt das Blaue.« Er zeigte auf ein Stück Küferhemd, blau mit dünnen weißen Streifen. Harald und Johann trugen diese Hemden immer, wenn es in den Weinberg ging, und sie selbst zog manchmal eins über, wenn es kühler war.

Auch die anderen Stoffe waren in Blau- und Grautönen gehalten – Matse hatte offenbar versucht, sie in der Form eines kleinen Weinblatts auszuschneiden. Greta wusste, dass er Nachmittage damit zugebracht hatte, das Lesezeichen zu basteln, und war umso gerührter, dass er es ihr einfach unters Kopfkissen gelegt hatte. Als sie sich am nächsten Tag bei ihm dafür bedankt hatte, hatte er ein wenig altklug bemerkt, dass er es ja niemand anderem schenken konnte als ihr, denn sie sei doch die Einzige, die Bücher las.

Sie legte das Lesezeichen vorsichtig zur Seite und schlug das Buch auf, das sie sich erst vor ein paar Tagen aus der Bücherei ausgeliehen hatte. Der Duft des frischen Papiers stieg ihr in die Nase, es roch noch ganz neu. Der Titel *Hundert Jahre Einsamkeit* von Gabriel García Márquez war ihr sofort ins Auge gesprungen. Hundert Jahre … und ihr kamen sechzehn Jahre schon lang vor. Die Bibliothekarin hatte ihr zu der Wahl gratuliert und augenzwinkernd gesagt, dass Greta nach ihr die Erste sei, die sich an die sechs Generationen übergreifende Familiensaga des kolumbianischen Schriftstellers wagte.

Sie stützte den Ellenbogen auf und das Kinn in die Hand, während sie versuchte, sich aufs Lesen zu konzentrieren. Doch ihre Gedanken schweiften immer wieder ab, und die Buchstaben verschwammen vor ihren Augen. Schließlich legte sie das Lesezeichen zwischen die Seiten, klappte das Buch zu und löschte das Licht. Sie musste früh raus, jetzt wo die Schule vorbei war. Es ging wieder auf den Weinberg, wie Harald beim Abendessen gesagt hatte. Es war sein einziger Satz nach Fräulein Heusers Besuch gewesen.

Am nächsten Morgen war Greta die Erste in der Küche. Sie setzte den Wasserkessel auf den Gasherd, wartete, bis er zu pfeifen begann, und brühte dann den Kaffee auf. Nebenbei deckte sie den Tisch. Von oben hörte sie wenig später Matses helles Kinderlachen und Türenschlagen. Wahrscheinlich weckte er Robert und Johann, was beide nicht ausstehen konnten – womit auch schon die Ähnlichkeit der Brüder endete. Während Greta Gläser mit Honig und selbstgemachter Erdbeermarmelade auf den Tisch stellte, etwas Wurst auf einem Teller anrichtete und Graubrot schnitt, kam Renate in ihren neuen, hohen gelben Plateauclocks die Treppe heruntergestakst. Der grüne Minirock reichte nur knapp über ihren kräftigen Po.

Greta sah Renate überrascht an. Normalerweise war sie die Letzte, die am Frühstückstisch Platz nahm. Heute ließ sie sich als Erste auf die Küchenbank sinken. Sie griff nach der Kaffeekanne, goss sich ein und sah Greta dabei zu, wie diese weiter den Tisch deckte. Sie nahm einen Schluck. »Blümchenkaffee?«, fragte sie und krauste die Nase. »Reicht es jetzt nicht mal für ein paar Kaffeebohnen, dass ich hier bis zum Tassenboden gucken kann, so dünn, wie der ist?«

Greta ging nicht darauf ein. »Du bist ja heute früh auf. Was hast du denn in deinem ausgefallenen Look vor? Kommst du mit uns auf den Weinberg?« Wie so oft fiel

Greta auf, dass Renate sich zwar nach der neuesten Mode kleidete, diese ihr aber meistens nicht stand.

Renate lachte überlegen auf und strich die Bluse glatt, auf der sich grüne, schwarze und orangefarbene Kreise zu einem wilden Muster vereinten. Sie spannte über dem Busen so sehr, dass es aussah, als könnten die Knöpfe jeden Moment abspringen. Aber vielleicht war es auch Absicht, schoss es Greta durch den Kopf.

»Ach, du hältst dich ja heute wieder für besonders witzig. Wir machen mit der Sekretärinnenschule einen Ausflug. Zum Abschluss des Schuljahres.« Renate klimperte mit ihren dick getuschten Wimpern.

Das ist mal wieder typisch, dachte Greta. Während sie alle auf dem Feld schufteten, machte sich Renate einen netten Tag. »Und wo geht es hin?«, fragte sie wie nebenbei.

»Na, zum Wandern wohl kaum.« Renate kicherte und nippte an ihrem Kaffee, den kleinen Finger weit abgespreizt. »Wir wollen nach Ludwigshafen zu BASF. Ich werde gleich abgeholt.«

Robert betrat die Küche. Offenbar hatte er gehört, was Renate gesagt hatte, denn er meinte: »Bring mir mal einen Kassettenrecorder aus der Technikabteilung mit.«

Renate verdrehte die Augen. »Das ist doch keine Werkbesichtigung. Die Chefsekretärin erzählt uns etwas über die praktischen Aufgaben einer Sekretärin. Und dann zeigt sie uns die Büroräume. Damit wir uns schon mal ein Bild von unserem zukünftigen Arbeitsplatz machen können.«

»Klingt ja wahnsinnig aufregend. Da würde ich gern mitkommen«, frotzelte Robert.

Doch Renate verstand seine Ironie nicht. »Vielleicht lerne ich ja heute schon meinen späteren Chef kennen.«

»Du musst doch noch ein Jahr zur Schule gehen«, platzte Greta erstaunt heraus. »Die haben euch doch nächstes Jahr längst vergessen.«

»Das werden wir ja sehen. Hauptsache, man erinnert sich an mich. Ich kann gar nicht früh genug mit der Stellensuche anfangen«, erwiderte Renate von oben herab und angelte sich das Marmeladenbrot, das Greta sich eben geschmiert hatte, von deren Teller. Sie stand auf, warf ihr Haar zurück. »Bis heute Abend dann. Frohes Schaffen.« Damit rauschte sie aus der Küche.

»Viel Spaß in Ludwigshafen. Soll ja Regen geben heute. Pass auf, dass dein Minirock nicht nass wird, sonst läuft der noch ein, und du kommst im Gürtel zurück«, rief Robert ihr hinterher.

Greta grinste. Sie schmierte Brote und wickelte sie in Butterbrotpapier ein. Harald betrat die Küche. Normalerweise wünschte er einen guten Morgen. Heute polterte er gleich los: »Hast du die Brotzeit fertig?«

Bei dem unfreundlichen Ton sah Greta erschrocken auf. Sie zeigte auf den Korb, der vor ihr stand und in dem bereits mehrere Päckchen lagen. »Ich kann noch mehr machen, wenn du möchtest?«

Harald schüttelte den Kopf. »Das passt. Elfriede bringt uns mittags eine Suppe hoch.« Er beugte sich kurz zu Robert, der sein Brot mit Salami belegt hatte und gerade genüsslich abbeißen wollte. »Kannst du unterwegs essen. Und nimm deinem Bruder etwas mit«, fuhr er ihn an. »Johann rangiert bereits die Hänger. Zack, zack. Wir wollen los. Mädsche, pack alles ein und beeil dich.« Er wandte sich ab und verließ die Küche.

Robert schmierte schnell für Johann ein Brot und klappte es zusammen. »Der Alte hat ja wieder eine Stinklaune. Besser, ich helfe mal Johann.« Er lief hinter Harald aus der Küche, nicht ohne Greta vorher einen augenrollenden Blick zuzuwerfen.

In diesem Moment kehrte Harald in die Küche zurück. Abwartend blieb er stehen und beobachtete Greta, die hastig alles in den Korb packte. Dann griff er nach einer Tasse und hielt sie ihr hin, zum Zeichen, dass sie ihm eingießen sollte. »Mädsche …«, begann er.

»Ja?«, fragte sie, während sie ihm Kaffee einschenkte und bemerkte, dass seine Hand leicht zitterte.

»Nach den Ferien gehst du aufs Gymnasium in Grünstadt.« Er kniff die Lippen zusammen, als ob jedes weitere Wort zu viel sei.

»Was mache ich?« Greta sah ihn verdutzt an. Langsam stellte sie die Kaffeekanne auf den Tisch. Allerdings so unaufmerksam, dass sie kippte und mit einem lauten Knall auf dem Boden zerschellte. Harald trat hastig einen Schritt zurück, als der heiße Kaffee nach allen Seiten spritzte.

Greta stand starr, sah immer noch Harald an, der mit gerunzelter Stirn auf den Boden schaute.

»Du hast schon verstanden. Ich sage das nicht zweimal. Beeil dich jetzt, wir wollen los.« Er deutete auf die Kaffeepfützen und die Scherben auf den schwarz-weißen Fliesen. »Aber vorher wischst du die Schweinerei auf.«

Greta sah ihm sprachlos nach, als er die Küche verließ. Dann griff sie nach einem Lappen. Hatte sie richtig gehört? Sie durfte aufs Gymnasium?

7. KAPITEL

Kirchheim,
Juni 1971

Greta lief von der Bushaltestelle nach Hause. Wie immer beeilte sie sich. Der Bus war voll gewesen und hatte in jedem Ort gehalten, weil viele aus den angrenzenden Dorfgemeinden auf dem Samstagsmarkt in Grünstadt fürs Wochenende eingekauft hatten. Sie würde ihr Mittagessen herunterschlingen, um den Männern auf dem Weinberg zu helfen. Seit sie auf das Gymnasium ging, wurde von ihr zu Hause noch mehr verlangt. Heute musste sie wieder in die Rieslanerreihen, von denen sich Harald viel versprach. Dabei würde sie lieber den *Stern* lesen, den ihr die Deutschlehrerin übers Wochenende ausgeliehen hatte, damit sie eine Pro- und Kontra-Aufstellung zum Titelthema machte. Eine Sonderaufgabe, die sie als Klassenbeste in Deutsch bekommen hatte.

Frau Maywald hatte eine hitzige Diskussion in der Klasse entfacht, als sie die neue Ausgabe des *Sterns* in die Höhe gehalten hatte. *Wir haben abgetrieben,* stand in schwarzen Lettern quer über dem Titelblatt, und viele Fotos, nicht größer als Passfotos, zeigten die Gesichter der Frauen, die sich zu dem Eingriff bekannten. Es waren prominente Frauen darunter, Schauspielerinnen wie

Romy Schneider, Senta Berger, Sabine Sinjen oder Ursula Noack.

Ein lautes Raunen war durch die Klasse gegangen, einige Mitschülerinnen hatten verschämt zu Boden geblickt. Sabine Schütter dagegen, die allen Lehrern gern nach dem Mund redete, hatte sich empört über den Artikel geäußert: Das sei eine sehr intime Angelegenheit, mit der die Frauen auf dem Titel jetzt alle belästigten. Als Sabine gemerkt hatte, dass sie damit nicht auf Frau Maywalds Zuspruch traf, hatte sie eilig erklärt, wie wichtig dieses Thema in ihren Augen sei. Daraufhin hatten sich einige Jungen eingemischt, die fanden, dass eine Frau sowieso mit den Kindern besser zu Hause bleiben sollte und dass es da auf ein Kind mehr oder weniger nicht ankäme … Als Greta daran dachte, schüttelte sie den Kopf. Sie wusste noch nicht genau, wie sie selbst zu Abtreibungen stand. Aber die Bemerkungen der Jungen hatten sie geärgert. Lutz hatte sich zu ihr gebeugt und ihr zugeflüstert, er sähe das anders. Eine Frau habe das Recht, über ihren Körper zu bestimmen.

Greta wollte unbedingt die Reportage lesen. Vor ein paar Wochen hatte sie bereits in der Bücherei, in der mehrere Zeitschriften auslagen, über die Frauenbewegung in Frankreich gelesen. So hatte sie heute viel zur Diskussion beitragen können und war von Frau Maywald gelobt worden. Deswegen sollte sie sich jetzt kritisch mit dem Thema beschäftigen. Und sie wollte es gut machen. Aber das musste bis heute Abend warten. Und vielleicht konnte sie sich morgen vor dem Gottesdienstbesuch drücken, dann könnte sie auch diese Zeit nutzen.

Im Haus war es ungewöhnlich still. Rasch stieg Greta

die Treppen hinauf in ihr Zimmer, kraulte kurz Kater Murr hinter den Ohren, der es sich auf ihrem Bett gemütlich gemacht hatte. Sie warf die Zeitschrift aufs Bett und stellte die Schultasche neben den kleinen Tisch, der ihr als Schreibtisch diente. Schnell kleidete sie sich um und flocht ihr Haar zu Zöpfen, die sie am Hinterkopf zusammensteckte.

Früher hatten Renate und sie sich gegenseitig die Haare geschnitten, aber Renate ging jetzt immer zum Friseur Fahlbusch und hielt es deshalb auch nicht mehr für nötig, dass sie Greta das Haar schnitt. Lang war es geworden. Wenn sie es beim Arbeiten offen trug, fielen ihr die Strähnen ständig ins Gesicht.

Greta ging die Treppe hinunter und lief in die Küche. Elfriede kam mit einer großen Schale selbstgepflückter Erdbeeren herein. »Magst ein paar?« Sie zeigte auf ein Paket mit belegten Broten. »Und die sind für dich. Heute Abend gibt es was Warmes für uns alle. Ich war den ganzen Vormittag im Gemüsegarten und hatte keine Zeit zu kochen.«

Greta nahm sich eine Erdbeere und steckte sie in den Mund. Sie verdrehte genussvoll die Augen, als sie den süßen Saft schmeckte. »Ich muss los, Harald wartet sicher schon auf mich.« Sie schnappte sich die belegten Brote und wollte gerade zur Tür hinaus, als Matse in die Küche kam und ihr den *Stern* entgegenhielt.

»Darf ich mir den angucken, Mimi?«, fragte er.

Greta stockte der Atem. Rasch wollte sie ihm das Heft aus der Hand nehmen.

Doch Elfriede war schneller. »Was hast du denn da? Zeig mal her.« Sie griff nach der Zeitschrift, las die Schlagzeile und sah Greta mit weit aufgerissenen Augen an. »Wo kommt das her?«

»Frau Maywald hat mir ein Referat aufgegeben. Das soll ich am Montag halten.«

»Über dieses Thema?«, fragte Elfriede ungläubig. »Über so was redet ihr in der Schule? Aber das ist doch …« Sie wandte sich an Matse. »Das ist nichts für dich, Matthias. Geh auf dein Zimmer und mach deine Hausaufgaben. Dann kannst du mir nachher im Garten helfen.«

»Die hab ich doch schon längst fertig, Mutti.« Er griff nach der Zeitschrift, aber Elfriede hielt sie hoch und sah ihren Jüngsten streng an.

Matse lenkte ein. »Na gut«, maulte er. »Aber heute Abend gucken wir uns die Zeitung zusammen an, ja, Mimi? Die Frauen sind alle so hübsch.« Damit verließ er die Küche und trottete die Treppe hoch in sein Zimmer.

Elfriede sah das Titelblatt prüfend an. »Richtig unanständig ist das, wenn man der ganzen Welt erzählt, dass man abgetrieben hat. Das gehört bestraft«, sagte sie.

»Darum geht es ja«, erklärte Greta. »Die Frauen finden, dass es eben nicht bestraft werden soll. Sie wollen, dass das Gesetz geändert wird.«

Jetzt erst schien Elfriede eine Schauspielerin zu erkennen. »Was! Die Sissi hat auch abgetrieben?«, rief sie erstaunt aus. Doch sofort biss sie sich auf die Lippen. »Lass bloß Harald diesen Schweinkram nicht sehen. Der kann die neumodischen Frauenansichten nicht leiden. Gleichberechtigung oder wie das heißt. Dass ihr so was im Unterricht habt, ist kaum zu glauben.« Sie legte die Zeitschrift in die Schublade unter die Backformen. »Als ob das Alte nicht mehr gut genug ist. Und pass das nächste Mal auf, dass du so etwas nicht offen herumliegen lässt. Das ist doch nichts für Matse«, bemerkte sie streng und beendete das Thema damit.

Greta war sich sicher, dass Elfriede die Zeitschrift gleich wieder herausziehen würde, wenn sie alleine war. Aber nicht um sich mit der Thematik auseinanderzusetzen, sondern um mehr über Romy Schneider, die *Sissi*, zu erfahren. Sie nahm sich ein paar Erdbeeren aus der Schüssel und verließ das Haus.

Als Greta am westlichen Weinberg ankam, wo die Rieslanerreben nun schon im dritten Jahr wuchsen, sog sie den Duft der blühenden Weinstöcke tief ein. Sie liebte diesen Geruch. Wenn es ein Parfüm gäbe, das so roch, würde ich es mir zu Weihnachten wünschen, dachte sie, bevor sie in die Reihe trat, in der Robert und Johann mit Harald diskutierten.

»Das kannst du doch nicht machen, Vati«, beschwerte sich Johann.

»Schalt mal dein Haasehärn ein, Buwe. Die Rebstöcke müssen alle raus. Oder soll der Mist auch noch auf die anderen übergreifen?«

Daran, dass Robert sich eine Zigarette gedreht hatte und jetzt den Rauch mit gespitzten Lippen in die Luft ausstieß, erkannte Greta, dass die Diskussion schon länger andauern musste. Als er sie kommen sah, warf er ihr einen warnenden Blick zu, der sagte: »Auf gar keinen Fall einmischen.«

Von welchem Mist sprach Harald? Greta sah sich die Weinstöcke genauer an. Erschrocken schlug sie sich die Hand vor den Mund. Alle Rieslanerrebstöcke hatten knollenförmige Wucherungen am Stamm. Sie ahnte, was es bedeutete: Die Reben hatten die Mauke-Krankheit, ein Fluch, den alle Winzer fürchteten. Es war eine bakterielle Erkrankung, gegen die auch die erfahrendsten Winzer machtlos waren. Sie verhinderte, dass die Reben genug Nährstoffe aufnahmen, brach aus, wenn ein infizierter Weinstock Frost oder Hagelschaden bekam. Der Rieslaner schien verloren.

Sie trat zu Robert und hörte Haralds und Johanns Disput zu.

Johann stellte sich vor die Reben. »Wir können sie beschneiden und so vielleicht retten.«

»Hoscht du enner renne!« Harald riss der Geduldsfaden. »Was hast du eigentlich auf der Winzerschule gelernt? Wenn wir die beschneiden, wird das Bakterium doch noch aktiver!«

Robert grinste und stupste Greta in die Seite. Sie wussten beide, dass Johann nicht allzu viel auf der Schule gelernt hatte.

»Schau genau hin, Buwe!« Harald bückte sich und zeigte auf die knollenartigen Geschwülste. »Es ist zu spät. Da haben sie beim Pfropfen der Rieslanerreben nicht aufgepasst. Die Stöcke sind infiziert.«

Johann nickte bedächtig. »Hast wohl recht, Vati. Das war es mit unserem Rieslaner.« Er warf Robert einen auffordernden Blick zu. »Pack mit an!«

Harald schritt resigniert die Reihe ab und schüttelte immer wieder den Kopf. »Das war so ein guter Jahrgang, letztes Jahr …«

Greta erinnerte sich noch genau, wie sehr sich Harald gefreut hatte, dass »sein« Rieslaner reich getragen hatte.

Letztes Jahr hatten sie die ersten Flaschen an die *Alte Klosterschänke* in Bad Dürkheim ausgeliefert – und Harald hatte stolz berichtet, dass der Wirt nachgeordert hatte.

Robert trat seine Zigarette aus und griff nach dem Spaten, den Johann ihm reichte. Doch Harald war schneller. Er riss seinem Sohn den Spaten aus der Hand, als ob nur er das Recht als alter Winzer hätte, das verhängte Urteil auszuführen. Er trieb das Blatt in den Boden und begann, die erste Rebe auszugraben. Als sich die Wurzel bewegen ließ, riss er den Weinstock heraus und warf ihn hinter sich. Dann trat er an den nächsten. Schweigend arbeitete er sich die Reihe entlang, während Johann und Robert auf der gegenüberliegenden Seite begannen, die Rebstöcke auszugraben. Greta zog ihre Arbeitshandschuhe an und sammelte die Reben ein, um sie auf den Hänger zu werfen. Immer wieder sah sie zu ihrem Ziehvater. Es schien ihr, als würde er mit jedem ausgegrabenen Weinstock altern.

Als sie Motorengeräusche hörte, wusste Greta, dass der Traktor nur zu Freudbergs Weinberg fahren konnte. Sie hoffte, dass Harald in seiner gebeugten Haltung verharren und nicht aufblicken würde, wenn Freudberg auf dem Traktor saß.

Sollte er halten und ihre verzweifelte Situation mit der üblichen Schadenfreude kommentieren, würde sie sich vor Harald stellen.

Doch Freudberg, der tatsächlich auf dem Traktor saß, fuhr weiter, ohne Greta und die Hellerts eines Blickes zu würdigen.

Als Harald den letzten Rebstock in seiner Reihe ausgegraben hatte, richtete er sich auf. Greta nahm die welke

Pflanze und warf sie auf den Hänger, den Robert näher herangefahren hatte. Harald lief in die nächste Reihe zu den Rieslingstöcken.

Johann folgte ihm, doch Harald drehte sich zu ihm um. »Ich gehe allein!«

Seine Söhne und Greta beobachteten durch das Blattwerk, wie er den Weinberg abschritt, immer wieder prüfend stehen blieb, um sich zu vergewissern, dass die anderen Reihen nicht oder noch nicht befallen waren. Aber Greta wusste: Es gab keine Garantie, dass sein Urteil stimmte. Die Weinstöcke konnten schon befallen sein, ohne dass man es sah. Harald schritt die Reihe entlang. Er wirkte ruhig, ein Zeichen, dass alles in Ordnung war. Erleichtert atmete Greta auf.

Johann ließ den Traktor an und fuhr ihn auf den Feldweg. Robert und Greta folgten ihm langsam.

»Das kostet ihn Jahre«, sagte Robert.

»Und es kostet uns Jahre«, gab Greta zurück.

»Harald fühlt sich betrogen von dem Land, dem er alles gibt. Und ich kann zum ersten Mal nachempfinden, wie er sich fühlt.«

Sie blieben stehen.

Kurz vor dem Ende der Reihe stand Harald vor einer Rebe, die Hände gefaltet, den Kopf gesenkt.

»Was …?«, wollte Robert ihn fragen.

Greta unterbrach ihn. »Still. Dein Vater betet.«

Harald ließ Johann fahren. Als sie zurück auf den Hof kamen, sprang er als Erster vom Traktor. »Hol den Sack mit dem Sägemehl«, rief er Robert zu.

Kurz darauf stand die Familie hinter der großen Scheune

zusammen. Robert und Johann hatten einen Teil der Reben aufgeschichtet, weit genug entfernt, damit kein Funkenflug zu den beiden Scheunen oder zum Wohnhaus überspringen konnte. Harald warf das Sägemehl auf die Reben, die dicke helle Schicht verbarg die Weinstöcke, die zuunterst lagen. Er reichte Johann wortlos eine Streichholzschachtel.

Elfriede ging zu ihrem Mann und legte ihm ihre Hand auf den Arm. »Dann probieren wir es im nächsten Jahr mit dem Morio Muskat. Das hattest du doch sowieso schon überlegt.«

Harald antwortete nicht. Er sah sie nur an und legte seine Hand auf die ihre.

Johann zündete das Streichholz an, hielt es Matse hin, der sich an Elfriede schmiegte. »Hier, Kleiner, du darfst es reinwerfen.«

Sofort löste sich Matse von seiner Mutter, griff danach und warf es in den aufgeschichteten Haufen. Ein dumpfes Geräusch erklang, als das Sägemehl in einer Stichflamme aufging und die kranken Reben entzündete.

»Gut gemacht.« Robert wuschelte seinem kleinen Bruder durchs Haar. Matse blickte ihn ernst an und nickte. Selbst er wusste, was der Verlust der Reben für sie alle bedeutete.

»Ach, hier seid ihr«, erklang Renates Stimme laut und klar. Sie verstummte aber sofort, als sie das Feuer bemerkte.

Robert und Johann legten gerade schweigend weitere Rebstöcke in die lodernden Flammen. Renate kam zu Greta und grifft nach ihrer Hand. »Welche sind das?«, fragte sie leise.

»Rieslaner«, antworte Greta, ohne den Blick vom Feuer abzuwenden.

»Kacke«, flüsterte Renate.

Greta nickte stumm. Tränen traten ihr in die Augen. Zusammen standen sie um das Feuer, sahen zu, wie Arbeit und Investitionen mehrerer Jahre verbrannten. Greta fröstelte, obwohl sie den Flammen so nah stand, dass ihr Gesicht glühte. Es war ein Moment, in dem die Familie vereint war. Ein seltener Augenblick. Greta drückte vorsichtig Renates Hand, die den Druck leicht erwiderte. Robert, der links von Greta stand, griff nach ihrer anderen Hand und umschloss sie fest. Greta fand, dass es sich richtig anfühlte. Nach Zuversicht.

Später saßen sie in der Küche beim Abendbrot zusammen und aßen den Eintopf mit Wurst, den Elfriede vorgekocht hatte. Robert brach das Schweigen. »Nächsten Monat findet das British Rock Meeting statt. Die Rheininsel in Speyer wird zum Open-Air-Gebiet.«

»Und da fährst du natürlich hin«, bemerkte Johann.

»Na klar«, sagte Robert. »Du etwa nicht?«

»Im Zelt schlafen, aufs Plumpsklo gehen – nee, ganz sicher nicht. Ohne mich«, mischte Renate sich ein und griff nach einer Scheibe Knäckebrot. Sie versuchte abzunehmen, hatte sie Greta anvertraut. Doch Greta hatte erst gestern eine Packung Erfrischungsstäbchen aus ihrer Tasche herausragen sehen, eine Süßigkeit, der Renate nicht widerstehen konnte.

»Dich will ich ganz bestimmt nicht mitnehmen, Renate. Tony Marshall hat da mit seiner schönen Maid Auftrittsverbot«, konterte Robert schlagfertig.

»Ich komme mit«, rief Matse dazwischen. Doch als sein Vater ihm einen strengen Blick zuwarf, fügte er rasch hinzu: »Also, wenn ich älter bin.«

»Gretchen, hast du Lust, mitzukommen?«, fragte Robert.

Bevor Greta antworten konnte, polterte Harald mit hochrotem Gesicht los. »Ihr fahrt nirgends hin und schon gar nicht zu dieser Hottentottenmusik. Ich habe mir das jetzt lange genug mitangesehen, Robert. Seit einem halben Jahr suchst du eine Lehrstelle. Und was ist bis heute passiert?«

Robert reagierte blitzschnell. »Ich kann morgen meinen Lehrvertrag bei der Bank unterschreiben.«

Harald sah ihn erstaunt an. »Und wann wolltest du uns das erzählen? Bei welcher Bank? Bist du beim Hubert von der Raiffeisenbank untergekommen?«

Robert schüttelte den Kopf. »Nee, das ist ja nur eine kleine Filiale. Ich geh zur Kreissparkasse nach Bad Dürkheim. Die haben doch gerade fusioniert und suchen Leute. Im August geht es los.« Fünf dunkle Augenpaare und ein blaues waren auf ihn gerichtet.

Johann schlug seinem Bruder hart auf den Rücken. »Kannst froh sein, dass sie dich genommen haben.«

Harald nickte bedächtig. »Lehrjahre sind keine Herrenjahre. Streng dich an.«

Greta wunderte sich, dass Robert bisher nichts erzählt hatte.

Renate knabberte an ihrem Knäckebrot. »Dann hast du jetzt schon zwei Kinder, die Geld verdienen, Vati.«

»Noch kostet mich deine Schule.«

Renate tat den Einwand ab. »Ich hatte heute mein erstes

Vorstellungsgespräch. Bei der BASF. Dort kann ich dann die Sekretärin vom Chef der Buchhaltung werden.«

»Wirklich? Wie war es denn?« Elfriede war in die Bewerbungspläne ihrer Tochter eingeweiht.

»Wenn mich mein Bauchgefühl nicht täuscht, dann bekomme ich die Stelle. Ab dem ersten August«, triumphierte Renate.

»Ach, Kind, das wäre ja schön.«

»Ja, Mutti. Aber da brauche ich natürlich was Ordentliches zum Anziehen.«

»Dein Schrank ist voll«, stellte Harald knapp klar. »Aber der Buwe braucht was Ordentliches für die Bank. Und zum Frisör muss er auch.« Er blickte zu Elfriede. Greta sah, wie sie im Kopf zu rechnen anfing.

Robert winkte ab. »Habe ich schon geklärt. Es reicht, wenn ich die Haare zusammenbinde. Aber einen Anzug brauche ich.«

Greta stutzte. Ein Bankangestellter, der Pferdeschwanz trug?

»Ha, mein Bruder wird zum feinen Schnösel«, lachte Johann auf und schlug Robert erneut auf den Rücken, diesmal kameradschaftlich.

»Robert mit Krawatte«, kicherte Renate.

»Ich werde dir Haralds alten Anzug umarbeiten. In deinen abgeriebenen Jeans kannst du dich auf keinen Fall in der Bank blicken lassen. Dann werfen die dich gleich am ersten Tag wieder raus«, meinte Elfriede.

Matse, der aufmerksam die Unterhaltung verfolgt hatte, fischte mit seinem Löffel nach einem Stück Wurst in der Suppe und schob es sich in den Mund. »Was ist ›abgetrieben‹?«, fragte er kauend.

Auf einmal herrschte Stille. Elfriede fing sich als Erste und warf Greta einen warnenden Blick zu. »Abge*rieben* habe ich gesagt, Matse. Das bedeutet, dass Roberts Hosen schon ganz dünn sind und nicht mehr so schön aussehen. In einer Bank muss man ordentlich angezogen sein.«

Doch Matse schüttelte den Kopf. »Ich meine nicht ›abgerieben‹, Mutti. Ich meine das, was auf der Zeitung vorn draufstand. Heute Mittag. Da stand nämlich: *Wir haben abgetrieben*. Was ist das?«

Harald atmete tief durch und warf Elfriede einen strengen Blick zu. »Woher hat der Buwe das?!«

Elfriede schluckte. »Das steht auf dem Titelblatt einer Zeitschrift. Das hat Matse gelesen.« Sie schwieg.

»Wieso liest der Junge so etwas? Elfriede! Was geht hier unter meinem Dach vor?« Haralds Gesicht nahm nun schon zum zweiten Mal am Abendbrottisch eine ungesunde rote Farbe an, während Elfriede nervös zu Greta schaute.

Greta schluckte und nahm all ihren Mut zusammen. »Ich habe heute den *Stern* von meiner Lehrerin bekommen. Ich soll ein Referat über … diese Problematik halten.«

Harald sah zu Elfriede. »Bring Matse ins Bett«, befahl er.

Elfriede stand sofort auf und zog den Jungen mit sich.

Erst jetzt wandte sich Harald Greta zu. »Wo ist dieses Schundheft?!«

Greta holte den *Stern* aus dem Fach unter dem Backofen und legte ihn vor Harald auf den Tisch, der seinen Teller zur Seite schob. Er starrte auf das Titelblatt, betrachtete jedes Foto genau und runzelte die Stirn, wenn er eine der Frauen erkannte.

Renate, die neben Harald saß, beugte sich vor. »Diese Flittchen. Haben ihren Spaß, und dann brechen sie das Gesetz. Ich möchte nicht wissen, was unser Pfarrer dazu sagt«, empörte sie sich.

Greta befürchtete, dass sie genau das bei der nächsten unerträglich langatmigen Sonntagspredigt erfahren würden.

Johann schlug mit der flachen Hand auf den Tisch, ganz so, wie es sonst Harald tat. »Die gehören allesamt ins Zuchthaus. Das ist Mord am ungeborenen Leben.«

»Diese Frauen fordern Selbstbestimmung«, mischte sich Robert ein. »Abtreiben tun sie so oder so. Aber eben unter gefährlichen Bedingungen, ohne Arzt. Das hat doch nichts mit Flittchen oder Mord zu tun. Ich finde es gut, dass das Thema mal auf den Tisch kommt«, kam er Greta zu Hilfe.

Harald sah ihn wutentbrannt an. »Aber ganz sicher nicht auf meinen Tisch!« Er griff nach der Illustrierten und schlug sie auf. Greta hoffte, dass er die Reportage lesen würde. Stattdessen riss er mit einem Ruck das Titelblatt ab und zerfetzte es in kleine Teile. Dasselbe tat er mit den Innenseiten. Immer dünner und dünner wurde der *Stern*, während Harald die Blätter in Viertel und Achtel zerriss, je nachdem, wie viele Seiten seine kräftigen Winzerhände in der Eile erwischten. Die Papierfetzen warf er achtlos auf den Küchenboden. Als die Zeitschrift nur noch wenige Seiten dick war, stand er auf und fuhr Greta an. »Räum das auf. Und bestell deiner Lehrerin, dass ich so einen Schweinkram in meinem Haus nicht dulde!«

Er ging ins Wohnzimmer und schaltete den Fernseher an. Die Erkennungsmelodie der Tagesschau erklang. Nach wenigen Minuten donnerte er in seinem angestammten

Sessel los: »Jetzt ist es mit diesem Land schon so weit gekommen, dass eine Frau die Nachrichten liest. Schon wieder spricht sie von Willy Brandt. Dem Mann wird viel zu viel Platz gegeben. Reichte doch schon, dass man wochenlang seinen Kniefall in Warschau bewundern musste. So ein elendes Weibergequatsche!«

Greta zuckte erschrocken zusammen, und auch die anderen schauten sich betreten an. Im Mai, als Wibke Bruhns ihre Premiere als Nachrichtensprecherin hatte, hatte Harald sich mokiert und den Fernseher ausgeschaltet. Seitdem ärgerte es ihn jedes Mal, wenn er die Tagesschau verpasste und sich später im ZDF die Nachrichten ansah.

Aber Harald war noch nicht fertig. »Wissen Frauen denn heute nicht mehr, wo ihr Platz ist?«

Greta schniefte in ihr Taschentuch. Die Papierfetzen des *Sterns* lagen ausgebreitet in der alten Scheune auf dem Boden, den sie vorher ordentlich gefegt und auf dem sie ein altes Laken ausgebreitet hatte. Neben ihr lag eine Rolle Tesafilm und eine Schere. Sie hatte das Titelblatt schon fast zusammengesetzt, ihr fehlten nur noch zwei Teile in der Mitte.

Leise wurde die Scheunentür zur Seite geschoben. Robert kam zu ihr und kniete sich neben sie. »Ich helfe dir.« Er nahm die einzelnen Puzzlestücke und drehte sie um. »Die zwei in der Mitte brauchst du doch nicht. Du weißt ja, was draufsteht.«

Greta schüttelte den Kopf. »Aber auch dahinter verbergen sich zwei Frauen, die für ihr Recht kämpfen. Und du siehst ja, wie mutig sie sind, wenn sie sich den Vorwürfen wie ›Mörderin‹ stellen müssen.«

»Die so was sagen, kannst du doch gar nicht ernst nehmen. Die wissen doch nicht, was sie so daherplappern«, sagte Robert tröstend.

»Oh doch, das wissen sie in diesem Fall sehr wohl. Die Diskussion hat doch genau das widergespiegelt, was sich in unserer Gesellschaft tut. Deswegen ist diese Aktion von Alice Schwarzer doch so wichtig«, widersprach Greta.

»Und wer ist Alice Schwarzer?«

»Eine Journalistin. Die hat die ganzen Frauen angesprochen und das organisiert. Sie ist Feministin, sagt Frau Maywald. Sie kämpft für die Rechte der Frauen.«

»Hey, Gretchen, du bist ja richtig gut informiert.« Robert lächelte sie an und versuchte weiter, passende Teile der Innenseiten zusammenzufügen.

»Das, was die Frauen gemacht haben, ist eine Selbstbezichtigungskampagne. Das ist das Thema meines Referats, das ich am Montag halten soll. Ich weiß auch schon ziemlich genau, was ich sagen will«, meinte Greta gedankenverloren.

Robert hatte wieder einige Puzzleteile gefunden, die zusammenpassten. »Du bist dafür? Also für die Abtreibung?«

Greta nickte. »Anfangs war ich mir nicht sicher. Aber jetzt denke ich, dass es falsch ist, Frauen ins Gefängnis zu bringen, wenn sie ein Kind nicht bekommen wollen oder können.« Sie zeigte auf das Titelblatt. »Ich glaube, dass jede dieser Frauen einen Grund hatte, warum sie das tat. Man sollte keine von ihnen dafür bestrafen.« Sie seufzte. »Irgendwie muss ich Frau Maywald erklären, warum sie den *Stern* so zerstückelt zurückbekommt. Oder ich kaufe Montag einen neuen.« Sie suchte nach den Papierfetzen der Reportage. »Aber der Artikel von Alice Schwarzer ist wichtig. Sonst kann ich mein Referat nicht halten.«

Robert griff nach der Tesafilmrolle und riss ein Stück ab. »Das klingt nach Nachtschicht.« Er sah sie an. »Du bist mir noch eine Antwort schuldig: Schenkst du mir zum zwanzigsten Geburtstag, dass du mit auf das Open-Air-Festival nach Speyer kommst?«

8. KAPITEL

Speyer,
September 1971

Als die Klingel schrillte, stellte Greta ihren Stuhl hoch, griff sich die Schultasche und eilte aus dem Klassenraum. Am Samstag endete der Unterricht um Viertel vor zwölf, wobei Jungen und Mädchen die letzten zwei Stunden getrennt Sportunterricht hatten. Den ganzen Vormittag war Greta schon aufgeregt gewesen. Endlich war Samstag, und sie hatte etwas vor.

»Warte, Greta«, hörte sie hinter sich eine atemlose Stimme, als sie den Flur entlanghastete. Sie blieb stehen und wandte sich um. Tasche und Turnbeutel in der Hand, drängte sich Lutz zwischen den anderen Schülern durch. Verschwitzt sah er nach dem Sport aus, das glatte, gescheitelte Haar wirkte fettig. Das dunkelbraune Kassengestell betonte sein rundes Gesicht. Wegen seines Aussehens wurde Lutz oft gehänselt, aber Greta mochte diesen Außenseiter, sie kam mit ihm besser aus als mit den Mädchen in ihrer Klasse.

Wie schon auf der Realschule, waren sie jetzt auf dem Gymnasium Banknachbarn. Greta half Lutz, wenn er im Unterricht nicht mitkam, was oft der Fall war. Dafür hatte er sie bei ihrem *Stern*-Referat unterstützt und sich in der anschließenden Diskussion zu Wort gemeldet. Von seinem Vater, der Frauenarzt war, wusste er, wie gefährlich es war, wenn Frauen zu Engelmacherinnen gingen.

»Na, Sport überstanden?«, fragte sie. Es war ein offenes Geheimnis, dass Lutz Sport aus tiefster Seele hasste.

Er nickte, zog eine Schachtel Schogetten aus einem Seitenfach seiner Tasche und stopfte sich ein paar Stückchen in den Mund. »Zum Glück. Möchtest du?«, fragte er.

Greta nahm sich ein Stück und ließ es auf der Zunge zergehen. »Hm, Mocca-Sahne, himmlisch.« Gemeinsam traten sie auf die Treppe, die zum Schulhof hinunterführte. Von ihrer erhöhten Position sah Greta Robert sofort. Er war mit der Honda auf den Hof gefahren – was streng verboten war –, war darauf sitzen geblieben und beobachtete gelangweilt die Schüler, die an ihm vorbeiströmten.

»Die Schoko hast du dir auch echt verdient. Ich wäre in Bio heute früh ohne dich total verloren gewesen. Dieses Stoffwechselthema begreife ich nicht. Mensch, Greta, was würde ich nur ohne dich machen. Danke!«, plauderte Lutz neben ihr.

Greta lachte, ohne Robert aus den Augen zu lassen. »Ohne mich würdest du endlich mal deine Nase in ein Buch stecken!«

»Aber ich verstehe es einfach nicht. Können wir nicht zusammen lernen?«, fragte Lutz hoffnungsvoll.

»Na klar, Lutz«, antwortete Greta freundlich. »Ich weiß nur nicht wann. Ich kann ja immer nur abends lernen. Und die Hellerts lassen mich bestimmt nicht nach dem Abendbrot noch nach Bad Dürkheim.«

»Und was ist am Wochenende?«

»Nächste Woche beginnen die Vorbereitungen für die Weinlese.« Greta schwieg einen Moment.

Lutz kannte als Arztsohn keine körperliche Arbeit, hatte keine Vorstellung von den Abläufen der Weinlese, wo jede Hand gebraucht wurde. In den letzten Jahren war es Gretas Aufgabe gewesen, die großen Fässer, in die der frische Wein gefüllt werden würde, mit einem Hochdruckreiniger auszuspritzen, den Harald sich von der Winzergenossenschaft auslieh. Es war eine Knochenarbeit, bei der Gretas Finger durch die Nässe und den Druck ganz schrumpelig wurden. Die Feuchtigkeit zog in ihre Kleidung, und die Kühle im Weinkeller ließ sie frieren. Und das war nur einer von vielen Arbeitsschritten, in die sie fest eingeplant war. »Die Hellerts würden mir schön was erzählen, wenn ich sage, dass ich mit einem Klassenkameraden lernen muss.«

»Wie wär's mit heute?«

Greta entging sein verliebter Blick, denn sie winkte Robert zu, der jetzt von der Honda stieg, sie aufbockte und ihnen über den Schulhof entgegenkam. »Tut mir leid, Lutz, aber mein Bruder holt mich ab. Ich muss los«, sagte sie und zeigte zu Robert, der geschmeidig durch die Schülermenge lief.

Lutz betrachtete neidisch Roberts enge Jeans und den durchtrainierten Oberkörper, der sich unter dem lilafarbenen Hemd abzeichnete. Unwillkürlich zog er seinen Bauch ein, während er sich fünf Schogetten auf einmal in den Mund schob.

»Na, Gretchen?«, sagte Robert, als er sie erreichte. Prüfend sah er zu Lutz.

»Das ist Lutz. Lutz, das ist Robert«, stellte Greta die beiden vor. »Schönes Wochenende, Lutz«, sagte sie noch und wollte schon zur Honda gehen, als Robert sie zurückhielt.

Er zeigte auf ihre Schultasche. »Dafür haben wir keinen Platz. Vielleicht kann die ja Lutz übers Wochenende mitnehmen?« Ohne auf eine Antwort zu warten, nahm er Greta die Tasche ab und reichte sie Lutz, der automatisch danach griff.

»Wirklich nett von dir, Lutz. Und am Montag bringst du sie wieder mit? Wir treffen uns zehn vor acht vor dem Schultor?«, fragte Greta.

Lutz nickte. »Ja, klar«, nuschelte er, den Mund noch voller Schokolade. In der einen Hand trug er nun seinen Sportbeutel und seine Schultasche, in der anderen Hand Gretas Schulranzen.

Am Motorrad reichte Robert Greta den Nierengurt, den sie sich über ihre leichte blaue Jacke um Taille und Hüfte band. Er ließ die Maschine an, Greta stieg hinter ihm auf. »Du kannst ja mal einen Blick in mein Biobuch werfen. Lern den Citratzyklus einfach auswendig. Ich frage dich dann ab«, rief sie Lutz zu, um den Lärm zu übertönen, den die Maschine machte.

»Wenn ich nur wüsste, wozu man den braucht«, rief er nun zurück.

Greta lachte. »Stell dir vor, du wirst Arzt, dafür brauchst du den. Im Citratzyklus werden alle durch die Glukose eingebrachten Kohlenstoffatome in Form von Kohlendioxid ausgeschieden. Kapitel acht, Seite 72. Das Wichtigste habe ich schon unterstrichen. Bis Montag!«

Auch Robert nickte Lutz zu, dann drehte er sich zu Greta um und lächelte. »Bereit für deinen zweitägigen Klassenausflug zum Hambacher Schloss?«

Greta blies sich eine Haarsträhne aus dem Gesicht. »Du hast den Eltern doch was vom Pferd erzählt. Betriebsausflug mit der Bank, so ein Blödsinn. Mach mir bloß kein schlechtes Gewissen, dass ich geschwindelt habe«, zischte sie ihm ins Ohr.

»So habe ich das doch nicht gemeint. Aber anders hätten wir dich nach der Geschichte mit dem *Stern* nicht von den Eltern wegbekommen. Verbuch es als Notlüge.«

Robert fuhr so ruckartig an, dass Greta sich automatisch an ihm festklammerte. Ihr hellblondes Haar wehte im Fahrtwind, während Robert die schwere Maschine geschickt in den Verkehr einfädelte und sie Grünstadt hinter sich ließen.

Ihr Weg führte die Landstraße entlang über Schifferstadt nach Speyer. Nach einer halben Stunde drosselte Robert das Tempo, ließ die Maschine vor einem Imbissstand ausrollen und stellte den Motor aus. Er warf einen Blick auf seine Armbanduhr. »Ich hab gesagt, sie sollen um halb eins hier sein, um zwei geht es los. Aber war ja klar, dass Luke und Benno zu spät sind. Komm, hier gibt's die beste Currywurst in der ganzen Pfalz. Wir sollten uns noch stärken für das Wochenende.«

Greta stieg ab, auch Robert schwang sich von der Maschine. Während er zum Stand lief und bestellte, zog sie Gurt und Jacke aus und hielt ihr Gesicht in die Sonne. Was für ein Abenteuer! Sie fühlte sich wagemutig. Sie würden Rockbands sehen und vor allem hören, die man sonst nur aus dem Radio kannte. In den letzten Tagen hatten überall Poster das British Rock Meeting Speyer angekündigt. Darauf war ein bunter Löwe mit gefährlich spitzen Zähnen und die Bandnamen zu sehen: Black Sabbath, Rod Stewart & The Faces, Rory Gallagher, Fleetwood Mac und viele andere mehr. Robert kannte sie alle und hatte ihr begeistert davon vorgeschwärmt.

Jetzt kam er mit zwei Pappschälchen mit Wurst und Brötchen zurück und reichte Greta eins. Das Besteck hatte er sich in die Gesäßtasche seiner Jeans gesteckt. Er drehte sich zu Greta um. »Bedien dich.«

Sie lachte und zog eine Gabel aus seiner Tasche. »Ui, das ist ja mehr Curry als Wurst. Ganz schön scharf!«, sagte sie, als sie das erste Stück gekostet hatte.

»Nix für schwache Nerven«, meinte Robert, der bereits die Hälfte seiner Wurst vertilgt hatte. »Und ganz sicher nichts für deinen kleinen Schokoladen-Verehrer.«

»Du meinst Lutz?«, fragte Greta.

»Hab gleich gesehen, dass der auf dich steht. Und du? Stehst du auf Brillen-Pummel?«

»Du bist fies. Lutz und ich, wir verstehen uns einfach gut. Außerdem hat er es echt nicht leicht. Sein Vater macht ständig Druck. Er soll Medizin studieren und später die Praxis übernehmen.«

»Schafft er denn den NC für Medizin?«

Greta zuckte die Schultern. »Keine Ahnung. Ich weiß nur, dass er netter zu mir ist als die Mädchen in meiner Klasse.«

Robert lachte auf. »Ach, Gretchen. Du magst ja eine super Schülerin sein, aber von manchen Dingen weißt du rein gar nichts.«

Als eine Hupe ertönte, blickten beide auf. Luke parkte einen Willy-Jeep neben Roberts Honda und sprang aus dem Wagen, der keine Seitentüren hatte.

»Hat er es also geschafft, seinem Vater den Jeep abzuschwatzen«, raunte Robert Greta zu, die sich umdrehte und den Rest ihrer Currywurst unauffällig in einem Mülleimer entsorgte. Ihr Mund brannte.

Auch Benno sprang aus dem Jeep, und schon standen sie bei Greta und Robert. »Hi, folks«, sagte Luke, zog zwei Eintrittskarten aus seiner Hemdtasche und wedelte damit vor Roberts Nase. »Tausche zwei Karten gegen vierzig Mark.«

»So viel?«, entfuhr es Greta. Erschrocken sah sie Robert an. »Dann kann ich nicht mitkommen. Ich habe nur fünf.«

Robert zog ein Bündel Scheine aus seiner Hosentasche. »Du bist eingeladen, Gretchen.« Er zählte vier Zehn-Mark-Scheine ab und gab sie Luke. »Danke fürs Besorgen.«

»Bedank dich bei Gelegenheit bei meinem Vater. Er hat sie von seiner Sekretärin, die die Tickets auf der Base verkauft hat. Ich soll dich übrigens von Dad grüßen. Er ist total happy, dass du seinen Jeep wieder flottgekriegt hast.«

»Gern geschehen. Aber sag ihm nicht, dass es nur so schnell ging, damit ihr unser ganzes Gepäck mitnehmen könnt.« Robert lachte und sah zum Wagen. »Mehr hätte auch nicht reingepasst.« Hinter den beiden Sitzen stapelten sich Decken, Kissen und Campingzubehör.

Benno, der seit der Ankunft noch nichts gesagt hatte und die Augen nicht von Greta ließ, mischte sich ein. »Lange nicht gesehen.«

»Was ist los, Alter? Wir haben doch erst vor zwei Tagen geprobt.« Robert sah Benno an, als hätte der den Verstand verloren.

Luke grinste. »Wer redet denn mit dir? Hi, Greta. *You're looking great.*«

Roberts Augen zogen sich zu kleinen Schlitzen zusammen. »Ich würde sagen, wir fahren mal weiter, sonst verpassen wir die erste Band.«

»Willst du bei uns mitfahren? Ist doch bequemer als hinten auf der Karre«, wandte sich Benno an Greta. »Robert findet den Weg sicher auch ohne seine kleine Schwester.« Er musterte Greta so intensiv, dass sie nicht wusste, wie sie reagieren sollte.

»Sag nichts gegen meine Maschine!« Robert hob die Stimme. »Außerdem: Wie soll das denn gehen? Ist doch nur ein Zweisitzer und hinten alles voll mit unserem Proviant und den beiden Zelten.«

Benno schlug sich auf den Schenkel. »Ich nehm dich auf meinen Schoß, Greta.«

»Das hättest du wohl gern.« Robert funkelte ihn an und trat einen Schritt auf Benno zu. »Finger weg von meiner kleinen Schwester. Sie gehört zu mir, verstanden?«

Benno hob abwehrend die Hände und trat einen Schritt zurück. »Hey, komm mal runter. Ich dachte nur, es sei für sie bequemer.«

»Erzähl das deiner Großmutter«, fauchte Robert.

»Ich fahre mit dir«, mischte sich Greta ein und ging demonstrativ zu der Honda.

Mit finsterem Gesicht schwang sich Robert auf. »Seht zu, wie ihr vorankommt. Es ist ganz schön viel Verkehr. Wir treffen uns vorm Eingang zum Dom.« Er ließ die Maschine an. »Gut festhalten, Gretchen!«, rief er ihr zu.

Greta schlang sofort ihre Arme um Roberts Taille. Was hatte Robert damit gemeint, dass sie zu ihm gehörte? Sie fand, dass der Satz gut klang.

»Sie ist kein kleines Mädchen mehr«, hörte sie Benno

zu Luke sagen. »*She is a beautiful woman*«, erwiderte Luke und stieg in den Wagen, »*and he knows it.*«

Kurz vor Speyer nahm der Verkehr noch weiter zu. Robert überholte einen VW-Bus, der mit bunten Stickern beklebt war. Zwei Hippiemädchen winkten ihnen ausgelassen aus einem geöffneten Seitenfenster zu.

Greta winkte zurück, und Robert lachte. Seine Laune schien sich gebessert zu haben.

In Speyer drehte er sich zu ihr um. »Wir suchen jetzt erst mal ein sicheres Plätzchen, wo wir die Maschine abstellen können.« Geschickt lenkte er die Honda durch die schmalen Gassen in die Altstadt, schlängelte sich rasant durch den Verkehr, der größtenteils zum Erliegen gekommen war. Auf der Suche nach einem geeigneten Parkplatz fuhr er gegen die Fahrtrichtung in eine Einbahnstraße, kurvte über Bürgersteige, bis er schließlich in der Großen Himmelsgasse den idealen Stellplatz fand. Sie stiegen ab, und Robert schob die Maschine dicht an eine Hauswand, wo er sie abstellte.

Greta betrachtete das Haus. Eine rote Lampe stand in einem Erdgeschossfenster, ein Schild erklärte es zum *Maison d'amour.*

»Hier willst du parken? Es sieht … anrüchig aus«, fand Greta.

»Warum nicht? Die Freier werden mir die Karre schon nicht klauen.« Er griff nach ihrer Hand. »Ab jetzt weichst du nicht mehr von meiner Seite. Hier gibt es zu viel hungrige Typen. Verstehst du?« Eindringlich musterte er sie, und Greta schien es, als ob er sich tatsächlich um sie sorgte.

Sie sah ihn aufmerksam an. »Du meinst so hungrige Typen wie Benno?«

Er legte einen Arm um sie. »Solche und noch hungrigere. Ich pass auf dich auf.«

Die Stadt war voller junger Leute, viele mit langem Haar, einige mit Afrolook, aber noch mehr mit kurzen, im Nacken ausrasiert, die auffällig häufig Kaugummi kauten: amerikanische GIs von den nahegelegenen Stützpunkten, die wie sie auf dem Weg zu der Rheinhalbinsel waren, auf der das Open-Air-Festival stattfand. Als Greta und Robert auf dem Domplatz ankamen, war von Benno und Luke noch nichts zu sehen. Sie setzten sich auf die Stufen, die zum Dom hochführten, und warteten.

Greta zog die Nase kraus. »Hier riecht's aber komisch.«

Robert schaute sich um, dann zeigte er zu einer Gruppe.

Greta folgte seinem Blick. »Die rauchen hier in aller Öffentlichkeit einen Joint!«, stellte sie erstaunt fest. Bevor sie sich weiter darüber Gedanken machen konnte, sah sie Benno und Luke. Schwer beladen wankten sie zwischen den Feiernden hindurch. »Da sind sie! Wir helfen ihnen beim Tragen«, sagte sie zu Robert, der seinen Ärger über Benno offenbar vergessen hatte, denn er stand sofort auf und folgte ihr.

Als sie die beiden erreicht hatten, dröhnte vom Rheinufer der Klang einer E-Gitarre, laut, klagend und verheißungsvoll zu ihnen herüber.

Robert sah auf die Uhr. »Kurz vor zwei. Gleich geht's los.«

Auf der Rheinhalbinsel herrschte reges Treiben. Während sie sich einen Weg durch die Menschenmenge bahnten, schaute Greta sich die Leute an. Sie sah Mädchen mit weiten gebatikten Blusen und indisch anmutenden Kleidern, mit Pluderhosen und bestickten Westen, in den langen Haaren bunte Stirnbänder. Sie glaubte, die beiden Hippiemädchen aus dem VW-Bus wiederzuerkennen. Greta sah an sich hinunter. Plötzlich kam sie sich in ihrem geblümten Sommerkleid bieder vor.

Es war für September sehr warm. Viele junge Männer hatten ihre Hemden ausgezogen, ihre Jeans saßen knapp auf den Hüften. Fünf Mädchen, die barfuß waren, tanzten zu einer Musik, die nur sie zu hören schienen.

Robert schob Greta vor sich her, Benno und Luke folgten ihnen. Sie liefen an der Hauptbühne vorbei in Richtung Rhein, bis Greta schließlich auf eine kleine freie Stelle nahe der Uferböschung zeigte. »Da ist noch was frei«, sagte sie.

Robert grinste. »Ist perfekt für unser Zelt.« Er drehte sich zu Luke und Benno um. »Wir nehmen den Platz da vorne. Ihr wisst, wo ihr uns findet.« Greta lief vor und stellte sich mit weit ausgebreiteten Armen auf den kleinen Platz. »Unser«, rief sie Robert zu, der lachend das Gepäck abwarf und begann, das Zelt aufzuschlagen, während Greta die erste Luftmatratze aufpustete.

Der Soundcheck begleitete sie beim Aufbau ihres Lagers, einzelne Töne und Musikfetzen wehten zu ihnen herüber. Als sie die Luftmatratzen prall aufgeblasen und der Länge nach ins Zelt gelegt hatten, verstauten sie ihre Decken am Fußende. Schließlich zog Robert Fahrzeugpapiere und Geldscheine aus seiner Hosentasche. Schon wollte er sie unter einer der Luftmatratzen verstecken, als Greta ihn am Arm festhielt. »Moment. Ich hab dafür einen viel sichereren Platz.« Er sah irritiert, wie sie sich in den Ausschnitt griff. Ihre schmale Hand verschwand, ein weißer BH-Träger wurde auf ihrer Schulter sichtbar, bis sie einen kleinen hellledernen Brustbeutel hervorzog. Um ihn hatte sich das Lederband mit dem kleinen Buch-Medaillon, das Robert ihr zum Geburtstag geschenkt hatte, gewickelt.

»Du trägst ja den Anhänger.«

»Ich mag ihn sehr«, antwortete sie schlicht.

»Aber nicht so sehr, dass du eine Kette dazu besorgt hast«, grinste er und reichte ihr seine Wertsachen.

Greta steckte sie in das kleine Täschchen und schloss den Druckknopf der Lasche. Dann beförderte sie den Brustbeutel und das Lederband wieder dorthin, wo sie sie hervorgefischt hatte.

Als sie aus dem Zelt krabbelten, kam Benno auf sie zu. Er deutete vage in eine Richtung, wo drei Bäume standen. »Wir haben dahinten noch einen Platz gefunden. Luke flirtet gerade mit zwei langbeinigen Amerikanerinnen. Er ist voll in seinem Element. Kommt ihr mit zur Hauptbühne? Ich glaub, Juicy Lucy spielen gleich.« Die E-Gitarrenklänge wurden lauter und schneller.

»Ja klar, geh mal vorweg. Wir sind hinter dir.« Robert griff nach Gretas Hand. Aber als sie Benno ein paar Schritte gefolgt waren, zog er sie beiseite und schlug einen anderen Weg ein. »Hier entlang. Wir quetschen uns dahinten noch auf die Wiese. Von da aus sehen wir auch alles, und Benno kann sich direkt vor der Bühne allein die Ohren abfetzen lassen.«

Sie hatten sich gerade zwei Plätze gesucht, als die Menge kollektiv aufstöhnte, eine Gruppe Musiker die Bühne betrat und unvermittelt ein schneller Riff erklang.

Vier Stunden dröhnte es in Gretas Ohren. Nach Juicy Lucy waren Black Sabbath aufgetreten, dann Rory Gallagher. Die harten Rocksongs schienen Robert besonders zu gefallen. Sie hingegen mochte die etwas sanfteren lieber.

Das Treiben um sie herum wurde immer lauter. Direkt neben ihnen hatte das Rote Kreuz einen Einsatz, weil ein junger Mann barfuß in Glasscherben getreten war und sich die Fußsohlen aufgeschnitten hatte. Die Sanitäter trugen den Verletzten weg, und auf dem Rasen blieb eine kleine Blutlache zurück.

Greta sehnte sich nach etwas Ruhe. Sie beobachtete, wie die Sonne tiefer sank. Sie lehnte sich an Robert, der interessiert den Arbeitern auf der Bühne zusah, die alles für den nächsten Auftritt vorbereiteten. Und genau in dem Moment, als am Horizont die Sonne verschwand, erklang eine Akustik-Gitarre. Ähnlich der, die Robert zu Hause spielte, nur lauter. Dann hörte Greta eine rauchige Stimme. Sie setzte sich kerzengerade auf.

Rod Stewart! Wenn sie ihn mal im Radio hörte, drehte sie die Lautstärke so weit auf, dass es ihr von Elfriede einen strafenden Blick einbrachte. Oh, sie mochte den Song »Maggie May«! Rod Stewarts Stimme kam Greta ausdrucksstärker als die von Black Sabbath vor, die in ihren Ohren gedröhnt hatte. Sie trank einen kleinen Schluck aus der Bierflasche, die Robert organisiert hatte, und genoss den Augenblick. Ihre anfängliche Aufregung darüber, mit so vielen Menschen gemeinsam der Musik zu lauschen, wich einer tiefen Zufriedenheit. Leise sang sie den Refrain mit, froh, dass sie im letzten Jahr sehr viel besser Englisch gelernt hatte.

Robert, der neben ihr ausgestreckt auf der Wiese lag,

rappelte sich hoch und lehnte den Kopf gegen ihre Schulter. »Guter Song, oder?«

Greta neigte leicht den Kopf zu ihm. Seine Locken kitzelten sie im Gesicht, aber sie verharrte in dieser Position, schnupperte und roch leichten Zigarettenrauch.

»Guter Text«, flüsterte sie.

Als das Lied endete, stand Robert auf und zog sie mit sich zur Uferböschung. »Kleine Abkühlung gefällig?«

Greta schlüpfte aus ihren Clogs, stieg vorsichtig den kurzen Hang zum Rhein hinab und lief über die runden Kiesel in den Fluss. Sie beugte sich hinunter, schöpfte mit der rechten Hand Wasser und ließ es sich über den linken Arm rieseln. Robert stand mit hochgekrempelten Hosenbeinen neben ihr und drehte sich eine Zigarette.

»Müde?«, fragte er, schloss die Augen und nahm einen ersten Zug.

Greta ging tiefer ins Wasser, spürte den Sog der Strömung an ihren Waden und wusste, dass sie nicht weitergehen durfte, diese gefährliche Grenze nicht überschreiten sollte.

»Glücklich«, antwortete sie und kühlte den anderen Arm. »Die Musik macht was mit einem.«

Robert warf die Zigarette weg, an der er nur einmal gezogen hatte, und nahm ihre Hand. »Die hört man auch im Zelt.«

Hand in Hand bahnten sie sich zwischen Feiernden und Tanzenden und einigen, die regungslos auf dem Boden lagen, lauschten oder schliefen, einen Weg zu ihrem Zelt. Weiter hinten auf der Wiese entdeckte Greta Luke. Umringt von ein paar Hippiemädchen, griff er gerade nach einem Joint und nahm durch die gewölbte Hand einen tiefen Zug.

»Wollen wir zu Luke?«, fragte Greta.

Robert schüttelte den Kopf. »Ich steh nicht so aufs Kiffen.«

Als sie am Zelt ankamen, öffnete Robert den Reißverschluss und rollte die beiden Planen links und rechts zusammen, befestigte sie mit einem Band. Er krabbelte ins Zelt und kam mit zwei Bierflaschen zurück. Er stellte eine auf den Boden und setzte die zweite mit dem Kronkorken unter den anderen Korken. Mit einer raschen Handbewegung löste er den Deckel und reichte Greta die Flasche. Sie sah ihn erstaunt an.

»Gute Technik, oder?«, grinste Robert. Er nahm den einzelnen Kronkorken und öffnete damit auch seine Flasche.

»Du musst ja in Berlin ziemlich viel Bier getrunken haben, bis du das konntest.« Greta nahm einen großen Schluck.

Robert lachte, stieß mit ihr an. »Unser Logenplatz«, meinte er und zeigte auf die Luftmatratzen.

Es war Gretas zweite Flasche Bier, dabei trank sie sonst nie Alkohol. Nur Harald ließ sie manchmal etwas Wein verkosten. Doch es passte zum heutigen Tag. Auch wenn morgen wieder alles wie immer sein würde, jetzt und hier war alles neu und aufregend: die Musik im Freien, Schlafen im Zelt, der Rhein bei Nacht. Sie nahm noch einen Schluck.

Als sie sich neben Robert auf ihre Luftmatratze setzte, landete sie unsanft direkt auf der Erde. Sie stellte die Bierflasche ab. »Da ist die Luft raus«, meinte sie und zerrte die

Luftmatratze aus dem Zelt. Schon wollte sie den kleinen schwarzen, geriffelten Stöpsel herausdrehen, um sie aufzupusten, als Robert sich zu ihr vorbeugte.

»Sieht ganz so aus, als ob wir uns heute Nacht meine teilen müssen.« Er legte seine Hände links und rechts an ihre Wangen.

Greta sah in seine warmen braunen Augen, auf die kleine Narbe, die er oberhalb der Augenbraue hatte. Er hatte sie zurückbehalten, als sie als Kinder Verstecken gespielt hatten und er die Treppe zum Weinkeller hinuntergestürzt war. Ihr Blick glitt zu seinem Mund. Zum ersten Mal fiel ihr auf, dass die Unterlippe voller als seine Oberlippe war.

»Hey Greta, wie schön, dass du bei mir bist«, sagte er leise und beugte sich noch näher zu ihr. »Ich werde dich jetzt küssen.« Einen Moment hielt er inne, als ob er ihr die Gelegenheit geben wollte zu widersprechen.

Doch Greta schwieg. Dann berührte sie sanft mit ihren Lippen seinen Mund und schloss für einen Moment die Augen.

Robert ließ sich rücklings auf seine pralle Luftmatratze fallen und zog Greta mit sich. Draußen war es dämmerig, aber im Zelt war es inzwischen so dunkel, dass sie sein Gesicht nicht mehr erkennen konnte. Sie lagen nebeneinander, zärtlich tastete sie ihm über die Wangen, über dieses Gesicht, das sie von klein auf kannte, in das sie fast täglich gesehen hatte und das ihr so vertraut war. Doch sie hatte es nie so gespürt und berührt wie jetzt.

Robert hielt sie fest in den Armen. Seine Hände glitten über ihren Rücken. Eng schmiegten sie sich aneinander. Greta legte ein Bein zwischen seine Beine, und Robert angelte nach einer Wolldecke, breitete sie über sie beide aus.

Greta schloss erneut die Augen, ließ sich fallen in diese noch nie gefühlte Nähe und Vertrautheit. Sie spürte Roberts Atem an ihrem Ohr, als er murmelte: »Du bist dabei, mein Herz zu stehlen.« Dann fiel sie in einen traumlosen Schlaf.

Am nächsten Morgen wurde Greta von Kaffeegeruch geweckt. Sie schlug die Augen auf, drehte sich zur Seite und blickte in Roberts Gesicht. Er lag neben ihr, hatte sich auf einen Ellenbogen gestützt und sah sie unverwandt an. In der anderen Hand hielt er einen Becher mit dem Stadtwappen von Speyer.

»Kaffee?«, fragte er und reichte ihr den Becher.

Greta rappelte sich hoch, wobei ihr Kopf gegen die Zeltdecke stieß. Als sie sich in den Schneidersitz gesetzt hatte, nahm sie ihm den Becher ab und trank einen Schluck.

»Tut mir leid. Ich muss dich wieder küssen«, sagte Robert.

Sie ließ den Becher sinken. »Das muss dir nicht leidtun«, murmelte sie. Da spürte sie bereits seine Lippen auf ihren. Er schmeckte nach Kaffee und Zigaretten und nach etwas anderem. Vielleicht nach Glück, das jetzt begann, mit diesen Küssen, die so neu waren, mit Roberts Berührungen auf ihrer schlafwarmen Haut, mit der Sonne, die direkt durch das orangefarbene Leintuch des Zeltes schien.

Sie wollten den Tag nicht mehr auf dem chaotischen Festival verbringen und bauten ihr Zelt ab, während ringsum die Leute noch schliefen. Als alles verschnürt war, suchten sie Bennos und Lukes Zelt und legten ihre Sachen davor ab.

»Wollen wir ihnen nicht sagen, dass wir schon fahren?«, flüsterte Greta.

»Wollen wir nicht«, flüsterte Robert zurück.

Entschlossen griff Greta nach seiner Hand und zog ihn mit sich. Kurz bevor sie das Festivalgelände verließen, blieb sie stehen und küsste ihn. Sie lachte. »Heute sind wir frei.«

Als sie zurückfuhren, schmiegte Greta sich an ihn. Nicht weil Robert zu scharf anfuhr, nicht weil sie Angst in einer Kurve hatte. Sondern weil sich etwas geändert hatte.

Diesmal hatte sie nicht die Hände vor seinem Bauch verschränkt, sondern ihm beide auf die Brust gelegt. Als er einmal das Tempo drosseln musste, weil sie einen Traktor vor sich hatten, lenkte Robert das Motorrad einhändig und strich mit der anderen Hand über ihre Hände.

Robert fuhr nicht über Schifferstadt, und Greta wollte gerade fragen, welchen Weg er wählte, als er bremste und scharf nach links abbog. Weit vor ihnen lag eine bewaldete Anhöhe mit einem eindrucksvollen burgähnlichen Gebäude.

»Was hast du vor?«, wollte Greta wissen.

»Du musst doch wissen, wo du am Wochenende warst. Halt dich gut fest«, erwiderte er und gab Gas. »Da vorn ist das Hambacher Schloss.«

»Ich war noch nie da!«, rief Greta gegen den Fahrtwind.

Statt einer Antwort bog Robert nach ein paar Minuten von der Landstraße ab und fuhr durch den kleinen Ort Hambach. In der Hauptstraße waren Bögen zwischen den Häusern angebracht, an denen sich Wein rankte und deren Blätter wie lange Fäden nach unten fielen. Greta streckte den rechten Arm in die Höhe und schlug unter jedem Bogen mit der Hand gegen die Blätter. Robert bog erneut ab, fuhr ein Stück durch den Wald und um den Schlossberg herum, bis er die Maschine den Anstieg zum Schlosshof hinauflenkte und stehen blieb.

Mit einem Grinsen drehte er sich zu Greta um. »Willkommen in der Wiege der deutschen Demokratie. Auferstanden aus Ruinen und der Zukunft zugewandt …«

Sie stieg ab und knuffte ihn in die Seite. »Das ist die DDR-Hymne, du Quatschkopf. Komm, lass uns das Schloss ansehen, wenn wir schon mal da sind.«

»Hinauf, hinauf, zum Schloss«, stimmte er zu und schwang sich von seiner Maschine. »Das war der Schlachtruf der Leute, die hier protestiert haben. Gegen die bayerische Verwaltung, die die Daumenschrauben bei den Pfälzern immer enger anzog.«

»Und 1862 das Hambacher Fest feierten«, ergänzte Greta, die vor einer Schautafel stehen geblieben war und die Informationen überflog. »Sechs Tage lang. Mit Musik und Gesang. Fünfundzwanzigtausend Leute. Klingt wie das British Rock Meeting. Meinst du, wir waren so viele?«

»Bestimmt! Ich frag mich, was die damals genommen haben. Und ob die auch so wenig Toiletten hatten.« Robert lachte und ging weiter.

Greta folgte ihm, ließ ihre Hand über die raue Oberfläche der alten Mauer gleiten, an der sie entlangliefen. »Es wäre toll, wenn uns die Steine erzählen könnten, was sie über die Jahrhunderte erlebt haben.«

»Bist du sicher, dass du das hören möchtest?«

»Natürlich, oder willst du nichts über die Vergangenheit wissen?«

»Ich schaue lieber in die Zukunft.«

»Sagt der, der eine Vergangenheit hat«, stellte Greta fest und ließ sich am Rande einer gemähten Wiese nieder. Robert setzte sich zu ihr, und gemeinsam sahen sie auf die Rheinebene hinab, die sich weit vor ihnen ausbreitete.

»Vergangenheit kann auch eine Bürde sein. Manchmal ist es gar nicht gut, alles über seine Familie zu wissen«, brach Robert nach einer Weile das Schweigen.

Greta sah ihn erstaunt an. »Du meinst, es ist besser, nichts zu wissen?«

Er nickte. »Denk doch mal an die alte Fehde zwischen meinen Eltern und Freudberg. Das kocht immer wieder hoch – und ändert nichts, sondern tut nur wieder und wieder weh. Wie ein Tropfen Säure frisst es sich durch unsere Familie.«

»Weißt du eigentlich, was zwischen ihnen passiert ist? Ich höre immer nur, dass Freudberg ein Verbrecher ist. Und dass seine Rebstöcke auf Blut stehen. Was genau hat er eigentlich getan?«

Robert lachte übermütig. »Bereit für eine kleine Privatvorstellung?«, fragte er sie.

Greta wusste nicht, was er meinte, bis er aufsprang, sich vor sie stellte, sich tief verbeugte und dabei einen imaginären Hut zog. »Verehrtes Publikum, Sie sehen das Stück *Die ganze halbe Wahrheit über den Fall Fritz Freudberg* oder *Wie ein Hilfsarbeiter zum größten Winzer des Leiningerlandes wurde.*«

Greta applaudierte.

»Wir schreiben das Jahr 1946. Ein lauer Septemberabend …«

Robert ging zu zwei nahen Felsen. »… Auftritt Harald

Hellert«, sagte er, setzte sich auf den kleineren Stein und stützte sich auf den größeren Felsen, der als Tisch diente. »›Nachbar Bender, Ihr Federweißer schmeckt wirklich ganz ausgezeichnet, aber ich glaube, ich habe genug für heute. Ich muss morgen wieder auf dem Feld schaffen.‹« Robert stand auf und mimte einen leicht torkelnden Harald. »›Ernten, schleppen und die beiden Burschen beaufsichtigen, die mir helfen.‹« Robert richtete sich auf, hielt sich die Hand über die Augen, wie um besser sehen zu können, und rief: »›Ah, da ist ja auch schon der Fritz Freudberg, einer von den beiden, die mir zur Hand gehen.‹«

Robert lief in die Richtung, in die er als Harald geblickt hatte, und stellte sich dort als Fritz Freudberg auf. »›Wünsche einen guten Abend, Herr Hellert. Guten Abend, Herr Bender.‹«

Er ging zurück zu Haralds Platz. »›Kommst mich wohl abholen, Fritz? Hast ja recht, wir müssen morgen früh raus.‹« Robert schlüpfte aus seiner Harald-Rolle, verstellte seine Stimme und ahmte diesmal Bender, den betrunkenen Nachbarn, nach: »›Komm schon, Harald, das bisschen Schaffen. Du weißt doch: *Arbeit macht fr…*‹« Er brach ab.

Greta sah ihn stirnrunzelnd an. »Das ist jetzt nicht dein Ernst?«

Robert zuckte mit den Achseln. »So ist es überliefert. Das war Benders Lieblingsspruch, den er zugegebenermaßen abwandelte in ›Arbeit macht fr…öhlich‹. Aber auch die betonte Pause, die er jedes Mal einlegte, ist überliefert. In der Musik nennt man das ›Ritenuto‹.« Robert verfiel wieder in Benders Rolle, sprach mit verstellter Stimme weiter: »›Wenn du schlappmachst, Harald, trinke ich mit deinem Burschen. Los, Fritz, hol uns noch eine Flasche von meinem Federweißen. So jung kommen wir nicht mehr zusammen.‹«

Robert setzte sich wieder neben Greta, die sich über seine Vorstellung amüsierte.

»Wie viele Flaschen Fritz Freudberg mit Anton Bender an jenem Abend getrunken hat, werden wir wohl nie erfahren. Aber dass mein Vater die beiden allein weitertrinken ließ, ist überliefert. Und zwar von ihm selbst. Und man weiß auch, dass Anton Bender ein gewiefter Winzer war, der mit den französischen Besatzern gute Geschäfte machte.«

Greta nickte. »Es war im Mai 1946, dass die Grenzen von Rheinland-Pfalz endgültig festgelegt wurden. Ab Ende August waren nach den Amerikanern dann offiziell die Franzosen zuständig.«

»Gut aufgepasst in der Schule«, neckte Robert sie.

»Einer von uns beiden interessiert sich eben für Geschichte«, gab sie schlagfertig zurück.

Robert lachte und begann, sich eine Zigarette zu drehen.

»Um die Besetzer geht es gar nicht. Als größter Winzer der Umgebung diktierte Anton Bender damals die Preise, unterbot oftmals seine Konkurrenten, so auch meinen Vater. Und dann …« Er zündete sich mit einem Streichholz seine Zigarette an. »… verschwand Anton Bender von einem Tag auf den anderen. Spurlos. Ein paar Tage nach dem weinseligen Abend mit Fritz Freudberg war er weg. Als Harald das mitbekam, sprach er bei den Franzosen vor und wollte Benders Weinberge mitbewirtschaften und nach und nach abzahlen. Doch die gaben ihm einen Korb. ›*Trop tard*‹, hieß es nur, zu spät. Kurz darauf kam

Fritz Freudberg nicht mehr zur Arbeit. Harald stellte ihn zur Rede, als er ihn endlich auf dem benachbarten Weinberg von Bender antraf. Aber Freudberg lachte ihn aus und stellte sich als Benders Nachfolger vor. Es seien nicht mehr Benders Weinberge, sondern seine, erklärte er. Der Rest ist Geschichte, wie man so schön sagt.«

»Aber wie hat es Freudberg geschafft, an die Weinberge zu kommen? Und was ist mit Anton Bender passiert?«, rätselte Greta.

»Das sind die Fragen, die bis heute keiner beantworten kann. Anton Bender ist nie wieder aufgetaucht.«

»Das klingt, als ob Freudberg ihm etwas angetan hat«, flüsterte Greta.

Robert nickte. »Deshalb sagen meine Eltern ja auch, seine Rebstöcke stehen auf Blut. Darüber kann man wild spekulieren, findest du nicht? Auf jeden Fall hassen meine Eltern Freudberg. Sie geben ihm die Schuld daran, dass nicht Harald, ein einheimischer Weinbauer, sondern der zugereiste Bursche Fritz Freudberg Benders Weinberge bekommen hat.« Er strich Greta eine blonde Strähne hinter das Ohr. »Jede Familie hat eine Vergangenheit, auch wenn sie dunkle Flecken hat wie die der Freudbergs. Kein Mensch ist ohne Vergangenheit, sonst gäbe es ihn nicht.«

Sie legte den Kopf in den Nacken und blickte in den Himmel. »Das stimmt nicht«, begann sie leise. »Ich kenne meine Vergangenheit nicht. Nicht wirklich. Denn dazu gehört doch auch, dass man weiß, woher man kommt, wo seine Wurzeln sind.« Sie sah Robert an. »Du kennst deine Wurzeln. Ich hingegen habe meine Mutter nie kennengelernt. Ich habe nur ein Foto von ihr. Und ich weiß nicht, wer mein Vater ist.«

Robert griff nach ihrer Hand. »Du gehörst zu uns. Wir Hellerts sind deine Vergangenheit.«

»Nein, Robert, das seid ihr nicht. Und das weißt du. Ihr seid …« Hilflos hob sie die Schultern. »Deine Eltern haben mich aufgenommen, weil ich sonst in ein Waisenhaus gekommen wäre. Und das war gut für mich. Aber das gibt mir noch lange keine Wurzeln.«

Robert schwieg einen Moment. »Aber du gehörst doch zu mir?«, fragte er vorsichtig.

Greta lächelte ihn an. »Ja, du bist meine Zukunft.« Sie schob die schweren Gedanken beiseite und sprang auf. »Und genau das ist das Stichwort, Robert Hellert. Wie sieht Ihre Zukunft aus?« Sie hielt ihm ein imaginäres Mikrofon entgegen. »Wie können Sie Ihre Karriere als Musiker mit Ihrer Banklehre vereinbaren? Ist das nicht sehr anstrengend?«

Robert stand ebenfalls auf und griff nach dem imaginären Mikrofon. »Soll ich Ihnen ein Geheimnis verraten, Fräulein Reporterin?«

Greta nickte.

»Ich gehe gar nicht zur Bank. Ich mache da keine Lehre.«

»Ich wusste es!«, entfuhr es Greta. »Und wohin fährst du morgens, all die letzten Wochen, in deinem schmucken Anzug?« Punkt halb acht verließ Robert jeden Tag das Haus und donnerte auf der Honda davon.

»Du meinst das Prachtstück, das Elfriede mühevoll umgearbeitet hat?« Er legte einen Arm um sie, zog sie an sich.

»Alles mit der Hand genäht«, fügte Greta hinzu und schlang ihren Arm um seine Taille.

»Davon wird der Anzug auch nicht moderner. Er ist einfach schrecklich.«

»Also sag, wo gehst du morgens hin?«

»Ich habe immer noch den Job in der Autowerkstatt in Grünstadt.«

»Und du glaubst, da liegt deine Zukunft?«

»Natürlich nicht. Ich will Musik machen. Das mit der Schrauberei ist nur vorübergehend. Und sie bringt Geld. Aber nächsten Monat haben wir vier Auftritte in verschiedenen Kasinos der Amis. Hat Luke für uns organisiert. Das ist schon mal ein Anfang.«

»Und wenn du erwischt wirst? Stell dir vor, Harald will dich in der Filiale besuchen, und die wissen dort nicht mal, wer du bist! Was ist, wenn du auffliegst?« Greta fand den Gedanken entsetzlich.

»Das wird nicht passieren«, beruhigte Robert sie. »Ich schrubbe mir ja deshalb jeden Abend die Finger wund, dass mich das Motoröl unter den Fingernägeln nicht verrät. Ich passe auf.«

Greta spürte, dass Robert das Thema nicht weiter vertiefen wollte, und fragte: »Du warst schon öfter hier?«

Robert griff nach ihren Schultern und setzte eine ernste Miene auf. »Natürlich! Du musst das Hambacher Fest im Zusammenhang mit dem Wartburgfest, dem Gaibacher Fest, dem Sandhof-Fest, dem Nebelhöhlenfest und dem Wilhelmsbader Fest sehen.« Er grinste sie an, und zusammen schlenderten sie langsam zum Motorrad. »Hast du das gewusst?«

Greta schüttelte den Kopf. »Woher um alles in der Welt soll ich das wissen? Ich habe keine Ahnung, was das Nebelhöhlenfest ist. Und die anderen kenne ich auch nicht.«

»Du hattest Fräulein Heuser in Geschichte, ich den alten Kühnert. Der hat uns das immer wieder aufs Neue eingebläut, wenn wir den jährlichen Klassenausflug hierher gemacht haben.« Er ließ die Maschine an, warf einen kurzen Blick zurück auf den Schlosshof. »Ist bestimmt ein guter Platz, um Musik zu machen. Gute Akustik. Vielleicht spiele ich ja eines Tages mal hier.«

Sie fuhren zurück auf die Landstraße, weiter Richtung Kirchheim. Robert brachte die Honda auf Hochtouren. Die Landschaft flog an ihnen vorbei. Links der Straße verlor sich Gretas Blick in der Haardt, rechts war die Gegend licht und weit. Hier wurde noch mehr Wein angebaut als bei Kirchheim. Wo immer sie hinsah, zogen sich Weinstöcke auf den Terrassen entlang, die Hügel hinunter und verliefen sich in der weiten Ebene.

In Wachenheim war bereits mit der Ernte begonnen worden. Greta vermutete, dass der Wein hier reifer war. Wachenheim war für seine vielen Sonnenstunden im Jahr bekannt. Selbst wenn es in Kirchheim regnete, schien hier noch die Sonne.

Greta lächelte, ohne dass Robert es sehen konnte. Ihr war etwas eingefallen. »Bieg da vorn mal rechts ab«, rief sie ihm ins Ohr, als sie nicht mehr weit von Kirchheim entfernt waren.

»Wo wollen wir denn hin?«, rief er zurück.

»Ich möchte dir etwas zeigen.«

Er setzte den Blinker, und Greta dirigierte ihn durch das Labyrinth der Wege, die durch die Weinberge führten. Als sie ein kleines Waldstück passierten, klopfte sie ihm auf die Schulter und hob die Hand, zum Zeichen anzuhalten.

Er bremste und stellte den Motor aus. »Und jetzt?«

Greta zeigte nach rechts auf einen schmalen, verwilderten Weg und glitt vom Sitz. »Stell die Maschine ab. Und dann komm.« Sie lief den zugewachsenen Pfad entlang. Robert folgte ihr.

Sie blieb erst stehen, als sich das Blätterdach der Buchen unvermittelt lichtete und den Blick auf ein kleines Gewässer freigab. Es war nicht groß. Einige Teichrosen auf der anderen Seite der stillen, dunklen Wasseroberfläche leuchteten zu ihnen herüber.

Robert umschlang sie von hinten mit beiden Armen. »Schön ist es hier.«

»Ich hab den See zufällig entdeckt, als ich vor einigen Monaten mit Matse eine Radtour gemacht habe. Ich glaube nicht, dass ihn viele Leute kennen, der Weg ist so versteckt und zugewuchert. Für mich hat das hier etwas Magisches. Spürst du es auch?«

Robert drehte sich langsam um sich selbst. »Es ist sehr ruhig hier.«

»Genau das meine ich. Diese Ruhe. Ich bilde mir ein, dass ich sie spüren kann. Eine innere Ruhe. Wenn ich hier bin, dann bin ich nicht traurig. Und fühle mich nicht allein. Zu Hause hingegen, also auf dem Hof, da fühle ich mich oft einsam. Und bin oft traurig. Aber hier nicht.« Sie schlüpfte aus ihren Clogs, raffte das Kleid über den Oberschenkeln mit einer Hand zusammen und watete in den See. Dabei streckte sie den freien Arm aus und sagte laut:

»Die Wasser tragen alles:
Leg' nur dein Glück darauf!
Sie heben's wie auf Händen
Zum Sternenlicht hinauf.«

»Goethe?«, fragte Robert, der langsam über eine kleine Wildblumenwiese lief, die sich von dem Baumdickicht bis ans Ufer erstreckte. Er bückte sich, pflückte ein paar Gänseblümchen und ging, den kleinen Strauß in der Hand, zu einem glatten Felsen, der bis ins Wasser reichte. Dort nahm er Platz und beobachtete Greta, die inzwischen so tief im See stand, dass ihr Kleid nass zu werden drohte.

»Nicht jedes Gedicht ist von Goethe«, gab sie lachend zurück. Dann watete sie auf den Felsen zu. »Der Dichter heißt Karl Ernst Knodt. Er war ein Zeitgenosse von Raabe und Hesse.«

Robert hörte ihr nur mit halbem Ohr zu. Er hatte begonnen, aus den Gänseblümchen einen Kranz zu stecken. Als Greta bei ihm ankam, war er fertig. Robert beugte sich zu ihr und setzte ihn ihr aufs blonde Haar. Dann half er ihr, auf den Felsen zu klettern. »Einsam sein und allein sein sind unterschiedliche Dinge?«, fragte er.

Sie nickte und breitete den bunten Rock ihres Kleides aus, den Kranz auf dem langen Haar. »Jetzt bin ich weder einsam noch allein.«

Robert zog sie an sich. »Du bist so klug. Und weißt du, wofür ich dich bewundere? Du hast dir in all den Jahren eine ganz eigene Welt geschaffen, wahrscheinlich um dieser spießigen Familie manchmal zu entfliehen.«

»Du meinst, während du nach Berlin ausgebrochen bist, bin ich in meine Bücher geflüchtet?«

»Ja, nur dass du im Grunde mit dieser Buchflucht viel freier bist als ich.« Er schob ihr Haar zur Seite und küsste sie zärtlich auf den Nacken.

Sie strich ihm über den Handrücken. »Klar, wenn ich in einen Roman eintauche, dann hat nichts, was ich lese, Konsequenzen für mich. Und ich fühle mich frei. Aber es ist keine echte Welt. Du hingegen warst in Berlin zwar frei, musstest dich aber um Miete und Essen kümmern, musstest Geld verdienen. Die Realität hat dich also unfrei gemacht.«

Robert umarmte sie. »Eines Tages teilen wir unsere Welten. Bis dahin bist du mein buchverrücktes Flowerpower-Girl.«

Sie warteten so lange mit der Heimfahrt, dass sie erst nach dem Abendbrot den Hof erreichten.

»Wir sagen, dass ich dich an der Bushaltestelle aufgesammelt habe, wenn jemand fragt«, schlug Robert vor, nachdem er seine Maschine in die große Scheune gerollt hatte.

»Ja, gute Idee.«

Robert zog sie noch einmal an sich und küsste sie. »Das war der schönste Tag seit Langem. Danke, Greta.«

»Ich danke dir auch, Robert«, erwiderte Greta.

Robert hatte sie in all den Jahren immer mit »Gretchen« angesprochen, nun hatte er zum ersten Mal ihren richtigen Namen benutzt. Als sei sie über Nacht erwachsen geworden. Sie wandte sich zum Gehen, doch Robert hielt sie zurück, griff ihr ins Haar und nahm ihr den Gänseblümchenkranz ab. »Oder willst du gleich als Erstes Renates dumme Fragen beantworten müssen?«

Greta lachte. »Auf gar keinen Fall.«

»Hallo zusammen«, rief Robert betont fröhlich, als sie das Haus betraten.

Harald saß vor dem Fernseher und grummelte ein leises »Guten Abend«, während Elfriede in den Flur kam. »Ach, du hast sie gleich mitgebracht.«

»Ich hab sie an der Bushaltestelle aufgegabelt.«

Renate, ein Küchenhandtuch in der Hand, trat ebenfalls in den Flur.

»Super, da kannst du mir gleich beim Abwasch helfen.«

Elfriede schob Renate zurück in die Küche. »Den Rest schaffst du heute mal allein.« Sie wandte sich an Greta. »Matse ist gerade ins Bett gegangen. Er möchte sicher, dass du ihm noch Gute Nacht sagst.«

Greta war schon an der Treppe. »Mache ich.«

Sie ging in den ersten Stock zu Matses Zimmer, dabei vermied sie, zu Roberts Zimmer zu schauen, das am Ende des Gangs lag. Elfriedes Stimme drang bis zu ihr nach oben, als sie Robert fragte: »Hast du schon gegessen, Junge? Es ist noch ein Stück Rinderbraten von heute Mittag übrig. Mit Rotkohl und Kartoffeln, das magst du doch so.«

»Gerne, Elfriede.«

Leise öffnete Greta die Tür zu Matses Zimmer. Das Knarren übertönte das Knurren ihres Magens.

Matse saß in seinem geblümten Lieblingspyjama aufrecht im Bett. Auf seinen Beinen lag ausgebreitet der Neckermannkatalog, die Seiten mit dem Schmuckangebot waren aufgeschlagen. Konzentriert steckte er seine Finger durch die Ringmaßkarte, mit der man die Ringgröße bestimmen konnte. Er versuchte jede Größe, aber Greta sah mit einem Blick, dass seine Finger dafür noch zu dünn waren.

Matse sah auf. »Hallo, Mimi. Die müssen da was falsch gemacht haben. Nichts passt. Höchstens der hier.« Mit dem Daumen stach er in die kleinste Öffnung, aber selbst die war zu groß.

Greta setzte sich zu ihm. »Irgendwann wird dir dieser Schmuck schon passen. Ich glaube, du musst ein bisschen mehr essen. Oder einfach noch wachsen. Für so schmale Finger haben die keine Ringe. Deswegen gibt es deine Größe nicht.«

Matse kicherte. »Du meinst, wie Hänsel in dem Märchen?«

»Ja, nur dass du nicht von einer Hexe gemästet wirst.«

Er warf den Katalog auf den Boden und kuschelte sich in sein Kissen. »Dabei habe ich heute Mittag diesen blöden Rinderbraten ganz aufgegessen. Mir war richtig schlecht. Aber Vati hat gesagt, dass ich das muss.« Er blickte zu ihr auf und fasste ihr ins Haar. »Wie schön. Ein Gänseblümchen.«

Greta war froh, dass es Matse und nicht Renate entdeckt hatte, und nahm es ihm aus der Hand. »Muss ich wohl irgendwo im Märchenwald hängen geblieben sein«, versuchte sie zu erklären, wie das Gänseblümchen in ihr Haar gekommen war.

Matse kicherte wieder in sich hinein. »Klar, die wachsen ja auch auf Bäumen.«

Greta stand auf und deckte ihn liebevoll zu. »Ganz genau. Schlaf gut, Matse.«

»Ja, und morgen gehen wir in den Märchenwald und pflücken Gänseblümchen vom Gänseblümchenbaum, und du zeigst mir, wie man einen Kranz draus macht. Versprochen?«

»Versprochen, versprochen und wird nicht gebrochen. Schlaf schön, Matse«, sagte Greta lächelnd. Sie löschte das Licht und verließ das Zimmer.

Auch wenn ihr vor Hunger übel war, wollte sie nicht

nach unten gehen. Zu groß war ihre Angst, ihre Gefühle für Robert nicht verbergen zu können. Sie stieg die Treppe zum Dachboden hoch.

In ihrer Kammer legte sie sich aufs Bett und drehte das Gänseblümchen zwischen Daumen und Zeigefinger.

War es wirklich wahr? War das alles tatsächlich geschehen? Hatte sie vor vierundzwanzig Stunden mit Robert Rod Stewart gehört? Hatten sie sich in dem Zelt geküsst? Mit jeder Frage wurde das Echo des Erlebten lauter und ihre Sehnsucht nach Robert stärker.

Sie schlang die Arme um sich, schloss die Augen und sog die Luft tief ein, bildete sich ein, Robert riechen zu können. Ein Geruch, der ihr von Kindheit an so vertraut war. Mit geschlossenen Augen versuchte sie, sich an den Moment zu erinnern, an dem ihr bewusst geworden war, dass sie für ihn etwas anderes empfand als Geschwisterliebe. War es, als sie in dem flachen Wasser des Rheins gestanden hatte, die Kiesel unter den nackten Füßen? Oder als sie auf dem Hügel gelegen und Rod Stewart gehört hatten?

Doch ihre Gedanken entglitten ihr. Mal sah sie Roberts Mund, mal die Besucher des Festivals, mal den Rhein bei Nacht vor ihrem inneren Auge. Die Bilder schwirrten in ihrem Kopf. Sie öffnete die Augen, stand auf und holte das Oktavheft ihrer Mutter aus der Kommode. Willkürlich schlug sie es auf, las die ersten Verse des unbekannten Minnesängers, *Dû bist mîn, ich bin dîn,* und legte das Gänseblümchen hinein, um es zu pressen. Dann schloss sie das Heft und küsste es.

»Alberne Gans«, schalt sie sich, legte es zurück in die Schublade und schlüpfte ins Bett. »Nicht Gans«, flüsterte sie dann. »Flowerpower-Girl.«

9. KAPITEL

*Kirchheim,
Oktober 1971*

Lutz parkte seinen gelben VW-Käfer an der Auffahrt zum Hof der Hellerts. Er war erst seit gestern stolzer Wagenbesitzer, und obwohl es ein Umweg für ihn war, hatte er Greta nach Hause gebracht. Sie griff nach ihrer Schultasche.

»Wollen wir morgen ein Eis essen gehen? Ich hole dich selbstverständlich ab«, meinte er etwas schüchtern.

»Ein anderes Mal gern, Lutz. Aber dieses Wochenende geht gar nichts. Ich muss morgen früh um sechs raus, wir fangen mit der Weinlese an.«

Lutz nahm seine neue Nickelbrille ab und rieb sie an seinem weißen T-Shirt sauber. Auch das war neu, bemerkte Greta. Überhaupt kam ihr Lutz seit Kurzem verändert vor. Täuschte sie sich, oder war sein Gesicht schmaler geworden? »Steht dir gut, die neue Brille«, sagte sie.

Er grinste. »Habe ich ja auch ein bisschen dir zu verdanken.«

»Wieso?«

»Wegen der Zwei in Bio. Mein Vater meinte, ich hätte einen Wunsch frei. Meine Mutter ist gleich mit mir nach Mannheim gefahren, und wir waren einkaufen.«

Greta tippte auf seinen Oberschenkel, woraufhin er kurz zusammenzuckte. »Die Jeans auch, richtig?«

Lutz nickte und sah sie verschwörerisch an. »Meine Mutter kauft gern ein. Und ich mag Wrangler.«

»Verstehe. Da hat sich das Lernen vom Citratzyklus ja richtig gelohnt.«

»Und dass ich neben dir sitze. Danke, Greta. Ohne dich würde ich immer noch mit dem Kassengestell rumlaufen.«

»Hat dir dein Vater für die Zwei auch gleich noch den Käfer spendiert?«, wollte sie wissen.

Lutz schüttelte den Kopf. »Nein, das war schon länger geplant. Mein Onkel ist bei der Oberpostdirektion. Die mustern ja immer die alten Wagen aus. Hat er mir nachträglich zum Geburtstag geschenkt.«

»Du bist ein richtiger Glückspilz!« Greta lachte und öffnete die Wagentür, als Lutz sie zurückhielt »Ich hab noch etwas.« Er fingerte in seiner hinteren Hosentasche und zog zwei Kinokarten heraus. »*Tod in Venedig*. Läuft heute in Worms, um sechs. Wo wir doch gerade Thomas Mann durchnehmen. Ich könnte dich abholen.«

Greta schloss die Tür wieder. Wenn sie Zweifel gehabt hätte, dass Lutz sie umwarb, wäre er in diesem Moment verflogen. »Das ist wirklich sehr lieb von dir«, fing sie behutsam an. »Es ist eine tolle Novelle. Ich habe sie gleich nach den *Buddenbrooks* gelesen.«

Lutz grinste. »Für mich waren die ersten fünfzig Seiten die reinste Qual.«

»Zusammen haben wir aber ein gutes Referat gehalten.«

»Nur weil du mir alle Namen von dieser riesigen Familie aufgeschrieben hast. Und mir den kompletten Inhalt erzählt hast«, sagte er fast andächtig.

Greta beschloss, ehrlich zu sein. »Ich helfe dir gern. Aber du musst mich deswegen nicht ins Kino einladen. Außerdem kann ich in den nächsten Wochen bestimmt nicht weg. Ich werde jede freie Minute auf dem Weinberg sein müssen oder im Weinkeller.«

»Schade«, meinte Lutz. Er wollte sich seine Enttäuschung nicht anmerken lassen. Doch sein trauriger Blick verriet ihn.

»Ich muss los, auf den Weinberg. Danke fürs Mitnehmen.«

Sie wollte aussteigen und erschrak, als sie direkt in Roberts Gesicht sah. Weder sie noch Lutz hatten bemerkt, dass er mit seiner Honda neben ihnen gehalten hatte. Jetzt beugte er sich vom Motorradsitz zum Fenster herunter und lächelte Greta durch die Scheibe breit an. *Ich weiß, was du da machst,* schien sein Lächeln zu sagen.

Sie runzelte die Stirn und kurbelte die Scheibe herunter. »Ich komme gleich. Muss nur noch mit Lutz etwas besprechen.« Als Robert keine Anstalten machte, wegzufahren, fügte sie hinzu: »Wegen der Schule.«

Robert tippte sich an die Stirn, ein spöttisch-militärischer Abschiedsgruß. »Klar, Schule. Tschüs, Meister. Die Brille steht dir übrigens gut. Siehst damit aus wie der kleine Bruder von John Lennon.«

Robert ließ seine Maschine aufheulen und bog auf den Weg hoch zum Hof.

Greta stieg aus, beugte sich aber noch einmal in den Wagen. »Vielleicht fragst du Sabine, ob sie mit dir ins Kino geht. Die würde sich bestimmt freuen.«

Lutz winkte ab. »Kann sein, aber mit der kann ich mich hinterher nicht darüber diskutieren. Die redet einem ja immer nach dem Mund.«

Greta lachte auf. »Da könntest du recht haben.«

Sie schlug die Tür zu und hörte, wie Lutz hinter ihr den Wagen anließ. Kurz knirschte das Getriebe, weil er den Gang nicht richtig einlegte, dann wurde das knatternde Motorengeräusch des Käfers allmählich leiser.

Greta tat es leid, dass sie Lutz hatte abblitzen lassen. Aber sie hatte nicht gelogen, sie hatte wirklich keine Zeit. Die Weinlese würde sie alle Kraft kosten.

Als Greta in ihrer Arbeitskleidung aus dem Haus trat, bot sich ihr ein merkwürdiges Bild. Harald, Johann und Robert standen in der Mitte des Hofes und hatten ihre Köpfe in den Nacken gelegt. Sie starrten in den Himmel. Erst jetzt bemerkte Greta, dass sich dunkle Wolken aufgetürmt hatten, die schnell näher zogen.

»Fahr den Traktor wieder in die Scheune«, wandte sich Harald an Robert.

Johann schaute immer noch in den Himmel, als könnte er mit reiner Gedankenkraft die unheilbringende Wolkenwand vertreiben. Er zeigte mit dem Zeigefinger auf eine Stelle am Horizont. »Dahinten wird es schon wieder heller. Vielleicht warten wir noch ein bisschen, Vati?«

»Reed keinen Käs', Dummbabbler!«, gab Harald unwirsch zurück. »Sieht doch ein Blinder, was da gleich für ein Guss runterkommt. Das wird dauern. Beten wir, dass die Sonne abends noch rauskommt. Wir gehen morgen gleich in der Früh raus, wenn's abgetrocknet ist. Hast du die Scheren geschärft?«

Johann zuckte ertappt zusammen.

Robert sprang seinem Bruder zur Seite. »Hast ja jetzt noch genug Zeit«, meinte er beruhigend und stieg auf den Traktor.

Harald lief zum Haus und grummelte vor sich hin: »Ich sage Mutti, dass wir keine Stullen brauchen.«

Robert kuppelte den Anhänger ab und fuhr den Traktor in die Scheune. Johann nahm den Eimer mit den Scheren vom Hänger und lief zur alten Scheune, wo die Werkbank mit dem Schleifstein stand.

Einen Moment blieb Greta unschlüssig stehen. Dann folgte sie Robert in die Scheune, wo er den Traktor geschickt zwischen alten Fässern parkte. Er sprang vom Sitz, während Greta sich auf einen Stapel Europaletten setzte und ihn abwartend ansah.

»Ganz schön hartnäckig, dein Brillen-Pummel.« Robert zog sein Päckchen Tabak aus der Hosentasche. Die dunklen Locken verbargen sein Gesicht, während er konzentriert nach unten schaute und den Tabak auf dem Papierblättchen zurechtzupfte. »Legt sich ja ganz schön ins Zeug.«

Greta sah ihn unverwandt an. Sie hatten seit dem Abend, als sie vom Festival zurückgekehrt waren, nicht einen Moment alleine gehabt. Ein paar Mal hatte Greta abends in der Scheune gesessen und auf ihn gewartet. Doch Robert schien die Abende lieber mit seiner Band oder sonst wem zu verbringen.

Sie ärgerte sich. Und jetzt wollte er sie mit Lutz aufziehen? »Lutz ist ein guter Freund. Das habe ich dir schon mal erklärt.«

»Verliebter Gockel trifft es wohl eher.«

»Du hast ihn zwei Mal gesehen«, gab Greta empört zurück.

»Das reicht ja auch.«

»Du bist ungerecht, Robert.«

»Weil ich ihn nicht mag?«

»Du kennst ihn doch überhaupt nicht. Und eigentlich solltest du ihn mögen, allein schon weil es ein Freund von mir ist.«

»Ein hungriger Freund.«

Greta stand auf, winkte ab und ging zum Scheunentor. »Mit dir ist heute nicht zu reden. Lass es gut sein.«

»Sei nicht naiv, Greta. Der will was von dir!«, rief Robert ihr nach. Sie hörte, wie er einen tiefen Zug an seiner Zigarette nahm. »Ist ja auch egal. Willst du mitkommen? Ich fahre zu den Jungs zur Probe. Hier gibt es ja nichts zu tun.«

Greta ignorierte ihn und ging weiter.

»Jetzt warte doch mal.«

Greta drehte sich zu ihm um und sah ihn wütend an. »Ich habe vier Wochen auf eine Chance gewartet, mit dir ein paar Minuten allein zu verbringen. Und alles, was du kannst, ist mich bei der ersten Gelegenheit zu beleidigen? Und schlägst mir allen Ernstes vor, zu deinen Jungs zu fahren, mich auf einen kaputten Barhocker zu setzen und dich anzuhimmeln?«

»Ich dachte, du magst meine Musik«, meinte Robert gekränkt.

Greta hatte in den letzten Wochen immer wieder gegrübelt, was Robert für sie und sie für ihn empfand. Die Leichtigkeit des geschwisterlichen Umgangs war verflogen und hatte etwas anderem Platz gemacht, das sie zutiefst verunsicherte. Sie fühlte sich einsamer und verlassener als je zuvor, und der einzige Mensch, der das hätte ändern können, entzog sich ihr. Noch schlimmer – er machte ihr einen blödsinnigen Vorschlag.

»Dann geh mal schön spielen mit deinen Jungs. Ich habe etwas Besseres vor heute Abend«, sagte sie verärgert.

Im Haus blieb sie stehen und lauschte. Harald war wahrscheinlich bei Johann, man hörte das Geräusch des elektrischen Schleifsteins bis ins Haus. Elfriede war eben an ihr vorbeigeeilt: Sie wollte im Gemüsegarten die frisch gepflanzten Kohlsetzlinge abdecken; sie hatte Angst, dass das starke Gewitter den jungen Pflanzen schadete.

Aus dem Wohnzimmer erklangen im Fernsehen die Anfangstöne einer Musiksendung, die Matse gucken durfte, obwohl es gar kein Kinderprogramm um diese Zeit gab.

Matse mochte *Disco*, das von einem jungen, schlaksigen Mann moderiert wurde. Gerade rief er »Licht aus – Spot an!«. Wo Renate war, wusste Greta nicht. Seit sie ihre Stelle bei der BASF angetreten hatte, sahen sie sich kaum, obwohl sie am Wochenende zur Ernte eigentlich hätte hier sein müssen. Vielleicht hatte sie den Wetterbericht im Radio gehört und war gleich bei ihren neuen Kolleginnen in Ludwigshafen geblieben.

Leise schloss Greta die Tür zum Wohnzimmer, nahm den Telefonhörer ab und wählte Lutz' Nummer.

»Sie sind mit dem Haus von Professor Fritsch verbunden. Wie kann ich Ihnen helfen?«, erklang eine Frauenstimme.

Greta räusperte sich. War das die Haushälterin, von der Lutz erzählt hatte? »Ich bin eine Schulkameradin von Lutz, ich heiße Greta. Kann ich ihn bitte sprechen?«

»Einen Augenblick, Fräulein Greta. Bleiben Sie bitte in der Leitung. Ich hole den jungen Herrn an den Apparat.«

Das Gewitter war vorbei, und alle atmeten auf. Der Regen war eher ein Landregen als ein Sturzregen gewesen. Es hatte nicht gehagelt, und selbst der Wind hatte sich in Maßen gehalten. Inzwischen war es halb sechs, und wenn die Strahlen der Abendsonne über den Weinbergen bis zum Sonnenuntergang die Trauben trockneten, wonach es aussah, würde der Ernte morgen nichts im Weg stehen.

Greta lief in ihrem neuen Pepitakleid die Auffahrt hinunter. Vor drei Wochen war sie zusammen mit Renate ins Kaufhaus Brenninkmeyer nach Mannheim gefahren, weil diese unbedingt neue Unterwäsche hatte kaufen wollen. Das Kleid war heruntergesetzt gewesen, weil der Saum aufgegangen war, den Greta später mit gekonnten Stichen genäht hatte. Renate hatte ihr gut zugeredet und ihr sogar noch einen breiten roten Gürtel dazu aufgeschwatzt. Greta hatte ihr ganzes Erspartes dafür ausgegeben.

Elfriede steckte ihr hin und wieder eine Mark oder auch zwei zu mit den Worten, dass eine junge Frau sich mal ein Eis oder eine Gesichtscreme kaufen müsse. Im letzten halben Jahr hatte Greta nichts ausgegeben und sich deshalb wagemutig entschieden, dieses wunderschöne Kleid zu kaufen. Dabei hatte sie an Robert gedacht, davon geträumt, dass sie einen Abend zusammen verbringen würden und er ihr ein Kompliment machte. Dazu war es bislang nicht gekommen.

Also trug sie das Pepitakleid heute Abend für einen anderen. Immerhin ging sie das erste Mal allein mit einem jungen Mann ins Kino. Wie um Robert trotzdem bei sich zu haben, hatte sie das Lederband mit dem Medaillon, aus dem sie immer noch Roberts braune Augen ansahen, angelegt, wenn auch unter dem Kleid, um keine Fragen zu provozieren. Greta hatte Elfriede um Erlaubnis gefragt, zu Lutz zu gehen, und geflunkert, dass sie zusammen ein Referat über *Tod in Venedig* ausarbeiten müssten. Als ihre Ziehmutter das neue Kleid mit hochgezogenen Augenbrauen bemerkte, hatte Greta ihr von dem vornehmen Professorenhaushalt erzählt, aus dem ihr Schulkamerad stammte. Da hatte Elfriede Greta gelobt. Die feinen Leute sollten nicht denken, sie wüssten nicht, was sich gehörte.

Greta sah nicht, dass Robert in seinem Zimmer stand und ihr vom ersten Stock aus nachblickte, wie sie mit wehendem Kleid die Einfahrt hinunterlief, eine rote Spange in dem blonden Haar, und winkte, als sie Lutz neben dem gelben Käfer erblickte. Schwach war auf der Lackierung noch die Silhouette des Posthorns zu erkennen. Lutz hatte Greta erzählt, dass er stundenlang das Hoheitsemblem mit dem Warmluftföhn vorsichtig entfernt hatte.

Lutz öffnete ihr die Beifahrertür. »Hallo, Greta, steil siehst du aus! Dachte, ich parke lieber hier. Da oben kann ich bestimmt nicht wenden, hab den Lappen ja noch nicht so lange.«

Greta stieg ein und grinste ihn an. »Ist auch besser so. Sonst denken die Hellerts noch, die Post kommt ab sofort zweimal täglich.«

Im Kino kuschelte sich Greta in den roten Samtsitz. Sie sah sich um, musterte den beeindruckend großen Vorhang, der die Leinwand verdeckte, die hohe Decke und die goldfarbenen Wandleuchten, die den großen Saal in ein schummeriges Licht tauchten. Sie schloss für einen Moment die Augen. Jetzt erst merkte sie, wie müde sie war. Die Auseinandersetzung mit Robert hatte ihr mehr zugesetzt, als sie sich eingestehen wollte.

Lutz stupste sie in die Seite und bot ihr eine Stange Rolo an. »Möchtest du eins? Ist meine absolute Lieblingsschokolade, wenn ich ins Kino gehe.«

Greta hielt ihm ihre offene Hand hin. Unter allen Umständen wollte sie ihren ersten Kinobesuch genießen. Wenn sich die anderen in der Schule über die neuesten Filme unterhalten hatten, hatte sie immer nur still gelauscht. Das wenige Geld, das sie zur Verfügung hatte, reichte dafür nicht, und ihre knapp bemessene Freizeit noch viel weniger. Sie lehnte sich so weit in ihrem Kinosessel zurück, dass er etwas hochklappte und ihre Füße kurz über dem Boden schwebten. »Die mag ich auch besonders gern«, schwindelte sie. Denn weder wollte sie ihm erzählen, dass sie noch nie zuvor im Kino gewesen war, noch dass sie diese Rolo-Schokolade nie probiert hatte.

Das Licht ging aus, und der Vorhang hob sich. Aufmerksam sah sie sich die kurzen Werbefilme an, die jetzt vorne auf der Leinwand liefen, und ließ die Schokolade in ihrem Mund schmelzen. Lutz lachte neben ihr laut auf, als das HB-Männchen wegen einer Verkettung alltäglicher Missgeschicke in die Luft ging. Die Trickfilmfigur erinnerte Greta stark an Harald. Wenn es doch nur so einfach wäre, ihren Ziehvater bei seinen Tobsuchtsanfällen mit einer Zigarette zu beruhigen, wie es der HB-König tat, sodass Harald zurück auf den Boden kam.

Der Hauptfilm war schon eine Weile gelaufen, als Greta spürte, wie Lutz neben ihr unruhig wurde und auf seinem

Sitz hin und her rutschte. Sie beugte sich zu ihm. »Alles in Ordnung?«, flüsterte sie.

Lutz griff nach ihrer Hand. »Ja, aber es ist so traurig. Auch wenn der alte Aschenbach ein 175er ist.«

Greta verabscheute es, wenn Homosexuelle mit dieser Paragrafenzahl bezeichnet wurden, es brandmarkte sie in Gretas Augen zu Straftätern. Sie hatte sich oft gefragt, warum dieses Gesetz, das die Nationalsozialisten erlassen hatten und das ihr so unmenschlich erschien, nicht abgeschafft worden war.

Sie spürte Lutz' schweißnasse Hand und hatte sofort den Wunsch, ihm ihre Hand zu entziehen und sie unauffällig abzuwischen. Doch sie tat es nicht, als sie hörte, wie Lutz neben ihr schniefte. *Ich erlaube es dir,* dachte sie, *aber versuch ja nicht, mich zu küssen.*

Als der Abspann lief, entzog sie ihre Hand Lutz' klammerndem Griff. Langsam gingen die Wandleuchten an, der dunkelrote Samtvorhang schloss sich vor der Leinwand, und es wurde hell im Kinosaal. Sie sah zu Lutz, der sich verstohlen ein paar Tränen aus den Augenwinkeln wischte. Greta stand auf. Hinter ihr klappte der Kinositz hoch, und auch Lutz erhob sich.

»Hat es dir gefallen?«, fragte er.

Greta nickte. »Ja, sehr. Aber der Film ist anders als die Novelle. Es ist so traurig, dass Aschenbachs Liebe so unerfüllt bleibt.«

»Ja, unerfüllte Liebe tut echt weh«, sagte Lutz.

Greta wich seinem treuen Dackelblick aus. »Ja, manches bleibt eben unerfüllt im Leben«, fügte sie hinzu, während sie ihm den schmalen Gang zwischen den Sitzreihen hindurch folgte.

»Kannst du mir den Unterschied zwischen einer Novelle und einem Roman noch mal erkl…«, setzte Lutz an.

Doch Greta unterbrach ihn, auch wenn sie sich zu dieser Unhöflichkeit überwinden musste. Sie sah auf die Uhr. »Oje, schon so spät. Ich muss nach Hause, sonst bekomme ich Ärger. Fährst du mich?«

Lutz streckte sich und bot Greta galant seinen Arm an, damit sie sich einhaken konnte. »Aber natürlich, Greta.«

Obwohl der Wagen noch leicht rollte, riss Greta die Tür auf und verabschiedete sich schnell. Auf gar keinen Fall wollte sie einen Abschiedskuss riskieren. Lutz wendete ungeübt, musste mehrmals vor- und zurücksetzen, bis er in der Oktobernacht verschwand. Da es bereits dunkel war, hatte er darauf bestanden, sie bis zur Haustür zu fahren.

Greta sah hoch zu den Fenstern im ersten Stock, nirgends brannte Licht. Alle schienen zu schlafen; die Hellerts wussten schließlich, dass sie morgen ein regelrechter Kraftakt erwartete. Schon wollte sie vorsichtig die Türklinke herunterdrücken, als sie hinter sich Roberts Stimme hörte. »Komm mit in die alte Scheune. Bitte.«

Greta wirbelte herum.

»Ich hab auf dich gewartet. Hübsches Kleid übrigens.« Er griff nach ihrer Hand und zog sie sanft mit sich. Diesmal kannte sie die Berührung, warm und fest. Diesmal wollte sie ihre Hand nicht wegziehen.

Er schob das Tor zur alten Scheune ein Stückchen beiseite, gerade weit genug, dass sie beide hindurchschlüpfen konnten. Er zog sie in den hinteren Teil, vorbei an einem alten Schrank mit Werkzeug, einem angerosteten Fahrrad, das Haralds verstorbenem Bruder Erwin gehört hatte. Daneben stand eine alte Korbwiege, an der Spinnweben hingen. Matse war das letzte Hellert-Kind gewesen, das darin die ersten Wochen seines Lebens geschlafen hatte.

In einer Ecke hatte Robert aus Holzbrettern und Europaletten eine Art Sofa gebaut. Eine alte Decke, mit der sie manchmal zerbrechliches Gut beim Transport schützten, war darauf ausgebreitet.

Er nahm ein Streichholzheft aus der Hemdtasche und zündete eine alte Petroleumlampe an. Flackernd erwachte die Flamme zum Leben, erst winzig klein, dann immer größer. Robert setzte den gesprungenen Schirm aus Milchglas auf. Das Licht beleuchtete seine Hände und sein Gesicht, zugleich machte es die Schatten um sie beide herum länger und dunkler.

»Es tut mir leid.«

Greta sog die Luft ein und setzte sich. Zu gern hätte sie sich jetzt an ihn geschmiegt und ihm gesagt, dass alles wieder gut war. Doch so einfach wollte sie es ihm nicht machen. »Und was genau tut dir leid?«, fragte sie.

»Dass ich dir aus dem Weg gegangen bin, seit, na ja, seit wir aus Speyer zurück sind.«

Greta schwieg.

»Ich war völlig durcheinander. Am Sonntag, als wir auf dem Schloss waren, da habe ich noch ganz lässig getan. Aber als du mir dann diese Stelle am Weiher gezeigt hast, da fühlte ich mich dir so unglaublich nah.« Er schwieg einen Moment, bevor er leiser weitersprach: »Das hat mir Angst gemacht.«

Er sah sie an, doch Greta schwieg weiter.

»Verdammt, Greta, jetzt sag doch auch mal was!« Robert trat leicht gegen die Bank, und Greta spürte die Erschütterung unter sich. »Ich meine, wie soll das mit uns werden? Keiner darf etwas wissen. Ich weiß einfach nicht, was wir machen sollen. Ich weiß nur, dass es mir ohne dich nicht gut geht. Du fehlst mir.«

Greta blickte zu ihm hoch. »Es hat sich nichts geändert, Robert: Du bist immer noch meine Zukunft«, sagte sie ruhig. Er würde diese Liebeserklärung verstehen und nie wieder vergessen, davon war sie überzeugt.

Robert setzte sich neben sie und legte einen Arm um sie. Langsam lehnte sie ihren Kopf gegen seine Schulter. Da war wieder diese Vertrautheit, diese Nähe. Alles war gut. Sie spürte seine Arme, die sie umschlossen und sie auf das Lager zogen. Sanft strich er ihr über das Gesicht, tastete nach einem alten Kissen und legte es ihr unter den Kopf, bevor er sie küsste. Und Greta verlor sich in diesem Kuss, wünschte, dass er nie enden würde. Sie schob ihre Hand unter Roberts Hemd, fühlte seine weiche Haut unter ihren Fingerspitzen, die Narben auf seinem Rücken, wo die ätzende Lauge für immer ihre Spuren hinterlassen hatte.

»Ich liebe dich, Greta«, flüsterte er leise in ihr Ohr und strich behutsam ihr nacktes Bein unter dem Rock entlang. Als er begann, ihr Kleid aufzuknöpfen, hielt Greta seine Hand fest. »Lass mich das machen.«

Sie standen beide auf, sahen sich an. Robert streifte Hemd und Hose ab, während Greta sich langsam das Kleid aufknöpfte, es über die Schultern streifte und zu Boden fallen ließ. Als sie sich in Unterwäsche gegenüberstanden, griff Robert nach einer weiteren Wolldecke, breitete sie aus. Beide schlüpften unter die vom Waschen verfilzte Decke, und Greta schmiegte sich an ihn. Wie es war, ihm so nah zu sein, hatte sie in Speyer erlebt, doch da waren sie beide nicht halbnackt gewesen.

Sie spürte die Wärme, die Roberts Körper ausstrahlte, und begann, vor Nervosität leicht zu zittern. Robert zog sie an sich. Ihr Kopf lehnte an seiner Brust. Sie spürte seinen Herzschlag. Als er sie küsste, fühlte es sich für Greta selbstverständlich an. Ihre Nervosität verflog, sie hörte auf zu zittern. Sie fühlte eine Entschlossenheit, die sie überraschte. Sie schob ihn ein Stück von sich und sah in sein Gesicht, das sie von klein auf kannte und das sie nun auf eine ganz neue Weise entdeckte. Zärtlich zeichnete sie mit dem Zeigefinger seine Gesichtszüge nach. »Robert«, sagte sie leise.

Er stützte sich auf den Ellenbogen und hob fragend die dunklen Augenbrauen.

»Wir haben zu viel an«, flüsterte sie.

Statt einer Antwort fuhr er mit dem Finger ebenfalls ihre Gesichtskonturen nach. Greta schloss die Augen, während er mit der anderen Hand über ihren Rücken strich und mit geübtem Griff ihren BH öffnete.

Greta öffnete die Augen und lachte. »Ich glaube, einer von uns beiden weiß ziemlich genau, was er tut. Richtig?«

Statt einer Antwort grinste er, streifte ihr den BH über die Schulter und küsste sie zart erst auf ihre rechte, dann auf ihre linke Brust.

»Ich will, dass es dir gut geht. Es soll dir gefallen«, murmelte er.

Sie lehnte sich zurück, genoss, wie Robert weiter ihren Oberkörper küsste und keinen Zentimeter ausließ. Es war aufregend neu und vertraut zugleich. Als er innehielt und sich neben sie legte, atmete sie schneller. Sie spürte, wie sehr er sie wollte. Aus einem Impuls heraus schlang sie die Arme um seine Hüften, griff mit beiden Händen seinen Po und zog Robert zu sich.

»Willst du …?« Weiter kam er nicht, denn schon streifte ihm Greta den dunkelblauen Slip die Beine hinunter. Robert drehte sich geschickt und half mit den Füßen nach, bis er nackt neben ihr lag.

»Willst du mich auch nackt sehen?«, fragte sie.

Als er nickte, stand sie auf, zog sich aus und stellte sich vor ihn hin.

Greta kam es so vor, als fotografierte er sie mit seinen Blicken, so eindringlich betrachtete er ihren Körper. Und mit einem Mal bildete sie sich ein, das Bild von sich selbst sehen zu können, wie sie jetzt vor ihm stand: ihr nackter Körper im flackernden Schein der alten Petroleumlampe in der sonst so dunklen Scheune.

»Du bist so schön, Greta«, sagte er und streckte eine Hand nach ihr aus. »Komm zu mir.«

Greta nahm seine Hand, und Robert zog sie zu sich herunter, deckte sie beide zu.

Sie küssten sich, und Greta ließ sich fallen, vergaß alles um sich herum. In diesem Augenblick gab es nur noch ein »wir«. Es war wie ein Sog, ein Trudeln, in dem sie sich umeinander drehten. Greta glaubte, keine Luft mehr zu bekommen. Doch sie konnte nicht aufhören, ihn zu küssen, wollte nicht, dass er aufhörte, sie zu berühren.

»Ich will dir nah sein, Greta«, murmelte er.

»Ich dir auch. Ganz nah.«

10. KAPITEL

Kirchheim,
Oktober 1971

Als Gretas Wecker um sechs Uhr klingelte, war es noch stockdunkel. Sie stellte ihn rasch aus, streckte sich unter der warmen Decke und lauschte. Im Haus war es still, aber draußen rauschte ein kräftiger Herbstwind, mal lauter, dann wieder leiser. Was gut war, weil dann der Tau auf den Blättern schnell abtrocknete. »Zu viel Feuchtigkeit auf den Trauben verwässert den Wein«, sagte Harald immer.

Es war weit nach Mitternacht gewesen, als sie sich ins Haus geschlichen hatte. Fast wäre sie dabei über Renates Plateauschuhe gestolpert, die im Flur standen. Offenbar war sie doch aus Ludwigshafen zurückgekommen. Barfuß war Greta die Treppe hochgehuscht und in ihrem Zimmer verschwunden. Robert war noch in der Scheune geblieben, um alle Spuren ihres Beisammenseins zu beseitigen. Sie hatte ihn wenig später kommen hören und sich vorgestellt, wie es wäre, wenn sie zu ihm ins Zimmer schleichen und mit ihm zusammen in seinem Bett schlafen würde – unmöglich. Sie würde heute sicher büßen, dass sie letzte Nacht noch so lange über ihre neuen Gefühle nachgedacht hatte. Gähnend stand sie auf und suchte sich warme Sachen heraus, aber sie lächelte dabei. Was sie und Robert letzte Nacht erlebt hatten, warf einen ganz besonderen Glanz auf den bevorstehenden Tag.

Eine Stunde später war am Horizont ein schmaler roter Streifen zu sehen. Die Sonne bahnte sich ihren Weg. Greta, Renate, Robert und Johann saßen dicht gedrängt nebeneinander auf dem Anhänger. Es war eng, weil in ihrem Rücken drei große Lesekübel standen, in denen später die geernteten Trauben vom Weinberg gesammelt wurden. Vor ihnen lagen Scheren und Leseeimer, die sie für die Ernte benötigten. Elfriede saß bei Harald auf dem Traktor, auf dem Schoß einen großen Korb mit dem Essen für die ganze Familie. Matse war bei Elfriedes Cousine Annegret, die ihn gestern Abend mit zu sich nach Duttweiler genommen hatte. Mit seinen zehn Jahren war er eher eine Belastung als eine Hilfe, hatte Elfriede entschieden.

Greta erinnerte sich noch genau, dass sie mit zehn Jahren hatte mithelfen müssen, was für sie, zierlich wie sie gewesen war, eine ungeheure körperliche Anstrengung bedeutet hatte. Sie war froh, dass Matse diese Erfahrung erspart blieb. Und so musste sie auch seine vielen Fragen nicht beantworten.

Denn seit dieser Nacht stellte sie sich selbst viel zu viele Fragen, auf die sie keine Antwort kannte.

Greta versuchte, ihre Gedanken auf den Wein zu fokussieren. Der erste Erntetag war immer etwas Besonderes, der Auftakt zur Zeit der Lese, die sich über mehrere Wochen hinzog. Sie hatten das Jahr über alles getan, was in ihrer Macht stand, dass es ein gutes Weinjahr wurde. Den Frost hatten sie erfolgreich mit den ihnen zur Verfügung stehenden Mitteln bekämpft, den Boden immer wieder bearbeitet, und bei den Laubarbeiten waren sie besonders gewissenhaft gewesen. Nur auf das Wetter hatten sie keinen Einfluss gehabt, aber das war ihnen in diesem Sommer gnädig gewesen. Doch der Verlust der Rieslanerreben schmerzte.

Während sie langsam weiterfuhren, sah Greta mit klopfendem Herzen zu Robert. Er hatte den Kopf gesenkt und die Augen geschlossen. Offenbar war er auf dem ruckelnden Wagen eingeschlafen. Seine Locken wippten, wenn der Anhänger über eine unebene Stelle fuhr. Sie verkniff sich ein Lächeln und wandte schnell den Kopf. Zu sehr fürchtete sie, dass Renate oder Johann etwas bemerken könnten.

Bei Sonnenaufgang waren sie an dem großen Schlag der Silvanerreben angekommen, der sich über den Weinberg der Hellerts zog. Sie würden heute nicht die ganze Ernte schaffen, aber die Hälfte mussten sie einfahren. Die andere Hälfte würden die Männer in der kommenden Woche bewältigen.

Harald bog in die erste Reihe ein, hielt und sprang vom Bock. Er kam nach hinten und reichte erst Renate, dann seinen Söhnen die Hand und half ihnen, hinunterzuklettern. Als Greta an der Reihe war, zeigte er auf den kleinen Wasserkanister, der hinten auf dem Anhänger stand. »Alla hopp, den brauchen wir, Mädsche.«

Greta ging nach hinten, zog den Kanister bis zum Rand. Als sie sich umdrehte, um nach Haralds Hand zu greifen, stand dieser schon bei den anderen. Allein kletterte sie vom Hänger und hob den Behälter mühevoll herunter. Sie stellte ihn ab und drehte sich um. Nachdenklich ließ sie ihren Blick über die einzelnen Familienmitglieder schweifen. Harald mit seinen ernsten Augen, Elfriede, deren Sorgenfalten sich in den letzten Jahren tief in ihre Mundwinkel gegraben hatten, Renate, die interessiert ihre lackierten Fingernägel inspizierte, Johann, der sich gerade seine Jacke zuknöpfte, und Robert … ach, Robert. So unterschiedlich sie waren, so heftig sie streiten konnten, heute bildeten die Hellerts eine Einheit. Und einmal mehr wurde Greta bewusst, dass sie nicht wirklich zu ihnen gehörte. Sie fragte sich, wie lange sie noch mit auf den Weinberg fahren, wie viele Weinlesen sie noch mitmachen würde.

Wie die anderen griff sie nach einem Eimer und einer geschärften Schere. Paarweise verteilten sie sich in den Reihen: Johann und Greta, Renate und Robert, Elfriede blieb bei Harald.

Greta versuchte, sich auf das Abernten der Trauben zu konzentrieren und nicht zu Robert hinüberzusehen, der in der Nachbarreihe arbeitete. Als Johann auf den Traktor vor ihr stieg, um ihn ein Stück weiter vorzufahren, hörte sie Robert Renate necken. »Ohne Handschuhe geht es dreimal so schnell.«

»Und meine Nägel sind ruiniert. Du hast wirklich keine Ahnung, auf was eine Dame von Welt alles achten muss. Immerhin arbeite ich morgen wieder!«

Robert lachte laut auf. »Mit den langen Krallen kannst du doch gar nicht tippen.«

Renate ging nicht darauf ein. »Das ist total eklig, wenn die Hände so schmierig werden und dann die Insekten drauf kleben bleiben«, rechtfertigte sie sich.

»Hör auf, deine Schwester zu ärgern«, schaltete sich Elfriede ein, die eine Reihe weiter mit Harald arbeitete. »Im Büro wird auf ein gepflegtes Äußeres viel Wert gelegt. Das solltest du doch wissen. Das ist doch in deiner Bank auch so.«

»Ich habe jetzt eine Sieben-Tage-Woche.« Renates mauliger Unterton war nicht zu überhören. »Gestern musste ich auch noch Überstunden machen. Und jetzt die Weinlese! Dabei wäre ich viel lieber mal wieder zum Gottesdienst gegangen.«

Neben Greta lachte Johann laut auf. »Ausgerechnet heute? Da hättest du ja die letzten zehn Sonntage hingehen können.«

»Hört sofort auf, ihr zwei!« Elfriedes Stimme klang bemüht streng, doch in ihrer Stimme lag ein leises Lachen. »Ausleeren bitte.«

Das war die Ansage für die Männer, dass ihr Eimer voll war. Harald nahm ihn und reichte ihn unter der Rebreihe hindurch zu Robert und dieser dann an Johann, der den Inhalt in einen der Kübel auf dem Anhänger entlud. Das Entleeren war die Aufgabe der jungen Männer: Zu anstrengend war es für die Älteren und für die Frauen, den Tag über Hunderte Eimer hochzuheben und in die Kübel zu kippen.

Als Johann Elfriede den leeren Eimer zurückgab, stellte sie ihn ab und beugte sich hinunter, um durch das Laubwerk in Renates Eimer zu sehen, der in der Nebenreihe mit ihrem auf gleicher Höhe stand. »Eine richtige Winzerin wirst du nie«, bemerkte Elfriede trocken, als sie sah, dass Renates Eimer noch nicht einmal zur Hälfte gefüllt war.

»Hab ich jemals behauptet, dass ich das werden will?«, gab Renate zickig zurück. »Außerdem zupfe ich die schlechten Trauben ganz gründlich raus.«

»Hier braucht es halt Frauen, die richtig mit anpacken, gell, Elfriede?«, bemerkte Harald und gab Elfriede zur großen Überraschung aller einen Kuss auf die Wange. »Deswegen hab ich dich geheiratet. Und kochen kannst du auch.«

»Ach, Harald, lass doch.« Das Lob schien Elfriede peinlich zu sein. Aber die nächsten Trauben, die sie abschnitt, legte sie sorgfältig, ja fast liebevoll in ihren Eimer, wie Greta bemerkte.

»Wird Zeit, dass du dich nach einer Frau umschaust, Johann«, sagte Harald, offenbar noch immer im Bann seiner eigenen glücklichen Ehe.

Johann murmelte etwas Unverständliches. Er bückte sich, um die tief hängenden Trauben abzuschneiden.

Renate, froh darüber, dass die elterliche Aufmerksamkeit nicht mehr ihrem mangelnden Enthusiasmus galt, mischte sich von der anderen Seite der Reihe ein. »Wie bitte? Ich habe den Namen nicht richtig verstanden?«

Johann wurde ungeduldig. »Ich habe gemeint, ihr werdet ihren Namen noch früh genug erfahren.«

»Dagmar, richtig? Ich habe euch neulich zusammen gesehen«, bemerkte Robert salopp.

Johann hielt in seiner Arbeit inne und funkelte ihn durch das Laubwerk wütend an. »War ja klar, dass du deinen Mund nicht halten kannst.«

»Ach, wie schön, Johann, dass du immer noch mit der Tochter vom Metzger Dreckmann gehst. Sie ist doch wirklich ein nettes, fleißiges Mädchen. Und so freundlich, wenn ich dort die Bratwürste hole.« Elfriede schien nicht überrascht.

Zwei Jahre war es her, dass Johann mit Dagmar auf das Weinfest gegangen war, fiel Greta ein.

»Ist es was Festes?«, hakte Elfriede nach.

Greta sah Johanns zögernden Blick und sprang ihm zur Seite. »Ausleeren bitte.«

Rasch griff Johann nach ihrem vollen Eimer und lief zum Anhänger, um ihn auszukippen. Dann stieg er auf den Traktor und setzte ihn in der Reihe ein Stück vor. Als er zurückkam und den leeren Eimer zu Gretas Füßen abstellte, schien er die Antwort gefunden zu haben.

»Ich denke, ich werde sie nach der Weinlese mal sonntags zu uns zum Essen einladen. Natürlich nur, wenn ihr einverstanden seid.«

»Da kann sie ja die Bratwurst gleich mitbringen.« Robert lachte über seinen eigenen Witz, wofür er einen warnenden Blick von Elfriede erhielt.

Harald nickte zustimmend. »Keine schlechte Wahl, mein Sohn. Als das mit dir und der Dagmar losging, fand ich dich noch ein bisschen unreif. Aber bald wirst du dreiundzwanzig, da wird es allmählich Zeit. Meinen Segen hast du.«

Greta hörte dem Gespräch nur mit halbem Ohr zu. Im gleichmäßigen Tempo schnitt sie die Trauben, schob dabei den Eimer mit dem Fuß immer ein Stück vor sich her. Ihre Gedanken waren bei Robert. So wie Johann über seine Freundin Dagmar sprach, würde Robert nie von ihnen beiden erzählen können, so selbstverständlich, so bereitwillig, sich von seiner Familie necken zu lassen, und mit der Gewissheit, dass seine Wahl gutgeheißen würde. Sie beide hatten eine unsichtbare Grenze überschritten. Auch wenn sie der festen Überzeugung war, dass Robert ihre Zukunft war, wie sie ihm gestern erneut versichert hatte, hatte sie doch keine Vorstellung, wie diese aussehen sollte.

Sie bemerkte nicht, wie voll ihr Eimer schon wieder war und nun von der Last umkippte.

Johann stupste sie in die Seite. »Hey, aufpassen, die ganzen Trauben liegen im Gras.«

Greta fuhr erschrocken zusammen und bückte sich, um sie wieder in den Eimer zu legen.

»Der schöne Silvaner«, stichelte Johann. Aber er lächelte sie dabei an, kniete sich neben sie und half ihr, die Trauben aufzusammeln. Greta konnte sich nicht erinnern, wann Johann sie zuletzt einmal angelächelt oder ihr gar geholfen hatte. Schon der Gedanke an eine mögliche Zukunft mit Dagmar schien ihm gutzutun.

»Wenn ich einmal heirate, kann ich aber nicht mehr hier bei der Lese helfen«, stellte Renate in der Nebenreihe klar.

»Um zu heiraten, brauchst du erst mal einen passenden Kandidaten. Den will ich sehen, der dich nimmt«, frotzelte Robert.

»Du hast ja überhaupt keine Ahnung, auf was Männer stehen«, konterte Renate.

»Klar, ich bin ja auch nur ein Mann. Und ich weiß auch nur, worauf ich stehe«, sagte er. »Und ganz bestimmt nicht auf lange, rot lackierte Fingernägel.«

Als sie am Ende der Reihe ankamen, waren die drei Lesekübel auf dem Hänger bereits gut gefüllt. Harald steckte eine Beere in den Mund. »Gibt einen süßen Silvaner. Hat ein hohes Mostgewicht. Die Stöcke geben dieses Jahr reichlich her«, bemerkte er zufrieden. Er stieg zu Johann auf den Traktor und rief Elfriede zu: »Macht ihr schon mal Mittag, wir tauschen geschwind die Kübel.«

Elfriede nickte ihm zu.

Greta freute sich über die Pause und drückte den Rücken durch. Sie nahm ihren leeren Eimer, ging hinüber zu der alten Ulme und setzte sich auf den umgekehrten Eimer. Auch wenn die Sonne schien, war ihr der Boden zu kalt um diese Jahreszeit. Die anderen taten es ihr gleich. Elfriede, die zuvor noch den Korb mit Broten und Kartoffelsalat vom Traktor genommen hatte, verteilte die abgepackten Portionen.

»Sieht ja ganz so aus, als wenn Johann nächstes Jahr unter der Haube ist«, stellte Renate lapidar fest. Sie pickte in der kleinen Schale mit dem Kartoffelsalat herum. »Hätte nicht gedacht, dass die Dagmar ihn noch mal erhört, gell, Mutti? Da muss sich Johann ganz schön angestrengt haben.«

Elfriede zuckte mit den Schultern. »Dagmar ist eine gute Partie. Und sie weiß, was sie will. Wenn das Johann ist, umso besser. Beim Dreckmann steht man immer Schlange. Und der hat wirklich eine gute Qualität.«

»Vielleicht kehrst du erst einmal vor deiner eigenen Tür? Wen heiratest du denn?«, wollte Robert wissen, dem Renates spitze Bemerkungen missfielen.

»Das erfährst du früh genug, spätestens dann, wenn ich mich für einen meiner Verehrer entschieden habe«, schnappte Renate zurück und wandte sich an Greta. »Und was willst du später einmal machen? Wenn du dein Abitur hast? Angel dir doch diesen Lutz. Der scheint dich ja zu mögen, so oft, wie er mit dir lernt. Ein Arztsohn ist sicher nicht verkehrt.«

Greta zuckte unmerklich zusammen. »Nur weil er mich mag, muss ich ihn doch nicht gleich heiraten. Ich meine, ich müsste ja in ihn verliebt sein, und das bin ich nicht.« Sie vermied es, Robert anzusehen.

Elfriede hatte bei Gretas Worten aufgeblickt. »Die Liebe kommt schon mit der Zeit. Bei mir war das auch so«, entfuhr es ihr. Erschrocken biss sie sich auf die Lippen und versuchte, von ihrem öffentlichen Geständnis abzulenken. »Möchtest du noch eine Wurst, Robert?« Sie bot ihrem Sohn das Päckchen mit den Fleischwürsten an.

Auch Renate griff ungefragt zu, sah sie aber erstaunt an. »Mutti, ich dachte, du und Vati, ihr seid sooo verliebt gewesen damals. Das hast du doch immer erzählt.«

»Und so war es auch. Wenn es nicht Liebe gewesen wäre, hätten wir wohl nicht euch Brut bekommen. Und jetzt Schluss. Seid ihr satt?«, lenkte sie ab. Sie war nicht gewillt, ihre Liebesgeschichte vor ihren Kindern auszubreiten. Schon lange hatte sie nicht mehr an ihre eigene Jugend gedacht, als sie ungefähr in Renates und Gretas Alter war.

Während des Krieges hatte Elfriedes Mutter in einer Schuhfabrik in Pirmasens gearbeitet. Damit brachte sie sich und ihre Tochter gerade so eben durch. Einen Vater gab es nicht. Als Elfriede sechzehn Jahre alt war, wurde sie als BDM-Mädchen in derselben Fabrik eingesetzt. Monatelang musste sie Militärstiefel fertigen. Die Arbeit war anstrengend, und Elfriede hasste sie. Aber sie wagte nicht, aufzubegehren. Anders als die vielen Zwangsarbeiter in der Schuhfabrik wurden sie und ihre Mutter zumindest bezahlt.

Ihre Mutter hatte ihr schon als Kind eingebläut, niemals aufzufallen. Doch erst als die Mutter auf dem Sterbebett lag, erfuhr Elfriede den wahren Grund: Sie hatte einen jüdischen Vater, Nathan Singer, Sohn eines angesehenen Geigenbauers.

Nathan hatte Elfriedes Mutter geliebt. Die beiden wollten heiraten. Doch dazu kam es nicht. Nathans Vaters schickte seinen Sohn zu einem befreundeten Ehepaar nach Frankreich, das eine Tochter im heiratsfähigen Alter hatte. Es war nur eine Frage der Zeit gewesen, dass Nathans Besuche in Pirmasens immer seltener wurden und schließlich ganz ausblieben. Bei seinem letzten Besuch hatte er sich innigst von Elfriedes Mutter verabschiedet und ihr ein »Geschenk« hinterlassen: Elfriede.

Die Mutter starb kurz nach Kriegsende an der Schwindsucht, ohne Nathan Singer jemals wiedergesehen zu haben. Ihr waren nur ein paar Postkarten von Nathan und die Erinnerung an ihn geblieben. Und ihre kleine Elfriede, wie sie ihrer Tochter mit einem Lächeln auf den Lippen versicherte, bevor sie für immer die Augen schloss.

Elfriede war bei ihrer älteren Cousine Annegret untergekommen. Diese hatte sie nach der Beerdigung der Mutter mit nach Duttweiler genommen, ihr eine kleine Kammer gegeben und ihr bei einem Kriegsgewinnler eine Putzstelle besorgt.

Als Harald Elfriede beim Herbstabschlussfest 1946 in Duttweiler zum Tanz aufforderte, war er einer der wenigen Männer, die unversehrt waren, aufrecht stehen und tanzen konnten. Und als er ihr erzählte, dass er bereits ein Weingut besaß, wusste sie, dass er ihr Weg aus der Armut war.

Elfriede hatte nie jemandem erzählt, dass sie Harald als Ausweg gesehen, ihm schöne Augen gemacht hatte, damit er sie mit auf sein Weingut nahm und heiratete. Es war ihr gelungen.

Mit den Jahren hatte sie gelernt, diesen eigenwilligen Mann zu lieben. War es die große Liebe, über die sie manchmal in Zeitschriften las? Nein. War es Liebe, die sich im Alltag bewährte? Ja.

Aus der Ferne hörte Elfriede das vertraute Traktorengeräusch. Sie stand auf und half Greta dabei, die Reste des Picknicks zusammenzupacken und in dem Korb zu verstauen. Von der Seite betrachtete sie das Mädchen. Von klein auf hatte Greta eine Klarheit ausgestrahlt, die Elfriede insgeheim bewunderte. Als Maria, die junge Flüchtlingsfrau, die bei ihnen gelebt hatte, im Kindbett gestorben war, hatte Elfriede entschieden, dass Greta bei ihnen blieb. Natürlich hatte es Streit mit Harald gegeben. Der hatte sich aufgeregt, dass noch ein Mund mehr zu stopfen sei, wo sie bereits drei Kinder hätten. Elfriede hatte ihn nur mit der Aussicht beschwichtigen können, noch herauszufinden, wer Gretas Vater war, um für den Aufwand entschädigt zu werden. So etwas konnte doch in einem Dorf kein Geheimnis bleiben.

Sie ging sogar mehrere Abende zu den Landfrauen, um etwas in Erfahrung zu bringen. Doch egal, wie viel Elfriede nachforschte, Gretas Vater war unbekannt, und Greta blieb bei ihnen. Als Elfriede wieder schwanger war mit Matse und Harald erneut unwirsch darauf bestand, Greta in ein Waisenhaus zu geben, war Greta sechs Jahre alt. Sie war ein fleißiges kleines Mädchen, das gern in der Küche half und interessiert beim Backen und Kochen zusah. Auch im Gemüsegarten half Greta, ohne zu murren, ganz im Gegensatz zu Renate. Zu Elfriedes Überraschung hatte Greta sie sogar gefragt, wie es ihr ginge, als die Kinder erfuhren, dass sie noch ein Geschwisterchen bekommen würden. Das hatte Elfriede gerührt, zumal niemand sonst sie danach gefragt hatte. Mittlerweile hatte sie sich an das zarte, hellblonde Mädchen gewöhnt, das schon äußerlich so ganz anders als ihre robusten, dunkelhaarigen Kinder war. Schützend hatte sie sich vor Greta gestellt und darauf bestanden, dass das Mädchen blieb: Sie könne später schließlich auf das Kleine aufpassen. Harald hatte nur mit dem Kopf geschüttelt und war aus der Küche gestampft.

Elfriedes Gefühl hatte sie nicht betrogen. Greta war ihr immer eine Hilfe gewesen, war es heute noch. Und dennoch war ihr das Mädchen fremd geblieben. Warum, konnte Elfriede nicht genau sagen. Vielleicht weil Greta Dinge besser planen und überschauen konnte als sie selbst. Denn sie, die deutlich Jüngere, war es, die daran dachte, die Butter rechtzeitig aus dem Kühlschrank zu nehmen, wenn Elfriede backen wollte. Statt sich darüber zu freuen, ärgerte Elfriede Gretas vorausschauendes und kluges Verhalten, das so ganz anders war als ihr eigenes oder überhaupt das der Hellerts. Das Mädchen war eben keine von ihnen. Das war wohl der Grund, warum Elfriede manchmal so abweisend zu Greta war, obwohl sie sie eigentlich mochte.

Das Leben ist manchmal kompliziert, dachte Elfriede, und ihre Familie war es auch. Doch sie konnte zufrieden sein und musste nicht irgendwelchen versponnenen Gedanken über die Liebe nachhängen. Oder an ihr früheres Leben. Sie hatte sich geschworen, das Geheimnis ihrer Herkunft und ihres Heiratsplans mit in ihr Grab zu nehmen. An diesen Eid würde sie sich weiter halten.

Entschieden nahm Elfriede ihr den Korb aus der Hand. »Den Rest mache ich. Du kannst schon mal mit den anderen weiterlesen.« Sie warf erst Greta und dann ihren Kindern einen auffordernden Blick zu.

Renate räkelte sich mühselig hoch und warf einen abschätzenden Blick zu dem Traktor, der allmählich näher kam. »Einen Winzer heirate ich auf gar keinen Fall.«

Robert sprang auf. »Ist auch besser so. Du wärst für jeden Winzer eine Katastrophe.«

Greta griff nach Eimer und Schere. Keinesfalls wollte sie in das Geplänkel der Geschwister hineingezogen werden. Bevor sie ans Heiraten auch nur dachte, musste sie erst mal auf eigenen Füßen stehen. Wie sehr sie sich danach sehnte, selbstständig zu sein, ihr eigenes Geld zu verdienen, darüber zu bestimmen, wofür sie es ausgab. Sie wollte nicht mehr um etwas bitten, sie wollte sich Bücher kaufen, ohne sich dafür rechtfertigen zu müssen. Sie lächelte in sich hinein. Ein Gedanke formte sich in ihrem Kopf, ein Ziel: Sie würde Lehrerin werden, Deutsch unterrichten und ihren Schülern die Literatur nahebringen, die ihr so viel gab, sie in den letzten Jahren immer wieder gestärkt hatte.

Noch wusste sie nicht, wie sie das den Hellerts erklären sollte. Sie ahnte, dass diese weder Verständnis aufbringen noch sie finanziell unterstützen würden oder gar konnten, um zu studieren. Was sie aber wusste, war, dass ein Studium sie erfüllen würde. Und ihr eine noch nie erfahrene Freiheit geben würde, die Robert so selbstverständlich gelebt hatte, als er nach Berlin gegangen war.

Auf keinen Fall wollte sie sich darauf verlassen, dass ihr zukünftiger Mann für ihr Auskommen sorgte. Noch anderthalb Jahre, dann hatte sie ihr Abitur. Dann begann ihr eigenes Leben! Sie konnte nicht bei Elfriede und Harald bleiben. Das hatte sie schon lange gespürt, aber jetzt war es ihr auch bewusst.

Wie Robert das wohl sah? Als hätte er ihre Gedanken gelesen, lief er auf dem Weg zum Traktor, der wieder zwischen den Reihen stand, dicht an ihr vorbei. »Keine Angst, bei uns wird das anders. Wir werden immer unsere Penunzen teilen, Greta«, flüsterte er ihr zu. Wie zufällig strich er mit seinem Handrücken über den ihren. Er leerte den Eimer aus, dann wandte er sich an Renate: »Frauentausch. Ich gehe mit Greta in eine Reihe, du bist mir zu langsam, du lahme Schnecke!«

»Ja, ja, so flink wie das Mädsche ist keiner mit der Schere«, grummelte Harald. Als Renate protestieren wollte, schnitt er ihr das Wort ab. »Du kommst zu mir. Zeig mir, dass du eine echte Hellert bist und Tempo machen kannst. Und zieh diese albernen Handschuhe aus.«

Immer wieder blickte Harald zum Himmel. Seit dem späten Nachmittag war die Sonne hinter einer Wolkenschicht verschwunden. Doch es schien sich nichts zusammenzubrauen. »Sieht ganz so aus, als wenn wir im Trockenen nach Hause kommen.«

Eifrig arbeiteten sie weiter, Stunde um Stunde. Greta und Robert waren als Erste mit ihrer Reihe fertig, was Harald wohlwollend zur Kenntnis nahm. »Ihr scheint ein gutes Team zu sein. Weiter so.«

Greta sah, wie Robert ein Lächeln unterdrückte. »Na los, mal sehen, ob wir die nächste Reihe auch so schnell fertigbekommen.«

»Aber nicht schludern«, sagte Harald. »Guckt genau hin, und nehmt nur die Besten.«

»Natürlich«, versicherte Greta.

»Bist hier genauso gründlich wie in der Schule, gell, Mädsche?«, rief Harald ihr zu, der sich nun mit Renate ans Werk machte. »Wenn du mit der Schule fertig bist, kannst du bei uns anfangen und eine Ausbildung zur Winzergesellin machen.«

Greta sah ihn überrascht an. Sie beobachtete seine flinken Bewegungen, während er rasch und zielsicher die reifsten Trauben aussuchte, abschnitt und in seinen Eimer warf, in einer Geschwindigkeit, die ihm niemand nachmachte.

Sie – eine Winzergesellin? Bei den Hellerts? Nach dem Abitur zwei, drei Jahre eine Ausbildung? Niemals. Doch sie widersprach nicht. Harald konnte cholerisch reagieren, wenn man seine Ideen nicht guthieß. Und schließlich hatte sie noch Zeit, mit den Hellerts über ihre eigenen Pläne zu reden.

Robert mischte sich ein. »Vielleicht möchte das Greta gar nicht?«

»Was redest du denn da, Dummbabbler?«, gab Harald ungehalten zurück.

»Ich meine nur, immerhin macht Greta ja Abitur und möchte vielleicht studieren.«

Robert war der Einzige, der sie beim Namen nannte. Harald nannte sie immer nur »Mädsche« und Matse »Mimi«. Robert hatte sie früher »Gretchen« genannt. Doch keiner der anderen sprach sie mit ihrem Namen an. Auch Elfriede nicht.

»Papperlapapp. Das Mädsche ist wie geboren für den

Weinberg!«, erwiderte Harald prompt. »Sie schafft mehr als ihr alle zusammen. Und sie versteht, was die Reben brauchen, weil sie Grips hat. Genug geschwätzt. Gleich setzt die Dämmerung ein.« Er ignorierte Johanns empörten und Renates beleidigten Blick, während Greta noch schneller schnitt, ganz so, als wenn sie sich von ihnen jetzt schon entfernen musste.

Sie würde eine Lösung finden, um studieren zu können. Und vielleicht gab es auch irgendwo ein Fleckchen Erde, wo sie ein eigenes Zuhause fand, an dem sie respektiert und anerkannt wurde. Ein richtiges Zuhause. Einen Ort, der ihr gehörte, wo sie und Robert zusammen sein konnten.

Sie richtete sich auf. Nach der stundenlangen Arbeit spürte sie ihren Rücken. Sie sah sich um und genoss den Blick: den Weinberg der Hellerts, die Schläge der anderen Winzer, die bis ans Dorf grenzten, wobei Freudbergs Anteil bei Weitem am größten war. Das Laub verfärbte sich allmählich, nach dem ersten Frost würde es abfallen. Dann würden die Rebstöcke nackt und kahl sein, bis auf die Trauben, die für das Keltern des Eisweins genutzt wurden. Es roch nach Herbst, nach feuchter Erde, vermoderndem Laub und Rauch von schwelenden Feuern.

Obwohl sie sich nach der Fremde, nach anderen Ländern und Kulturen, nach Orten, die sie nur aus Büchern und der Schule kannte, sehnte, war ihr in diesem Moment, als könnte es auf der ganzen Welt keinen schöneren Platz geben als diesen Weinberg.

Sie genoss die einsetzende Abendstimmung. Die Sonne stand tief, der Himmel erstrahlte in einem feurigen Orange, und die letzten Sonnenstrahlen färbten das Weinlaub golden. Greta nahm die Schere in die linke Hand und schüttelte ihre rechte aus. Dann pustete sie gegen eine Blase zwischen Daumen und Zeigefinger, die sich vom Schneiden gebildet hatte.

Johann schwang sich auf den Traktor und fuhr ihn vor die Reihe, ließ den Motor laufen und schaltete die Scheinwerfer ein. Der helle Lichtstrahl erleuchtete die Rebreihe vor ihnen. »Endspurt, Leute«, rief er. »In zehn Minuten geht die Sonne unter.«

Als sie fast eine Stunde später in der Dunkelheit den Hof erreichten, sprang Johann vom Traktor und schaltete die Außenbeleuchtung an. Harald hatte vor zwei Wochen zwei zusätzliche Strahler angebracht. »Man muss sehen, was man tut!«, hatte er gesagt.

Greta kletterte vom Anhänger und sah zu den aufgereihten Lesekübeln, dem Ertrag der heutigen Ernte. Sechs Stück standen auf dem Kopfsteinpflaster nebeneinander. Die drei, die noch auf dem Hänger waren, waren nicht ganz gefüllt. Im letzten Jahr waren es nur fünf Kübel gewesen. Es war dieses Jahr eine gute Ernte, und sie war noch nicht vorbei.

Während Robert den Gabelstapler heranfuhr, kletterte nun auch Renate vom Anhänger. Sie ging zu Elfriede und sprach leise mit ihr. Doch Greta ahnte bereits, was sie ihr sagte. Schon hörte sie die Worte »Bauchschmerzen« und »unpässlich«, worauf Elfriede antwortete: »Ach, du Arme. Dann schnell ins Bett mit dir. Und leg dir eine tiefgefrorene Packung Erbsen drauf. Ich hole sie dann später raus. Gute Besserung, mein Kind.«

Greta rollte innerlich mit den Augen.

Renate zog die »Frauenkarte« sehr oft, wenn es galt,

mitzuhelfen. Dann war sie jede zweite Woche »unpässlich«. Den Tipp, statt einer Wärmflasche etwas Kaltes auf den Unterleib zu legen, hatten die beiden Frauen von Greta; ihr Biologielehrer hatte es ihnen im Unterricht erklärt.

Sie griff nach den Ernteeimern und Scheren, lief zum Wasserhahn und wusch sie gründlich, damit sie morgen für die Lese wieder bereit waren. Dabei sah sie zu Robert, der geschickt die letzten beiden Kübel per Seilzug unter dem überdachten Anbau des Weinkellers ablud. Dort hatten Johann und Harald die Maschinen aufgestellt: den Entrapper, der die Beeren vom Stielgerüst trennte, und die Presse, die für die Maische und auch für die Ganztraubenpressung genutzt wurde.

»Wir entrappen alle, Robert«, rief Harald ihnen zu. »Und du, Mädsche, spritzt zwei Kübel sauber. Ich will einen Teil des Silvaners einmaischen und nicht gleich abpressen. Wir müssen den Verlust des Rieslaners wiedergutmachen. Da bekommen wir eine bessere Qualität. Elfriede hat Kontakt zum Klaus Brücher von der *Alten Klosterschänke* in Bad Dürkheim aufgenommen. Dem hatte unser Rieslanerwein gut gefallen, kann sein, dass wir auch mit dem Silvaner ins Geschäft kommen.«

»Alles klar«, rief Robert, lud den letzten Kübel mit dem Seilzug neben der Entrappungsmaschine ab und nahm sich eine Schaufel.

»Wer dreht, wer schippt?«, wollte er wissen.

»Wir wechseln uns ab. Ich drehe erst mal«, sagte Johann.

Greta kam zu ihnen, griff sich ebenfalls eine Schaufel und half Robert, die Trauben in den Trichter zu füllen, während Johann an der Kurbel drehte, sodass die Walze die Trauben entrappte. Als sie den ersten Lesekübel fast entleert hatten, lief Greta zum Wasseranschluss an der neuen Scheune. Dort lag der lange Wasserschlauch. Sie wollte ihn beim Wasserhahn im Keller anschließen und den Kübel ausspritzen. Während der Ernte wusste sie nie, was mehr floss: Wasser, um jeden Schritt der Kelterung so hygienisch wie möglich zu erledigen, oder der süße Most, der aus den Trauben trat. Sie legte sich den Schlauch über die Schulter. Er war so schwer, dass sie bei den ersten Schritten strauchelte. Als Harald aus dem Weinkeller trat, wo er den Eimer mit dem Schwefel geholt hatte, rügte er seine Söhne. »Das ist eure Aufgabe, Buwen. Lasst das Mädsche doch nicht den schweren Schlauch schleppen! Wir brauchen sie noch.«

Sofort unterbrach Robert seine Arbeit, lehnte die Schaufel an die Entrappungsmaschine und lief Greta entgegen. Fürsorglich nahm er ihr den Schlauch von der Schulter. Dabei strich er ihr unauffällig über den Arm.

»Gib her.« Er sah ihr liebevoll in die Augen, aber sie wandte schnell den Blick ab. Nach der Nähe der letzten Nacht hielt sie es kaum aus, dass sie ihn zwar den ganzen Tag gesehen hatte, ihn aber nicht berühren oder offen mit ihm reden konnte.

»Ich hole mir rasch meine Gummistiefel«, sagte sie leise und lief ins Haus.

Als sie wieder zu den Brüdern zurückkehrte, war der erste Lesekübel leer. Schweigend arbeiteten Robert und Johann daran, den Inhalt des zweiten Kübels zu entrappen.

Ihre Arbeit wurde unterbrochen, als ein Wagen auf den

Hof fuhr: Elfriedes Cousine Annegret brachte Matse zurück. Elfriede musste ihr Bescheid gegeben haben, dass sie vom Weinberg zurück waren. Matse sprang aus dem Fond und lief sofort zu Greta, die den Schlauch sinken ließ und das Wasser abstellte.

Matse umarmte sie mit seinen schmächtigen Armen um die Taille. »Ich will auch mithelfen.«

Greta strich ihm übers Haar. »Es ist schon spät. Hast du einen schönen Tag gehabt bei Tante Annegret?«

Er nickte. »Ich durfte ganz viel fernsehen.«

Tante Annegret, die sonst nicht viel mit dem Jungen anzufangen wusste, erlaubte ihm das gern.

»Und was hast du gesehen?«

»Alles. *Lach- und Sachgeschichten, Drei Jungen und drei Mädchen* und *Bonanza* natürlich. So ein Pferd, wie Little Joe hat, wünsche ich mir zu Weihnachten, so ein großes, geflecktes. Meinst du, ich bekomme so eins, Mimi?«

Bevor Greta ihm eine Antwort geben konnte, rief Elfriede, die an der Haustür ihre Cousine begrüßt hatte, Matse zu sich: »Ab ins Bett, Matthias.«

»Oh, nö«, entfuhr es Matse. Er sah zu Greta auf. »Liest du mir noch was vor?«

Greta schüttelte den Kopf und stellte das Wasser wieder an. »Heute geht das nicht, Matse. Du siehst doch, was hier los ist. Aber vielleicht morgen, einverstanden?«

Matse zog maulig ab. »Morgen, morgen, immer nur morgen.«

In diesem Moment trat Harald aus dem Weinkeller. Er musste die letzten Worte seines Jüngsten gehört haben, denn er sah ihm nach und schüttelte unwillig den Kopf. Dann wandte er sich an Greta: »Du musst in den Tank klettern und ihn noch mal gründlich ausspritzen, bevor wir den Most einfüllen.«

Zum dritten Mal in den Tank, dachte Greta, unterdrückte ein Seufzen und folgte Harald dann ohne Widerspruch in den Weinkeller. Sie zerrte den Schlauch hinter sich her, bevor sie ihn ihrem Ziehvater gab. Zweimal schon hatte sie den Tank vor der Ernte geschrubbt. Wer würde eigentlich die Tanks putzen, wenn sie irgendwann nicht mehr bei den Hellerts war? Zwar schafften es Johann und Harald auch, hineinzuklettern. Aber je schmaler man war, desto leichter ging es. Also würde diese Arbeit wahrscheinlich an Matse fallen. So verspielt und verträumt, wie der war, fürchtete sie, dass das auch in zwei Jahren nicht ohne Tränen ablaufen würde.

Sie selbst hasste diese Arbeit. Wasser umgab sie dabei, die Feuchtigkeit drang in ihre Glieder. Alles wurde nass. Wenn sie anschließend im Bett lag, würde sie Stunden brauchen, um das Gefühl von anhaltender Nässe loszuwerden und sich wieder warm und trocken zu fühlen.

Harald blieb neben der runden Öffnung stehen, die unten am Tank angebracht war, und Greta kletterte geschickt in den Tank. In dieser beklemmenden Enge fühlte sie sich immer wie in einem feuchten Grab.

Harald stellte eine Leiter gegen den Tank, griff nach einem langen Kabel, an dessen Ende eine Glühbirne angebracht war, und stieg die Leiter empor. »Ich mache dir erst mal Licht, bevor ich das Wasser anstelle. Dann siehst du genau, wo du draufhalten musst.«

Greta wartete, bis Harald die Glühbirne von oben in den Tank ein Stück abließ, sie mit einer halben Schlaufe an dem dafür vorgesehenen Haken einhängte und wieder die Leiter hinunterstieg. Kurz darauf glimmte die Glühbirne auf. Greta entdeckte nur wenige Ablagerungen an den Wänden, aber den Boden hatte sie wohl das letzte Mal nicht gründlich genug geschrubbt.

»Kann losgehen. Wasser läuft«, dröhnte Haralds Stimme hohl zu ihr.

»Ja!«, rief sie und drehte den Spritzkopf am Schlauch auf. Gewissenhaft sprühte sie die Wände ab. Dann griff sie nach dem Schrubber, der noch vom letzten Reinigen im Tank stand, und bürstete die Wände ab. Ihre Arme fühlten sich nach dem langen Tag müde an, aber sie wusste, dass sie jetzt ihre ganze Kraft brauchte, um die Wände und besonders den Boden zu reinigen. Dann würde sie ihn ein letztes Mal abspritzen.

Als sie fertig war, reichte sie Harald Schrubber und Schlauch heraus. Er half ihr, aus dem Tank zu krabbeln.

»Gut, dass du so gelenkig bist. Und jung«, meinte er nachdenklich. Sein Blick schweifte ab. Diese Nachdenklichkeit hatte Greta nur selten bei ihm erlebt. Sie wollte ihm etwas Nettes sagen, sie spürte, dass er traurig gestimmt war. »Hast du mir ja beigebracht, wie man da am geschicktesten reinsteigt.«

Harald nickte, schien jedoch nicht aufzunehmen, was sie gesagt hatte, so sehr war er in Gedanken versunken. »Als Elfriede und ich hier anfingen, hatten wir einen Gehilfen. Der riss sich um diese Arbeit. Wollte mir wohl demonstrieren, dass er besser war als ich.« Er schwieg.

Greta verstand nicht, was er damit meinte. »Und was war dann mit ihm?«, fragte sie vorsichtig.

»Es war Freudberg, der Blattwichser. Wenn ich gewusst hätte, was aus dem mal wird, hätte ich ihn nicht mehr aus dem Tank gelassen.« Harald wandte sich ab und stieg langsam die Kellertreppe hoch.

Greta sah seiner gebeugten Gestalt nach. Es bedrückte sie, dass selbst nach einem so erfolgreichen Tag allein eine Erinnerung an den verhassten Nachbarn Haralds Laune trübte. Robert hatte ihr ja erzählt, was nach dem Krieg zwischen den Hellerts und Freudberg passiert war, dass sich die Hellerts um das Land betrogen fühlten. Auch wenn das schon fast ein Vierteljahrhundert her war, schien diese Wunde immer wieder aufzureißen und nie zu heilen.

Sie griff nach einem alten Handtuch, das über einem Holzfass lag, und wischte sich die Hände trocken, bevor sie Harald nach oben und dann auf den Vorplatz folgte.

Es war fast Mitternacht, als sie mit der Arbeit fertig waren. Greta spürte jeden Muskel ihres Körpers, als sie sich ins Bett legte. Doch gleich darauf setzte sie sich wieder auf. Erst jetzt merkte sie, wie durstig und hungrig sie war. Das Mittagessen unter der Ulme lag schon lange zurück. Bei der Arbeit hatte sie Trauben genascht, aber irgendwann hatte sie keinen Appetit mehr gehabt. Die anderen hatten gegessen, während sie die letzten Lesekübel ausgespritzt hatte. Danach war sie zu müde gewesen, um etwas zu essen, und war gleich auf ihr Zimmer gegangen. Wohl auch um Robert, der mit Johann in der Küche saß, nicht noch einmal zu sehen.

Sie schlug die Decke zurück, schlüpfte in ihre Hüttenschuhe und zog eine dicke Strickjacke über ihr dünnes Nachthemd, um in die Küche zu gehen.

»Milch macht müde und satt«, murmelte sie, als sie sich ein Glas eingoss. Gierig trank sie in großen Zügen, spürte die kalte Flüssigkeit in ihrem Magen, setzte das Glas erst ab, als es leer war. *Das hat gutgetan*, dachte sie, als hinter ihr die Tür geöffnet wurde. Ohne zu sehen, wer in die Küche kam, spürte sie, wer es war.

»Ich habe dich die Treppen runtergehen hören. Habe so gehofft, dass wir wenigstens noch einen Moment für uns heute haben.«

Greta drehte sich zu Robert um.

»Keine Angst, es schlafen alle.« Er trug noch seine Levis und ein altes, blau verfärbtes T-Shirt. Als er zu ihr trat, lächelte er, strich mit seinem Zeigefinger sanft über ihre Oberlippe und leckte dann seinen Finger ab. »Hm, schmeckt gut, die Milch. Ich steh auf Frauen mit Milchbärten.« Er zog sie an sich und küsste sie.

Greta schlang die Arme um seinen Hals und erwiderte den Kuss mit einer Intensität, die all ihre Gefühle verriet, die sie heute für ihn empfunden hatte und die sie jetzt für ihn empfand.

Doch als sie erneut die Küchentür knarren hörte, wand sie sich erschrocken aus Roberts Arm.

Matse kam in die Küche, rieb sich die Augen. »Ich habe Durst«, krächzte er und sah erst zu Robert, dann zu Greta. Rasch nahm sie ein Glas aus dem Schrank, füllte es mit Leitungswasser und reichte es ihm wortlos.

In großen Schlucken leerte Matse das Glas und streckte es ihr entgegen. »Mehr«, forderte er und wischte sich über den Mund. Dann sah er zu ihr hoch. »Bei Tante Annegret gab es Capri-Sonne. Ich hatte vier Stück. Aber ihr dürft es nicht Mutti sagen.«

Greta gab ihm das aufgefüllte Glas. »Vier sind aber auch wirklich sehr viel von dem süßen Zeug.«

Matse nickte und trank das Wasser. Dann stellte er das leere Glas ordentlich in die Spüle und griff nach Gretas Hand. »Bringst du mich ins Bett?«

Greta sah, dass Robert leicht den Kopf schüttelte. Doch sie deutete ebenfalls ein Schütteln an und beugte sich zu Matse. »Aber dann wird schnell geschlafen.«

»Bleibst du bei mir?« Matses Stimme klang so bittend, fast verzweifelt, dass Greta aus ihren Hüttenschuhen schlüpfte und zu ihm unter die Decke kroch.

Matse kuschelte sich an sie. Greta roch an seinem Haar, das Elfriede ihm gestern, an seinem Badetag, in der Wanne gewaschen hatte. Seit Neuestem benutzten sie alle das 7-Kräuter-Shampoo von Schauma. Elfriede hatte es in einem Drogeriemarkt entdeckt, wobei Greta vermutete, dass es nicht der Duft war, weshalb Elfriede die große Flasche gekauft hatte, sondern der günstige Preis und die muntere Schauma-Familie auf der Flasche.

Schon nach wenigen Minuten lauschte sie Matses regelmäßigen Atemzügen und lächelte, als ein leiser Kinderschnarcher seinem Mund entfuhr. Zärtlich drückte sie den kleinen Kerl an sich, der sie so bedingungslos liebte und in diesem Moment eine Unschuld ausstrahlte, dass ihr ganz wehmütig ums Herz wurde. Denn sie wusste, dass aus ihrem Leben die Unschuld verschwunden war.

11. KAPITEL

Kirchheim,
April 1972

Kleine schwelende Feuer leuchteten in der kalten Frühlingsnacht. Heller Qualm stieg von ihnen auf, der sich allmählich auf dem Weinberg ausbreitete, wo der Spätburgunder wuchs. Johann setzte die Schubkarre mit den Holzstücken, den Grillbriketts und zwei Bündeln Stroh – eins trocken, eins feucht – in der vorletzten Reihe ab. Robert begann sofort, eine kleine Feuerstelle aufzuschichten, und zündete sie mit einem Streichholz an. Das trockene Stroh loderte kurz auf, bevor es niederbrannte. Robert kniete sich nieder und blies gegen die Glut, um erst die Holzstücke und dann die Briketts zum Brennen zu bringen.

Die kalten Temperaturen und der Nachtfrost bedrohten den frühen Austrieb des Spätburgunders. Solange das Thermometer unter Null anzeigte, mussten sie Feuer machen. Es war bereits die zweite Nacht, die Harald, Johann, Robert und Greta auf dem Weinberg verbrachten.

Harald schritt die Reihen ab und behielt die bereits gezündeten Feuer im Auge. Immer wieder legte er feuchtes Stroh nach, damit weißer, dichter Rauch den Weinberg hinunterzog und die Reben einhüllte. Ein paar Grad brachte das Prozedere gegen den Spätfrost, hoffte Harald. Nicht viel, aber von ein, zwei Grad würde in diesem Jahr der Ertrag des Spätburgunders abhängen.

»Ich muss noch mal zurück, wir brauchen mehr Brennmaterial.« Johann wendete die Schubkarre.

Robert richtete sich auf. »Ist dir kalt?«, fragte er Greta, die neben ihm stand und beobachtet hatte, wie er erst das Feuer zum Lodern brachte, um es gleich darauf fast zu ersticken, sodass es nur noch qualmte.

Sie schüttelte den Kopf, schlang ihren langen Schal, den sie den Winter über gestrickt hatte, einmal mehr um ihren Hals. Sie trat einen Schritt zurück, um etwas Abstand zwischen sich und Robert zu bringen. Seit jener Nacht im vergangenen Oktober, als Matse sie in der Küche beinahe entdeckt hatte, fürchtete sie, dass Robert und sie sich verraten könnten. Die Monate, die hinter ihnen lagen, waren eine Gratwanderung zwischen heimlichen Umarmungen, flüchtigen Küssen und Angst vor Entdeckung gewesen. Greta fand, dass es an ein Wunder grenzte, dass sie noch nicht aufgeflogen waren.

»Brauchst du Hilfe, Harald?«, rief sie laut, ohne zu wissen, wo Harald sich in dem weißen Nebel aufhielt.

»Alles unter Kontrolle«, hörte sie seine Stimme weit hinter sich. Sie drehte sich um, sah ihn aber nicht.

»Hoffen wir das Beste. Noch sind wir im Plusbereich.« Harald hatte stets ein Thermometer bei sich, das er jede halbe Stunde überprüfte. »Am kältesten ist es in den frühen Morgenstunden. Robert, lauf in die erste Reihe und leg nach!«

»Mache ich!«, rief Robert. Rasch beugte er sich zu Greta und gab ihr einen Kuss.

»Nicht, Robert«, flüsterte sie erschrocken, auch wenn sie ihn am liebsten umarmt hätte. Sie beugte sich zu der Feuerstelle hinunter und legte erneut feuchtes Stroh auf die flackernden Flammen. Sofort verschwanden sie, und heller Qualm stieg auf.

Johann kam mit der Schubkarre voller Brennmaterial zurück. »Hilf mir bei den letzten beiden Feuern. Und dann ab ins Bett mit dir, ist schon nach elf. Wir Männer schaffen den Rest allein. Wird eine lange Nacht.«

Greta hängte ihre dicke Arbeitsjacke in die große Scheune zum Auslüften und lief fröstelnd zum Haus. Elfriede bestand darauf, dass die nach Rauch stinkenden Jacken nicht unten im Flur hingen.

In der Mitte des Hofes blieb sie kurz stehen und sog die reine Luft ein. Seit Stunden atmete sie das erste Mal wieder tief durch, ohne husten zu müssen. Sie sah zu den Feuern und dem Rauch, der sich über den kleinen Weinberg zog. Trotz der Kälte fing Greta bei diesem Anblick leise an, »The Fool on the Hill« von den Beatles zu summen. Es kam ihr so vor, als sei sie der Narr auf dem Hügel, der zusah, wie die Winzer Nacht für Nacht versuchten, in die Natur einzugreifen und Frostschäden zu verhindern. So mühsam es war, so schön fand sie das Bild des qualmenden Weinbergs. Es hatte etwas Unheimliches und zugleich auch Magisches. Sie hörte, wie sich in der Ferne die Männer Kommandos zuriefen. Hoffentlich würde der nächtliche Einsatz erfolgreich sein und die zarten hellgrünen Knospen des früh austreibenden Spätburgunders retten. Sie sandte einen Gute-Nacht-Gedanken an Robert.

Als sie ins Haus trat, griff sie nach ihrem Pferdeschwanz,

zog ihn nach vorn und hielt die Spitzen unter die Nase. Ihr Haar roch nach Rauch. Am besten, sie wusch es sich noch rasch und seifte sich ab. Dann sparte sie morgen früh ein wenig Zeit, zumal sie immer erst als Letzte ins Bad konnte.

Leise schloss sie die Haustür hinter sich, zog die Winterstiefel aus, stellte sie in das offene Schuhregal im Flur und schlich hinauf in den ersten Stock zum Badezimmer. Ein dünner Lichtschein unter der Tür fiel in den Flur, wahrscheinlich hatte Matse mal wieder das Licht brennen lassen. Doch sie fuhr erschrocken zurück, als sie Renate angezogen am Waschbecken vor dem Spiegel stehen sah.

»Kannst du nicht anklopfen?«, fragte Renate verärgert, als sie sich zu Greta umdrehte.

»Kannst du nicht abschließen?«, konterte Greta und zog die Tür hinter sich zu. »Wolltest du nach dem Abendbrot nicht nur ganz kurz zu einer Freundin gehen?«, fragte sie erstaunt, als ihr Blick auf Renates Kleid fiel. »Es ist doch schon spät.«

Renate erwiderte nichts, sondern griff nach ihrer Zahnbürste. Sie sah in den Spiegel, wo sich ihre Blicke trafen, und rümpfte die Nase.

»Du stinkst«, sagte sie und drückte einen Streifen Zahnpasta auf die Bürste.

»Ach, wirklich? Was meinst du, was ich hier im Badezimmer will? Mich kurz abduschen und mir den Gestank aus den Haaren waschen.« Greta knöpfte sich die Strickjacke auf. »Brauchst du noch lange?«

»Ich weiß nicht, was du an der Arbeit im Weinberg findest.« Kopfschüttelnd beugte sich Renate vor und begann, sich die Zähne zu putzen.

Greta war erschöpft. Sie wollte nur noch ins Bett und ertrug heute Abend Renates »Dummgebabbel«, wie Harald es nennen würde, einfach nicht. »Du scheinst es immer noch nicht begriffen zu haben! Diese Arbeit ernährt uns. Auch dich. Oder glaubst du, du könntest von deinem Sekretärinnengehalt leben und gleichzeitig jeden Monat den Großteil aus deiner Lohntüte für Kleidung und Schminke ausgeben?«, fuhr sie sie an.

Renate spülte sich den Mund aus und stellte ihre Zahnbürste zurück in den Becher. »Du bist ungerecht«, antwortete sie mit bebender Stimme.

Erstaunt sah Greta, dass ihre Schultern zuckten. War sie zu hart zu ihr gewesen? Renate war sonst nicht empfindlich, zumal sie selbst gern austeilte. Greta fasste sie vorsichtig an der Schulter.

»Es tut mir leid, Renate. Aber ich bin so schrecklich müde.« Sie hielt einen Moment inne. »Was hast du denn?«

Renate wandte sich zu ihr um. Tränen quollen ihr aus den Augen und über die dick getuschten Wimpern. Ein kleines Rinnsal schwarzer Wimperntusche lief über ihre Wangen. »Ihr seid alle nicht fair. Das ganze Leben ist nicht fair!«, sagte sie zittrig.

Greta zog sie zur Badewanne, wo sie sich beide auf den Rand setzten. »Was ist denn los?«, fragte sie besorgt.

Renate schniefte. »Kannst du ein Geheimnis für dich behalten?«

Greta nickte. »Ich kann schweigen. Versprochen.«

Renate sah sie an. »Schwör es! Beim Grab deiner Mutter!«

Betroffen hob Greta die rechte Hand. »Bei allem, was ich liebe.«

»Ich war heute Abend nicht bei einer Freundin. Ich war mit meinem Chef aus. Das war also auch ein bisschen beruflich. Ich sage das, weil du mir sonst gleich wieder vorwirfst, dass ich mich gedrückt hätte, euch zu helfen.«

Greta strich ihr über den Rücken. »Mit deinem Chef? So spät noch?« Sie spürte, dass es Renate wirklich nicht gut ging. Ganz selten nur hatte sie ihre Ziehschwester weinen sehen, es sei denn, sie wollte gezielt mit ihren Tränen etwas erreichen.

»Er ist verheiratet.«

»Wer?«

»Na, mein Chef. Helmut!«

»Ja und?«

»Oh, du verstehst aber auch gar nichts. Wir sind ein Paar! Wir lieben uns.«

Greta hielt in ihrer tröstenden Bewegung inne und ließ die Hand sinken. »Aber wie könnt ihr denn ein Paar sein, wenn er verheiratet ist?«, fragte sie verwirrt.

Renate stand auf, riss ein Stück Toilettenpapier ab und putzte sich die Nase. »Sei doch nicht so dumm. Natürlich geht das! Auf der Weihnachtsfeier hat er mich zum Tanzen aufgefordert. Dann hat er mich nach Hause gefahren. Und geküsst! Seitdem waren wir oft nach der Arbeit …« Sie unterbrach sich und schnäuzte sich wieder. »Alles natürlich heimlich. Helmut ist schließlich der Chef von uns allen. Der will sich nichts nachsagen lassen, von wegen, dass er mich bevorzugt. Und wie würde ich denn dastehen, wenn es jemand wüsste? Aber ich sehe ihn jeden Tag, und ich liebe ihn einfach so sehr.« Wieder schniefte sie laut auf.

Greta versuchte, sich nicht anmerken zu lassen, dass sie

Renates Geständnis schockierte. »Und jetzt ist Schluss? Sei nicht traurig. Du wirst bestimmt bald einen ganz netten Mann kennenlernen. Einen, der nicht verheiratet ist.« Sie streichelte Renates Arm, aber die schüttelte ungehalten ihre Hand ab.

»Nein, er hat nicht Schluss gemacht! Ich hatte ihm ein Ultimatum gestellt. Dass er sich bis heute von seiner Frau trennen muss. Heute sind wir nämlich genau vier Monate zusammen. Wie lange will er denn noch warten? Er hat mir doch gesagt, wie unglücklich er in seiner Ehe ist. Und seine Kinder sind schon groß. Er soll sich endlich scheiden lassen. Ich will ihn heiraten!«

Greta wusste nicht, was sie sagen sollte. Sie fand Renate schrecklich naiv. Sie erinnerte sich, dass Renate gleich anfangs, als sie ihre Stelle angetreten hatte, von ihrem Chef erzählt hatte. Wie hoch dessen Ansprüche waren und wie erfahren er war. Und hatte sie nicht erwähnt, dass er grau melierte Schläfen hatte?

»Wie alt ist denn Helmut?«, fragte sie.

»Letztes Wochenende hat er seinen vierzigsten Geburtstag gefeiert. Wieso fragst du? Ich hatte so gehofft, dass wir am kommenden Wochenende zusammen wegfahren. Aber das wird jetzt nichts. Wenn er sich nicht entscheiden kann – bitte, dann entscheide ich eben.«

»Das hast du richtig gemacht. Der trennt sich bestimmt nicht von seiner Frau«, sagte Greta.

Renate schluchzte auf, und es dauerte einen Moment, bis sie wieder sprechen konnte. »Meinst du wirklich? Er fehlt mir jetzt schon. Und morgen sehe ich ihn ja wieder! Ich weiß gar nicht, was ich machen soll, wenn er mich zum Diktat ruft!«

Greta hatte genug gehört. Sie ahnte, dass Renates Liebeskummer noch die ganze Nacht andauern würde.

»Du musst ins Bett, Renate, schlafen. Du weißt doch, was Dr. Sommer in der *Bravo* sagt: ›Schlaf ist die beste Medizin bei Liebeskummer.‹« Vor ein paar Tagen hatte sie die neueste Ausgabe gelesen, die Renate sich von einer ihrer jungen Kolleginnen ausgeliehen hatte. Bei Dr. Sommers freizügiger Aufklärungskolumne hatte sie manchmal nicht gewusst, ob sie lachen, fasziniert oder entsetzt sein sollte.

»Ich will ihn nie wiedersehen«, sagte Renate mit dumpfer Stimme.

»Dann musst du kündigen. Willst du das?«, stellte Greta pragmatisch fest.

Renate schüttelte den Kopf, und als Antwort fing Greta an, Renates Lieblingslied von Siw Malmkvist zu summen: »Liebeskummer lohnt sich nicht«. Renate fiel leise singend ein und lächelte Greta dankbar an. Summend saßen sie auf dem Badewannenrand, bis Renate aufstand und zur Tür ging. Kurz drehte sie sich dort um. »Danke fürs Zuhören. Wenn du mal Liebeskummer hast, kannst du zu mir kommen. Ich bin dann auch für dich da.« Leise schloss sie die Tür.

Greta hörte, wie sie über den Flur zu ihrem Zimmer lief. *Es muss Renate wirklich schlecht gehen*, dachte Greta, als sie sich auszog. Noch nie zuvor hatte sie sich bei ihr für etwas bedankt.

Am nächsten Morgen streckte Harald wortlos Elfriede seinen leeren Kaffeebecher entgegen. Mit der anderen Hand hielt er sich die Wange.

Elfriede goss ihm ein. »Hast du immer noch Zahnschmerzen?«, fragte sie besorgt.

Harald nickte.

»Du musst zum Arzt, Harald. Das kommt bestimmt von dem kalten Zug in den letzten Nächten. Damit ist nicht zu spaßen. Das habe ich erst neulich beim Friseur gelesen.«

»Unsinn. Was von allein kommt, geht auch wieder von alleine«, nuschelte er und verzog dabei vor Schmerz das Gesicht.

Greta sah ihn aufmerksam an. Es war nicht zu übersehen, dass seine rechte Wange geschwollen war.

»Du fährst sofort zum Doktor und nimmst eine Flasche Wein mit. Dann kommst du gleich dran«, sagte Elfriede resolut.

Robert, im Anzug und gekämmt, klopfte zweimal gegen den Türrahmen. »Tschüs zusammen. Ich muss los, bin spät dran.«

»Viel Spaß«, meinte Elfriede, setzte sich zu Harald an den Tisch und sah ihn streng an.

»Ist ja schon gut. Ich fahr nachher hin«, lenkte dieser ein.

»Nicht nachher, sondern gleich nach dem Frühstück. Du kannst auf dem Weg Matse an der Schule absetzen.«

»Juhu«, rief Matse erfreut. »Dann muss ich nicht mit dem Bus fahren.« Er tätschelte Harald den Arm. »Brauchst dich aber nicht zu beeilen, Vati. Das macht gar nichts bei Herrn Schreiber, wenn man ein bisschen zu spät kommt. Der ist da nicht so streng wie Fräulein Heuser.«

Elfriede horchte auf. »Wer ist denn Herr Schreiber?«

Greta, die sich ihr Pausenbrot schmierte, wunderte sich. Wusste denn Elfriede nicht, dass Fräulein Heuser nicht mehr an der Schule war? Seit diesem Schulhalbjahr hatte Matse einen neuen Klassenlehrer, weil Fräulein Heuser in den Norden gezogen war, hatte ihr Matse erzählt, als Greta ihm wie immer mit den Schularbeiten half. Er war in Rechtschreibung schwach, aber seit Greta ihm einen Tintenkiller geschenkt hatte, sahen seine schriftlichen Hausaufgaben deutlich besser aus.

»Na, mein neuer Klassenlehrer, Mutti. Der ist total nett. Die olle Heuser ist doch irgendwo anders hin.«

Greta bemerkte, dass Harald seinem Sohn aufmerksam zuhörte. »Und sie kommt nicht zurück?«, fragte er nun interessiert.

Matse schüttelte den Kopf. »Nee, die muss sich um ihre Schwester kümmern, hat sie gemeint.« Der Junge stand auf und griff nach seinem Schulbrot, das Elfriede ihm auf den Küchentisch legte. »Aber zu viel zu spät darf ich nicht kommen, Vati.«

Harald erhob sich. »Dann mal los.« Er warf Greta einen nachdenklichen Blick zu, den diese nicht einzuordnen wusste. »Na komm, Mädsche, ich fahr dich auch rum.«

Als Matse vor der Schule ausgestiegen war, fädelte sich Harald in den Verkehr ein. Im nächsten Moment tat es einen entsetzlich lauten Knall, und Greta stieß mit dem Kopf gegen die Scheibe.

Als sie sich umdrehte, sah sie, dass Harald einen anfahrenden BMW übersehen hatte.

Harald fluchte. »Verdammt, wo kam denn der jetzt her?« Er sah zu Greta. »Bist du in Ordnung?«

Greta fuhr sich mit der Hand über die Stirn und nickte. Sie versuchte, ihr Zittern zu unterdrücken. Harald stieg aus und ging dem anderen Autofahrer, der ebenfalls ausgestiegen war, entgegen. Die beiden Männer besahen sich sorgfältig den Schaden und tauschten dann ihre Telefonnummern aus.

Als Harald sich wieder in den Wagen setzte, umklammerte er mit beiden Händen das Lenkrad, fuhr aber noch nicht los. »Das hier, das bleibt unter uns, verstanden?«, meinte er, ohne Greta dabei anzusehen. »Davon muss keiner was wissen. Vor allem Elfriede nicht. Wir wollen sie doch nicht beunruhigen, nicht wahr?«

Greta wusste, dass Elfriede schon kleine Unfälle der Kinder immer sehr aufbrachten. Sie nickte. »Aber sie wird doch sehen, dass das Auto kaputt ist«, gab sie zu bedenken.

Unbewusst fasste Harald sich an die schmerzende Wange, dann schüttelte er den Kopf. »Muss nur ausgebeult werden. Hinter der nächsten Kreuzung ist gleich eine Werkstatt. Von dort kannst du auch zu Fuß weiter in die Schule gehen.«

Greta saß wie erstarrt neben Harald. In der Werkstatt, zu der er wollte, arbeitete Robert! Während der kurzen Fahrt überlegte sie fieberhaft, wie sie ihn warnen konnte. Aber ihr fiel nichts ein – und dann fuhr Harald auch schon auf den Werkstatthof.

»Hallo«, rief er, als er durch das geöffnete Werkstatttor die Halle betrat. Drei Wagen standen nebeneinander, zwei mit aufgeklappter Motorhaube. Eine Seitentür rechts in der Halle führte in ein Büro. Durch eine Glasscheibe sah Greta einen unaufgeräumten Schreibtisch.

»Scheint niemand da zu«, bemerkte sie zaghaft. Sie war mit ihm ausgestiegen und spähte, ihre Schultasche in der

Hand, in die Halle. »Wollen wir nicht zu der Werkstatt fahren, bei der du sonst immer bist?« Vielleicht machte Robert gerade eine Probefahrt, betete sie.

Harald drehte sich zu ihr um. »Papperlapapp. Kannst ruhig schon zur Schule abschwirren, Mädsche.«

Er beachtete sie nicht weiter und ging zu einem goldfarbenen Opel Kapitän, unter dem zwei lange Beine in einem Blaumann hervorlugten.

»Meister, haben Sie einen Moment Zeit?«

Der Mann unter dem Wagen setzte die Füße auf den Boden und schob sich auf dem Rollbrett hervor. Erst Hüfte, dann Oberkörper, Hals, Kopf erschienen. Und schließlich dunkle Locken. Gretas Herz stolperte.

Harald zog unwillkürlich die Luft ein. »Buwe?!?«

Sprachlos blieb Robert liegen und starrte zu seinem Vater empor, der seinen Blick ebenso fassungslos erwiderte. Erst als er Greta erblickte, schien Robert sich von seinem Schock zu erholen und sprang auf.

In dem Moment trat ein älterer Mann, ebenfalls im Blaumann, durch die Seitentür vom Büro aus in die Halle. »Kann ich Ihnen helfen?«, wandte er sich an Harald.

»Allerdings! Was macht mein Sohn hier?«

Robert sah hilfesuchend zu seinem Chef, dann zu Greta.

Der Meister streckte Harald die Hand entgegen. »Freut mich, den Vater von meinem besten Mann kennenzulernen. Löbell, angenehm.«

Harald übersah die ausgestreckte Hand. »Seit wann ist das Ihr bester Mann?«

Greta sah, wie Robert die Schultern hochzog und die Augen zusammenkniff. Sie wussten beide, dass das Unausweichliche ganz nah war.

Meister Löbell stellte sich neben Robert, schlug ihm anerkennend auf die Schulter. »Seit zwei Jahren. Ich wusste gleich, was er kann. Ihr Junge hat goldene Hände. Sie können verdammt stolz auf ihn sein.«

»Stolz? Ich? Auf den?«

Robert setzte an, etwas zu erwidern, doch Harald stoppte ihn mit einer zornigen Handbewegung. Er sah zu Greta, die schuldbewusst den Blick senkte.

»Wusstest du davon?«, herrschte er sie an.

Greta sah zu Robert, der den Kopf schüttelte. Sie zögerte, doch sie konnte nicht lügen. »Ja«, flüsterte sie.

Harald atmete tief durch. »Wir reden zu Hause!« Er ließ Robert, Greta und Meister Löbell stehen und stürmte aus der Halle. Durch das offene Tor beobachteten sie, wie er in seinen Wagen stieg und vom Hof fuhr.

»Warum hast du deinem Vater nicht gesagt, dass du bei mir arbeitest?«, fragte Herr Löbell erstaunt. Doch bevor Robert antworten konnte, schrillte in der Halle die Telefonglocke, und der Meister eilte in sein Büro.

Robert nahm Gretas Hand und zog sie mit sich auf den Hof. Die Sonne stand inzwischen höher, sodass die Strahlen sie wärmten. Greta kam die heitere Stimmung trügerisch vor.

»Ich wusste nicht, wie ich dich warnen sollte.« Tränen traten ihr in die Augen. »Und lügen kann ich nicht.«

»Sollst du auch nicht, Greta. Obwohl man manchmal lügen muss. Um anderen nicht wehzutun«, fügte Robert hinzu.

Greta fragte sich, ob er sie schon mal angelogen hatte, um sie nicht zu verletzen.

»Aber was wolltet ihr überhaupt hier?«, fragte Robert.

»Harald hatte einen kleinen Unfall. Er wollte eine Beule ausdellen lassen, damit Elfriede es nicht sieht.«

Robert lachte. Es klang verächtlich. »Harald, der Meister der Doppelmoral.« Dann umarmte er Greta. »Na, komm, mein Kopf ist ja noch dran. Ich regele das schon mit Harald. Geh du besser jetzt zur Schule.«

Als Robert am Nachmittag auf dem Hof seine Maschine abstellte, kam Greta zu ihm gelaufen. »Wir sollen sofort in die Küche kommen, soll ich dir von Harald sagen. Er ist kurz davor, zu explodieren.«

»Hat er zu dir noch was gesagt?«, wollte Robert wissen.

»Kein Wort. Er ist selbst eben erst aus dem Weinkeller gekommen.«

»Dann man auf in die Höhle des Löwen.« Robert grinste sie schief an. Doch Greta konnte sehen, dass ihm nicht wohl in seiner Haut war.

Harald stand auf und schloss die Küchentür, als Greta und Robert hereinkamen. Elfriede lehnte in ihrer Kittelschürze an der Spüle. Die Eheleute schienen sich abgesprochen zu haben, dieses Gespräch im Stehen zu führen.

»Darf ich vorstellen? Dein Sohn, der Lügner«, sagte Harald zu Elfriede.

»Ich habe nicht gelogen!«, brauste Robert auf.

»Wann wolltest du uns denn erzählen, dass du keine Banklehre machst? Sondern als ungelernter Schrauber schaffst«, fuhr Harald ihn an.

»Wenn ihr endlich versteht, dass ich Musik machen und nicht in einer Bank vergammeln will«, gab Robert zurück.

»Dass du uns das antust, Junge!« Elfriede war den Tränen nah. »Und du hast uns nichts gesagt«, wandte sie sich an Greta.

»Greta hat damit nichts zu tun. Das ist allein meine Sache.«

Harald wurde laut. »Das ist nicht deine Sache! Das Mädsche hätte es uns erzählen müssen. Alle glauben, du lernst in der Bank, und dabei schraubst du an Autos rum.«

»Und wie du selbst gehört hast, mache ich das richtig gut.«

»Denk an das vierte Gebot: Du sollst deinen Vater und deine Mutter ehren! Wie stehen wir denn jetzt da, vor den Leuten.« Elfriede tupfte sich mit dem Küchenhandtuch die Tränen ab.

»Es ist mir egal, was die Leute sagen. Ich habe euch doch nur in dem Glauben gelassen, dass ich morgens zur Bank fahre, weil ich wusste, dass ihr mich nicht verstehen würdet. Ich bin kein Bankmensch.«

»Aber ein Automensch?! Ein Bruder Leichtfuß, der herumklimpert? Oder was?«, brüllte Harald mit hochrotem Gesicht. »Wir hatten eine Abmachung. So etwas wie einen Vertrag. Und den hast du gebrochen.«

»Was willst du denn jetzt tun, Robert?«, warf Elfriede betroffen ein.

Robert schnaubte. »Was ich die letzten zwei Jahre getan habe. In der Werkstatt arbeiten und Musik machen.«

»Das hat doch keine Zukunft!«, rief Harald. In seiner Zornesröte breiteten sich blasse Flecken aus.

Elfriede versuchte, ihren Mann zu beschwichtigen. »Reg dich bitte nicht so auf, Harald. Du bist in einem gefährlichen Alter.« Sie sah zu Robert, dann zu Greta. »Seht ihr, was ihr ihm antut?«

Bevor einer der beiden antworten konnte, sprach Harald, jetzt mit gefährlich leiser Stimme: »Einen Lügner dulde ich nicht unter meinem Dach. Morgen früh verlässt du mein Haus, Robert. Du bist nicht mehr mein Sohn!« Ohne einen von ihnen noch eines Blickes zu würdigen, verließ er die Küche und knallte die Tür hinter sich zu.

»Du lässt deinem Vater keine andere Wahl!« Aufschluchzend folgte Elfriede ihrem Mann.

Robert ging zur Tür und schloss sie behutsam. Dann trat er zu Greta, die wie erstarrt dastand, und zog sie an sich. »Man hat immer eine Wahl.«

»Was soll nur werden?«, fragte Greta leise und lehnte sich an Roberts Schulter.

»Ich gehe, Greta. Und in einem Jahr bist du hier auch raus. Alles ist gut.«

»Nichts ist gut, Robert.«

»Die kriegen sich schon wieder ein.«

Greta schüttelte den Kopf. »Ich weiß nicht, wie ich es hier ohne dich aushalten soll«, sagte sie mit erstickter Stimme.

Robert hob ihr Kinn und küsste sie. Greta erwiderte seinen Kuss, ließ sich für einen Moment fallen. Die Sorgen verblassten, während der Kuss inniger wurde. Getrieben von Hunger nach mehr Nähe, schob Greta ihre Hand unter seinen Pullover. Sie wollte seine nackte Haut fühlen, die Wärme des einzigen Menschen auf der Welt spüren, der sie liebte.

Sie hörten nicht, dass die Tür geöffnet wurde.

Erst als Elfriede entsetzt »Harald!« ausstieß, fuhren sie auseinander. Doch Elfriede hätte gar nicht so laut nach ihrem Mann rufen müssen. Der stand bereits hinter ihr.

Harald war mit einem Satz bei Greta und Robert. Er gab Greta eine schallende Ohrfeige. »Flittchen!«, zischte er. Dann schob er Robert zur Tür. »Und du, mach, dass du wegkommst! Raus aus meinem Haus. Sofort!«

»Du siehst mich nie wieder.« Robert stürmte die Treppe hoch in sein Zimmer.

Harald ließ sich auf einen Stuhl fallen. Elfriede holte den Selbstgebrannten aus dem Eisfach und schenkte ihm ein Schnapsglas ein.

Greta wollte sich aus der Küche schleichen. Aber als Harald »hiergeblieben«, donnerte, blieb sie stehen. Er knallte den Stamper auf die Holzplatte. »Wir werden dir die Flausen schon noch austreiben. Du kommst uns nicht mit einem unehelichen Kind an wie deine Mutter! Ab morgen schaffst du mit mir auf dem Weinberg. Für dich ist jetzt Schluss mit Schule und dem Lotterleben.«

12. KAPITEL

Kirchheim,
Juni 1972

Gleich am nächsten Tag nach jenem verhängnisvollen Abend hatte Harald Greta von der Schule abgemeldet. Bitterlich hatte sie die ganze Nacht geweint, weil ihre beruflichen Träume zerstört waren. Und ein Teil der Tränen hatte auch Robert gegolten, den sie seitdem nicht mehr gesehen hatte und der ihr so fehlte.

In den folgenden Wochen fühlte Greta sich einsam und stand unter ständiger Beobachtung. Noch nicht einmal zum kleinen See durfte sie mit Matse radeln. Von Robert hörte sie nichts. Sie wusste nicht einmal, wo er im Moment war. Auch zu ihrem Schulkameraden Lutz hatte sie keinen Kontakt mehr. Sie hatte niemanden, mit dem sie reden konnte. Harald hatte sogar ihre Büchereikarte vor ihren Augen zerrissen, damit sie, wie er es nannte, nicht »abgelenkt« wurde. So blieb ihr auch ihre Buchflucht verwehrt.

Greta befürchtete, dass Elfriede oder Harald so weit gehen könnten, ihr Zimmer zu durchsuchen. Deshalb hatte sie Roberts Medaillon in eine kleine Schachtel gelegt, die nun unter einem losen Dielenbrett lag, das sie vor einiger Zeit beim Saubermachen entdeckt hatte. Zu groß war ihre Angst, dass einer der beiden das Medaillon fand, es öffnete und in die Augen ihres Sohnes blickte.

Greta hatte auch den Gedichtband, den ihr Fräulein Heuser geschenkt hatte, und das Oktavheft ihrer Mutter dazugelegt, in dem sie jeden Abend vor dem Einschlafen las. Kraft gab ihr vor allem das Gedicht *Kleines Solo* von Erich Kästner.

Einsam bist du sehr alleine.
Aus der Wanduhr tropft die Zeit.
Stehst am Fenster. Starrst auf Steine …

Es tat gut, diese Zeilen zu lesen. Zu wissen, dass es andere Menschen gab, die ähnlich fühlten wie sie, minderte ihre eigene Einsamkeit.

Tagsüber arbeitete Greta härter auf dem Weinberg und im Weinkeller als je zuvor. Aufmunterung fand sie nur, wenn sie sich um Matse kümmerte, der sie manchmal unvermittelt umarmte, sich an sie schmiegte und »Sei nicht traurig, Mimi« flüsterte.

Gestern hatte ihr Harald eröffnet, dass sie nach dem Sommer auf die Berufsschule für Winzerlehrlinge in Worms gehen sollte. Er hatte bereits mit dem Lehrer Hirtz gesprochen und alles arrangiert. Harald selbst würde sie als Lehrling ausbilden und ihr Lehrgeld mit Kost und Logis verrechnen. Greta hatte nur stumm zu diesem Plan genickt und später im Bett gegrübelt, ob sie sich damit arrangieren konnte. Aber was blieb ihr anderes übrig? Sie sah keine Möglichkeit, als den ihr vorgeschriebenen Weg als Winzergesellin zu gehen.

Als Lutz' gelber Käfer am nächsten Tag auf den Hof fuhr,

überfiel sie ein Gefühl von Verlorensein mit einer Heftigkeit, dass sie nach Atem rang. Dann erst konnte sie Lutz, der aus dem Auto stieg, entgegengehen.

»Hallo, Greta. Ich wollte mal nach dir sehen. Am Telefon willst du ja nicht mit mir reden, sagen zumindest deine Leute.« Er grinste sie verlegen an.

Schlagartig wurde Greta bewusst, dass die Hellerts so weit in ihrer Bestrafung gingen, dass sie die Anrufe ihres Schulkameraden vor ihr verheimlichten. Hatte Robert sich auch gemeldet und sie nicht erreichen können?

Sie senkte ihre Stimme, versicherte sich mit einem Blick zum Haus, dass sie niemand sah. »Ich darf nicht.«

»Nicht telefonieren?« Lutz lachte erstaunt auf. »Was ist das denn?« Als er Gretas Gesichtsausdruck sah, senkte auch er seine Stimme. »Ich musste wissen, ob es dir gut geht. Es kursieren nämlich die wildesten Gerüchte in der Klasse.«

Er versuchte, Greta aufzumuntern. »Es heißt, sie hätten dich im Weinkeller angekettet.«

Greta nickte. »Ja, so ungefähr. Du kannst nicht bleiben, Lutz. Wenn sie dich hier sehen, kriege ich richtig Ärger.«

»Wir können ja sagen, dass ich deine Bücher abholen soll, also für die Schule.«

Greta lächelte zaghaft. »Du bist wirklich schlau.«

Lutz winkte ab. »Unsinn. Ich habe neulich zwei Fünfen einkassiert, weil du nicht mehr da bist. In Mathe und in Bio. Jetzt lerne ich mit Sabine.« Er rollte mit den Augen.

»Sabine ist doch auch eine ganz gute Schülerin.«

Er zuckte gespielt zusammen. »Ich hab den Verdacht, dass sie einen Plan hat. Denn sie hat mir erst ihre Hilfe angeboten, als sie spitzbekommen hat, dass ich Medizin studieren und später mal in die Praxis bei meinem Vater einsteigen soll.«

Greta musste lachen. »Das passt zu ihr. Sabine war schon immer auf ihren eigenen Vorteil bedacht.«

Lutz schwieg einen Augenblick und strich sich sein Haar, das in den letzten sechs Wochen nicht geschnitten worden war, zurück. »Du weißt, dass du mich immer anrufen kannst, wenn du Hilfe brauchst. Ich bin für dich da«, sagte er.

»Das ist lieb, dass du das sagst. Ich komme schon zurecht.« Greta war dankbar, dass Lutz sie besuchte, aber sie wollte keinesfalls, dass er mitbekam, wie erdrückend und klein ihre Welt geworden war.

Er sah sie wenig überzeugt an. »Wenn du es sagst. Du, ich muss wieder los. Morgen schreiben wir einen Chemietest. Mach's gut.« Er stieg in seinen Käfer, kurbelte das Fenster herunter. »Pass auf, wie ich wende!«, rief er und zwinkerte ihr zu. Er ließ den Motor an und wendete mit quietschenden Reifen auf dem Hof, ohne auch nur einmal umsetzen zu müssen.

Greta traten Tränen in die Augen, als sie ihm nachsah. *Da fährt mein Leben davon, als ich noch frei war,* dachte sie und schrak zusammen, als Elfriede ihren Namen rief. Sie stand in der Haustür und winkte Greta zu sich.

»Lass das nicht Harald wissen, dass hier fremde Jungs herkommen. Wenn der das mitbekommt, wirft er dich raus.«

Elfriede klang eher verschwörerisch als streng. Greta versuchte, diesen Moment für sich zu nutzen. »Ihr könnt mich doch nicht ewig einsperren. Außerdem ist Lutz kein

Fremder. Als Arztsohn fandet ihr ihn immer gut genug. Besser als gut.«

Elfriede nickte beruhigend. »Wir sperren dich ja auch nicht ein. Aber du bist noch so jung und weißt nicht, was gut für dich ist. Wir wollen nur dein Bestes. Harald muss dir erst mal wieder vertrauen können. So ist er eben. Also, jetzt ab mit dir in den Weinkeller.«

Die halbe Nacht lag Greta wach und grübelte über eine Möglichkeit nach, Robert wiederzusehen. Seit sie Lutz' gelbem Käfer hinterhergeschaut hatte, war ihre Sehnsucht nach Freiheit und nach Robert übermächtig geworden. Schließlich fasste sie einen Entschluss. Hin- und hergerissen zwischen Vorfreude und Angst, ihr Plan könne auffliegen, schlief sie schließlich erschöpft ein.

Als sie am nächsten Nachmittag nach Worms zur Berufsschule fuhr, um die Anmeldeunterlagen abzuholen, stieg sie in Grünstadt aus dem Bus und lief zu Roberts Werkstatt. Sie hoffte, dass er dort noch arbeitete. Immer wieder blickte sie sich auf dem Weg dorthin um. Keinesfalls durfte sie jetzt jemandem begegnen, der sie kannte und bei den Hellerts verraten könnte.

Ihr schlug das Herz bis zum Hals, als sie Robert von Weitem sah. Er stand in der Mitte des Hofes und gab einem Kollegen Handzeichen, auf dem engen Platz die Autos zu rangieren. Als er Greta sah, kam er sofort zu ihr und umarmte sie wortlos. *Ein Moment, der sich wie eine Ewigkeit anfühlt und viel zu schnell vorbei ist,* schoss es Greta durch den Kopf.

»Wie geht es dir?«, wollte Robert wissen, als sie sich von ihm löste. »Sind sie gut zu dir?«

»Sie sind streng, beobachten jeden meiner Schritte. Ich darf nichts außer arbeiten. Aber jetzt, wo ich dich sehe, geht es mir gut.« Sie unterdrückte die aufsteigenden Tränen mit aller Macht. Keinesfalls wollte sie diese gestohlenen kostbaren, gemeinsamen Minuten mit Heulerei füllen. »Ich musste dich sehen, Robert. Wie geht es dir? Wo wohnst du?«

Er antwortete nicht auf ihre Fragen, wickelte sich stattdessen eine Strähne ihres blonden Haars um den Zeigefinger. Als er sie wieder freigab, blieb eine zarte Welle. »Ich war auch an deiner Schule, aber du warst nie da. Als ich Lutz ansprach, wusste der nur, dass du abgemeldet bist. Hat Harald das gemacht? Zur Strafe?«

Als Greta nickte, wurde Robert wütend. »Du musst da weg, Greta! Komm zu mir. Ich wohne jetzt in einer WG in Worms. Die Jungs haben sicher nichts dagegen, wenn meine Freundin zu mir zieht«, drängte er sie.

»Wie soll das denn gehen, Robert?«, gab sie hitzig zurück. »Ich bin noch nicht volljährig. Und ich brauche eine Ausbildung. Im neuen Schuljahr fange ich meine Lehre als Winzergesellin bei Harald an und gehe zur Berufsschule. Es ist besser als nichts und auf jeden Fall besser als Verkäuferin.«

»Das hat er sich ja mal wieder schlau überlegt, der Alte. Was will er dir denn noch beibringen? Der braucht nur eine billige Arbeitskraft. Du weißt doch schon alles über Wein.«

Wieder zog Robert sie an sich und küsste sie, nicht liebevoll und vorsichtig wie eben, sondern voller Leidenschaft. »Wir müssen uns sehen, Greta. Ich halte das nicht mehr aus ohne dich. Ich kann dir gar nicht sagen, wie sehr du mir fehlst.«

Greta kramte Stift und Zettel aus ihrer Tasche. »Schreib mir auf, wo du wohnst. Nächste Woche, am Montag, fahren Elfriede und Harald wie jedes Jahr den Wein aus. Und Matse ist auf Klassenreise. Kannst du dir frei nehmen? Dann komme ich zu dir.«

Robert schrieb und gab ihr Zettel und Stift zurück. Greta las die Adresse. »Das ist nicht weit von der Berufsschule«, meinte sie überrascht, faltete den Zettel und steckte ihn in ihren BH. »So trage ich dich am Herzen.« Sie lächelte ihn verschmitzt an. »Also Montag, ich gebe meine Anmeldung in der Schule ab und komme dann gleich zu dir. So gegen elf.« Rasch gab sie ihm einen Kuss. »Ich muss los. Sonst fällt es auf, dass ich zu lange für den Weg gebraucht habe. Das kann ich nicht erklären.«

Schon lief sie vom Hof, drehte sich aber am Tor noch einmal kurz um und winkte Robert zu. Der stand da, hielt eine Luftgitarre vor sich und sang ihr laut hinterher: »*Monday, monday …*«

Mit jedem Schritt, den Greta sich entfernte, sang Robert lauter. Beschwingt lief sie weiter. Das Leben fühlte sich seit Langem wieder leicht an.

13. KAPITEL

Kirchheim,
Juli 1972

»Wo bleibst du denn, Elfriede?« Harald schaute in die Küche, wo Greta den Frühstückstisch abräumte, während Renate noch an ihrem Kaffee nippte und in einer Zeitschrift blätterte. Greta warf ihm einen flüchtigen Blick zu. Zum alljährlichen Ausliefern, bei dem er und Elfriede auch Verkaufsgespräche mit Restaurantchefs, Hotelbetreibern und Weinhändlern führten, trug er eine dunkle Hose und ein akkurat gebügeltes weißes Hemd. Sein Haar hatte er mit Brillantine zurückgekämmt, die dunklen Augen blitzten ungehalten.

»Mutti ist noch mal nach oben, hat etwas vergessen«, meinte Renate, ohne von der Zeitschrift aufzuschauen.

»Elfriede!«, rief er ungeduldig im Flur.

»Eine Minute!«, erklang es vom ersten Stock.

Harald kam in die Küche. »Dann werden's fünf.« Er griff nach der Kaffeekanne und goss sich ein.

»Wann kommt ihr denn wieder?«, frage Renate und ließ nun doch die Zeitschrift sinken.

»Kann spät werden.« Er warf ihr einen warnenden Blick zu. »Aber du kommst nach deiner Arbeit gleich nach Hause, wie wir es besprochen haben. Johann und Dagmar haben heute nach der Arbeit ihr Gespräch mit dem Pfarrer. Das kann dauern.«

Greta öffnete den Kühlschrank und stellte Butter und Marmelade ins oberste Fach. Vor sieben Uhr abends war Renate selten aus Ludwigshafen zurück. Das bedeutete, dass sie fast den ganzen Tag mit Robert verbringen konnte. Stunden, wo sie aus ihrem Gefängnis ausbrechen konnte, denn so fühlte sich die Kontrolle der Hellerts an.

Harald stellte den Kaffeebecher zu heftig auf dem Tisch ab, den Greta gerade abgewischt hatte. Prompt schwappte der Kaffee über und hinterließ einen braunen Ring auf der hellen Holzplatte. »Und du, mach keine Dummheiten, Mädsche. Gib die Papiere in der Schule ab.«

Greta nickte. »Natürlich, Harald.«

Er hob mahnend den Zeigefinger. »Und danach kommst du sofort wieder nach Hause!«

»Ja, Harald.« Sie hob den Becher an und wischte die Tischplatte erneut sauber.

Elfriede kam in die Küche. Sie trug ihr hellblaues Sonntagskleid und hatte die Haare frisch onduliert. Eine Wolke von Tosca-Parfüm umgab sie ebenso wie ihre leichte Nervosität. »Ach, hier bist du, Harald. Was ist jetzt? Können wir losfahren? Tschüs, Renate.« Sie nickte Greta kurz zu. »Tschüs.«

»Hast du die Rechnungen?«, fragte Harald.

Elfriede klopfte auf ihre große Umhängetasche. »Natürlich. Alles dabei.«

Greta hatte in den letzten Tagen gesehen, wie Elfriede in dem provisorischen kleinen Büro unter der Treppe Rechnungen getippt hatte. Erst wenn diese bezahlt waren, war der bescheidene Wohlstand der Hellerts bis auf Weiteres gesichert. Und somit auch Gretas Lebensunterhalt.

Wenig später hörten die jungen Frauen Harald vom Hof fahren, den Wagen bis unters Dach mit Weinkisten vollgepackt.

Renate stand auf, streckte sich und ging zur Tür.

»Wäre nett, wenn du mir helfen würdest. Ich muss los, zur Berufsschule. Das Sekretariat ist nur bis elf Uhr geöffnet«, sagte Greta, die Arme bis zum Ellenbogen im Spülwasser.

Renate reagierte nicht und zog aus ihrer Handtasche ein Zigarettenetui. Sie nahm eine Zigarette heraus und zündete sie an, nahm einen tiefen Zug, um gleich darauf den Rauch vor ihrem Gesicht wegzuwedeln.

Etwas in Greta klinkte aus. Sie warf den Spüllappen in das Becken, dass es aufspritzte, war mit drei Schritten bei Renate und versperrte ihr den Weg. »Kannst du mir mal sagen, was das soll? Meinst du, ich merke nicht, dass du mich seit Wochen ignorierst?«

Renate seufzte auf, trat einen Schritt zur Seite und wollte schweigend an ihr vorbeigehen. Doch Greta war schneller und verstellte ihr erneut den Weg. »Rede gefälligst mit mir!«, forderte sie ungeduldig.

Renate sah sie abschätzend an. »Wie wäre es damit? Wäre nett, wenn du die Finger von unserem Bruder gelassen hättest.«

Greta schluckte schwer. »Ach, auf einmal ist er auch mein Bruder? Du weißt genau, dass das nicht stimmt.«

Renate funkelte sie an. »Das macht doch keinen Unterschied. Du bist in dieser Familie großgeworden, ihr lebt Tür an Tür.«

»Haben gelebt«, korrigierte Greta sie. »Und richtig, ich bin in dieser Familie großgeworden. Dafür bin ich dankbar. Aber es war nie meine Familie. Genauso wenig, wie du meine Schwester bist, ist Robert mein Bruder!«

»Das ist Blutschande, was ihr getan habt!«

Greta sah sie entgeistert an. »Du spinnst ja. Robert und ich sind nicht miteinander verwandt.«

»Aber wir sind hier wie Geschwister aufgewachsen«, insistierte Renate. »Ich habe dir vertraut, habe geglaubt, du bist so etwas wie meine Schwester. Oder meinst du, ich hätte dir sonst von Helmut erzählt?« Sie schob Greta zur Seite und verließ die Küche. Im Flur drehte sie sich noch einmal um. »Vielen Dank auch, dass du mir den Abend versaust, ich bin nämlich deine Aufpasserin«, sagte sie hämisch. »Die Eltern haben gesagt, dass ich heute ein Auge auf dich haben soll. Damit du dich nicht wieder rumtreibst. Also sei ja zu Hause, wenn ich von der Arbeit komme. Sonst sage ich es Vati!«

Greta stand in Worms vor dem Mietshaus, das Robert ihr als seine neue Adresse genannt hatte. Das Messingschild war mit einem Pappschild überklebt worden, auf dem vier verschiedene Nachnamen standen. *Hellert* war einer von ihnen. Sie atmete tief durch, schaute nach oben und betrachtete die schmucklose Fassade. Ein Fenster war weit geöffnet, bei einem anderen war ein knallroter Vorhang zugezogen.

Wenn sie jetzt klingelte, gab es kein Zurück mehr. Sie würde den Tag hinter dem Rücken der Hellerts mit Robert verbringen, was wie ein erster Schritt in ein anderes Leben war. Es erschien ihr auf einmal sehr wagemutig.

Aber zugleich war es auch das, wonach sie sich am meisten sehnte.

In der Berufsschule war sie noch schnell auf die Mädchentoilette gegangen und hatte sich die Augen mit Renates Kajalstift geschminkt. Den hatte sie vor ein paar Tagen aus dem Abfalleimer im Bad gefischt. Wahrscheinlich hatte Renate ihn weggeworfen, weil er schon so weit heruntergespitzt war. Und zum Glück war der kleine Avon-Lippenstift, den Renate ihr vor zwei Jahren zum Geburtstag geschenkt hatte, nicht aufgebraucht. Greta fühlte sich nicht nur innerlich bereit, eine Grenze zu überschreiten. Auch äußerlich fand sie sich verwegen in ihrem kurzen Sommerkleid, das sie sich aus dem Reststoff genäht hatte, den sie im letzten Jahr auf dem Grabbeltisch entdeckt und gekauft hatte. Das Muster hatte ihr so gut gefallen, diese psychedelisch anmutenden Kreise in schwarz, orange und pink. Der Stoff hatte noch für ein kurzes, passendes Haarband gereicht.

Sie wollte gerade auf den Klingelknopf drücken, als sie von hinten umarmt wurde.

Roberts Hände verschränkten sich vor ihrem Bauch. Er ließ die Umarmung ein wenig locker, damit sie sich zu ihm umdrehen konnte, dann zog er sie fest an sich und küsste sie.

»Bin ich zu früh?«, fragte sie.

Er schüttelte den Kopf. »Ich musste nur noch etwas Wichtiges in der Apotheke besorgen.« Er zwinkerte ihr kurz zu, und Greta fragte sich, was er meinte. Krank wirkte er nicht. »Komm mit hoch, ich zeige dir mein Reich.«

Greta räkelte sich nackt auf dem weißen Laken. Wohlig seufzte sie auf, schloss noch einmal die Augen und spürte die hereinfallenden Sonnenstrahlen auf ihrem Gesicht.

Robert, der hinter ihr lag, nahm ihr Haar etwas hoch und küsste sie zart auf den Nacken. »Ich habe dich so vermisst«, flüsterte er leise. »Du tust mir gut, du gehörst zu mir. Wir gehören zusammen.«

Greta lächelte und drehte sich halb zu ihm um. »Ich weiß.«

Er strich ihr eine blonde Strähne, die sich aus ihrem Haarband gelöst hatte, aus dem Gesicht. »Liegst du bequem?«

Greta lachte. »Das ist das schönste Bett, in dem ich je gelegen habe, auch wenn es nur eine harte Matratze auf dem Boden ist.«

Roberts Zimmer war höchstens zehn Quadratmeter groß und ging zum Hof hinaus. Es hatte einen dunkelrot gestrichenen Dielenboden, von dem die Farbe an vielen Stellen bereits abgeblättert war und auf dem ein kleiner, eher grauer als weißer Flokati lag. Die Sonne schien durch ein ungeputztes Fenster. In der Ecke stand ein großer Ofen mit beigefarbenen Kacheln. Ein schwer beladener Stuhl diente Robert als Kleiderständer. Das Einzige, was neu und teuer wirkte, war eine Stereoanlage.

Robert griff nach seinem Päckchen Tabak, das auf einer Apfelsinenkiste lag, die ihm als Nachttisch diente, und begann, sich eine Zigarette zu drehen. »Immerhin habe ich die Bettwäsche extra für dich mit Lenor gewaschen.«

»Braver Hausmann.« Greta lächelte. Dann schnupperte sie. »Hier riecht es wie in einem Zitronenhain.«

»Das sind die Räucherstäbchen, die ich manchmal anzünde. Es ist das Einzige, was den Kiffergeruch in dieser Bude übertüncht.« Er stand auf, ging nackt zu einem provisorischen Regal, das ebenfalls aus Apfelsinenkisten zusammengebaut war, und griff nach Feuerzeug und Aschenbecher. »Erzähl mir, wie es dir zu Hause geht«, sagte er, kam zu ihr zurück und lehnte sich an die Wand. Rauch stieg auf, als er einen ersten Zug nahm.

Greta rappelte sich auf, lehnte sich an ihn und stopfte sich ein Kissen in den Rücken. Sie griff nach der dünnen Bettdecke, die auf den Boden gerutscht war, und zog sie so hoch, dass ihr Busen bedeckt war. »Ganz ehrlich?«

Robert nickte.

»Es ist grauenhaft! An manchen Tagen glaube ich, es nicht mehr auszuhalten. Damit meine ich nicht die Arbeit, auch wenn sie anstrengend ist.«

»Das hat ihm sicher gut in den Kram gepasst, dich vom Gymnasium zu nehmen. Ich hatte mich damals immer wieder gefragt, warum du überhaupt auf die höhere Schule durftest.«

»Ein ewiges Rätsel«, murmelte Greta. Sie nahm ihm die selbstgedrehte Zigarette aus der Hand, zog daran und blies langsam den Rauch aus. »Weißt du, was das Schlimmste ist?«

Robert schüttelte den Kopf, und sie fuhr fort. »Ich verdumme, das Gefühl habe ich zumindest. Mir fehlt das Lernen so sehr. Als würde man dir deine Musik nehmen, verstehst du das?«

Robert nahm sie in den Arm. »Das ist grausam.«

»Du hast deinen Traum gewählt und dein Zuhause aufgegeben. Ich muss das Zuhause wählen und dafür auf meinen Traum verzichten«, sagte Greta und fuhr mit dem

Zeigefinger über seine glatte Haut am Oberarm, unter der sich seine Muskeln abzeichneten. »Ich bin noch in Besitz von ganzen zwei Büchern, na ja, genau genommen ist es sogar nur eins. Harald hat mir auch die Büchereikarte weggenommen. Ich kann jetzt auch nicht mehr für Matse ein Buch ausleihen. ›Lesen verdirbt den Charakter, jedenfalls deinen‹, hat er zu mir gemeint.«

»Ich kann mir vorstellen, was das für dich bedeuten muss. Mein Vater ist ein Dreckskerl.«

Greta ging nicht darauf ein, nahm noch einen Zug. »Ich verschlinge mittlerweile jedes Buch, das sich mit Weinanbau beschäftigt, mehrmals. Das kommt mir jetzt wahrscheinlich in der Ausbildung zugute. Es sind zwar ganz interessante Fachbücher, aber es ist eben keine Literatur.«

Sie gab ihm die Zigarette zurück.

»Seit wann rauchst du?«, fragte Robert.

»Seit heute.« Greta lachte. »Schmeckt übrigens scheußlich, so eine Zigarette.« Sie wurde wieder ernst. »Weißt du, ich habe es warm und trocken, und ich bekomme natürlich auch zu essen. Aber jetzt gehöre ich nicht mehr nur einfach nicht dazu – ich bin ein Übel, um das man sich kümmert und von dem man erwartet, dass es dankbar ist.«

»Ich sage es noch mal: Komm zu mir, Greta!« Robert klang entschlossen. »Wir können hier zusammen wohnen. Ich rede mit den anderen.«

Greta schüttelte den Kopf. »Das hatten wir schon, Robert. Das ist unmöglich.« Sie lehnte ihren Kopf gegen seine Schulter. »Aber erzähl du doch mal, was du in den letzten Wochen gemacht hast.«

»An dich gedacht. Und wenn ich nicht an dich gedacht habe, dann habe ich an dich gedacht.«

Sie knuffte ihn in die Seite, freute sich aber insgeheim, dass er zugab, sie ebenso vermisst zu haben wie sie ihn. »Auch wenn du Musik gemacht hast?«

»Gerade wenn ich im Probenkeller war. Wir haben in den letzten Wochen ein Superprogramm zusammengestellt.«

»Ich habe mich so oft geärgert, dass ich euch nur einmal gehört habe. Und damals so garstig war, als du mich noch mal mitnehmen wolltest. Heute scheint mir das wie aus einer anderen Zeit zu sein.«

»Ich sage dir Bescheid, wenn wir einen Auftritt haben. Vielleicht kannst du ja kommen?«

Trotz des ernsten Gesprächs kicherte Greta. »Klar, ruf mich einfach an. Renate wird mir sicher gern deine Grüße ausrichten und brav notieren, wo und wann ihr spielt.«

»Wir müssen einen Weg finden, dass wir uns zumindest schreiben können.« Robert drückte die Zigarette im Aschenbecher aus. »Schaffst du es, ab und zu nach Worms zu kommen? Ich hätte da eine Idee.«

»Und die lautet wie?«, fragte Greta vorsichtig.

»Ich gebe dir meinen Briefkastenschlüssel. Ich hole mir den von Thomas und lass einen nachmachen. Die Haustür unten ist immer offen. Wir können uns schreiben und die Briefe im Briefkasten deponieren. Das ist zwar nicht das Gleiche, wie sich zu sehen, aber wenigstens habe ich dann etwas von dir. Worte, Gedanken …«

Sie unterbrach ihn mit einem fordernden Kuss. Sie wollte seinen Körper spüren, noch besser kennenlernen als bei ihrem ersten Mal in der Scheune. Da waren sie noch vorsichtig und zaghaft, fast schüchtern miteinander umgegangen. Vielleicht aus Angst vor Entdeckung, aber auch aus Unsicherheit. Doch hier waren sie frei. In diesem Zimmer gab es keine Grenzen.

Robert erwiderte ihren Kuss leidenschaftlich. Greta spürte eine noch nie erlebte Lust in sich aufsteigen und beugte sich über ihn. »Ich will dich«, flüsterte sie.

Robert fischte mit der einen Hand auf dem Flokati nach der Kondompackung, die er in der Apotheke gekauft hatte. Mit den Zähnen riss er die kleine Packung auf und zog das Kondom hervor.

Greta nahm es ihm aus der Hand. »Ich helfe dir …«

Robert ließ sich mit hinterm Kopf verschränkten Händen ins Kissen zurückfallen und sah Greta zu. »Ich liebe dich. Schon immer«, sagte er leise.

Robert kniete vor einem alten Koffer und suchte in seiner Schallplattensammlung nach einer bestimmten LP. Greta griff nach seinem Jeanshemd, das zerknüllt auf dem Teppich lag, und zog es an. »Meinst du, in der Küche gibt es etwas zu trinken?«

Robert nahm ein sauberes Glas von seinem Apfelsinenkistenregal und reichte es ihr. »Hier. Die Küche ist am Ende des Flurs. Aber krieg keinen Schreck. Chaos pur. Ich hab es mittlerweile aufgegeben, Ordnung in diesen Haushalt zu bringen.«

»Bei Johann und Dagmar wird das sicher anders aussehen. Die beiden heiraten.«

»Hat der Kronsohn sie endlich rumgekriegt?«, fragte Robert ironisch. Er wollte lässig wirken, aber Greta spürte, dass es ihn verletzte, seiner Familie so fern zu sein.

»Er hat ihr letzte Woche einen Antrag gemacht und gleich das Aufgebot bestellt. Heute sind sie beim Pfarrer.«

Greta strich Robert zärtlich über die Wange. »Sei ehrlich. Du würdest dich auf dem Fest doch nur langweilen.«

»Stimmt. Aber ich hätte ja mit meiner Band spielen können. Dann würde wenigstens die Musik stimmen.« Er grinste sie schief an.

»Ich denke, sie haben nicht deinen Musikgeschmack«, versuchte sie einen leichten Ton anzuschlagen.

»Da legt mein Bruder ja ein ordentliches Tempo vor. Wenn da mal nicht …«

Greta lachte auf. »Wer weiß!«

Sie lief den schmalen Flur, von dem die anderen Zimmer abgingen, bis zum Ende. Das Linoleum unter ihren nackten Füßen war so schmutzig, dass sie bei jedem Schritt das Gefühl hatte, daran kleben zu bleiben. Als sie die Tür zur Küche öffnete, schlug ihr ein Schwall Rauch entgegen.

Unschlüssig, ob sie störte, blieb sie im Türrahmen stehen. Zwei Leute saßen an einem Küchentisch, auf dem sich schmutziges Geschirr stapelte, und rauchten einen Joint. Der zugezogene rote Vorhang, den Greta von der Straße aus gesehen hatte, sorgte für schummriges Licht. Eine Kerze, die auf einer bauchigen Lambruscoflasche steckte, brannte. Ein junger Mann mit einem breiten Stirnband zog an dem Joint, hielt einen Moment die Luft an und blies dann langsam den Rauch aus. Dann reichte er ihn der jungen Frau, die neben ihm saß und gierig danach griff.

Der Typ begrüßte Greta mit einem lässigen »Hi« und starrte auf ihre nackten Beine.

»Hallo«, sagte sie und huschte zum Spülbecken, das ebenfalls mit schmutzigem Geschirr vollgestellt war. »Ich hole nur schnell etwas zu trinken.« Während sie den

Wasserhahn aufdrehte, blickte sie auf die bunten Prilblumen, die auf jede Fliese über der Spüle geklebt worden waren. Sie fragte sich, wer so viel Spülmittel verbraucht hatte, wo offenbar nur sehr selten abgewaschen wurde.

»Musst dich nicht beeilen. Setz dich doch. Willst du auch mal?«, meinte die junge Frau, die jetzt den Joint an ihren Freund zurückgab. Zumindest vermutete Greta, dass die beiden ein Paar waren. Denn sie waren bis auf die Unterwäsche unbekleidet. Die langen Zöpfe der jungen Frau verdeckten wenig von ihrem nackten Busen.

Greta war schon wieder an der Tür. »Nein, danke.«

»Dann eben das nächste Mal«, rief die Brünette ihr schläfrig hinterher. Als Greta Roberts Zimmertür hinter sich schloss, setzte Robert gerade die Saphirnadel auf die Schallplatte, und die ersten Töne von »I've Got a Feeling« von den Beatles ertönten. Er nahm ihr das Glas aus der Hand und stellte es ab. Dann zog er Greta an sich und begann, mit ihr zu tanzen.

»*I've got a feeling, too*«, sagte Greta leise. »Mit dir bin ich so frei. Ich wünschte, es könnte immer so sein. Wenn ich doch nur schon volljährig wäre.«

»Bald«, murmelte er, während sie sich langsam zum Rhythmus des Songs bewegten.

Gretas Blick fiel auf den gelben Glockenwecker, den Robert von Elfriede zu Beginn seiner »Banklehre« geschenkt bekommen hatte, damit er nicht verschlief. Sie zuckte zusammen. »Verdammt, ich muss los, sonst komme ich zu spät! Ich muss unbedingt vor Renate zu Hause sein.« Sie griff nach Kleid und Wäsche, zog sich schnell an und schlüpfte in ihre Sandalen.

Als Greta sah, dass auch Robert sich anziehen wollte,

griff sie nach seiner Hand. »Du kannst mich nicht zur Bushaltestelle bringen. Das ist viel zu gefährlich. Wir dürfen kein Risiko eingehen.«

Robert hielt mitten in seiner Bewegung inne, ein Bein bereits in der Jeans, das andere angewinkelt in der Luft. Seine Stimme klang traurig. »Das wird schwer, Greta. Verdammt schwer. Ich muss dich wiedersehen. Ich werde sonst verrückt.«

Sie löste ihr verrutschtes Haarband und band es sich erneut. »Ich versuche, dir bald einen Brief in den Kasten zu werfen. Und nach dem Sommer gehe ich ja regelmäßig zur Berufsschule. Aber du musst mir versprechen, mich da nie abzuholen. Das ist zu riskant. Nachher haben Johann oder Harald mal etwas in Worms zu erledigen.«

Sie griff nach ihrer Tasche und gab Robert einen letzten Kuss. »Ich muss los.«

Er hielt sie einen Moment fest. »Es ist immer schwerer für den, der zurückbleibt. Gut, dass ich das heute bin.«

14. KAPITEL

Kirchheim,
Juli und September 1972

Halb Kirchheim war in der Kirche, die im frühgotischen Stil erbaut war, um der Vermählung von Dagmar und Johann beizuwohnen. Die Worte des Pfarrers, von »gehorsam« und »mit Gottes Hilfe«, zogen an Greta vorbei.

Nach der kirchlichen Trauung hatte Metzgermeister Dreckmann die Hochzeitsgesellschaft in seinen weitläufigen Garten zur Feier geladen. Noch vor dem Essen hielt er eine launige, kurze Rede. Als er geendet hatte, floss der Sekt in Strömen. Dagmar hatte auf Kupferberg Gold bestanden, nippte aber nicht einmal an ihrem Glas, wie Greta bemerkte.

Sollte Robert mit seiner Bemerkung recht haben?, fragte sie sich. Ob Renate und Elfriede von Dagmars Schwangerschaft wussten? Wahrscheinlich schon. Denn niemand wunderte sich, dass Dagmar nicht von dem Sekt trank, den sie doch unbedingt zu ihrer Hochzeit hatte reichen wollen. Es war ein gut gehütetes Hellerts-Familiengeheimnis, das sie ihr mal wieder verschwiegen hatten.

Der Brautvater höchstpersönlich stand in einer langen weißen Schürze am offenen Feuer, drehte das Spanferkel am Spieß und begoss es mit Bier.

Großen Applaus gab es für das Geschenk, das Elfriede und Harald ihrem Sohn und der Braut überreichten: Eintrittskarten für mehrere Veranstaltungen der Olympiade, die Ende August in München begann. Es war ein passendes Geschenk, fand Greta. Nach der körperlichen Arbeit auf dem Weinberg war Johann nicht mehr sportlich aktiv und sah lieber Sportveranstaltungen im Fernsehen. Harald hatte vor zwei Wochen einen Farbfernseher auf Raten gekauft, sehr zu Elfriedes Missfallen. Ihr großer Wunsch nach einer neuen Couchgarnitur hatte sich wieder nicht erfüllt.

»Mädsche, was sitzt hier rum wie ein Trauerkloß? Das ist doch kein Begräbnis. Alla hopp, auf geht's.« Harald griff nach ihrer Hand und zog sie vom Stuhl und mitten hinein in die ausgelassen Feiernden.

Natürlich konnte Greta ihm nicht erzählen, warum sie so traurig war. Zwanzig Tage war es her, dass sie Robert gesehen hatte. Und noch vier lange Wochen Sommerferien lagen vor ihr, bis endlich die Berufsschule begann und sie ihn in Worms treffen könnte.

Als Harald sie in einem etwas unbeholfenen Walzer herumdrehte, kostete es sie große Überwindung, fröhlich zu wirken. Und sie war froh, dass er sie nicht noch einmal zum Tanzen holte. Das taten Dagmars Bruder Otto und Detlef Mahlig, der Sohn vom Edeka-Händler, bei dem Greta ursprünglich eine Lehre hatte machen sollen.

Die ganze Zeit über war Elfriede mit verschränkten Armen am Rand der Tanzfläche gestanden und hatte sie nicht aus den Augen gelassen.

Bevor sie mit dem angetrunkenen Harald und Matse

vorzeitig das Fest verließ, trat sie zu Greta und warnte sie: »Mach uns keine Schande, und benimm dich anständig!«

Otto, der seit seinem schweren Unfall keinen Tropfen Alkohol mehr trank, wurde zum Chauffeur bestimmt und fuhr das Brautpaar, Greta und Renate später in seinem hellblauen Opel Kadett Kombi bis zum Abzweig zum Hof der Hellerts.

Er musste gleich zurück, um weitere Hochzeitsgäste nach Hause zu fahren, und drückte zum Abschied zweimal kurz auf die Hupe.

Greta und Renate hakten den betrunkenen Johann unter und zogen ihn mehr mit sich, als dass er selbst lief. Dagmar ging zwei Schritte hinter ihnen. Sie weinte leise vor sich hin. Ihr Rüschen-Brautkleid war makellos weiß gewesen, bis sie aus dem Wagen gestiegen war und Johann sich darauf übergeben hatte.

Greta wandte sich zu ihr um. »Sei nicht traurig. Wir waschen den Fleck gleich aus«, sagte sie atemlos. Johann, der sich auf sie stützte, war schwer.

»Es tut mir leid, mein wunderbares Frauchen«, lallte Johann. Laut und falsch fing er an zu singen: »*Ganz in Weiß …*«

Greta brachte ihn energisch zum Schweigen. »Still jetzt! Für heute hast du genug gesungen!«

Harald, Elfriede und Matse schliefen sicher schon. Das Haus lag im Dunkeln, nur die Lampe über der Haustür beleuchtete die Eingangsstufen.

Renate kicherte. »Einer von den hundert Schnäpsen war wohl schlecht.« Sie hickste. Schon seit einer ganzen Weile hatte sie Schluckauf.

»Ich wollte mein Kleid in einer Glasvitrine ausstellen, wenn wir in unserem neuen Haus sind«, jammerte Dagmar hinter ihnen. »Und jetzt ist es ruiniert.«

Greta wusste, dass das junge Paar beschlossen hatte, ein Haus auf dem Grundstück der Hellerts zu bauen. Die Finanzierung sei fast in trockenen Tüchern, hatte Johann letzte Woche vollmundig behauptet. Greta wunderte sich, dass die Bank Johann einen Kredit gewähren würde, da er keine Sicherheiten zu bieten hatte. Und die Hellerts kämpften nach wie vor um jede Mark.

Renate hickste erneut und nickte, um Dagmars Feststellung zu untermauern. »Geht bestimmt nicht mehr raus. Liegt an der Säure – *hicks* – sagt zumindest mein Chef«, fügte sie hinzu. Um Anerkennung heischend, blickte sie zu Greta und verlangsamte ihren Schritt.

»Komm weiter, Renate. Ich brauche jetzt keinen Chemievortrag, ich will ins Bett«, meinte Greta ungeduldig. »Dagmar, schieb doch mal deinen Mann von hinten mit an. Ich befürchte, dass wir ihn sonst den kleinen Anstieg nicht hochbekommen.«

»Ich kann alleine laufen.« Johann riss sich los, torkelte zwei Schritte nach vorn, bevor er über seine eigenen Füße stolperte und der Länge nach hinschlug. Reglos blieb er liegen.

Greta kniete sich zu ihm und versuchte, ihn aufzurichten. »Hoch mit dir, Johann. Du musst schon mithelfen!«, schalt sie ihn. »Los, Mädels! Wir können ihn doch nicht hier liegen lassen«, wandte sie sich dann an Renate und Dagmar.

Mit vereinten Kräften gelang es den drei jungen Frauen, Johann ins Haus und die Treppe hinauf in sein Zimmer zu bugsieren. Dort ließ er sich quer auf das neue Doppelbett fallen, schlief sofort ein und fing laut an zu schnarchen.

Renate ging zur Tür. »Ich muss ins Bett. Ich glaube, das letzte Glas Sekt war auch schlecht«, hickste sie und verschwand.

Greta sah mitleidig zu Dagmar. Die hatte sich ihre Hochzeitsnacht bestimmt romantischer vorgestellt als mit einem sturzbetrunkenen Bräutigam. »Besser, wir waschen den Fleck gleich aus«, sagte sie und wies auf den Rüschenrock.

Dagmar wandte ihr den Rücken zu. »Hilfst du mir mit den Knöpfen? Allein komme ich da nicht raus.« Sie sprach es mehr als Anweisung denn als Bitte aus.

Greta öffnete die vielen kleinen, mit Stoff überzogenen Knöpfe. Dabei fragte sie sich, was das Kleid wohl gekostet hatte. Sicher ein kleines Vermögen, zumindest für Gretas Verhältnisse.

Die Rüschen schmeichelten Dagmars fülliger Figur nicht. Sie sah darin eher wie ein wandelnder Berg Schlagsahne aus.

Als Dagmar aus dem Kleid stieg, warf Greta einen Blick auf ihren Bauch. Ob man schon etwas sah? Doch die Braut trug über ihrer Unterwäsche noch ein Miederhöschen, das ihre Fettpölsterchen in Form brachte.

Als sie Gretas Blick auffing, griff sie schnell nach einem bereitliegenden Morgenmantel und schlüpfte hinein. »Ich glaube, ich habe zu viel von dem Spanferkel vorhin gegessen«, meinte sie leichthin.

Greta ignorierte die Bemerkung. »Lass uns runter in die Küche gehen, da hört uns keiner.«

Als Greta nach einer halben Stunde einen prüfenden Blick auf die verschmutzte Stelle warf, die sie mit Gallseife vorsichtig bearbeitet hatte, war sie zufrieden. »Jetzt muss es nur noch trocknen.«

Dagmar hatte Greta die ganze Zeit nur skeptisch über die Schulter geschaut, als diese das Kleid säuberte. »Hoffentlich zeichnet sich kein Rand ab. Aber das werde ich wohl erst morgen sehen.« Sie machte keine Anstalten, das Kleid zu nehmen, und schritt voran zur Tür.

Greta folgte ihr hinauf ins Schlafzimmer, wo sie das Kleid auf einen Bügel an die Schranktür hängte.

Dagmar warf einen Blick zu dem schlafenden Johann. Sie zog ihm seine am Morgen auf Hochglanz polierten Schuhe aus, die nun ebenfalls befleckt waren, und stellte sie in den Flur, damit der Geruch sie nicht belästigte. Dann beugte sie sich über ihn.

»Hilf mir, ihn auszuziehen. Der schöne Anzug ist sonst morgen ganz zerknautscht«, raunte sie Greta zu.

Diese schlang einen Arm um Johanns Nacken und hievte ihn ein paar Zentimeter hoch, damit Dagmar ihm die Jacke ausziehen konnte. Als Johann davon wach wurde, sah er sie aus blutunterlaufenen Augen an und rappelte sich etwas auf. Gretas Gesicht war nur wenige Zentimeter von seinem entfernt, und sie lehnte sich zurück, um seinem schlechten Atem auszuweichen.

In diesem Moment packte Johann sie grob am Arm. »Wenn du nicht mit meinem missratenen Bruder rumgemacht hättest, hätte ich dich auch genommen. Ich steh auf blonde Weiber«, lallte er, bevor er sich wieder ins Kissen zurücksinken ließ und weiterschlief.

Greta zuckte zusammen. Dagmar sog scharf die Luft ein

und sah sie entsetzt an. Unbewusst fuhr sie sich durch ihr eigenes blondes Haar, das sie, anders als Greta, kurz trug. Der gerade Pony verbarg ihre hohe Stirn, hinten waren ihre Haare bis zum Nacken durchgestuft. Zur Feier des Tages hatte Friseur Fahlbusch ihrem flachen Hinterkopf durch ein Haarteil mehr Volumen gegeben.

Greta hatte genug von dem frischvermählten Paar, das sich ihr gegenüber so unmöglich benommen hatte. Sie machte auf dem Absatz kehrt und verließ das Zimmer. »Gute Nacht, Dagmar.«

Leise ging sie die Stiege zu ihrer Kammer hinauf, zog ihr türkisfarbenes Minikleid aus und schlüpfte ins Bett. Hoffentlich hatte Dagmar Johanns schamlosen Übergriff morgen wieder vergessen. *Wie konnte er nur so etwas vor seiner jungen, schwangeren Braut sagen?*, fragte sich Greta.

Doch was sie in Dagmars Augen gesehen hatte, war nicht nur Entsetzen und Schmerz, sondern eine tiefe Abscheu ihr gegenüber gewesen. Es war die Art von Ablehnung, die Jahre überdauerte. Das war Gretas letzter Gedanke, bevor sie in einen traumlosen Schlaf fiel.

Anfang September, am ersten Sonntag, fuhren Johann und Dagmar in die Flitterwochen. Nach dem Frühstück versammelten sich die Hellerts und Greta im Hof. Harald wollte das junge Paar nach Mannheim zum Bahnhof bringen. Sechs Tage würden sie in München verbringen, länger konnte Johann dem Hof nicht fernbleiben. Die Vorbereitungen für die Ernte liefen und wurden für Harald und Greta ohne Johann und ohne Robert zu viel um diese Jahreszeit.

Harald setzte sich hinters Steuer und ließ den Motor an. Johann nahm neben ihm Platz, Dagmar stieg in den Fond.

»Ich kann auch fahren, Vati!«, meinte Johann.

Harald lachte. »Kommt nicht infrage. So viel Luxus muss sein!« Er legte den Gang ein und wollte gerade losfahren, als ein Motorrad die Einfahrt heraufdonnerte und neben dem Wagen hielt.

Greta stockte der Atem. Es war vier Wochen her, dass Robert und sie sich das letzte Mal gesehen hatten. Zu Gretas Glück war Haralds Vinometer Anfang August zerbrochen, und er hatte Greta nach Worms geschickt, um ein neues zu besorgen. Eine halbe Stunde hatten sie sich gestohlen, in der sie sich innig geliebt hatten. Seitdem war es ihr nicht mehr gelungen, Robert zu treffen, obwohl die Berufsschule angefangen hatte.

Harald hatte sie jedes Mal nach dem Unterricht abgeholt, als ob er ihre geheimen Pläne ahnte. Noch nicht einmal eine Nachricht im Briefkasten hatte sie Robert hinterlassen können. Sicher ging es ihm wie ihr: Er hatte Sehnsucht und sorgte sich, wollte sie sehen. Deswegen war er gekommen. Sie sah unauffällig zu ihm hinüber, und sein kurzer warmer Blick bestätigte ihre Vermutung. Rasch sah sie zur Seite, um nicht ertappt zu werden. Aber ein zärtliches Gefühl durchströmte sie.

»Das riecht nach Ärger«, entfuhr es Renate, die neben Greta stand.

Robert stellte seine Maschine aus, stieg aber nicht ab.

Harald sprang aus dem Wagen. »Scher dich fort.«

»Ich will meinem Bruder nachträglich zur Hochzeit gratulieren. Die Anzeige im Kirchheimer Tageblatt war ja groß genug«, sagte Robert gelassen.

Auch Johann stieg aus, und Dagmar kurbelte die Scheibe herunter.

»Herzlich willkommen in dieser harmonischen Familie, liebe Schwägerin. Mögest du eure Ehe nie bereuen«, wandte Robert sich an Dagmar und sah dann zu Johann. »Und Glückwunsch zu eurem Hochzeitsgeschenk. Spricht ja die ganze Stadt drüber. Wie großzügig von Dagmars Vater, euch einen halben Weinberg zu schenken.«

Greta zuckte innerlich zusammen. Johann hatte bereits angekündigt, dass er vor allem auf sie bei der Lese des Portugiesers setzte.

»Steck dir deine Glückwünsche an den Hut. Wir fahren jetzt nach München in die Flitterwochen«, bemerkte Johann böse und stieg wieder in den Wagen. »Komm, Vati. Wir müssen los.«

»Die große Sportskanone fährt zur Olympiade?« Robert lachte auf.

»Da sehe ich wenigstens Menschen, die ein Ziel vor Augen haben und dafür kämpfen«, konterte Johann. »Was man ja von dir nicht behaupten kann.«

Robert startete seine Maschine. »Was weißt du schon von meinen Zielen.« Er ließ den Motor aufheulen und fuhr vom Hof.

Renate sah zu Greta. »Was für ein theatralischer Auftritt«, zischte sie, bevor sie zu Dagmar lief, sich zu ihr in den Wagen beugte und sie herzte. Und obwohl sie flüsterte, hörte Greta ihre letzten Worte genau: »Und pass gut auf euch drei auf.«

Kopfschüttelnd sah Harald Robert nach, als müsse er das Geschehene einordnen. Dann setzte er sich wieder hinters Steuer und fuhr los.

Johann hielt zum Abschied den Arm aus dem Fenster und winkte seiner Mutter, Renate, Greta und Matse zu: »Auf zu den heiteren Spielen!«

Am späten Sonntagnachmittag meldete sich Johann. Sie waren gut in der bayerischen Landeshauptstadt angekommen. Am Abend wollten sie im Englischen Garten spazieren gehen und am Chinesischen Turm ein Bier trinken. »Aber nur eins«, lachte Johann. Am Montag würden sie dann früh ins Olympiastadion gehen.

Montagabend sahen die Hellerts und Greta im Fernsehen die Zusammenfassung der Wettkämpfe des Tages. Elfriede war überzeugt, Johann und Dagmar auf der Tribüne entdeckt zu haben. Doch der Ausschnitt war zu kurz. Schon schwenkte die Kamera auf die sechzehnjährige Ulrike Meyfarth, die gerade die Goldmedaille im Hochsprung gewonnen hatte.

Als Elfriede am Dienstagmittag eine Salatsauce rührte, hörte sie im Radio eine Sondersendung. Zuerst lauschte sie interessiert, dann ließ sie den Schneebesen fallen und schrie laut auf. Greta, die mit frisch geerntetem Salat in die Küche kam, trat besorgt auf sie zu. Außer sich zeigte Elfriede zum Radio, das auf einem kleinen Regal neben dem Küchenschrank stand. »In München … sie schießen … hol Harald. Schnell!«

So aufgeregt hatte Greta Elfriede noch nie erlebt. Die einzelnen Sätze, die aus dem Radio zu ihr drangen, ergaben für Greta keinen Sinn. Palästinensische Terroristen hatten israelische Sportler überfallen?

»Nun lauf! Er ist im Weinkeller.«

Während Greta den Salat ablegte und losrannte, schaltete Elfriede im Wohnzimmer den Fernseher ein. Sie klopfte auf den Apparat. »Mach schon«, sagte sie ungeduldig zu dem Gerät, als wenn sich dadurch die Röhren schneller erwärmten.

Das Bild erschien gerade, als Greta und Harald ins Wohnzimmer kamen.

»Was ist denn passiert?«, wollte Harald wissen. Als er sah, wie Elfriede sich die Hand auf die Brust schlug, um besser Luft zu bekommen, legte er beruhigend einen Arm um sie. »Nun sag schon.«

Doch Elfriede schüttelte ihn ab. »Sie schießen im Olympischen Dorf. Es gibt Tote!« Sie starrte unverwandt auf den Bildschirm.

Harald ließ sich in seinen Fernsehsessel fallen. In diesem Moment schritt Innenminister Hans-Dietrich Genscher, umgeben von einer Gruppe Männer in Anzügen, durchs Bild.

Fassungslos lehnte sich Greta gegen die Schrankwand. Ein Attentat im Olympischen Dorf? Direkt neben dem spektakulären Stadion? Die heiteren Spiele schienen sich in einen Albtraum zu verwandeln.

Greta wusste, dass für die Hellerts nur eine Frage im Raum stand. Dass weder Harald noch Elfriede sie laut stellten, machte sie in Gretas Augen nur dringlicher.

War Johann in Gefahr?

In Elfriede kam Bewegung. Sie lief in den Flur, wo das Telefon stand, und wählte die Nummer der Münchner Pension, in der Johann und Dagmar wohnten. Doch keiner nahm ab. Elfriede legte behutsam den Hörer auf die Gabel. »Es geht niemand ran«, flüsterte sie, bevor sie in Tränen ausbrach.

»Die Pensionswirtin wird etwas anderes zu tun haben, die melden sich schon«, meinte Harald, doch er klang nicht überzeugt.

»Tu doch was, Harald.«

»Ja, was soll ich denn machen? Wo sind die beiden denn jetzt?«

»Das weiß ich doch nicht!«

»Hast du dir etwa nicht aufgeschrieben, zu welchen Wettkämpfen sie gehen? Du hast doch diese Karten besorgt!«

Elfriede ging langsam zurück zum Sofa. Still schüttelte sie den Kopf.

»Der Buwe ist schlau, dem passiert nichts«, versuchte Harald, sie und sich selbst zu beruhigen.

Greta hörte die Haustür klappen.

»Hallo«, rief Matse. Er warf seinen Ranzen auf den Boden, kam ins Wohnzimmer und quetschte sich zwischen Elfriede und Harald aufs Sofa. »Habt ihr wieder Johann im Fernsehen gesehen?«, fragte er arglos und erschrak, als Elfriede ihn fest an sich zog und zu weinen anfing.

»Was hast du denn, Mutti?«

Statt einer Antwort stand Elfriede auf und lief wieder in den Flur zum Telefon, in der Hoffnung, jetzt jemanden in der Münchner Pension zu erreichen. Harald stierte stumm auf die Fernsehbilder.

»Komm mit in die Küche, Matse. Ich mache dir etwas zu essen«, sagte Greta.

Als sie im Flur an Elfriede vorbeikamen, blätterte diese hektisch in einem kleinen Adressbüchlein, das neben dem Telefon lag. Sie sah kurz auf. »Vielleicht hat sich Dagmar bei ihren Eltern gemeldet«, meinte sie hoffnungsvoll.

In der Küche bestrich Greta eine Scheibe Brot mit Butter, schlug ein Ei in die Pfanne und nahm den Schinken aus dem Kühlschrank. »Was ist denn mit Mutti und Vati los?«, wollte Matse wissen.

Greta wendete das Ei in der Pfanne. »Du weißt doch, dass Johann und Dagmar in München bei den Olympischen Spielen sind.«

Matse rollte mit den Augen. »Ja, klar.«

»Im Olympischen Dorf gab es einen Überfall«, fuhr Greta fort.

Er riss die Augen auf. »Was für ein Überfall?«

»Terroristen haben Sportler als Geisel genommen.«

»Echt? Das muss ich sehen!« Matse nahm seinen Teller und flitzte zurück ins Wohnzimmer.

Greta folgte ihm und setzte sich neben ihn. Im Fernsehen war gerade ein Mann auf einem Balkon zu sehen. Sein Gesicht war von einer Strumpfmaske bedeckt, große Öffnungen für die Augen waren herausgeschnitten, was ihn unheimlich aussehen ließ. Er beugte sich über das Betongeländer, um kurz darauf wieder in der Unterkunft der israelischen Athleten zu verschwinden. Dort wurden diese als Geiseln festgehalten, kommentierte eine Stimme.

»Wer ist das? Was macht der da?«, fragte Matse gespannt.

»Ich kann gar nicht glauben, was wir hier sehen«, antwortete Greta hilflos.

»Der mit der Maske ist ein Terrorist?«, hauchte Matse. »So wie Andreas Baader und Ulrike Meinhof, von denen du mir neulich erzählt hast?«

Greta nickte. »Ja. Und diese hier fordern, dass Gefangene aus den Gefängnissen entlassen werden. Nur dann lassen sie ihre Geiseln frei.«

»Es ist eine Katastrophe«, stieß Harald hervor.

Elfriede kam ins Wohnzimmer. »Die Dreckmanns haben nichts von Dagmar gehört, seit sie und Johann in München angekommen sind.« Entmutigt setzte sie sich auf die Couch, um gleich darauf wieder aufzustehen. »Ich versuche es noch mal in München«, sagte sie und ging in den Flur.

Auch Greta verließ das Wohnzimmer. Sie konnte nicht die ganze Zeit auf den Fernseher starren und darüber nachdenken, ob Johann und Dagmar etwas passiert war. Auch fürchtete sie, dass sich die Angst einflößenden Bilder, die sie in den letzten Stunden gesehen hatte, für immer in ihr Gedächtnis brannten: bewaffnete Polizisten in Trainingsanzügen, als Sportler getarnt, die sich auf dem Dach des Hauses, in dem die Geiseln festgehalten wurden, versteckten. Sie musste sich immer wieder sagen, dass diese absurden Bilder Realität waren.

Während sie die Küche aufräumte, hörte sie Elfriede im Flur telefonieren. Als sie auflegte, unterbrach Greta ihre Arbeit und folgte ihr ins Wohnzimmer.

»Die Wirtin sagt, dass sie die beiden heute Morgen zum letzten Mal gesehen hat. Sie wollten sich die Proben für die Schlussfeier im Olympiastadion ansehen. Was machen wir denn jetzt, Harald?« Erschöpft setzte sie sich zu ihrem Mann.

Matse griff nach Elfriedes Hand. Als Greta das sah, wusste sie, dass sie Robert anrufen musste. Er musste wissen, welche Angst seine Eltern um seinen Bruder ausstanden, und auch in welcher Gefahr Johann vielleicht schwebte. Leise schloss sie die Wohnzimmertür und wählte die Nummer der Kfz-Werkstatt in Grünstadt.

Eine halbe Stunde später betrat Robert das Haus.

»Gibt es etwas Neues?«, fragte er Greta leise, die unruhig im Flur auf ihn gewartet und dabei unablässig Kater Murr gestreichelt hatte. Als sie stumm den Kopf schüttelte, ging Robert ins Wohnzimmer.

Elfriede sprang auf und umarmte ihn. »Mein Gott, dass du da bist«, schluchzte sie.

»Ich habe das von Johann gehört. Ich wollte bei euch sein«, sagte er.

»Woher weißt du …?«, fragte Harald, den Blick fest auf den Fernseher gerichtet, als könnten jede Sekunde Johann oder Dagmar auf dem Bildschirm erscheinen.

Ungläubig sah Greta, dass sich inzwischen unzählige Schaulustige entlang des Zaunes, der das Olympiadorf abgrenzte, eingefunden hatten. Was machten diese Menschen da? Wollten sie die Terroristen sehen? Wie Raubtiere im Zoo? Angewidert wandte sie sich ab. »Ich habe Robert angerufen«, erklärte sie zögerlich, aber mit fester Stimme.

Harald nickte stumm, während Elfriede Greta wohlwollend ansah. »Das war richtig.«

Matse sprang auf und umarmte Robert. In dem Moment klingelte das Telefon.

Elfriede stürzte hinaus zum Apparat. »Johann?!«, schrie sie nach einem kurzen Moment froh auf.

Alle drängten sich um sie. Und Harald beugte sich an Elfriedes Ohr, um Johann auch hören zu können. »Wo bist du, Buwe? Geht es euch gut?«, rief er in die Muschel.

Greta trat einen Schritt zurück und lehnte sich aufatmend gegen die Wand. Sie war nicht nur glücklich, dass bei Johann anscheinend alles in Ordnung war, sondern auch dass Robert, wie es zum jetzigen Zeitpunkt schien, wieder in den Kreis der Familie aufgenommen war. Sie sah zu ihm, übermannt von dem Gefühl, dass ihre kleine Welt ein Stück heiler war.

Behutsam, fast zärtlich, legte Elfriede auf. »Die beiden waren im Stadion. Als die Proben zur Abschlussfeier unterbrochen wurden, sind sie rüber.«

»Wohin rüber?«, wollte Matse wissen.

»Ins Olympische Dorf. Da haben sie am Zaun gestanden, aber sie konnten nichts erkennen, meinte Johann. Jetzt sind sie auf dem Weg zur Pension. An der ersten freien Telefonzelle hat der Junge Halt gemacht, um uns anzurufen. Er hofft, dass morgen das Fußballspiel Ungarn gegen Deutschland stattfindet.«

Greta fragte sich, wie man so sensationslüstern sein konnte und zu dem Ort lief, an dem Menschen um ihr Leben fürchteten.

Robert schien es ähnlich zu gehen, denn er zuckte mit den Schultern. »Dann ist seine Welt ja wieder in Ordnung«, meinte er trocken. »Ich gehe dann mal. Ich muss zurück in die Werkstatt.«

Harald sah ihn abwägend an, dann sagte er: »Kommst am Sonntag zum Essen.«

Elfriede strahlte ihren Mann an. »Dann sind auch Dagmar und Johann zurück. Die ganze Familie wieder an einem Tisch.«

Auf dem Weg zur Tür ging Robert an Greta vorbei. Er warf ihr einen verstohlenen Blick zu, den sie ebenso unauffällig erwiderte. Keinesfalls durfte jemand erfahren, dass sie und Robert noch immer dieselben Gefühle füreinander hatten. Die Tür klappte hinter Robert zu.

Das Drama im Haus der Hellerts war vorbei. Doch Greta fehlte die Vorstellungskraft, wie die Tragödie in München enden würde.

Sie ging zurück ins Wohnzimmer. Beim Blick auf den Fernseher, wo immer noch das Geiseldrama live übertragen wurde, ahnte sie, dass nach diesen schrecklichen Ereignissen die Welt eine andere sein würde.

15. KAPITEL

Kirchheim,
Weihnachten 1972

Die letzten Monate waren wie im Flug vergangen. Die Ernte war anstrengend wie immer gewesen, aber für Greta auch ein kleines Fest, weil Robert wieder dabei war. Es machte sie glücklich, seine schlaksige Figur neben sich zu haben, während sie die langen Reihen entlanggingen und die reifen Trauben abschnitten.

Nach wie vor trafen sie sich heimlich in seiner heruntergekommenen WG. Die Stunden des bangen Wartens während des Attentats in München hatten bei Harald und Elfriede etwas verändert. Sie beobachteten Greta nicht mehr so streng und schienen Roberts Lebensweise zu akzeptieren. Greta fragte sich, was die Ursache hierfür war. Elterliche Sorge – oder die Stunden, in denen sie Angst gehabt hatten, Johann zu verlieren? Schließlich wäre Robert dann der nächste Erbe des Weinguts.

Auf jeden Fall war er bei den Sonntagsessen regelmäßig dabei. An den vier Adventssonntagen brachte er seine Gitarre mit und spielte für sie, während Harald eine Kerze nach der anderen auf dem Adventskranz anzündete.

Ihre Liebe vor den anderen zu verbergen, war zu einem Nervenkitzel geworden, der sie beide oftmals verklausuliert sprechen ließ. Wenn Robert sich dann nach einem gemeinsam verbrachten Sonntag bei Wind und Wetter auf die Honda schwang, wusste Greta fast immer, wie seine nächste Woche aussah und wann sie sich zu zweit sehen könnten.

Ob es ihr jedoch gelingen würde, am heutigen Weihnachtsabend ihre Gefühle für Robert zu verbergen? Sie wollte ihm in einem unbeobachteten Moment ihr ganz persönliches Geschenk geben. »Pass auf!«, schalt sie sich leise, während der Duft des nahen Festessens durch das Haus zog und es draußen dunkelte.

Vor ihr lagen die Geschenke für die Hellerts ausgebreitet auf ihrem Bett. Sie hatte sie alle selbst gemacht. Für Renate, Dagmar und Elfriede hatte sie Haarkämme mit Perlen und Strass beklebt, wobei ihr Matse begeistert geholfen hatte. Für Johann gab es einen Schal, für Harald ein paar selbst gestrickte Klapp-Fäustlinge. Und für Matse hatte sie ein Patchworkkissen aus Stoffresten genäht.

Sie nahm die grauen Socken, die sie für Robert gestrickt hatte, in die Hand. An den Seiten hatte sie mit hellerer Wolle bei der einen eine Gitarre, bei der anderen ein Motorrad eingearbeitet. Daneben lag das zweite Geschenk für ihn, das sie ihm heimlich geben wollte. Zufrieden betrachtete sie ihr Werk, bevor sie nach Geschenkpapier griff, alles einwickelte, beschriftete und zu den Hellerts hinunterlief.

Im Wohnzimmer stand die von Harald geschlagene Tanne. Am Vormittag hatten Greta und Matse sie festlich mit Lametta und roten Kugeln geschmückt. Kurz war es zu einem Streit gekommen, weil Harald unbedingt die alte gläserne Christbaumspitze seiner Eltern wie jedes Jahr auf den

Baum hatte setzen wollen. Renate dagegen hatte einen grellbunt angemalten Engel als Spitze in Ludwigshafen auf dem Weihnachtsmarkt gekauft.

»Neumodisches Zeug«, hatte Harald geknurrt, aber zum Schluss war es die triumphierende Renate gewesen, die den Engel auf die Tannenbaumspitze gesteckt hatte.

Robert war am Vormittag gekommen und hatte seinen Plattenspieler aufgebaut. Eben sang Nana Mouskouri »Stille Nacht, Heilige Nacht«.

Als Greta die Treppe herunterkam, stieß Renate sie fast um, so eilig hatte diese es, im Bad zu verschwinden.

»Von diesen ganzen Essensgerüchen ist mir ganz schlecht«, rief sie, die Hand vor dem Mund. Greta blickte ihr erstaunt nach und ging dann in die Küche.

Es stimmte, das ganze Haus duftete nach Braten. Dagmar hatte eine frisch geschlachtete Mettensau von ihrem Vater geholt, und Elfriede hatte den gewaltigen Braten eben aus dem Ofen geholt. Während sie ihn ruhen ließ, fischte sie die zwölf Äpfel, die für die zwölf Apostel standen und zum Schluss um den Braten drapiert wurden, aus der Kasserolle.

»Brauchst du Hilfe?«, fragte Greta.

Elfriede nickte. »Gleich kannst du die Schüssel reinbringen.« Sie trug ihr Sonntagskleid, darüber aber noch ihre Kittelschürze. Mit einer Kelle schöpfte sie nacheinander Kartoffelknödel aus dem Topf. Greta lief das Wasser im Mund zusammen. Auf die Pfälzer Leberwurstfüllung in den Klößen freute sie sich besonders.

Greta hatte gerade die Schüssel auf dem festlich gedeckten Esstisch abgestellt, als Matse aufgeregt hereingestürmt kam. »Zu Tisch, zu Tisch«, rief er. Er war in den letzten Monaten gewachsen, aber seine Stimme war noch immer kindlich hoch. Greta wusste, dass er, obwohl er schon zwölf Jahre alt war, die Bescherung kaum erwarten konnte. Er würde viel zu hastig essen, um dann doch auf die Erwachsenen warten zu müssen.

Erst nach dem Essen würde Harald die Kerzen am Baum anzünden, alle würden sich im Halbkreis um die Tanne aufstellen und gemeinsam Weihnachtslieder singen. Dann begann die Geschenkübergabe, wobei es verpönt war, das Papier abzureißen. Denn es würde beim nächsten Weihnachtsfest wieder verwendet werden. Zuvor wurde natürlich noch der Tesafilm vorsichtig entfernt und das Papier aufgebügelt. Als Greta vorhin die Geschenke eingepackt hatte, meinte sie sich zu erinnern, dass sie dasselbe Papier schon vor zwei Jahren benutzt hatte. Es hatte sich mürbe angefühlt, die alten Knickstellen waren ausgeblichen, die rote Farbe war verblasst.

Nach der Bescherung gab es immer ein Dessert, bevor sich alle satt, müde und beschenkt zurückzogen. Greta fragte sich, ob Robert heute bei ihnen schlafen oder durch die Heilige Nacht zurück nach Worms fahren würde. Aber sie wagte nicht, ihn zu fragen.

Dagmar trat aus der Küche und schob ihren dicken Babybauch vor sich her. Im Februar sollte das Kind kommen. Sie reichte Greta eine Schüssel mit Rotkohl. Mit der anderen Hand drückte sie sich demonstrativ in den Rücken.

»Stell du sie auf den Tisch. Ich muss mich setzen«, forderte sie.

Eine Freundschaft war zwischen ihnen nicht entstanden, seit Dagmar eingezogen war. Mehr noch als die Hellerts schien Dagmar sie für ein Dienstmädchen zu halten. Greta ahnte, worauf das hinauslaufen würde: Sicher hatte Dagmar bereits heimlich den Plan, sie als Kindermädchen einzusetzen. Es tat Greta weh, dass die Hellerts sie nie gegen Dagmars übergriffiges Verhalten verteidigten.

Wie Greta es vorausgesehen hatte, zog sich das Festessen hin. Sie saßen um den Tisch und reichten sich abwechselnd die Sauciere und die Schüsseln mit Rotkohl und den Klößen.

Wobei Greta nach einem Kloß so satt war, dass sie unmöglich mehr essen konnte. Sie fragte sich, wo Johann und Robert diese Mengen ließen. Denn bereitwillig hielten sie jedes Mal ihre Teller hin, wenn Harald erneut dicke Scheiben von dem Braten abschnitt.

Die Tischgespräche verliefen anders als sonst. Immer wieder schaffte Dagmar es, auf ihre Schwangerschaft und auf ihren neuen Platz als »zweite« Hausfrau zu kommen, der ihr ihrer Meinung nach zustand. Erst als alle ihr Besteck auf ihren Tellern abgelegt hatten, stand Greta auf, um den Tisch abzudecken. Renate hatte eine Sehnenscheidenentzündung und trug um das rechte Handgelenk einen Verband. Sie versicherte Greta, wie sehr sie es bedaure, ihr nicht helfen zu können.

Greta war überzeugt, dass diese Entzündung genau zum richtigen Zeitpunkt gekommen war, denn mit Dagmar und Robert waren sie inzwischen zu acht. Nach jeder Mahlzeit türmte sich der Abwasch, der fast immer an Greta hängenblieb.

Als Renate ihr ihren schmutzigen Teller reichte, fiel

Greta auf, wie wenig ihre Ziehschwester für ihre Verhältnisse gegessen hatte und wie blass sie aussah. Es schien ihr wirklich nicht gut zu gehen.

Sie wollte sie gerade danach fragen, als Matse vor lauter Ungeduld sein Glas mit der Cola, die er zur Feier des Tages trinken durfte, umstieß.

Robert, dem Matse mit seinen dunklen Locken mit jedem Tag ähnlicher wurde, tupfte die Flecken auf, die sich auf der Tischdecke ausbreiteten.

Greta reichte ihm schnell ihre Stoffserviette. »Leg die noch unters Tischtuch, sonst zieht es in die Holzplatte.« Sie sah zu Harald, der Matses kleine Tischunfälle normalerweise mit einer Kopfnuss bestrafte. Aber wahrscheinlich weil Weihnachten war, schüttelte er nur den Kopf.

»Wann wirst du endlich erwachsen, Matthias?« Er stand auf und zog nacheinander die Schubladen des Wohnzimmerschranks auf. »Elfriede? Wo ist das Weihnachtsglöckchen?«

Elfriede zog ihre Kittelschürze aus, legte sie über eine Stuhllehne und deutete auf einen Beistelltisch neben dem Sofa. »Da steht es doch, Liebster.« Wenn Greta nicht gewusst hätte, dass Weihnachten war, wäre es ihr bei dieser Bezeichnung klar geworden.

Haralds Kosename schien für Elfriede zum Weihnachtsfest zu gehören wie das Lametta am Baum, alljährlich wurde aus Harald ein »Liebster«.

Bevor Harald danach greifen konnte, nahm Matse das Glöckchen und klingelte damit. »Ich weiß doch schon lange, dass es das Christkind gar nicht gibt, Vati. Ich bin nämlich fast erwachsen«, erklärte er seinem Vater mit einem breiten Lächeln.

Erstaunlich versöhnlich strich dieser seinem Jüngsten kurz übers Haar. »Zu früh geklingelt, Matse. Erst zünde ich die Kerzen an, und wir singen ›Stille Nacht, Heilige Nacht‹.«

Robert reichte seinem Vater ein Streichholzheftchen. »Hier, bitte, die Platte ist schon aufgelegt.«

Als die Kerzen brannten, nickte Harald Robert zu, der die Nadel auf die Platte setzte. Alle hatten sich andächtig um den Baum und die darunter liegenden Geschenke versammelt und warteten auf die ersten Klänge, um mitzusingen. Dagmar griff nach Johanns Hand und flüsterte ihm etwas ins Ohr.

»Fröhliche Weihnachten, Bärle«, hörte Greta, die neben ihr stand.

Doch zur Überraschung aller erklang nicht Nana Mouskouri wie zuvor, sondern John Lennon. Robert sang sofort mit und sah zu Greta. Sie musste sich ein Grinsen verkneifen, begann aber auch, leise mitzusingen. Letzte Woche hatte er ihr den Song von John Lennon und Yoko Ono vorgespielt, deshalb kannte sie den Text von »Happy Xmas (War Is Over)«.

»Ja, was ist das denn jetzt?!«, polterte Harald los.

»Das ist doch schön, Liebster«, beschwichtigte Elfriede. »Komm, lass die Kinder, es ist Heiligabend. Ist mal ein anderes Lied.«

»Nun gut«, grummelte Harald, aber man merkte ihm an, dass er mit der Wahl des Liedes nicht einverstanden war; vermutlich kannte er es nicht. Während Renate stumm blieb und Matse laut und falsch mitsang, summten Dagmar und Johann das Lied mit.

Greta wusste, dass Robert den Song ihr zuliebe ausgewählt hatte. Ihre Liebe war so groß wie die zwischen John Lennon und Yoko Ono, sagte er ihr damit.

Als sie letzte Woche eng aneinandergekuschelt in Roberts Bett gelegen hatten, hatte er ihr »*Make love, not war*« ins Ohr geflüstert, bevor sie sich geliebt hatten.

Danach hatte sich Greta wohlig in Roberts Decke gewickelt. »Wir haben es wieder getan«, seufzte sie glücklich.

Robert stand auf und suchte die Zigarette, die er zuvor gedreht hatte. »Und wir werden es noch viele Male tun.« Er kroch wieder zu ihr ins Bett.

»Bist du deshalb damals nach Berlin gegangen? Um keine Waffe zu tragen?«, fragte sie, als Robert mit geschlossenen Augen an seiner Zigarette zog.

Er schwieg einen Augenblick. »Ich hatte Angst, Greta. Schreckliche Angst. 1968 war ich gerade mal siebzehn! Und die ganze Welt schien zu brennen!«

»Du meinst die Ermordung von Martin Luther King und später von Robert Kennedy. Und der Prager Frühling …« Sie brach ab, als Robert die Augen aufschlug und nickte.

»Ich fühlte mich noch nicht als Mann. Ich stand irgendwo dazwischen. Aber mit wem hätte ich darüber reden sollen? Mit Johann? Oder Harald?« Er grinste sie schief an. »Ich gehörte einer Männerwelt an, in der es normal war, zum Militär zu gehen. Mich aber gruselte die Vorstellung, eine Waffe in die Hand zu nehmen. Deutsche an der deutsch-deutschen Grenze erschossen sich gegenseitig. Erinnerst du dich noch an den Vorfall im November 1968?«

Greta nickte. »Ein Volkspolizist wollte aus der DDR flüchten und hat deshalb den Grenzsoldaten Rolf Henniger erschossen. Er hieß Horst Körner, glaube ich. Zum Schluss wurde auch er von einem Kollegen getötet. Zwei junge Männer starben, weil einer von ihnen lieber im Westen als im Osten leben wollte. Die Bilder in der Zeitung werde ich nie vergessen.« Sie schüttelte sich.

»Auch ich bin damals geflüchtet, Greta. Vor dem Dienst an der Waffe.«

»Flucht, hat uns Fräulein Heuser in der Schule erklärt, ist ein anderes Wort für den Willen zu überleben. Es wird immer Menschen geben, die auf der Flucht sind. Ob vor kleinen oder großen Kriegen. Manche Menschen flüchten wie du, um ihre Seele zu retten. Andere laufen um ihr Leben«, sagte Greta und zog die Decke ein Stück höher. »Wie das kleine vietnamesische Mädchen, das nackt aus seinem Dorf rannte, auf das Soldaten Napalm abgeworfen und alles in Brand gesteckt hatten.«

»Dieser Scheiß-Vietnamkrieg«, sagte Robert.

Greta schmiegte sich an ihn. »Wann ist ›*war over*‹?«, murmelte sie. Sie fuhr mit der Hand in seine langen dunklen Locken.

Robert beugte sich zu ihr. »Ich weiß es nicht. Aber ich weiß, dass ich eines Tages mal mit dir nach West-Berlin will. Ich will dir zeigen, wo ich Musik gemacht habe. Ich zeige dir die Mauer, den Checkpoint Charlie …« Er sah ihr in die Augen und wiederholte: »Ja, ich werde dir West-Berlin zeigen, versprochen.«

Greta lächelte. Wie gerne würde sie ihm jetzt sagen, wie wichtig ihr die gemeinsamen Gespräche waren. Und dass sie mit niemandem sonst so offen sprechen und ihre Gedanken teilen konnte wie mit ihm.

Der letzte Ton von »Happy Xmas (War Is Over)« verklang, und Matse griff nach dem ersten Geschenk. Als Jüngster verteilte er jedes Jahr die Weihnachtsgaben. »Das ist für dich, Mutti. Von Dagmar und Johann.«

Freudig nahm Elfriede das Geschenk entgegen, setzte sich auf das Sofa und begann, vorsichtig das Papier zu lösen. Zum Vorschein kam eine Trockenhaube von Krups.

Dagmar setzte sich neben sie. »Das ist die neueste Erfindung, Mutti.«

Greta horchte auf. Seit wann durfte Dagmar Elfriede Mutti nennen? Es gab ihr einen Stich, denn ihr hatte Elfriede das nicht angeboten. Aber sie hatte auch nie zu fragen gewagt.

»Hier, schau mal, Mutti«, plapperte Dagmar weiter und strich sich dabei immer wieder kreisend über ihren mächtigen Bauch. »Die setzt du auf, wenn du dir die Haare eingedreht hast. Das kann ich dir ja machen. Und dann kannst du mit dieser Haube mit dem Kabel durch die Küche laufen und die Hausarbeit erledigen, während deine Haare trocknen. Dann musst du nachts nicht mehr auf den harten Wicklern schlafen. Ist das nicht praktisch?«

Sehr praktisch, dachte Greta. Nur nicht mal eine Minute zur Ruhe kommen oder bei dem Friseurtermin entspannen, den Elfriede sich hin und wieder leistete.

»Oder du steckst eine Verlängerungsschnur an, dann kannst du mit der Haube auf dem Kopf durch das ganze Haus laufen«, bemerkte Robert trocken. Offenbar fand er dieses Geschenk genauso unpassend wie Greta.

Renate nahm Elfriede die Haube aus der Hand. »Die musst du mir unbedingt mal leihen.«

»Jetzt bekommt Mutti mein Geschenk«, verkündete

Harald, trat feierlich vor Elfriede und reichte ihr einen weißen Umschlag.

Elfriede sah ihren Mann erstaunt an. »Aber wir schenken uns doch nie etwas, Liebster. Ich habe nichts für dich.«

»Ist für uns beide«, meinte Harald. »Nun guck schon rein.«

Elfriede öffnete den Umschlag und zog zwei Eintrittskarten hervor. Staunend las sie vor: »*Holiday on Ice* in Frankfurt.« Sie sprang auf und umarmte ihren Mann. »Was für eine schöne Überraschung. Jetzt sehe ich Eiskunstlaufen endlich mal in echt und nicht nur im Fernsehen.« Sie gab ihm ein Küsschen auf die Wange. »Können wir uns das denn leisten?«, fragte sie leise.

»Für mein Friedchen ist mir nichts zu teuer«, antwortete er fast verlegen.

Elfriede rührte dieser Satz so sehr, dass ihr Tränen in die Augen traten. Stolz hielt sie die Karten in die Höhe, um sie den anderen zu zeigen.

Matse verteilte währenddessen die Geschenke weiter. Immer weniger Pakete lagen unter dem Baum. Er gab Renate, Dagmar und Greta je ein identisches kleines Tütchen. »Ihr bekommt alle das Gleiche. Macht das mal zuerst auf, ich will wissen, was da drin ist«, forderte er.

Die drei taten ihm den Gefallen und öffneten die Tütchen, auf denen *von Robert* stand. Greta fischte ein Lederband mit einem kleinen Peace-Anhänger heraus. Dagmar und Renate hatten von Robert den gleichen Anhänger bekommen.

Greta betrachtete das Geschenk. Auch wenn es in ihrer Umgebung keine Hippies gab, mochte sie das Zeichen. Und vor allem erinnerte es sie schon zum zweiten Mal an diesem Abend daran, wie schön es war, mit Robert alleine zu sein. Als sie hochblickte, schaute sie direkt in Roberts dunkle Augen. Sie wusste, dass er sie beobachtet hatte.

Greta lächelte erneut. Sie brauchte kein besonderes Geschenk, um zu wissen, wie sehr er sie liebte.

Matse riss sie aus ihren Gedanken, als er ihr ein verknautschtes, längliches Päckchen reichte. »Das ist für dich von mir, Mimi«, sagte er andächtig. »Aber du musst ganz vorsichtig sein beim Auspacken.«

Behutsam löste Greta das Papier. Zum Vorschein kam eine rosafarbene Kerze. »Oh, wie schön, Matse. Hast du die etwa selbst gemacht?«

Matse nickte stolz. »Im Werkunterricht. Die anderen Jungs haben Laubsägearbeiten gemacht oder gelötet. Aber da hatte ich keine Lust zu.« Er beugte sich vor und flüsterte ihr ins Ohr: »Ich war in der Mädchengruppe, denn die durften Kerzen ziehen. Mutti und Renate bekommen auch eine, aber die sind nicht so schön geworden wie deine.«

»Und was hast du für Dagmar?«, flüsterte Greta zurück.

»Die Dicke kriegt nichts, die ist immer so gemein zu dir«, meinte Matse schulterzuckend und lief zum Baum, um das nächste Geschenk zu holen. Er schob vorsichtig Kater Murr ein Stück zur Seite, um besser ein kleines Päckchen zu erreichen. Widerwillig ließ es der Kater mit sich geschehen.

Greta beobachtete Matse. Er wurde wirklich allmählich erwachsen, genau wie er es vorhin seinem Vater gesagt hatte. Sonst hätte er das Geheimnis, was er wem schenkte, nicht für sich behalten. Und auch dass er in die Mädchengruppe ging, hätte er niemandem verraten, nicht einmal ihr. Ob Matse allmählich verstand, dass seine femininen Interessen in der Familie nicht auf Zuspruch stießen? Die Abneigung gegen Dagmar schien er jedenfalls mit ihr zu teilen. Greta wusste, dass es falsch war, Fronten aufzubauen, aber insgeheim freute sie sich über Matses Loyalität.

Sie beobachtete, wie er einen großen Karton, der mit einem Bettlaken abgedeckt war, hinter dem Baum hervorzerrte.

»Das ist für mich, das ist für mich!«, rief er ganz aufgeregt. Überzeugt, dass er wusste, was es war, zog er das Laken ab, mit dem das Geschenk zugedeckt war. Seine Schultern sanken, als er die Aufschrift las, und er schluckte. »Eine Carrera-Bahn«, stellte er fest.

»So eine wollte ich schon immer haben«, bemerkte Robert, um Matse aufzumuntern, und kniete sich neben ihn. »Komm, ich helfe dir beim Aufbauen.« Er stupste ihn in die Seite und meinte leise: »Du musst dich bei Mutti und Vati bedanken. Und sieh mal hinter dem Baum nach. Ich glaube, da liegt noch ein Geschenk.«

Matse lief artig zu Harald, dann zu Elfriede. »Danke für die tolle Bahn!« Und schon war er hinter dem Baum verschwunden, während Robert und Johann begannen, die Carrera-Bahn aufzubauen.

Matses Wuschelkopf tauchte wieder mit einem Paket auf. »Es ist für mich. Von Robert«, rief er aufgeregt und riss das Papier ab. Er jauchzte, als er sah, was es war. »Eine Nähmaschine!« Er fiel Robert um den Hals. »Du bist der beste Bruder der Welt!«

Greta lächelte. Sie hatte Robert erzählt, dass eine Kindernähmaschine Matses sehnlichster Wunsch war und die Eltern diesen lapidar mit einem »Das ist kein Geschenk für einen Jungen« abgetan hatten.

Dagmar klatschte in die Hände und stand mühsam vom Sofa auf. »So, ihr Lieben, nachdem das letzte Geschenk jetzt ausgepackt ist, möchten wir euch zeigen, was Johann und ich uns geschenkt haben.« Sie legte eine bedeutungsvolle Pause ein, blickte in die Runde und kicherte dann albern. »Ihr müsstet euch dazu nur nach oben bemühen.«

Fast wäre Dagmar mit Renate zusammengestoßen, die mal wieder von der Toilette kam. Dagmar hängte sich vertraulich bei ihr ein und zog sie zur Treppe.

Im ersten Stock stellte Dagmar sich vor Roberts Zimmertür. Als alle hinter und neben ihr standen, griff sie zur Türklinke. »Soll ich, oder möchtest du, Bärle?«, fragte sie Johann, der kopfschüttelnd verneinte.

Mit einem »Trara, Trara« öffnete Dagmar die Tür zu Roberts Zimmer und ließ alle eintreten.

»Was habt ihr denn hier gezaubert?«, rief Elfriede aus.

Greta sah sich erstaunt um. Nichts erinnerte mehr an Roberts Zimmer. Das Bett war weg, auch das Plakat vom British Rock Meeting in Speyer fehlte. Es hatte Greta immer an ihre Zeit auf dem Festival erinnert. Die anderen Plakate waren ebenfalls verschwunden. Roberts alter Bauernschrank, ein hübsches Erbstück von Haralds Eltern, wie Greta wusste, war mit weißem Lack angemalt worden.

Dagmar reichte Robert eine lange Papierrolle. »Du bist ja eh nie da, haben wir uns gesagt. Und hast sicher nichts dagegen, wenn das unser Kinderzimmer wird. Das dauert ja leider noch ein bisschen mit unserem eigenen Haus. Hier sind deine Plakate. Eins ist mir beim Abmachen kaputt gegangen. Ich glaube, das aus Speyer. Aber das war sowieso hässlich. Konnte gar nicht verstehen, dass du das überhaupt aufgehängt hast.« Sie wartete Roberts Antwort nicht ab und plapperte weiter: »Und die ist von meinem Vater, für uns zu Weihnachten.« Stolz zeigte sie auf eine Wiege mit einem weißen Rüschenhimmel, die mitten im Raum stand. Die kleine Bettdecke war bezogen, alles war bereit, ein Baby hineinzulegen. »Aus echtem Schleiflack, das hat man heute. Unser Baby soll es ja gut haben!«

Bei diesem Anblick schien sich Elfriedes freudige Überraschung aufzulösen. »Musste das denn sein, Dagmar? Alle Kinder in diesem Haus sind in einer von mir selbstgeflochtenen Korbwiege großgeworden. Das ist bei uns Hellerts Tradition.«

Dagmar lächelte ihre Schwiegermutter an. »Dann beginnen wir jetzt eine neue Tradition, Mutti. Der Korb hat doch schon sehr gelitten. Das ist nichts für unseren kleinen Prinzen. Oder die kleine Prinzessin. Stimmt's, Bärle?«

Greta fragte sich, woher Dagmar das Selbstbewusstsein nahm, ihre Schwiegermutter derart vor den Kopf zu stoßen. Greta kannte Elfriede gut genug, um zu wissen, dass sie heute Abend keinen Streit vom Zaun brechen würde, aber sie spürte, wie deren Stimmung kippte. Auch Harald zog ungehalten die Stirn kraus, während Dagmar die Wiege anstieß, damit sie schaukelte, und viel zu laut »Schlaf, Kindchen, schlaf« zu singen begann.

Robert drehte sich in seinem Zimmer einmal um die eigene Achse. »Das klärt zumindest, dass ich heute keinesfalls hier schlafe, sondern zurück nach Worms fahre. Es sei denn, ich lege mich in die Wiege.«

Während die anderen die Treppe hinuntergingen, hielt Greta Robert kurz am Arm zurück. »Warte, ich habe etwas für dich.« Sie zog ein kleines Päckchen, halb so groß wie eine Zigarettenschachtel, hervor und gab es ihm.

»Danke«, sagte er grinsend. »Ich gehe gleich ins Bad und mache es auf.«

»Das wird dir nicht gelingen. Renate rennt schon den ganzen Abend aufs Klo.«

Robert zog die Augenbrauen in die Höhe und schob das Päckchen in seine Hosentasche. »Noch ein Braten in der Röhre bei den Hellerts?«

Greta zuckte zusammen. Der Gedanke war ihr noch nicht gekommen. Sie war so froh, dass sie und Robert sich mit der Verhütung einig waren. Nicht vorzustellen, was passieren würde, wenn sie, Greta, schwanger werden würde. Die schlimmsten Erwartungen der Hellerts würden sich erfüllen.

»Lass uns schnell zu den anderen gehen«, flüsterte sie und eilte die Treppe hinunter.

Dagmar hatte auf Vanilleeis mit heißen Himbeeren zum Nachtisch bestanden. Sie verschwand mit Elfriede in der Küche, um alles vorzubereiten. Auch das war gegen die Tradition und gefiel Harald nicht. Er nickte Johann zu, der aufatmend den Krawattenknoten löste, die Krawatte abzog und sie über die Stuhllehne hängte. Dagmar hatte darauf gedrungen, dass er heute einen Schlips trug. Überhaupt war sie in letzter Zeit dazu übergangen, ihm seine Kleidung bereitzulegen. Nur seine Arbeitskleidung durfte er selbst wählen.

Johann hatte sich damit abgefunden; nach der Hochzeit hatte sich schnell herausgestellt, wie ungeduldig und harsch Dagmar werden konnte. Und wie konsequent sie sich ihm verweigerte, wenn es nicht nach ihrer Nase ging. Dann doch lieber die Krawatte, bevor sie seine nächtlichen Annäherungsversuche wochenlang abwies.

Mit einem beladenen Tablett trat Elfriede ins Wohnzimmer und stellte es aufatmend auf den Esstisch. Aus den Schälchen dampfte es leicht. Dagmar folgte ihr und schob sich auf den Stuhl. Missmutig fiel ihr Blick auf die beiden Flaschen Eierlikör und Kirschwasser, die Harald aus dem Wohnzimmerschrank geholt und in die Mitte des Tisches gestellt hatte.

Er griff nach dem Eierlikör. »Zum Eis gehört ein ordentlicher Schuss, nicht wahr, Elfriede?«

Sie nickte und griff nach der Flasche mit dem Kirschwasser, goss sich eine Portion in den Schraubverschluss und verteilte es über der Nachspeise.

Dagmar beobachtete die beiden ungläubig. »Ihr verunstaltet meine Nachspeise mit Alkohol? Versteht ihr nicht, was ein vornehmes Essen ist?«

Plötzlich war es mucksmäuschenstill im Raum. Alle wussten, dass Harald bei solch einem Satz explodieren konnte. Nur Dagmar offenbar nicht. Statt den Mund zu halten, fuhr sie fort: »Johann, hoffentlich respektierst du es mehr, wenn ich koche.«

Im nächsten Moment schlug Harald mit der flachen Hand auf den Tisch. »Das ist immer noch mein Haus, mein Tisch! Ich esse, was und wie es mir passt!« Mit Wucht stieß er seinen Löffel in das Eis und schob sich einen kleinen Berg des Nachtischs in den Mund. Etwas Eierlikör lief ihm dabei über das Kinn und tropfte auf den Tisch. Wütend über sein Missgeschick begann er, in dem Schälchen herumzurühren.

Angewidert beobachtete Renate, wie aus dem Eierlikör, den Himbeeren und dem Vanilleeis ein rosafarbener Brei wurde. Sie stand auf. »Entschuldigt mich für einen Moment. Ich glaube, ich habe zu viel von den Klößen gehabt.«

Das war eindeutig eine Lüge, wie Greta wusste, denn Renate hatte nicht mal einen halben Knödel gegessen.

Auch Dagmar erhob sich und streichelte ihren Bauch. »Euer Enkelkind verträgt keine Schreierei. Wir gehen ins Bett«, sagte sie beleidigt. Sie blickte zu Johann. »Kommst du, Bärle?«

Einen kurzen Moment dachte Greta, Johann würde sich weigern, aber dann schob er seinen Stuhl zurück, stand auf und ging mit Dagmar zur Tür. Als er Elfriedes traurigen Gesichtsausdruck bemerkte, blieb er kurz stehen. »Danke für das leckere Essen, Mutti.« Rasch eilte er seiner Frau nach.

Robert lehnte sich in seinem Stuhl zurück, drehte sich eine Zigarette und zündete sie sich mit einem Zippo-Feuerzeug an. Dabei grinste er Greta breit an.

»Sind dir die Streichhölzer ausgegangen?«, fragte sie betont unschuldig.

Robert ließ das Zippo zuschnappen. »So eins wollte ich schon lange haben.« Er zog an seiner Zigarette und zwinkerte ihr zu.

»Musste das jetzt sein, Harald?«, tadelte Elfriede ihren Mann leise.

Der senkte den Kopf. »Ist doch wahr«, rechtfertigte er sich. »Das Fräulein Metzgerstochter führt sich hier auf, als sei sie schon die Herrin.«

»Lass sie doch. Es ist doch nur ein Dessert.«

»Heute ein Nachtisch, morgen das ganze Weingut«,

stieß Harald ungehalten hervor, schob sein Schälchen mit dem verrührten Nachtisch von sich und stand ebenfalls auf. »Mir ist der Appetit vergangen. Ich gehe nach oben.«

»Muss ich auch schon ins Bett?«, fragte Matse. »Oder kann ich noch ein bisschen mit meiner Carrera-Bahn spielen?«

»Ausnahmsweise, aber mach nicht mehr so lange.« Elfriede wandte sich an Greta. »Hilfst du mir mit dem Abwasch?«

Greta stand auf. »Leg dich nur auch hin, Elfriede. Das war ein langer Tag. Das schaffe ich allein.«

Robert mischte sich ein. »Komm, Matse, wir drehen noch eine Runde gegeneinander. Es sei denn, wir sollen dir in der Küche helfen?«, fragte er Greta.

Sie schüttelte den Kopf. »Quatsch, ich mache das schon.« Keineswegs wollte sie mit Robert allein in einem Raum sein. *Viel zu gefährlich*, dachte sie.

Matse saß schon auf dem Fußboden neben seiner Bahn. »Ich bin schneller als du, wetten?«

Während Greta in der Küche spülte, hörte sie das Brummen der Carrera-Bahn und Matses und Roberts Gelächter, wenn wieder ein Auto aus der Kurve flog. Sie stellte sich kurz vor, dass sie mit Robert eine kleine Familie hatte, und stutzte. Wollte sie dann allein in der Küche stehen und den Abwasch machen?

Sie schüttelte den Kopf und wusste, dass ihre Zukunft so nicht aussehen sollte. Doch wie genau, vermochte sie noch nicht zu sagen.

Als Greta später ihre Bettdecke zurückschlug, lag darunter ein kleines rotes Kästchen. Neugierig nahm sie es in die Hand und lächelte, als sie auf dem Deckel das selbstgemalte Peace-Zeichen entdeckte. Sie öffnete es und atmete tief ein. Darin lag ein goldener Ring mit einem hellen Stein. Behutsam nahm sie ihn heraus und steckte ihn an ihren linken Ringfinger. Er passte genau.

Sie drehte leicht die Hand, und der kleine Stein glänzte matt im Mondlicht, das durch das Fenster schien, ganz so, als bestünde zwischen ihm und dem Himmelskörper in dieser Winternacht ein geheimer Dialog. Es war ein Mondstein.

Greta nahm den Zettel, der ebenfalls in dem Kästchen steckte, heraus, faltete ihn auseinander und las:

Ich könnte schwören, du hast den Abwasch wieder ohne Hilfe gemacht, alle haben sich davor gedrückt. Ich hätte dir gern geholfen, um ein paar Augenblicke mit dir heute allein zu haben. Aber du hast mir ja eingebläut, dass wir vernünftig sein müssen. Und das wäre ich mit dir in der Küche sicher nicht gewesen – vernünftig.
Ach ja, sag den anderen am besten, dass der Ring aus dem Kaugummiautomaten ist. Schlaf gut und träum von mir. R.

16. KAPITEL

Kirchheim und Heemstede,
Januar 1973

»Bist du sicher?«, fragte Greta leise.

Renate nickte.

»Von Helmut?«

Renate nickte erneut.

»Wir müssen es Elfriede sagen«, beschloss Greta und legte tröstend einen Arm um sie.

»Nein! Die darf das niemals erfahren«, zischte Renate. »Die sagt es Vati, und der schlägt mich dann tot.« Sie schluchzte auf.

»Quatsch. Wir brauchen Elfriedes Rat. Das schaffen wir nicht allein.«

»Du weißt doch sonst immer alles.«

»Aber doch nicht so was. Ich kenne das nur aus historischen Romanen«, rechtfertigte sich Greta.

Sie hatten sich im Badezimmer eingeschlossen und saßen auf dem Badewannenrand. Renate hatte Greta ihr Geheimnis anvertraut: Sie war schwanger.

»Außerdem schläft Mutti schon«, versuchte Renate Zeit zu schinden.

»Dann sprechen wir gleich morgen früh mit ihr. Am besten, wenn Harald und Johann aus dem Haus sind«, schlug Greta vor. »Komm, Renate, wir müssen jetzt auch ins Bett. Morgen sieht die Welt gleich anders aus.«

»Was soll denn morgen anders sein? Da bin ich immer noch schwanger. Und ich will kein Balg!«, sagte Renate verzweifelt.

Greta schob sie beschwichtigend zur Tür und schloss leise auf. Renate hielt sie fest. »Du hilfst mir, nicht wahr? Versprich es mir!«, forderte sie jetzt schon etwas selbstsicherer, sah aber trotzdem aus wie ein Häufchen Elend.

»Ja, Renate. Ich helfe dir. Ich lasse dich nicht im Stich«, versprach Greta.

Am nächsten Morgen passten Greta und Renate einen günstigen Moment ab, um mit Elfriede zu sprechen, die in der Küche hantierte. Sie hatte sich am Morgen die Haare gewaschen und aufgedreht. Jetzt trug sie die Trockenhaube und schälte dabei Kartoffeln. »Ah, ihr beiden. Kommt ihr mir helfen?«, fragte sie laut, um das Föhngeräusch zu übertönen.

Wortlos griff Greta nach einem Messer, während Renate sich an den Tisch setzte.

»Dagmar hat sich wieder hingelegt. Sie hat so starke Rückenschmerzen. Wird Zeit, dass das Kind auf die Welt kommt, dann hat ihre Jammerei ein Ende.« Elfriede schaltete die Trockenhaube aus, die sofort in sich zusammenfiel und wie eine Plastiktüte auf ihrem Kopf lag. Vorsichtig schob sie ihre Hände darunter und nahm sie ab. »Wollt ihr auch einen Kaffee?« Ohne eine Antwort abzuwarten, stellte sie drei Tassen auf den Tisch und goss ihnen ein. Sie setzte sich und sah Renate aufmerksam an.

»Geht's dir wieder besser?«, fragte sie ihre Tochter.

Greta nickte ihr aufmunternd zu. Aber Renate fing sofort an zu weinen und sah sie flehend an. »Ich kann es nicht. Hilf mir.«

Elfriede legte einen Arm um Renate und zog sie tröstend an sich. »Was ist hier los?«, fragte sie streng.

Greta holte tief Luft. »Renate erwartet ein Kind.«

»Wie weit?«, flüsterte Elfriede.

»Was meinst du ...?« Renate verstand die Frage nicht.

Greta sprang für sie ein. »Wahrscheinlich achte oder neunte Woche.«

»Und wer ist der Vater?«

Wieder schluchzte Renate laut auf und überließ es Greta zu antworten.

»Er heißt Helmut. Er ist ihr Chef. Und er ist verheiratet.«

Elfriede nickte langsam. Greta konnte sehen, wie es in ihrem Kopf arbeitete.

»Ich will nicht allein mit einem Kind sein«, jammerte Renate.

Elfriede versetzte ihr eine schallende Ohrfeige. »Das hättest du dir überlegen sollen, bevor du mit dem Kerl ins Bett gestiegen bist.«

»Ich wusste doch nicht, dass er ...«, setzte Renate an.

»Schweig!«, fuhr Elfriede ihre Tochter an. »Wir brauchen eine Lösung. Und zwar schnell, wenn du schon so weit bist. Weiß er, dass du schwanger bist?«

Renate nickte.

»Zahlt er?«, wollte Elfriede wissen.

Renate zuckte mit den Schultern. »Ich glaube nicht. Er behauptet, das Kind sei nicht von ihm.«

»Herrje, Renate. Was bist du doch für eine dumme

Gans. Ich meine, hast du mit ihm über eine Abtreibung gesprochen?«

»Ich soll es wegmachen lassen?« Renate sah ihre Mutter entsetzt an.

»Ja, was denn sonst! *Ein* uneheliches Kind im Haus reicht!«

Greta zuckte zusammen. Natürlich meinte Elfriede sie damit. Der Makel, unehelich geboren worden zu sein, würde sie immer begleiten. Kurz schoss ihr durch den Kopf, wie es wohl gewesen war, als ihre Mutter Maria Elfriede von ihrer Schwangerschaft erzählt hatte. Hatte Elfriede ihr auch geraten, Greta »wegmachen« zu lassen?

Elfriede wurde ungeduldig. »Entweder du wirst eine ledige Mutter, Vati schmeißt dich raus und du bist auf dich allein gestellt, oder du lässt es wegmachen. Und das kostet Geld!«

»Ich will es nicht«, weinte Renate.

»Du kriegst das Kind nicht«, entschied Elfriede. »Ich frage mich bloß, wo man das machen lässt … Und hör endlich auf zu flennen, dabei kann doch kein Mensch klar denken. Außerdem ist Dagmar oben. Die mit ihrem dicken Bauch muss das nicht wissen. Die nennt dich sonst gleich ›Mörderin‹.«

Elfriede schien vergessen zu haben, dass das damals genau Renates Worte für die Frauen gewesen waren, die sich für eine Abtreibung entschieden hatten.

Elfriede nippte an ihrem Kaffee. Dann schien sie eine Idee zu haben. Langsam ließ sie die Kaffeetasse sinken und schaute Greta an.

»Du gehst zu Lutz«, befahl sie.

»Was soll ich denn bei Lutz?«, meinte Greta erstaunt.

»Sein Vater ist schließlich Frauenarzt. Der muss doch wissen, wo man in so einem Fall hingeht. Renate ist ja nicht die Einzige, der das passiert. Das müsstest du doch am besten wissen. Immerhin hast du damals auf der Schule dieses Referat gehalten!«, fuhr sie ungeduldig fort, und Greta wusste, dass ihre Ziehmutter nichts vergessen hatte. »Wir sind uns einig, dass niemand außer uns dreien von der Sache erfährt. Verstanden?«, herrschte sie die Mädchen an.

Greta hatte Elfriede noch nie so entschlossen und befehlshaberisch erlebt. Sie und Renate nickten gleichzeitig.

»Mach dich etwas zurecht, wenn du zu dem Arztsohn gehst!« Damit schien für Elfriede das Thema beendet. Sie räumte die Kaffeetassen ab, sah Greta jedoch noch einmal streng an. »Und komm bloß nicht ohne Adresse zurück!«

Am frühen Nachmittag stand Greta vor dem Leininger Gymnasium und wartete, dass Lutz Schulschluss hatte. Auf dem Parkplatz hatte sie seinen gelben Postkäfer entdeckt. Er war also noch im Unterricht. Seit fast einer Stunde stand sie hier. Der Himmel über ihr war grau, ab und zu fiel ein bisschen Schnee, der liegen blieb.

Sie trat von einem Fuß auf den anderen. Ihre Füße wurden trotz des Trampelns nicht mehr warm. Sie rieb ihre Hände in den Fäustlingen gegeneinander und zog ihre rote Bommelmütze tief ins Gesicht. Vielleicht sollte sie auf Lutz doch lieber bei seinem Käfer warten? Der Anblick des Schulportals schmerzte. Lutz würde in sechs Monaten hier sein Abitur ablegen und dann, wie sie vermutete, Medizin studieren. Jedenfalls wenn es nach seinem Vater ging.

Rasch schob sie den Gedanken beiseite. Sonst würde sie anfangen zu weinen. Sie drehte sich um und lief zum Parkplatz, als sie eine Stimme hinter sich hörte. »Greta? Bist du das, Greta?«

Sie drehte sich um und sah Lutz auf sich zulaufen. *Ihm ist bestimmt nicht kalt in seiner warmen Lammfelljacke,* dachte Greta.

Er blieb vor ihr stehen und grinste sie an. »Frohes neues Jahr, Greta. Was machst du denn hier in dieser Kälte? Du siehst aus, als wenn du gleich festfrierst. Komm mit zum Auto. Meine Heizung ist repariert worden. Und weißt du, von wem? Von Robert! Hat er dir das nicht erzählt?«, sprudelte Lutz los. Er legte einen Arm um sie und zog sie mit sich. »Dreh dich bloß nicht um. Die Schütter wollte sich mal wieder zum Lernen mit mir verabreden. Die klammert ganz schön, kann ich dir sagen. Bin froh, wenn ich die mal los bin.«

»Ich freu mich echt, dich zu sehen. Aber was gibt's denn eigentlich?«, fragte Lutz, als sie kurz darauf in seinem Auto saßen. Er drehte den Radioknopf an und suchte nach einem Musiksender. Als überall nur Nachrichten erklangen, schaltete er wieder aus.

»Später. Können wir erst mal irgendwohin fahren, wo es warm ist?«, stellte Greta ihm eine Gegenfrage.

»Klar. Dann werfen wir doch mal bei meinen alten Herrschaften den Kamin an. Ist keiner zu Hause. Meine Mutter und mein Vater sind wie jedes Jahr nach Kitzbühel gefahren, obwohl beide gar nicht Ski laufen. Aber Après-Ski lockt sie. Bis auf unsere Haushälterin ist niemand da.« Er grinste sie an. »Du hast doch Zeit, oder?«

»Natürlich, Lutz, mir ist nur wahnsinnig kalt.«

»Dagegen können wir etwas tun.«

Er ließ den Motor an. Kurz drehten die Räder auf der verschneiten Fahrbahn durch, bevor er den Blinker setzte, Fahrt aufnahm und vom Parkplatz fuhr.

Greta wurde unruhig. Wie würde Lutz reagieren, wenn sie ihn fragte, ob er ihr mit Renates Problem helfen konnte?

Wenig später saßen sie vor dem anheimelnden Kaminfeuer, jeder eine Tasse heißer, süßer Schokolade in den Händen. Greta ließ sich in die weiche schwarze Ledercouch zurücksinken. Das Wohnzimmer der Fritschs war beeindruckend groß, durch das bodentiefe Fenster sah man in den verschneiten Garten.

»Nun schieß schon los, Greta. Was gibt's?« Lutz sah sie an, und Greta fiel auf, wie erwachsen er inzwischen wirkte. Seine Pickel waren verschwunden, und zum ersten Mal konnte sie sich ihn als den Arzt vorstellen, der er mal werden sollte.

»Wir haben ein Problem, Lutz«, sagte sie und stellte ihre leere Tasse auf dem gläsernen Couchtisch ab. »Eine Freundin, deren Namen ich dir nicht sagen kann, ist schwanger und kann das Kind unter keinen Umständen bekommen.«

Lutz schluckte. »Und da kommst du zu mir?« Er riss die Augen auf. »Ist deine Freundin etwa du? Ich meine, bist du deine Freundin? Fragst du für dich? Bist du schwanger?« Lutz klang aufgebracht.

Greta musste lachen. »Nein, ich bin nicht schwanger, Lutz. Ich frage wirklich für eine gute Freundin. Kannst du nicht mit deinem Vater sprechen?«

Lutz schüttelte den Kopf. »Erstens ist er nicht da, und zweitens macht er so was nicht. Er ist zwar kein Abtreibungsgegner, aber er würde niemals etwas Ungesetzliches machen und das hier alles riskieren.« Er machte eine ausladende Handbewegung, die Kamin, Zimmer, Haus, Garten und sich selbst einschloss.

»Verdammt«, entfuhr es Greta. »Du warst meine einzige Hoffnung. Was sollen wir denn jetzt machen?«

Lutz tätschelte ihr den Arm. »Aber ich weiß, dass mein Vater in solchen Fällen den Frauen eine Adresse in Holland gibt. Warte hier. Ich gucke mal, ob ich in seinem Arbeitszimmer etwas finde. Vielleicht haben wir Glück. Ansonsten brechen wir heute Nacht in seine Praxis ein.« Er grinste sie aufmunternd an. Als er Gretas erschrockenen Gesichtsausdruck sah, fügte er schnell hinzu: »Ich mache doch nur Spaß, Greta. Ich bin mir sicher, dass er die Adresse hier irgendwo in seinem Schreibtisch hat.«

Elfriede strich über das Blatt Papier, auf dem eine Adresse im niederländischen Heemstede stand und darunter, welches Busunternehmen in Frankfurt man für eine Fahrt dorthin kontaktieren konnte. »Das ist Renates Rettung.«

»Lutz konnte mir aber nicht sagen, was das kostet«, gestand Greta.

»Und ich habe kein Geld«, jaulte Renate erschrocken auf.

»Weil du alles verplempert hast«, rügte Elfriede sie und stand auf. Verschwörerisch sah sie zu den beiden. »Wehe, ihr verratet mich!« Sie kletterte auf einen Küchenstuhl, reckte sich, schob den Römertopf beiseite und angelte nach einem Brillenetui. Schließlich setzte sie sich wieder an den Tisch, öffnete das Etui und zählte nach.

»Woher hast du denn so viel Geld, Mutti?«, staunte Renate, zum ersten Mal nicht weinerlich, als hätte der

Anblick des Geldes sie ihren eigenen Kummer vergessen lassen.

»Angespart in den letzten Jahren. Abgezwackt vom Haushaltsgeld. Es ist mein absoluter Notgroschen. Von dem weiß niemand. Ich hoffe, er reicht! Kein Wort zu den Männern!« Sie blickte Renate eindringlich an. »Aber das holst du dir von diesem Helmut wieder. Der zahlt!«

»Und wenn nicht?«, fragte Renate verzagt.

»Wenn er sich weiter dumm stellt, droh ihm, dass du alles seiner Frau erzählst. Du wirst doch irgendwelche Beweise haben, dass du mit ihm im Bett warst?«

Renate schluchzte auf. »Er hat ein ganz süßes Muttermal unter der linken Achsel.«

»Na also, das ist doch schon mal ein Anfang«, meinte Elfriede zufrieden. »Und wenn das nicht klappt, rufe ich ihn persönlich an und drohe ihm, es der Geschäftsleitung von BASF zu sagen. Schließlich bist du erst zwanzig und noch minderjährig.« Sie hielt kurz inne. »Und dann suchst du dir einen neuen Job.«

Renate wagte nicht zu widersprechen.

Sie hörten, wie Dagmar die Treppe heruntergestapft kam. Rasch ließ Elfriede Etui und Geld in ihrer Kittelschürze verschwinden und schob Greta den Zettel zu. »Du musst da anrufen.«

Dagmar hatte den letzten Satz gehört. »Wo soll sie anrufen?«, wollte sie neugierig wissen.

»In Frankfurt. Sie soll ein Hotel buchen, wenn ich mit Harald zu *Holiday on Ice* gehe. Die Rückfahrt wird sonst zu spät.«

Greta staunte über Elfriedes prompte Ausrede.

Eine Woche später stand Renate schlotternd, sie war viel zu dünn gekleidet, neben Greta in Frankfurt am Busbahnhof. Johann hatte sie vor einer halben Stunde in der Innenstadt rausgelassen. Noch nicht einmal richtig hell war es gewesen. Er hatte sich kurz gewundert, dass die Mädchen so früh nach Frankfurt aufbrachen, doch Renate hatte ihm überzeugend erklärt, dass man nur so vor dem Musical genügend Zeit für einen ausgiebigen Schaufensterbummel in der Weltstadt Frankfurt hätte. Dass morgens um acht die Geschäfte noch nicht geöffnet waren, bedachte Johann zum Glück nicht.

Elfriedes ausgeklügelter Plan schien aufzugehen. Sie hatte Harald heute Morgen erklärt, dass sie Fieber hatte und das Bett hüten musste. Sie wusste, dass ihr Mann nicht allein zu der Eiskunstlaufshow gehen würde. Und bevor Dagmar gierig Besitzansprüche auf die Karten machen konnte, hatte sie vorgeschlagen, dass sich Renate und Greta doch auch mal eine Abwechslung verdient hätten, nachdem Dagmar mit Johann ja erst in München gewesen war. Außerdem gehörte eine hochschwangere Frau ins Haus und nicht in eine Eiskunsthalle. Da hatte Dagmar nicht mehr gewagt, etwas zu sagen.

»Wann kommt denn endlich dieser blöde Bus?«, jammerte Renate. »Mir ist so kalt.«

Greta warf einen Blick auf Renates dünnen Trenchcoat und ihre hohen Pumps. Sie selbst trug für die Reise ihren dicken Wintermantel und warme Stiefel. Sie nahm ihren extralangen, selbstgestrickten Schal ab und reichte ihn Renate. »Hier, der wärmt wenigstens etwas. Und sei endlich still. Wir können froh sein, dass wir schon so weit gekommen sind.«

Renate schluckte, überrascht, dass Greta sie so schroff zurechtwies.

Greta sah sich unauffällig um. Hinter ihnen hatte sich eine kleine Schlange gebildet. Alles junge Frauen, vor denen derselbe Weg lag, den Renate jetzt ging.

Greta hatte sich keine Vorstellung von der Klinik in Heemstede gemacht. Es überraschte sie, wie freundlich und sensibel sie empfangen wurden und wie einladend das Fachwerkgebäude aussah. Greta war bei dem Gespräch, das Renate mit der Ärztin führte, dabei. Renate hatte sich an sie geklammert, und die Ärztin, die sehr gut Deutsch sprach, hatte Greta mit in das Behandlungszimmer gebeten. Nach einem kurzen Aufklärungsgespräch, bei dem sich die Ärztin vergewissert hatte, dass es Renates freie Entscheidung war, das Kind nicht zu bekommen, war sie ruhiger geworden.

Greta wartete in dem Raum für Begleitpersonen auf Renate, die nach dem Eingriff in einem Ruhezimmer eine Zeit lang beobachtet wurde. Sie sann gerade darüber nach, dass ausgerechnet eine Abtreibung der Anlass für die erste Fernreise in ihrem Leben war, als Renate leise nach ihr rief. »Ich bin fertig. Wir können gehen.« Sie griff nach Gretas Arm, als sie die Stufen vor der Klinik hinunterstiegen: Bei jedem Schritt verzog sie leicht das Gesicht.

»Geht es?«, fragte Greta einfühlsam.

Renate nickte. »Es zieht sehr, und ich habe Krämpfe. Ich bin einfach nur froh, dass es vorbei ist.«

»Schaffst du es bis zum Busbahnhof?«

Renate nickte.

Sie nahmen den Nachtbus zurück nach Frankfurt, und wieder fuhren fast nur junge Frauen mit. Renate lehnte sich an Greta und weinte in der Dunkelheit still vor sich hin.

Greta vermochte nicht zu sagen, ob ihre Tränen dem verlorenen Kind oder ihrer verlorenen Liebe galten. Oder hatte sie Schmerzen? Doch wahrscheinlich war es besser, nicht nachzufragen und sie einfach weinen zu lassen. Der Kummer musste raus, entschied Greta und hielt Renate im Arm.

»Danke, dass du mitgekommen bist. Allein hätte ich das nicht geschafft. Du bist eine echte Schwester für mich«, flüsterte Renate.

Greta wurde ganz warm ums Herz. Es schien ihr, als hätte sie auf diesen Zuspruch, dieses Bekenntnis ein Leben lang gewartet. War es nicht so, dass einen erst die Geheimnisse, die man mit einem anderen teilte, miteinander verbanden? Das Geheimnis zwischen ihr, Renate und Elfriede war ein Geheimnis der Frauen in der Familie der Hellerts. Jetzt gehörte sie endlich dazu.

»Ist doch selbstverständlich«, gab sie glücklich zurück.

»Ich werde auch immer für dich da sein, wenn du mich brauchst«, versprach Renate, bevor sie einschlief, das blasse Gesicht gegen die Glasscheibe gelehnt.

Als Greta mit Renate am nächsten Morgen vor dem Frankfurter Hauptbahnhof stand, warteten sie vergeblich auf Johann, mit dem sie für zehn Uhr verabredet waren. Als Johann um halb zwölf immer noch nicht da war, lief Greta zu einer Telefonzelle und rief zu Hause an. Doch keiner nahm ab.

»Ich erreiche niemanden. Wir nehmen den Zug bis Bad

Dürkheim und dann den Bus nach Hause«, sagte sie, als sie zu Renate zurückkehrte.

»Hoffentlich schaffe ich das.« Renate saß im Wartesaal des Bahnhofes und aß mit großem Appetit eine Schinkensemmel.

»Wir haben keine andere Wahl. Komm, hak dich ein. Zu Hause gehst du dann gleich ins Bett. Ich werde sagen, dass du nach dem Musical an der Hotelbar zu viel getrunken hast.«

Das Haus war leer. Renate ging nach oben, um sich hinzulegen. Als Greta ihre Hüttenschuhe anzog, hörte sie Renate laut schreien. Schnell lief sie nach oben und fand sie im Badezimmer.

»Da, da …!«, rief Renate hysterisch und zeigte auf eine große Blutlache auf den hellgrauen Fliesen. Sie durchtränkte den Toilettenvorleger und dehnte sich bis zum Waschbecken aus. Wer immer hier geblutet hatte – es schien schon länger her zu sein, der Rand der Blutlache war bereits getrocknet.

Greta starrte auf das Blut und versuchte einzuschätzen, was passiert war. Aber alles, was ihr einfiel, war so entsetzlich, dass sie sich rasch abwandte. Behutsam nahm sie Renate an den Schultern und führte sie in ihr Zimmer. »Komm, ich bringe dich ins Bett.«

Als Greta kurz darauf das Blut aufwischte und das Badezimmer putzte, hörte sie, wie die Haustür geöffnet wurde.

Sofort lief sie nach unten und blickte in die übernächtigten Gesichter von Elfriede und Harald. Ihr Ziehvater nickte Greta nur zu, bevor er in seine Stiefel stieg, nach der Arbeitsjacke griff und wortlos das Haus verließ.

Elfriede zog müde ihren Mantel aus und hängte ihn an

die Garderobe. »Ist alles gut gegangen mit Renate?«, fragte sie leise, ohne Greta anzusehen.

»Ja«, erwiderte Greta. »Sie ist oben und ruht sich aus. Was ist denn passiert?«

»Das ist gut. Das ist sehr gut.« Erst jetzt hob Elfriede den Blick. »Dagmar hatte eine Totgeburt. Johann ist noch bei ihr im Krankenhaus.« Sie schnäuzte sich. »Es war ein Bub.« Sie sah Greta bittend an. »Wir haben jetzt zwei Frauen im Haus, die eine furchtbare Erfahrung gemacht haben. Wir müssen stark für sie sein. Wir zwei. Wir schaffen das doch, nicht wahr?«, vergewisserte sie sich.

Greta sah sie entsetzt an. Eine Totgeburt? Dagmar würde ohne Baby aus dem Krankenhaus kommen? Sie vermochte nicht, sich Dagmars Schmerz vorzustellen.

Aber zugleich fühlte sie ein warmes Gefühl in sich aufsteigen, das nichts mit Dagmars tragischem Verlust oder Renates Abtreibung zu tun hatte, mit diesen Schwestern im Schmerz. Denn Elfriede hatte ihr gerade bestätigt, was Renate heute Nacht im Bus bereits gesagt hatte. Greta gehörte jetzt dazu. Sie war eine von ihnen.

17. KAPITEL

Kirchheim, März 1973
Grünstadt, August 1973

Greta lief über den Hof. Elfriede war zum Etikettieren im Weinkeller.

Klaus Brücher, der Wirt der *Alten Klosterschänke,* hatte eben angerufen. Er brauchte dringend fünfzig Flaschen Spätburgunder für eine große Gesellschaft, die sich kurzfristig angesagt hatte. Obwohl Greta den Weinbestand kannte und ihm versichert hatte, dass sie heute noch liefern könnten, hatte der Gastwirt auf Elfriedes bestätigenden Rückruf beharrt.

Als Greta die Treppe zum Weinkeller hinunterstieg, hörte sie Haralds Stimme, die rauer und tiefer als sonst klang. Der Bürgermeister hatte gestern zum jährlichen Männerabend der Freiweilligen Feuerwehr eingeladen. Elfriede hatte ihren Mann gewarnt, nicht wieder so viel zu trinken wie beim letzten Treffen. Doch anscheinend hatte Harald diesen Ratschlag nicht befolgt. Seine Stimme klang wie ein Reibeisen, fand Greta.

Als sie ihren Namen hörte, blieb sie, vor den Blicken der Zieheltern verborgen, an der Kellertür stehen. Was hatte Harald da gesagt? Weingräfin? Sie hörte, wie Elfriede einen spitzen Schrei ausstieß.

»Das ist nicht dein Ernst! Der Bürgermeister hat vorgeschlagen, dass Greta Weingräfin wird?«

Gretas Gedanken schlugen Purzelbäume.

»Harald, das geht doch nicht! Sie ist keine Hellert. Sie heißt nicht mal so wie wir!«, empörte sich Elfriede.

»Das habe ich dem Bürgermeister auch gesagt«, beruhigte sie Harald.

»Und …?« Elfriede klang ängstlich.

Greta hörte, wie Harald tief Luft holte. Sie stieß ein stilles Stoßgebet aus: *Bitte mach, dass der Bürgermeister an mich glaubt!*

»Ich habe ihm gesagt, dass wir eine Tochter haben, die auf den Namen Hellert hört. Und dass Renate nicht nur ausgesprochen hübsch ist, sondern auch viel von Wein versteht. Ich habe für Renate gekämpft. Was wäre ich denn sonst für ein Vater.«

Es raschelte. Elfriede schien Harald zu umarmen. »Dann wird Renate…?«, fragte sie hoffnungsvoll.

»Die nächste Weingräfin des Leiningerlands heißt *Renate die Erste*«, antwortete Harald stolz.

Greta drehte sich benommen um, stieg die Treppen wieder hinauf, während Tränen über ihre Wangen liefen. Die letzten Wochen, in denen sie geglaubt hatte, dazuzugehören, waren eine Farce gewesen. Die Hellerts würden nie zulassen, dass sie eine von ihnen wurde.

Fünf Monate später strahlte die Sonne derart von einem wolkenlosen Himmel, dass in dem VW 1600 eine Hitze wie in einer finnischen Sauna herrschte. Zu siebt hatten sie sich in den Wagen gequetscht, um nach Grünstadt zum Weinfest zu fahren. Matse, der inzwischen fast so groß wie sie selbst war, hatte auf Gretas Schoß sitzen müssen. Sie waren früh dran, sodass Harald einen Parkplatz nahe dem Luitpoldplatz fand. Greta stieg aufatmend aus dem Wagen.

Heute begann der Unterhaardter Weinwettstreit. Alljährlich wurden zwei Weinjahrgänge miteinander verglichen. Der Ausgang war schon jetzt bekannt. Denn es war Tradition, zu keiner Entscheidung zu gelangen, da beide Jahrgänge, wie jedes Jahr, mit »hervorragend« beurteilt werden würden.

Trotzdem war die Aufregung bei den Hellerts groß, während sie die kleinen Gassen in Richtung Festplatz entlangliefen. In einer Stunde würde Renate offiziell die neue Weingräfin des Leiningerlandes sein.

Ihre Ziehschwester war noch launischer als sonst gewesen. Ständig schmollte sie wegen der kleinsten Kleinigkeit. Vielleicht lag es an der überstandenen Abtreibung? Und ihrem durcheinandergeratenen Hormonhaushalt? Greta vermutete eher, dass ihr die neue Stelle als Sekretärin bei der Rhein-Plast in Ungstein, in der Nähe von Bad Dürkheim, nicht zusagte. Nach der ersten Woche hatte sich Renate schon bei Elfriede beschwert, dass sie in der Provinz versauern würde. Die Mutter war ihr über den Mund gefahren: Renate solle froh sein, überhaupt so glimpflich davongekommen zu sein. Und sie hatte ihre Tochter daran erinnert, dass der gewissenlose Erzeuger Helmut nicht den vollen Betrag für die Abtreibung erstattet hatte. Fünfzig Mark fehlten in dem Umschlag, den Elfriede eines Morgens im Briefkasten gefunden hatte. Nicht auszudenken, wenn Harald ihn gefunden und geöffnet hätte!

Doch das schien ab dem Moment, als Harald die frohe Botschaft verkündet hatte, dass Renate zur nächsten Weingräfin gekürt werden würde, vergessen zu sein. Sie strahlte und sprach nur noch von der Krone. Ein ganzes Jahr, in dem Renate immer wieder Feste eröffnen und ihr Foto – vor allem der Name Hellert – in der Zeitung zu sehen sein würde!

»Ich bin Renate die Erste, und du musst mich dann Siezen und mit ›Eure Hoheit‹ ansprechen«, hatte Renate gewitzelt.

Greta hatte es einen Stich versetzt, und sie hatte sich immer wieder bei dem Gedanken ertappt, dass Harald sie verraten hatte. Sie würde immer das uneheliche, ungeliebte Waisenkind bleiben, das zu niemandem dazugehörte.

Die Hellerts schritten zügig voran, Greta folgte ihnen langsam. Selten konnte sie durch das Städtchen mit seinen romantisch verträumten Gassen bummeln, die von Fachwerkhäusern gesäumt waren. Immer wieder spähte sie in die gepflegten Hinterhöfe, in denen Blumen in großen Kübeln prangten.

Als Greta den Luitpoldplatz erreichte, hatte sie die Hellerts aus den Augen verloren. Sie sah zu dem Festzelt, wo lange Bänke und Tische zum Sitzen einluden, und zu der kleinen Bühne, die am anderen Ende des Platzes aufgebaut und mit Trauben und Weinranken geschmückt worden war. Sie hoffte, dass sie Robert traf. Er hatte sie nach dem ersten Schock getröstet. Heute würde er hier mit seiner Band spielen, hatte er beim letzten Sonntagsessen erzählt.

Um sie herum strömten die Besucher zum Zelt, um sich vor der offiziellen Krönung der Weingräfin einen Platz zu sichern. Renate die Erste, seufzte Greta innerlich. Doch sie verbot sich, weiter schlecht über Renate zu denken, obwohl sie ungefähr so viel von Wein wie von Stenografie und Rechtschreibung verstand. Nämlich nichts.

Greta wollte sich nicht selbst den Tag vermiesen. Vielleicht würde sie ein Gläschen Wein auf andere Gedanken bringen? Sie trat an einen der Weinstände und bestellte sich einen Riesling.

Eine junge Frau reichte ihr das kleine Glas. »So, bitteschön, hier Ihr Piffche. Wohlsein.«

Greta nahm es und ging ein Stückchen weiter. Sie beschloss, dass das heute ihr heimlicher Festtag sein sollte. Sie würde heute mehr als nur dieses eine Piffche trinken. Renate hatte sie mitleidig belächelt, als sie ihr erzählt hatte, dass sie sich für das Fest einen neuen Rock nähen wollte. Doch Greta hatte sich nicht beirren lassen und sich einen langen Glockenrock auf Matses Kindernähmaschine genäht. Da hatte Renate das zweite Mal abwertend gegrinst. Einen altbackenen, langen Glockenrock? Man trug doch Mini, je kürzer, desto besser. Ihr Weingräfinnenkleid, das Elfriede ihr spendiert hatte, das war modern!

Matse hatte die Idee gehabt, den Rock mit Trauben und Weinranken zu besticken. Auf einem Blatt Papier hatte er das Muster aufgemalt, nach dem Greta dann den schwarzen Stoff bestickt hatte. Die grüne Bluse, die Renate vor ein paar Wochen aussortiert und ihr mit einem herablassenden Lächeln gegeben hatte, hatte genau den Ton der Weinblätter.

Als Renate sie in dem fertig genähten und bestickten Rock mit der schmalen Taille und der Bluse gesehen hatte, hatte sie nicht mehr abfällig gelächelt.

Greta nippte an ihrem Wein, behielt ihn einen Moment im Mund, bevor sie ihn herunterschluckte. Kurz schloss sie die Augen, um sich auf den Geschmack zu konzentrieren, wie sie es in der Winzerschule im Fach Sensorik nur theoretisch gelernt hatte.

Als sie die Augen wieder aufschlug, stand Fritz Freudberg direkt vor ihr und lächelte sie an. »Wünsche einen guten Tag. Und wohl bekomm's, Fräulein Greta.« In seinem grauen Anzug, einem weißen Hemd und einer Krawatte, auf der sich die gelben Löwen der Pfalz tummelten, sah er sehr wichtig aus.

»Danke«, sagte Greta. Sie wunderte sich, dass Fritz Freudberg wusste, wie sie hieß.

»Ein hervorragender Jahrgang. Ist von meinem Gut«, fuhr dieser nun fort und blieb mit verschränkten Armen vor ihr stehen, als wartete er auf eine Antwort zu einer unausgesprochenen Frage. Greta fiel auf, dass er, anders als Harald und Johann, saubere Fingernägel hatte. Wahrscheinlich weil er für die schwere Arbeit Angestellte hatte.

Sie überlegte, ob sie sich wortlos umdrehen und den Erzfeind der Hellerts stehen lassen sollte. Aber die Neugier auf ihn und vor allem seinen Wein ließ sie bleiben und vielleicht auch der rebellische Gedanke gegen die Hellerts, die ihr den Titel der Weingräfin nicht zugestanden hatten.

Sie hielt das Glas gegen das Licht. »Blassgelb«, sagte sie und nahm einen weiteren kleinen Schluck. »Leicht nussig, feinrassige Säure, mittelkräftiger Körper.« Sie hielt sich das Glas unter die Nase, schwenkte den Wein darin ein wenig hin und her. »Er duftet nach …« Sie roch noch einmal an dem Weinglas. »Pfirsich, ja, ich glaube, das ist

Pfirsich.« Sie lächelte Freudberg an. »Sie haben aus edelfaulen Beeren einen lieblichen Wein gemacht. Trotzdem hat er viel Säure. Vielleicht probieren Sie mal, ihn als Sekt zu keltern?«

In diesem Moment trat ein Mann, etwas kleiner und deutlich jünger als Freudberg, auf sie zu und blieb neben ihnen stehen. Er schien sich in seinem dunkelblauen Anzug nicht sonderlich wohlzufühlen. Er fuhr sich durch sein schwarzes Haar und nickte kurz, als Greta den Blick aus seinen grünen Augen flüchtig erwiderte.

Freudberg schwieg einen Moment. Dann schlug er dem Mann neben sich leicht auf die Schulter. »Diese Idee hatte mein Kellermeister auch schon. Aber ich war dagegen. Stimmt's, Bruno? Jetzt, wo Sie in die gleiche Kerbe schlagen, Fräulein Greta, werde ich mir den Vorschlag doch noch einmal überlegen.«

»Dann überlegen Sie nicht zu lange, Herr Freudberg. Sonst kommt ein anderer Winzer auf die Idee. Ein Rieslingsekt ist etwas Feines und sicher für viele Restaurants interessant.« Sie musterte unauffällig Bruno Bachstern, über den die Hellerts ebenso wie über seine Weine erst neulich schlecht geredet hatten.

»Du hast einen feinen Gaumen, Greta.«

Greta registrierte erleichtert, dass er zum Du übergegangen war. »Jeder Wein hat sein Geheimnis. Das versuche ich herauszuschmecken.«

Freudberg nickte schmunzelnd. »Woher weißt du so viel über Wein?«

»Ich habe mein ganzes Leben in den Weinbergen verbracht. Und jetzt gehe ich auf die Weinschule in Worms«, erklärte Greta weiter.

»Eine hervorragende Schule«, sagte Freudberg bedächtig. »Wenn du ausgelernt und keine Lust hast, für die Hellerts zu arbeiten, kannst du jederzeit bei mir anfangen.«

»Sie wissen genauso gut wie ich, dass das nie passieren wird«, gab Greta zurück.

Freudberg lachte auf. Doch es klang nicht leicht und fröhlich, vielmehr lag etwas wie Schmerz in diesem Lachen, ein Zugeständnis, wie recht Greta mit ihrem Satz hatte. Unwillkürlich trat er einen Schritt zur Seite, damit sie gehen konnte.

Doch Greta machte keinerlei Anstalten, ihren Platz vor dem Weinstand zu verlassen. Sie nahm noch einen weiteren kleinen Schluck. »Der Riesling ist vom alten Weinberg von der Ingeborg Musert, oben am grünen Drachenweg, stimmt's? Dort ist der Boden nicht so lehmig, aber dafür mineralienreicher, ideal für diese Traube. Deshalb schmeckt er so voll und rund.«

Freudberg sah sie unverwandt an. »Eins ist sicher: Du hast Talent, wirst es mal weit bringen, Greta. Wie alt bist du jetzt?«

»Im Mai bin ich neunzehn geworden«, antwortete sie.

Er nickte. »Ich habe noch nie einen so jungen Menschen mit so viel Verstand und Intuition über Wein sprechen hören. Es scheint dir im Blut zu liegen.« Er lachte erneut auf, dieses Mal befreiter. »Du wirst sicher mal eine gute Winzerin. Weiter so.« Er musterte sie von dem hellblonden Haar bis hinunter zu den schwarzen Ballerinas. »Die passende Kleidung trägst du ja auch schon. Sehr hübsch, Greta. Wirklich, sehr hübsch. Wünsche einen schönen Abend.« Er wandte sich abrupt ab. »Komm, Bruno. Auf mich wartet eine wichtige Aufgabe.«

Greta sah Freudberg und seinem Kellermeister verwundert nach. Sie wusste das Gespräch nicht einzuschätzen. Es war so selbstverständlich gewesen, sich mit ihm zu unterhalten. Als wenn sie und der Winzer die gleiche Sprache sprächen. Doch wieso gab sich Freudberg so freundlich und unkompliziert ihr gegenüber? Die Geschichten über Betrug und Verrat, die sie von den Hellerts über ihn gehört hatte, passten nicht zu dem freundlichen Mann, dem sie eben begegnet war.

Hufschläge aus der Ferne unterbrachen Gretas Gedanken. Die Menschen, die noch nicht im Festzelt waren, drängten sich an den Straßenrand. Greta stellte sich dazu und sah, wie eine offene vierspännige Kutsche, mit Weinlaub geschmückt, von vier Rappen gezogen, langsam auf den Platz zugefahren kam: Die Weingräfinnen hielten Einzug. Noch trug die amtierende Weingräfin die Krone. Renate saß neben ihr. Ihr huldvolles Lächeln und ihr majestätisches Winken ließen ahnen, wie sehr sie sich in ihrer zukünftigen Rolle gefiel.

Greta hatte sie gestern Abend dabei ertappt, wie sie vor dem Badezimmerspiegel leise vor sich hingemurmelt hatte und diverse Handhaltungen geübt hatte. Greta hatte Renate vorgeschlagen, bei ihrer kurzen Antrittsrede die »Poesie des Weins« zu erwähnen. Den Ausdruck kannte sie aus einem Artikel, den sie in der Schule durchgenommen hatten, und sie fand ihn sehr treffend. Schließlich spielte der Wein in der Literatur auch oftmals eine Rolle. Der Autor stellte in seinem Artikel die gewagte These auf, dass es eine unmittelbare Verbindung zwischen Wein und Literatur gäbe und beide die Seele des Weintrinkers berühren könnten. Das gefiel Greta. Vielleicht dachte Renate ja noch ein bisschen nach und sagte ein, zwei Sätze darüber?

Bei Renate und der amtierenden Weingräfin saßen noch zwei weitere junge Frauen in der Kutsche, die zu ihrem »Hofstaat« gehörten. Auch sie waren Winzertöchter. Greta lief ein Stück mit der Kutsche mit, bevor diese vor dem Zelteingang zum Stehen kam. Greta ging zu den Hellerts, die an dem für sie reservierten Tisch Platz genommen hatten, jetzt jedoch aufgestanden waren, um Renate besser zu sehen.

»Wo warst du denn?«, zischte Elfriede ihr zu.

Bevor Greta antworten konnte, trat Fritz Freudberg an die Kutsche und öffnete den Schlag. Ein Raunen ging durch die Menge, doch er reichte mit einem breiten Lächeln der amtierenden Weingräfin die Hand und half ihr beim Aussteigen.

Als Renate sich ebenfalls erhob, rutschte ihr kurzes, rosafarbenes Minikleid hoch und gab den Blick auf ihre drallen Oberschenkel preis. Greta glaubte sogar, den Ansatz ihrer Spitzenunterwäsche zu sehen. Neben ihr stieß Elfriede einen tiefen Seufzer aus. »Ich habe ihr gesagt, dass das Kleid zu kurz ist. Aber sie wollte nicht auf mich hören. Es ist zum Verzweifeln.«

Freudberg geleitete die beiden jungen Frauen auf die Tribüne. Greta sah Renates Augen aufblitzen, als sie die Krone der »alten Gräfin« betrachtete, und ahnte, was sie dachte. Renate würde immer auf Äußerlichkeiten bedacht sein, ohne zu verstehen, dass diese Krone aus Blech keinen materiellen, sondern nur einen ideellen Wert hatte.

Etwas war in diesem Jahr neu: Die vorjährige Weingräfin sollte ein weiteres Jahr als Stellvertreterin der neuen

Repräsentantin fungieren, falls diese einen Termin nicht wahrnehmen könnte. Als Renate davon erfahren hatte, hatte sie ungehalten reagiert. »Ich brauche doch keine Stellvertreterin. Das ist meine Aufgabe. Ganz nach dem Motto: Ich bin die Hoheit, ihr sollt nicht andere Hoheiten haben neben mir«, hatte die sonst wenig gläubige Renate frei aus der Bibel zitiert.

Greta fand die Parallelität zwischen Gott und Hoheit gewagt und hatte vergnügt zugehört, als Elfriede ihre Tochter gerügt hatte.

Renate stieg aufs Podium und stellte sich einen halben Schritt vor ihre Stellvertreterin, Fritz Freudberg griff nach dem Mikrofon, die Kapelle der Feuerwehr spielte einen Tusch.

Als der letzte Ton verklang, räusperte sich Freudberg, dann hallte seine Stimme durch das Zelt: »Liebe Unterhaardter, liebe Leininger, liebe Grünstädter, ach, was sage ich: liebe Pfälzer und Pfälzerinnen. Ein herzliches Willkommen zur Krönung unserer neuen Weingräfin. Sicher wundert ihr euch, dass ich hier oben stehe und nicht wie gewohnt unser verehrter Herr Bürgermeister. Er hat mich gebeten, heute für ihn einzuspringen, da er einen so schweren Hexenschuss erlitten hat, dass er nicht anwesend sein kann. Ich hoffe, ich werde ihn würdig vertreten.«

Einige Besucher klatschten. Freudberg sprach unbeirrt weiter: »Lassen Sie uns unsere neue Weingräfin krönen, Renate die Erste aus Kirchheim!« Er nahm der Vorgängerin die Krone vom Kopf und setzte sie Renate auf. Nun erklang lauter Beifall.

Vorsichtig betastete Renate die Krone, schob sie ein wenig auf ihrem Kopf zurecht und knickste, während die Kapelle erneut einen Tusch spielte. Freudberg reichte ihr das Mikrofon, und Renates piepsige Stimme erklang über die Lautsprecher:

»Ich verspreche euch hier und heute, dass ich mein Amt verantwortungsvoll ausfüllen werde. Ich bin stolz, die vierundzwanzigste Weingräfin zu sein. Und ich werde alles dafür tun, unsere Weine weiterhin bekannt zu machen und unseren guten Pfälzer Wein über unsere Landesgrenze hinaus würdig zu vertreten. Es ist mir eine große Ehre.«

Unwillkürlich atmete Greta auf. Kein Versprecher, wohl zum ersten Mal, seit sie mit Renate in den letzten Tagen diese wenigen Sätze wieder und wieder geübt hatte.

Renate lächelte stolz in die Runde und nahm den Applaus mit einem gnädigen Gesichtsausdruck entgegen. Als der Beifall abebbte, sprach sie noch einmal ins Mikrofon. »Als Weingräfin gelobe ich, meine Pflichten gegenüber meinem Land zu erfüllen. Die Liebe eines Volkes hat mich zu seiner Weingräfin gemacht.«

Greta hielt die Luft an. Sie hatte Renate diese Sätze aus dem Film *Sissi,* als diese zur ungarischen Königin gekrönt wurde, nicht ausreden können.

Renate lächelte breit und fuhr fort: »Wein ist wie Pösie für mich.«

Greta zog scharf die Luft ein.

»Jetzt heißt es ruhig bleiben«, raunte ihr Robert zu, der an den Tisch getreten war und hinter ihr stand. »Deine Ansprache wäre tausendmal besser gewesen. Komm, wir klatschen der neuen Sissi zu, dann hört sie hoffentlich auf zu reden und uns zu blamieren.« Er schlug hart in die Hände und blickte sich aufmunternd um, sodass andere Zuschauer mit einfielen.

Auf der Bühne nahm Freudberg Renate das Mikrofon aus der Hand. »In diesem Sinn lassen Sie mich zum Schluss unseren großen deutschen Dichter Goethe zitieren: *Das Leben ist zu kurz, um schlechten Wein zu trinken.* Wer sollte das besser wissen als wir Pfälzer.« Er nahm zwei Gläser von einem Tablett, das auf einem Stehtisch auf der Tribüne stand, und reichte sie den beiden jungen Frauen. Dann griff er selbst nach einem Glas und hielt es in die Höhe. »Auf unsere neue Weinhoheit, Renate die Erste aus Kirchheim! Zum Wohl die Pfalz, Gott erhalt's!«

Wieder applaudierten die Leute, vereinzelte »Zum-Wohl«-Rufe waren zu hören.

Robert zupfte Greta am Ärmel. »Komm nachher zum Zelt. Wir spielen als zweite Band.« Ohne auf Renate zu warten oder ihr zu gratulieren, verschwand er in der Menge. Das Letzte, was Greta von ihm sah, war seine dunkle Lockenmähne, die zwischen den gepflegten Haartrachten der anderen Besucher wild und ungezähmt, regelrecht rebellisch wirkte.

Kaum war Robert verschwunden, kam Renate an den Tisch. Zu dem rosafarbenen Minikleid trug sie schwarze Lacksandaletten mit hohen Blockabsätzen. Sie ließ sich neben Greta auf einen Stuhl fallen, schlüpfte unter dem Tisch aus den Schuhen und griff nach Gretas Schorle. Durstig stürzte sie sie hinunter und rieb sich über die verschwitzte Stirn. »Ich bin jetzt schon fertig. Das ist ja eine Vollzeitstelle! Und ich bekomme nicht einmal Geld dafür. Aber die Rede war gut, oder?«

»Ja, ja, Kind. Und statt einer Bezahlung hast du doch diese wunderschöne Krone«, beschwichtigte Elfriede sie.

Renate tastete mit der Hand danach, drehte Gretas Kopf zu sich, sodass die beiden sich direkt ansahen. »Sitzt sie noch perfekt?«, wollte sie wissen.

»Wie bei der Königin von Ungarn«, bemerkte Greta neckend.

»Ich muss gleich den Tanz eröffnen«, sagte Renate unruhig und sah sich um. »Und ich weiß nicht, mit wem. Ich dachte, zur Not mit Johann, aber der ist ja nicht da, und Vati ist auch unterwegs …«

Elfriede mischte sich ein. »Vati ist mit Johann und Dagmar beim Stand der Winzergemeinschaft. Aber ich weiß, mit wem du tanzen kannst.« Sie winkte einen jungen Mann an den Tisch, der am Rand der Tribüne stand und zu ihnen herübersah. Er schien nur auf das Zeichen von Elfriede gewartet zu haben, denn sofort strebte er zwischen den Bänken auf ihren Tisch zu.

Elfriede deutete wortlos zu Renate, woraufhin er sich vor ihr verbeugte. »Darf ich bitten, Eure Hoheit?«

Renate warf einen abschätzenden Blick auf den jungen Mann. Er war erschreckend dünn, sein kurzes mittelbraunes Haar war bereits schütter, und als er sich verbeugte, sah man eine Fünf-Mark-große Tonsur am Hinterkopf. Das schien er mit einem Schnurrbart, der einen leichten Rotstich hatte, kompensieren zu wollen.

»Detlef Mahlig«, sagte er und machte gleich noch einen zweiten Diener, wobei er sich offenbar nicht zwischen Renate und Elfriede entscheiden konnte.

»Hallo, Detlef. Ich kenn dich doch. Du warst eine Klasse unter mir«, antwortete Renate hochmütig und wollte ihn schon gelangweilt wegwinken, als Elfriede ihre Hand festhielt und sie heftig in die Rippen stieß.

»Wir sind ja im Laden Ihres Vaters Stammkunden. So gute Ware und immer so frisch! Natürlich wäre es dir ein Vergnügen, mit Herrn Mahlig den Tanz zu eröffnen, nicht wahr, Renate?« Bei den letzten Worten hob sie die Stimme und klang so streng, dass Renate keine Wahl blieb.

Sie zog sich unauffällig ihre Schuhe unter dem Tisch an und erhob sich widerstrebend. »Aber pass bloß auf, dass du mir nicht auf die Füße trittst.«

Detlef strich sich verlegen mit dem Zeigefinger über seinen Schnurrbart und lächelte Renate unsicher an. Anschließend reichte er ihr höflich seinen Arm und führte sie zur Tanzfläche.

Greta sah dem ungleichen Paar nach, der pummeligen Renate und dem schlaksigen Kaufmannssohn, der die sich etwas sträubende Renate eng an sich zog. Die Feuerwehrkapelle hatte nur auf diesen Moment gewartet, denn sofort ertönten die ersten Klänge von »Das schöne Mädchen von Seite 1«. Erstaunlicherweise gaben Renate und Detlef beim Cha-Cha-Cha zusammen eine gute Figur ab. Beim nächsten Stück, »Dann kamst du«, drängelten sich bereits andere Paare auf die Tanzfläche, doch auch bei diesem Discofox wirkten Renate und Detlef, als seien sie ein eingeschworenes Tanzpaar.

Elfriede ließ ihre Tochter und den jungen Kaufmannssohn nicht aus den Augen und nickte wohlwollend. »Wer so gut zusammen tanzt, gibt auch sonst ein gutes Paar ab. Wäre nicht die schlechteste Partie für Renate, der Detlef. Ich hoffe, sie begreift das.«

Greta stutzte. Das hörte sich nach einem Kupplungsversuch an.

»Wird Zeit, dass sie unter die Haube kommt«, fuhr

Elfriede fort. »Sie ist so ruhelos seit … seit ihr verreist wart. Es braucht eine starke Hand, die sie führt. Und ein gesichertes Auskommen. Sonst kommt sie nur wieder auf dumme Gedanken.«

»Du willst, dass sie Detlef Mahlig heiratet?«, fragte Greta erstaunt.

Elfriede nickte entschlossen. »Ich weiß, was das Beste für meine Tochter ist. Sie kommt sonst unter die Räder. Ist dir nicht aufgefallen, dass sie sich schminkt, als sei sie in einen Tuschkasten gefallen?« Verschwörerisch beugte sie sich zu Greta. »Auf gar keinen Fall darf sich das, was im Januar passiert ist, wiederholen«, flüsterte sie ihr zu.

Greta sah zur Tanzfläche und fragte sich, ob sie Renate über das eben Gehörte einweihen sollte. Detlef wirbelte Renate schwungvoll zu »Schöne Maid« herum. Als Greta seinen verliebten Gesichtsausdruck bemerkte, entschied sie sich zu schweigen.

Noch während die Feuerwehrkapelle nach ihrem letzten Stück ihre Instrumente einpackte, betraten die Purple Floors die Bühne. Luke schob aus der hinteren Ecke sein Schlagzeug hervor, Benno trat ans Keyboard. Gretas Herz ging auf, als Robert, seine E-Gitarre lässig in der Hand, ans Mikrofon trat, ein paar Saiten anschlug und dabei »Test, Test, Test« murmelte. Die Paare auf der Tanzfläche, unter ihnen Detlef und Renate, sahen erwartungsvoll hoch.

Greta fragte sich, was die Band spielen würde. Die Rocksongs, die Robert sonst spielte, passten nicht hierher. Während sie noch überlegte, begann Robert, rhythmisch die Gitarre zu schlagen. Ein paar ältere Paare verließen verschreckt die Tanzfläche, dafür strömten jüngere hinzu.

Einmal, zweimal, sechsmal, achtmal schlug er die Gitarre an, beugte den Kopf ganz nah ans Mikro und fing an zu singen: »Weine nicht, wenn der Regen fällt, dam-dam, dam-dam …«

Bei der dritten Strophe – »Nimm den goldenen Ring von mir« – tastete Greta nach Roberts Ring, den sie an das Lederband zu dem Medaillon gehängt hatte. Beides trug sie nur, wenn sie nicht auf dem Weinberg arbeitete, und auch dann nur unter der Kleidung. Zu groß war ihre Angst, beides zu verlieren oder Fragen danach zu provozieren.

Sang er das Lied für sie? Seine Stimme klang rau – Greta musste daran denken, was er ihr manchmal zuflüsterte, wenn sie zusammen waren, wie sehr er sie wollte …

»Willst du tanzen, Mimi?«, fragte genau in diesem Moment Matse.

Greta stand auf. »Gern«, sagte sie und drängelte sich mit dem zarten Matse bis zur Mitte der Tanzfläche, wo er unbeholfen versuchte, ihre Tanzschritte nachzuahmen, aber nicht in den Rhythmus fand.

Nach Drafi Deutscher spielten die Purple Floors Beatles-Songs. Als Robert »I Want to Hold Your Hand« sang, fing eine Gruppe junger Mädchen, die sich direkt vor der Bühne versammelt hatte, an zu kreischen, als sei er nicht Robert Hellert, sondern Paul McCartney. Unverhohlen himmelten sie Robert an, der Greta einen kurzen Blick zuwarf, bevor er sich zu den Mädchen hinunterbeugte, ihnen zum Mitsingen das Mikrofon entgegenstreckte und ihnen seine volle Aufmerksamkeit schenkte.

Das war das letzte Mal, dass Robert Greta beachtete. Fünf Songs später spielte und sang er noch immer, interagierte mit Benno und Luke, flirtete mit den Mädchen in der Menge, die immer ausgelassener tanzten – und ignorierte sie dabei komplett.

Plötzlich sah Greta ihn wie aus weiter Ferne. Nie zuvor hatte sie ihn bei einem öffentlichen Auftritt erlebt. Immer verbrachten sie die wenige gemeinsame Zeit zu zweit. Aber jetzt sah sie, wie er sich anderen gegenüber gab. Ohne jeden Selbstzweifel, selbstbewusst, ja fast selbstverliebt. Musste man so sein, wenn man sein Geld mit Musik verdienen wollte? Der Robert, der da oben auf der Bühne stand, wurde für sie zu einem Fremden, der seine Leidenschaft ohne sie lebte. Er war in einer anderen Welt, die sie weder verstand noch in der er für sie erreichbar war. Ein Gefühl stieg in ihr auf, das sie nicht kannte. Noch gestern hätte sie sich nicht vorstellen können, dass Robert sie derart überging. Als ein junges Mädchen zu ihm auf die Bühne kletterte und ihn antanzte, johlte die Menge. Robert legte seine Hände auf die Hüften des unbekannten Mädchens, das lachend das lange dunkle Haar zurückwarf, und wiegte sich mit ihm im Takt zu »I Saw Her Standing There«.

Greta wurde von dem Anblick übel, und sie wandte sich ab. Vor ihr sprang Matse fohlenhaft hin und her. Sie wünschte sich, sie wäre woanders, weit weg, und machte Matse ein Zeichen, dass sie zurück an den Tisch gehen würde. Doch der war so in seinen Tanz versunken, dass er sie nur angrinste und auf der Tanzfläche blieb.

Als Greta an den Tisch der Hellerts zurückkam, waren auch Dagmar und Johann vom Winzerstand zurück, und Elfriede zog Harald mit den Worten »die Eltern der Gräfin müssen an solch einem Abend auch einmal tanzen« zur Tanzfläche.

Greta setzte sich neben Johann, der gegenüber von Dagmar saß. Ihr fiel auf, dass Dagmar ihre dunklen Augenringe zum ersten Mal seit Langem überschminkt hatte. Das Leid, das sie seit der Totgeburt in sich trug, war ihr anzumerken. Johann griff nach seinem vollen Dubbeglas, schob Greta auch eins hin und prostete ihr zu. »Wir zwei haben ja noch gar nicht auf die neue Gräfin angestoßen.«

Greta schob das Glas zur Seite. »Ich hatte schon ein Piffche und eine Schorle.«

Johann schob das Glas wieder in ihre Richtung. »Jetzt stell dich nicht so an. So jung kommen wir zwei nicht mehr zusammen.« Er sprach mit schwerer Zunge. In letzter Zeit trank er häufig zu viel, fand Greta. Sie sah zu Dagmar, die ihn am Ärmel zupfte, um ihn dazu zu bringen, das Glas wieder abzustellen. Für Greta hatte sie keinen Blick übrig.

Greta stand auf. Doch bevor sie vom Tisch zurücktreten konnte, grapschte Johann nach ihrem Hintern und packte fest zu. Greta wandte sich, so schnell sie konnte, aus seinem Griff. Dagmar stieß einen kleinen, spitzen Schrei aus, hielt sich aber sofort die Hand vor den Mund. Mit einem Blick erkannte Greta, dass Dagmar keinesfalls Aufmerksamkeit erregen wollte. Statt ihren Mann zur Ordnung zu rufen, blitzte sie Greta böse an.

Wenn Blicke töten könnten …, schoss es Greta durch den Kopf. Sie spürte, wie sich ihr Magen zusammenkrampfte, weil sie sich über Dagmars ungerechtes Verhalten ärgerte. Während sie überlegte, ob sie gehen sollte, fühlte sie Johanns schweißnasse Hand auf ihrem nackten Oberschenkel. Jetzt reichte es Greta. Sie beugte sich vor, griff nach Johanns halbem Literglas und kippte den Inhalt schwungvoll in seinen Schoß. »Der Winzer, der selbst sein bester Kunde ist, ist ein schlechter Winzer, Johann. Behalt deine schmutzigen Hände gefälligst bei dir«, zischte sie und knallte das leere Glas auf den Tisch, bevor sie herumwirbelte, um den Tisch der Hellerts endgültig zu verlassen.

Fast wäre sie mit einer älteren Dame zusammengestoßen, die vor ihr stand und ihr mit hellblauen Augen anerkennend zublitzte. Greta kannte die Frau vom Sehen. Es war Adela Freudberg, Fritz Freudbergs Mutter. Sie trug ein schlichtes dunkelrotes Kostüm, eine Brosche in Form eines goldenen Weinblatts steckte als Verschluss an ihrer hellen Bluse. Greta nahm nur mit halbem Ohr wahr, wie Johann ihr betrunken nachrief. »Hast schlechte Laune? Weil mein Herr Bruder gleich die Kleine da oben auf der Bühne flachlegt und nicht dich?«

Greta hörte ein Klatschen und vermutete, dass Dagmar ihrem Mann endlich die wohlverdiente Ohrfeige verpasst hatte. Doch keinesfalls würde sie sich nach den beiden umdrehen. Sie beschloss, das Weinfest zu verlassen und allein nach Kirchheim zurückzulaufen. Sie hatte genug von vergebenen Männern, die mit anderen Frauen flirteten.

Sie trat gerade aus dem Festzelt, als sie jemanden ihren Namen rufen hörte. »Greta. So warten Sie doch bitte, Greta.«

Greta blieb stehen, drehte sich um und stand zum zweiten Mal unvermittelt Adela Freudberg gegenüber, die ihr offenbar gefolgt war.

»Den Buwen steigt der Wein oft zu Kopf«, sagte die ältere Dame. »Da ist der Johann keine Ausnahme.« Sie war etwas kleiner als Greta, wirkte aber größer, wahrscheinlich, weil sie sich kerzengerade hielt.

Warum sollte ich übergriffigen Männern verzeihen, fragte sich Greta böse. Dann brach es aus ihr heraus: »Wenn ich Wein trinke, ohne ihn zu verstehen, werde ich nie seinen wahren Charakter erkennen. Ob er vollmundig, fruchtig, harmonisch, stimmig und ausgewogen ist. Wie viel Gerbstoff er enthält, ob er weich ist, welche Aromen er hat. Bei jedem einzelnen Schluck, jedem einzelnen Tropfen schmecke ich die Arbeit auf der Zunge, die dafür nötig war. Und mit jedem Schluck gehe ich auf der Geschmackstreppe eine Stufe höher, lerne ihn besser kennen. Wenn ich oben angekommen bin, schmecke ich sein Terroir. Ich fühle die Farbe auf meiner Zunge. Weinrot zum Beispiel hat eine andere Wärme als Weingold. Das Dunkle und Weiche stehen in einem ganz eigenen Verhältnis zueinander, das den Wein manchmal perfekt macht. Wein ist viel mehr als Wein. Er ist ein Lebensgefühl.« Greta hielt inne. Ihr wurde bewusst, dass sie ihre eigene Weinphilosophie einer Frau erzählte, die sie überhaupt nicht kannte.

Doch Adela Freudberg musterte Greta wohlwollend. »Das ist sehr klug gedacht. Und eine bemerkenswert richtige Einstellung zum Wein.« Sie strich Greta kurz über den Arm. »Bist ein hübsches Mädchen geworden. Siehst deiner Mutter sehr ähnlich. Gott hab sie selig.« Sie lächelte Greta an. »Merk dir: Lass dich nie von dummen Männern verunsichern.« Damit ging sie zurück ins Festzelt.

Was war nur heute los?, fragte sich Greta. Erst plauderte Fritz Freudberg mit ihr, jetzt sprach Adela Freudberg mit ihr über ihre Mutter und gab gute Ratschläge?

Langsam ging sie durch die leeren Straßen dem Dorfausgang entgegen. Die Musik wurde leiser, bis sie schließlich ganz verstummte. Greta nahm eine Abkürzung durch die Weinberge nach Kirchheim. Sonst erwähnte niemand ihre Mutter, als hätte sie nie in dem Dorf gelebt. Vielleicht war es die Schande, dass Maria so jung ein uneheliches Kind bekommen hatte? Und keinem hatte sie verraten, wer der Vater war. Greta ärgerte sich, dass sie Adela Freudberg nicht nach ihr gefragt hatte. Niemand sprach über Maria. Warum nur nicht? Greta fiel etwas ein, was Christian von Zedlitz, ein österreichischer Schriftsteller, geschrieben hatte: *Tot nur ist, wer vergessen wird.*

18. KAPITEL

Worms,
September 1973

Greta saß an ihrem Pult im Klassenzimmer und sah gedankenverloren aus dem Fenster. Nur mit halbem Ohr hörte sie zu, was Lehrer Hirtz von sich gab. Sie hatten ihn in drei Fächern. Heute, in der letzten Stunde, unterrichtete er Weinsensorik.

Greta hatte sich auf das Fach gefreut. Sie würden verschiedene Weinkeller besuchen und dort Weine verkosten, ihre Geschmacksnerven schulen, alles über Temperatur, Farbe und Konsistenz der Weine lernen. Hatte sie jedenfalls gedacht – und sich gründlich getäuscht. Denn Hirtz dozierte sterbenslangweilig und verlangte dann, dass die Klasse das Gesagte auswendig lernte. Und während er die Winzersöhne nachsichtig beurteilte, wenn diese mal nicht die richtige Antwort wussten, schien er es bei Greta zu genießen, wenn er ihr eine schlechte Note geben konnte.

Perforiert die Schale, Feuchtigkeit verdunstet, notierte sie abwesend. Über *Botrytis cinerea* ließ sich Hirtz heute aus. Warum sagte er nicht einfach Edelfäule, wie die deutsche Übersetzung hieß, fragte sich Greta. Sie schrieb nur mit, um nicht aufzufallen. Zu dem Thema hatte sie am Wochenende alles gelesen, was es dazu gab. Auf andere Gedanken hatte sie kommen wollen, sich ablenken.

Dass sie nicht bei der Sache war, lag an Robert. Nein, eigentlich an ihnen beiden. An ihrer Beziehung. Seit dem Weinfest in Grünstadt versuchte Greta, sich über ihre Gefühle klar zu werden. Inzwischen glaubte sie, es zu verstehen: Sie konnte nur eine Zukunft mit Robert haben, wenn sie ihre eigene fand. Zwei Menschen, zwei Leben, zwei Berufe, eine Zukunft. Ein Paar. Das hatte sie sich seitdem immer wieder gesagt, wenn Robert ihr für einen Moment fremd war.

Denn das Bild, wie Robert oben mit einem wildfremden Mädchen auf der Bühne getanzt hatte, ging ihr nicht aus dem Kopf. Sie war verstört gewesen, allein nach Hause gelaufen und hatte damit gerechnet, dass sie am nächsten Tag, am Sonntag, mit ihm reden konnte. Heimlich, vielleicht in der Scheune. Aber statt wie immer zum Essen zu kommen, hatte er abgesagt. Renate war am Telefon gewesen. Wahrscheinlich war das auch besser so. Denn wäre Greta am Apparat gewesen, hätte sie sicherlich mit ihrer Meinung über sein unmögliches Verhalten nicht hinterm Berg gehalten.

Doch am meisten ärgerte sie sich über sich selbst. War sie eifersüchtig? Diese Eigenschaft mochte sie überhaupt nicht. Charlotte von Stein hatte es schon in ihrem Drama *Die zwey Emilien* geschrieben: *Eifersucht ist der erste Schritt zum Grabe der Liebe*. Wollte sich Greta vergleichen? Mit diesem wildfremden Mädchen? Die einfach so auf die Bühne sprang und mit Robert tanzte? Was daran tat ihr so weh? Das Mädchen war nicht einmal sonderlich hübsch gewesen, und den besagten Rhythmus im Blut hatte sie auch nicht gehabt. Greta schien sie vielmehr leicht angetrunken gewesen zu sein, wenn sie die ungelenken Bewegungen noch einmal vor ihrem inneren Auge vorüberziehen ließ. Sie wusste, dass Robert es nicht ausstehen konnte, wenn jemand zu viel trank. Egal, ob Mädchen oder Junge. Es war doch eine harmlose Situation gewesen, aus einem Spaß heraus, sagte sie sich immer wieder.

Und doch schmerzte es sie. Dabei war es etwas ganz anderes, was wehtat. Das war ihr heute Morgen klar geworden, als sie im Bus zur Schule saß und die Weinberge an ihr vorbeizogen. Sie beneidete das tanzende Mädchen um ihre Freiheit. Denn sie, Greta, würde niemals einfach so zu Robert auf die Bühne springen, mit ihm tanzen und Spaß haben können. Die Hellerts wären entsetzt, würden ihr unmoralisches Verhalten unterstellen, würden sie noch mehr gängeln und ihr noch mehr unangenehme Arbeiten aufhalsen. Diese Form von Leichtigkeit und Spontaneität würde sie nie erleben.

Ja, es war die Unbeschwertheit, die Greta vermisste. Sie war erst neunzehn, aber sie hatte das Gefühl, dass ihre Jugend längst vorbei war. Diese Erkenntnis schnürte ihr fast die Kehle zu und nahm ihr die Luft zum Atmen.

Sie versuchte, aus ihrer Schmerzwelt wieder aufzutauchen und sich auf den Unterricht zu konzentrieren. Vergeblich. Als sie sich wieder zum Fenster abwenden wollte, trat Herr Hirtz an ihr Einzelpult.

»Ich hoffe, Sie konnten meinem Vortrag folgen, während Sie so angestrengt aus dem Fenster sahen, Fräulein Piontek?«

Greta sah ihn an und warf das lange blonde Haar über die Schulter. »Das ist ein hochspannendes Thema, Herr

Hirtz«, konterte sie selbstbewusst. Sicher würde ihr Lehrer gleich versuchen, sie vor der Klasse vorzuführen, wie er das im vergangenen Schuljahr immer wieder getan hatte. Ihn wurmte es, dass Greta als einziges Mädchen seiner Klasse die besten Arbeiten schrieb.

»Für welche Weine ist *Botrytis cinerea* essenziell?«, fragte er sie und ging, ohne ihre Antwort abzuwarten, zum Pult, sodass Greta gezwungen war, zu seinem Rücken zu sprechen.

»Für edelsüßen Riesling, Tokajerweine und die Weine der Sauternes.« Am liebsten hätte sie Herrn Hirtz verbessert. Er liebte es, mit lateinischen Bezeichnungen um sich zu werfen, betonte sie jedoch regelmäßig falsch. Bei dem Wort *Botrytis* zog er jetzt die erste Silbe unnötig in die Länge. Doch sie beherrschte sich. Sie wollte ihm keinen Grund liefern, ihr eine schlechte mündliche Note zu geben.

Sie sah, wie Hirtz mit dem Kopf nickte, sich blitzschnell zu ihr umdrehte und ihr wie aus der Pistole geschossen die nächste Frage stellte: »Was können Sie mir über Sauternesweine sagen? Wie würden Sie sie beschreiben?«

Bislang hatten sie in Sensorik nur Trauben durchgenommen, die in der Pfalz angebaut wurden. Greta war klar, dass Hirtz sie aufs Glatteis führen wollte. Doch das würde ihm nicht gelingen. Mit ruhiger Stimme begann sie: »Sauternes sind noble Süßweine und stammen aus dem Süden von Bordeaux. Sie bestehen aus den Rebsorten Sémillon und Sauvignon Blanc. Die Jahrgänge fallen, je nachdem wie stark die *Botrytis* ist, ganz unterschiedlich aus. Die Trauben müssen sehr sorgfältig abgepresst werden, wobei die Ausbeute gering ist. Niedrige Säure und satte Süße zeichnen einen guten Sauternes aus. In ganz großen Jahrgängen schafft es die *Botrytis*, dem Wein exotische, gelbwürzige Safran-, Kardamom- und reife Obst-Aromen zu geben. Er ist gelb in Duft und Charakter, opulent auf der Zunge, ein wenig schwülstig in der Jugend und im Alter trotz der großen Süße nicht aufdringlich.«

Als sie endete, herrschte einen Moment lang erstaunte Stille. Dann begannen die Schulkameraden, ihr bewundernd zu applaudieren.

Greta wusste, dass einige für sie schwärmten, aber sie ging allen persönlichen Gesprächen aus dem Weg. Egal ob es mit Robert gut lief – wie bis vor Kurzem – oder schlecht – seit Kurzem –, hatte sie einfach keine Energie für andere Kontakte. Wenn sie aus der Schule kam, ging die Arbeit weiter. Zeit für Hausaufgaben hatte sie nur spätabends, Zeit für neue Freundschaften nie.

»Ruhe!«, donnerte Hirtz. Das Klatschen verstummte, und der Lehrer fuhr mit seinem Unterricht fort. Als die Schulglocke läutete, packte Greta ihre Sachen zusammen, griff nach Jacke und Tasche und wollte wie die anderen das Klassenzimmer verlassen.

Doch Hirtz hielt sie zurück. »Ich habe noch mit Ihnen zu reden.«

Betont umständlich schraubte er seine Thermoskanne auf, aus der er sich einen übel riechenden Tee eingoss. Erst als alle Mitschüler den Raum verlassen hatten, wandte er sich ihr zu. »Ich erwarte, dass Sie sich mündlich mehr beteiligen, Fräulein Piontek.«

Es ärgerte Greta, dass er sie immer mit ihrem Nachnamen ansprach, während er ihre Mitschüler trotz des Siezens beim Vornamen nannte.

»Ihre mündliche Mitarbeit muss dringend besser werden. Sonst garantiere ich für nichts. Aber ich will kein Unmensch sein. Ich gebe Ihnen die Gelegenheit, Ihre Lethargie mit einem Referat auszugleichen.«

Hirtz war nicht nur ungerecht, er war auch frauenfeindlich. Aber Greta wusste, dass er jedes Widerwort zum Anlass nehmen würde, sie weiter zu schikanieren. »Zu welchem Thema?«, fragte sie deshalb schlicht.

»Halten Sie ein Referat über die dreißig seltensten Weinsorten in Deutschland, Herkunft, Züchtung, Kreuzung, Sortenschutz und Sortenzulassung.«

Greta schnappte nach Luft, und ein verrückter Gedanke schoss ihr durch den Kopf: Glaubte Hirtz etwa, sie würde zu Harald gehen und sich beschweren? Und dass er mit Geld, so wie damals bei Johann, ihren Abschluss »kaufte«? Niemals würde Harald das für sie tun! Sie musste sich wehren. »Wir stehen kurz vor der Lese, Herr Hirtz.«

Hirtz sah sie nachdenklich an, griff nach seinem Mantel. »Ich habe Sie nicht gebeten, in meine Klasse zu kommen. Wenn Sie sich nicht in der Lage fühlen, mit Ihren Kameraden mitzuhalten, kann ich Ihnen leider nicht helfen. Wenn Sie keinen Ehrgeiz haben, sollten Sie sich besser schnell für einen klassischen Frauenberuf entscheiden. Vielleicht liegt Ihnen ja zum Beispiel Verkäuferin eher.« Er ging zur Tür, drehte sich aber noch einmal um. »Ich bin kein Unmensch, Fräulein Piontek. Zwanzig Sorten reichen.«

Greta sah ihm fassungslos nach. Was hatte Hirtz für ein Bild von Frauen? Gegen den war Harald ja harmlos. Das bedeutete lange Nächte, in denen sie das Referat vorbereiten würde. Doch ein Gutes hatte es vielleicht. Sie würde weniger über Robert grübeln.

Greta verließ das Klassenzimmer und lief die leeren

Gänge zum Ausgang, den Geruch von gebohnertem Linoleum, Schweiß und Papier in der Nase, von Schule, in der ein altmodischer Lehrer starrköpfig auf einem »Früher« bestand. Wenn sie Lehrerin werden würde … Sie seufzte leise. Niemals erschien ihr die Zukunft ungewisser.

Als sie aus dem Schultor trat, stand Robert neben seiner Honda. Greta wusste nicht, ob sie sich freuen oder ärgern sollte. Hatten sie doch eine klare Abmachung, dass Robert nie an der Schule auftauchen durfte! Oder wollte er ihr jetzt sagen, dass es mit ihnen vorbei sei? Oder wollte sie ihm das sagen?

Mit einem unsicheren Lächeln kam Robert auf sie zu.

»Musstest du nachsitzen? Ich warte eine halbe Ewigkeit auf dich und dachte schon, du wärst krank oder so was.«

»Hast du einen Knall, hier einfach aufzutauchen?« Nervös blickte sie sich um.

»Wie soll ich dich denn sonst erreichen oder sehen?«, gab er ungehalten zurück und fuhr sich mit der Hand durch die Locken, die noch ungekämmter als sonst aussahen.

»Moment, so läuft das nicht. Ich glaube nicht, dass du das Recht hast, sauer auf mich zu sein«, sagte Greta und stellte die Tasche vor sich auf den Boden. Sie wollte zu Robert Distanz halten, keinesfalls durfte seine Nähe sie von dem ablenken, was sie ihm zu sagen hatte.

»Ach, tatsächlich?! Wer ist denn einfach vom Fest sang- und klanglos abgehauen? Als unser Auftritt vorbei war, habe ich überall nach dir gesucht!«

»Und wer hat auf der Bühne mit einer anderen rumgetänzelt?«, entfuhr es ihr. Sie biss sich sogleich auf die Lippe. Sie hatte sich fest vorgenommen, diesen Satz niemals auszusprechen. Um davon abzulenken, legte sie nach: »Und wer war zu feige, Sonntag zum Essen zu kommen?«

»Ach, das ist es.« Er trat einen Schritt auf sie zu, wollte sie an sich ziehen, doch Greta wich zurück. »Die kleine Dunkelhaarige nervt dich. Die ist mir doch total egal.«

»Fass mich nicht an«, sagte sie und bückte sich, um ihre Tasche aufzuheben. Als sie sich aufrichtete, sah sie zu ihm auf. Das Ärgerliche war aus seinem Gesicht verschwunden. Wie ein Häufchen Elend stand er mit hängenden Armen vor ihr.

»Ich kann nichts dafür, Greta, dass es so ist, wie es ist.«

»Wie was ist?«, fragte sie und spielte verunsichert an dem Taschengriff.

»Das Mädchen auf der Bühne ist nicht unser Problem.«

»Sondern?«

»Unser Problem ist, dass ich dich nicht zu mir auf die Bühne ziehen und vor allen Leuten mit dir tanzen kann. Weißt du eigentlich, wie weh mir das tut?«

Greta schwieg. Robert sprach das aus, worüber sie die letzten Tage gegrübelt hatte, was sie sich nicht eingestehen wollte, was sie immer wieder weggeschoben hatte. Doch jetzt machte sie sich Luft.

»Ich halte es kaum aus, Robert. Ich kann diese Heimlichkeiten nicht ertragen. Und diese Lügen. Ich bin unfrei, gefangen in einem Familiensystem, für das ich nichts kann. Und weißt du, was das Schlimmste daran ist?« Ohne seine Antwort abzuwarten, fuhr sie fort: »Ich kann daran nichts ändern. Vielleicht ist es besser, wir machen Schluss. Dann fühle ich diese Kluft zwischen deiner Freiheit und meiner engen Welt nicht so sehr.« Sie spürte Tränen aufsteigen.

Robert sah sie alarmiert an, und auch in seinen Augen standen plötzlich Tränen. »Du darfst mich nicht verlassen, Greta.«

»Aber wir werden uns verlieren, Robert. Ich fühle mich wie eine Traube, die *Botrytis cinerea* hat. So wie diese Edelfäule die Haut der Trauben angreift und auslaugt, so greift sie nach meinem Herzen. Es schrumpft und mit ihm die Liebe, die darin immer kleiner wird.«

»Greta! Ich will dein Herz retten. Bitte, ich weiß, dass ich das kann. Wir beide müssen es nur wollen.« Er sah sie hoffnungsvoll an, griff nach ihr. »Liebst du mich genug, um das noch ein kleines Weilchen auszuhalten?«

Sie sah die Hoffnung und die Liebe in seinen Augen. Der Gedanke, ohne Robert zu sein, war noch schrecklicher als der Abgrund zwischen ihren verschiedenen Welten. »Ja«, sagte sie leise. »Mehr als alles auf der Welt.«

19. KAPITEL

Neustadt an der Weinstraße,
Mai 1974

Der Winter war lang gewesen, mit wenig Lichtblicken. Greta und Robert schafften es nicht, sich mehr als zweimal im Monat allein zu sehen. Wenn Robert sonntags zum Essen kam, war Greta oft niedergeschlagen, weil sie sich nicht nah sein konnten. Noch immer belastete sie die Heimlichtuerei. Doch daran konnte sie nichts ändern. Robert und sie hatten beschlossen, nicht mehr darüber zu sprechen. Greta wusste, dass er sie an seinem Leben so gut wie möglich teilhaben ließ. Er erzählte oder schrieb ihr, wie er seine Tage verbrachte. Über seine Auftritte berichtete er ihr im Sekundenprotokoll. Aber manchmal klangen seine ausführlichen Berichte sehr bemüht, und wenn Greta ehrlich war, konnten sie nicht ersetzen, dass sie beide sich so selten sahen und nie etwas zusammen unternahmen. Ihre gemeinsame Zeit war immer eine gestohlene Zeit.

Daran änderte sich auch im Frühjahr nichts, aber zumindest erwachte die Natur wieder. Es wurde heller und wärmer. Auf den Weinbergen war mehr zu tun, doch die Arbeit fiel leichter. Zudem standen für Gretas Klasse verschiedene Besuche in Betrieben an, die für die angehenden Winzergesellen interessant waren.

Heute besuchten sie die Rebschule Aurora in Neustadt. Die Lehrlinge standen in der großen Halle. An den Seiten waren Werkbänke aufgestellt, an denen Mitarbeiter, überwiegend Frauen, damit beschäftigt waren, lange Wurzeln von Stecklingen mit raschen Schnitten zu kürzen.

Herr Froböss, der Besitzer, trat an eine der Werkbänke und begann, den Berufsschülern das Vorgehen beim Veredelungsprozess zu erklären. Er hielt zwei Stücke Rebholz in die Höhe. Eines war lang, das andere nur kurz, kaum so lang wie ein Streichholz. »Die Unterlagsrebe, die immer ein amerikanischer Rebstock ist, wird mit einer Sortenrebe, einem europäischen Rebauge, verbunden. Dazu kürzen wir die Unterlagsrebe, legen sie in die Stanzmaschine und führen den Omegaschnitt aus.« Er legte das lange Stück in die Maschine und stanzte es. Anschließend reichte er es an Greta weiter, die direkt neben ihm stand. Er zeigte auf den Schnitt. »Hier, das sieht wie der griechische Buchstabe Omega aus, wenn ihr es euch im Querschnitt anseht.«

Greta drehte das Rebholz behutsam zwischen den Fingern, bevor sie es weitergab.

»Sieht eher aus wie der Ausschnitt eines Puzzlestücks«, warf der Mitschüler neben ihr ein.

»Genau«, sagte Herr Froböss und fuhr fort: »Dann wird das Stück der Sortenrebe so gestanzt, dass sie exakt in das Omega reinpasst. Beide Teile werden zusammengeführt, damit die Veredelungsstelle nicht austrocknet. Diese Arbeiten haben wir bereits im Januar und Februar gemacht.«

Er führte die Gruppe zu einem Stapel Holzkisten. »In diesen Kisten werden die Stecklinge dann eingelagert. Die Zwischenräume füllen wir mit Holzspänen aus, die befeuchtet werden. Und dann ab in den Kühlraum damit. Bis jetzt, wenn erste Blättchen erscheinen.« Er zeigte auf ein paar zarte grüne Spitzen, die durch die Holzspäne ans Licht drängten. »In den nächsten Tagen werden die Stecklinge ins Feld gesetzt, damit sie Wurzeln schlagen können. Das ist die sogenannte Rebschule. Im späten Herbst holen wir sie dann aus dem Boden, meist im November und Dezember. Und Anfang des Jahres beginnen wir, sie für den Verkauf an die Winzer fertig zu machen, damit sie dann im Mai gepflanzt werden können. Ihr seht also, es dauert ein ganzes Jahr, ehe man so einen kleinen, sortenreinen Steckling hat.« Er deutete auf eine weitere Kiste, in der die Ware lag.

In diesem Moment fiel am anderen Ende der Halle eine Tür mit einem lauten Knall ins Schloss.

Greta zuckte zusammen und wandte sich um. Es war Fritz Freudberg, der mit großen Schritten die Halle durchquerte und auf die Gruppe zukam. »Froböss, wünsche einen guten Tag! Hätte ich gewusst, dass du unserem Winzer-Nachwuchs wieder Märchen erzählst, wäre ich erst heute Nachmittag gekommen«, sagte er und ließ den Blick über die Winzerlehrlinge schweifen. Als er Greta erkannte, stutzte er und zog die Augenbrauen hoch. Dann lächelte er kurz und neigte flüchtig den Kopf zum Gruß.

Die beiden Männer begrüßten sich mit Handschlag, und Froböss wandte sich an die Lehrlinge. »So, das war's für heute. Denkt an mich, wenn ihr euer eigenes Weingut habt und Stecklinge braucht. Aus der Kiste hier dürft ihr euch jeder einen mitnehmen.«

Freudberg schlug Froböss auf die Schulter. »Der Mann

hier weiß, was er tut. Er ist einer der besten in der ganzen Gegend.«

Die Winzerlehrlinge griffen zu und verabschiedeten sich nach und nach.

Greta musterte die wurzelnackten Stecklinge. »Danke, Herr Froböss. Verraten Sie mir noch, welche Rebsorte das ist?«

»Silvaner, Greta. Froböss schenkt den Lehrlingen immer einen Silvaner«, sagte Freudberg lachend, bevor Froböss antworten konnte. »Ob sie ihn wollen oder nicht.«

Froböss nickte und sah, wie Greta in die Kiste griff und sich einen Rebstock nahm. »Du bist die Einzige, die nach der Sorte gefragt hat«, meinte er.

»Ich sollte doch wissen, was ich pflanze, oder?«

»Richtig, Greta.« Wieder war es Freudberg, der sich an sie wandte. Er sah sie mit zusammengekniffenen Augen an. »Weißt du auch schon, wo du deinen kleinen Silvaner setzt?«

»Ja, ich kenne genau die richtige Stelle dafür. Aber glauben Sie nicht, dass ich sie Ihnen verrate. Sie haben mich letztes Jahr beim Weinfest schon so ausgefragt.« Sie lächelte ihn freundlich an, doch beiden Männern entging nicht der Hauch von Spott, der in ihrer Antwort lag.

Froböss lachte auf. »Richtig so. Das Fräulein hat Schneid! Ein Winzer sollte seine Geheimnisse nicht mit jedem teilen.«

Freudberg verzog gespielt das Gesicht, dann wandte er sich an Froböss. »Ich will meine Rotberger-Stecklinge abholen.«

»Die ersten tausend sind schon verpackt, Fritz«, meinte Froböss. »Die anderen ...«, Froböss zeigte zu den Frauen,

»... sind dann morgen so weit. Zweitausend wolltest du, richtig? Reichen ja für einen halben Hektar.«

Freudberg nickte zufrieden. »Auf dich kann man sich verlassen, Froböss.« Er griff nach einem Bund Wurzelstöcke, das eine Arbeiterin gerade zusammengebunden hatte, und zog einen Steckling heraus. Er zeigte ihn Greta. »Und, was sagst du dazu?«

Sie betrachtete das Rebstück. »Genau richtig. Kurze, dicke Wurzeln, der wird gut angehen.«

Freudberg musterte sie, ähnlich wie damals auf dem Weinfest. »Weißt du, woraus der Rotberger gekreuzt wurde, Greta?«

»Aus Trollinger und Riesling. Er gehört zu den spät reifenden Sorten, und der Ertrag ist groß«, gab sie zurück.

Freudberg nickte anerkennend. »Genau. Ich habe letztes Jahr schon einen Weinberg damit angelegt. Hast du noch einen Tipp für mich, Jungwinzerin?«

Greta schüttelte den Kopf. »Leider nein. Dieses Mal kann ich Ihnen nicht sagen, wie der Wein schmeckt. Ich habe ihn noch nie gekostet.«

»Das wirst du eines Tages. Da bin ich mir sicher.« Er sah auf die Uhr. »Ich kann dich mit zurück nach Kirchheim nehmen, wenn ich aufgeladen habe. Dann brauchst du nicht mit dem Bus zu fahren.«

»Danke, aber das ist nicht nötig. Ich habe noch etwas zu erledigen.« Damit verließ sie die Rebschule Aurora.

In Worms lief Greta die Straße entlang zu Roberts Haus. Das kurze Gespräch mit Fritz Freudberg klang in ihr nach, und ihr fiel wieder ein, dass er ihr auf dem Weingräfinnenfest angeboten hatte, bei ihm später zu arbeiten. Doch das würde nie passieren, denn das konnte sie den Hellerts nicht antun.

Sie drückte den Klingelknopf der WG. Heute Nachmittag hatten Robert und sie endlich ein bisschen mehr Zeit. Sie hatte Elfriede gesagt, dass der Besuch bei der Rebschule den ganzen Tag dauern würde. Vielleicht konnten Robert und sie sogar einen kleinen Ausflug an den Rhein machen? Das wollten sie schon seit Monaten, und nie hatten sie es geschafft. Ungeduldig wartete Greta auf das vertraute Summen des Türöffners. Als alles still blieb, drückte sie erneut auf den Klingelknopf. Doch niemand öffnete ihr.

Greta stieg aus dem Bus. Wütend lief sie zum Hof hoch.

Sie hatte über eine Stunde vor Roberts Haus gewartet. Er konnte ihr Treffen unmöglich vergessen haben. Er hatte auch keine Nachricht für sie im Briefkasten hinterlassen. Sie hatte sich gedemütigt gefühlt. Als der ältere Herr, der im Erdgeschoss wohnte, zum zweiten Mal das Fenster geöffnet hatte und von ihr wissen wollte, auf wen sie warte, war sie gegangen.

Es war das erste Mal, dass Robert sie versetzt hatte. Verstand er nicht, was diese seltenen Stunden ihr bedeuteten? Und wo war er überhaupt? Seine Honda hatte er neben dem Hauseingang bei den Mülltonnen abgestellt. So war wenigstens ausgeschlossen, dass er einen Motorradunfall gehabt hatte. Aber was war ihm wichtiger gewesen als ihre Verabredung?

Greta log die Hellerts nicht gern an, aber nun würde sie erneut schwindeln müssen, wieso sie schon so früh wieder nach Hause kam.

Und tatsächlich trat Elfriede aus der Küche heraus, kaum dass Greta die Haustür geöffnet hatte. »Was machst du denn schon hier? Ist etwas passiert?«

Greta stellte ihre Schuhe ins Regal. »Ich musste eher gehen. Ich habe solche Kopfschmerzen. Das fühlt sich schon fast an wie Migräne.«

Elfriede musterte sie, und Greta sah anscheinend so elend aus, wie sie sich fühlte, denn Elfriede nickte. »Dann leg dich mal gleich hin. Und später kannst du mir beim Etikettieren helfen.« Sie verschwand wieder in der Küche.

In ihrem Zimmer setzte sich Greta aufs Bett. Das Gefühl der Wut war einer traurigen Leere gewichen. Sie ließ sich zurückfallen und starrte an die Decke. Hatte sie bei ihrem letzten Treffen irgendetwas gesagt, das Robert geärgert hatte? Sie überlegte. Schön war es gewesen, voller Zärtlichkeit und Lust, danach hatte Robert ihr seine neuen Lieblingssongs vorgespielt.

Nein, Greta fiel nichts ein, was anders als sonst gewesen war. Einen Moment lang schloss sie die Augen, dann rappelte sie sich hoch, stand auf und kniete sich vor ihr Bett. Sie schob den kleinen Flickenteppich, der davor lag, zur Seite und tastete nach dem losen Dielenbrett. Sie zog ein Bündel mit kleinen Zetteln und einen Brief aus dem Versteck. Obenauf lag ein Fotostreifen mit drei Fotos. Robert und sie hatten sich im Dezember heimlich getroffen und in einem Fotoautomaten Fotos gemacht. Herumgealbert hatten sie. Greta hatte sich ihre rote Pudelmütze tief ins Gesicht gezogen, und Robert, der seinen Kopf von der Seite in die enge Kabine gesteckt hatte, schielte in die Kamera. Das vierte Foto hatte sie für das Medaillon zurechtgeschnitten.

Greta blieb auf dem Boden sitzen, lehnte sich mit dem Rücken gegen das Bett. Mit der rechten Hand angelte sie nach dem Kopfkissen, zog es vom Bett herunter und stopfte es sich in den Rücken. Nachdenklich las sie Roberts letzten Zettel. Hatte sie etwas übersehen?

Ich freue mich so sehr, wenn wir uns am Dienstag treffen. Ich kann es kaum erwarten. R., hatte er geschrieben. Sie ließ den Zettel sinken und schaute zum Fenster hoch. Nein, das war nicht zweideutig.

Sie steckte die Nachricht zurück in das Bündel und griff nach dem Liebesbrief, den Robert ihr an ihrem zwanzigsten Geburtstag zugesteckt hatte. Das war ihr schönstes Geschenk gewesen.

Dagmar, Johann und Renate hatten sich ein »Alles Gute zum Geburtstag« abgerungen, und von Elfriede und Harald hatte Greta eine sehr praktische, aber auch sehr fantasielose Traubenschere geschenkt bekommen. So waren die Hellerts eben, verbanden das Angenehme mit dem Nützlichen.

Nur Matse, der im Februar dreizehn geworden war, hatte sich Mühe gegeben. Er hatte ihr auf seiner Nähmaschine einen knallroten Minirock genäht. Der Junge war mittlerweile so hoch aufgeschossen, dass es ein belustigender Anblick war, wenn er sich über die kleine Kindernähmaschine beugte.

Obwohl Greta Roberts Brief noch keine zwei Wochen hatte, war ihm deutlich anzusehen, dass sie ihn wieder und wieder auseinander- und zusammengefaltet hatte.

8. Mai 1974

Meine liebste Greta,

nicht wundern. Ich schreibe dir in einer Sprache jenseits meiner eigenen Worte, weil ich für das, was ich dir sagen möchte, keine habe.

Geliebte,
sei mein Schutzengel, meine Muse und meine Madonna. Schreib mir, oder ich sterbe.
Bevor wir einander kennenlernten, war ich tief im Inneren einer Höhle gefangen und kannte keinen Ausweg. Jetzt bist du mein Licht, das mich aus der Dunkelheit führt. Und ich werde bei Sonnenuntergang auf meiner Gitarre spielen, falls du Lust hast, mich zu begleiten.
Welch seltsame Kraft du hast, unvergleichliche Greta. Ich küsse dich dreimal, einmal dein Herz, einmal deinen Mund, einmal deine Augen.
Es gibt viele Gründe, warum ich glaube, dass ich dich liebe: Du gefällst mir sehr. Außerdem macht uns alles Erotische Spaß. Wir sind beide große Fans von Rod Stewart. Du riechst immer gut. Ich erfreue mich an deiner jungenhaften Neugier. Wir teilen die Leidenschaft, die Vernunft zu kritisieren und objektive Wahrheit abzulehnen. Ich bin so einsam.
Mein Engel, mein Alles, mein Ich. Deine Liebe macht mich zum glücklichsten und unglücklichsten Mann zugleich. Sei ruhig, liebe mich heute, gestern und auch morgen. Ich habe solche Sehnsucht nach dir, die mich mit Tränen füllt. Oh, liebe mich fort. Bleibe mein treuer,

einziger Schatz, mein Alles, wie ich dir. Nie eine andere kann mein Herz besitzen.

Ewig dein, ewig mein, ewig uns. G & R

(frei nach Baudelaire, Platon, Napoleon, Nietzsche, Beethoven, Hugo – das waren Profis – mir bleibt nur zu sagen: Let's spend the night together, frei nach Meister Jagger.)

Greta ließ den Brief sinken. Robert hatte sich eine Büchereikarte besorgt und ihr gegeben. Seitdem las sie ihm manchmal aus den ausgeliehenen Romanen die Stellen vor, die sie beschäftigten. Dann diskutierten und interpretierten sie und hatten mehr Spaß mit Literatur, als es Robert jemals für möglich gehalten hatte, wie er ihr eingestanden hatte. Bis er ihr mit einem Kuss den Mund verschloss.

Sie schaute ein letztes Mal auf Roberts ungleichmäßige Handschrift. Sie war sich sicher, dass er diesen Brief vor einem Jahr anders geschrieben hätte. Er begann, Literatur zu verstehen und zu begreifen, was sie bewirken konnte. Wie hatte Fräulein Heuser immer wieder gesagt? »Literatur öffnet den Blick für die Welt.«

Greta legte das Bündel und den Brief zurück in das Versteck unter dem Dielenbrett. Irgendetwas überaus Wichtiges musste Robert dazwischengekommen sein, beruhigte sie sich und sah zu der kleinen Silvanerrebe, die sie auf ihrer Kommode abgelegt hatte. Statt selbst hier in ihrer Kammer Wurzeln zu schlagen, sollte dies lieber der Rebsteckling draußen in der Erde tun.

Greta lehnte den Spaten gegen die Hauswand. Sie hatte hinter der alten Scheune eine gute Stelle für die Silvanerrebe gefunden. Lange hatte sie nicht überlegen müssen. Nur eins war ihr wichtig: Dies war ihre Rebe. Damit sollten die Hellerts nichts zu tun haben. Weder Harald noch Johann kamen hierher, wo seit zehn Jahren schon alte Weinstöcke verrotteten. Und nun eine junge Rebe hoffentlich gut anwuchs.

Fürsorglich beugte sie sich zu dem kleinen Rebstock hinunter, der spätestens in zwei Wochen den ersten Blattaustrieb haben würde. Sie nahm den Eimer, in dem sie den Steckling zuvor gewässert hatte, und goss den Rest des Wassers auf die Pflanzstelle. Während die Flüssigkeit langsam in der lehmigen Erde versickerte, beschloss sie, dass die Rebe noch mehr Wasser brauchte. Sie griff den Eimer, lief um die alte Scheune herum – und erschrak. Fast wäre sie mit Robert zusammengestoßen, der an der Ecke lehnte und zu ihrem Zimmer hinaufsah.

Erleichterung, dass es ihm gut ging, aber auch Ärger überkamen sie. »Wo warst du?«, zischte sie ihn an. »Ich habe über eine Stunde vor dem Haus auf dich gewartet. Und dann hat mich auch noch der alte Mann aus dem Erdgeschoss ausgefragt. Total bescheuert kam ich mir vor. Und noch nicht einmal ein Zettel von dir im Briefkasten!«

»Ich erklär's dir. Deshalb bin ich gekommen«, versuchte Robert, sie zu beruhigen.

»Da bin ich ja mal gespannt«, gab sie hitzig zurück.

»Ich hatte einen wichtigen Termin, mit einem Musikagenten. Stell dir vor, der überlegt, ob er mich unter Vertrag nimmt! Er kann natürlich nichts versprechen, aber wenn er sich dazu entschließt, will er sehen, was er für mich tun kann!«, sagte Robert.

Greta sah in sein Gesicht, das sie schon Tausende Male betrachtet hatte. Und nahm etwas wahr, was sie noch nie an ihm bemerkt hatte. Robert hatte für sich einen Sieg errungen, war seinem Lebensziel einen großen Schritt näher gekommen. Auch wenn sie ihm seinen Erfolg gönnte, wurde ihr wieder einmal klar, dass auch sie alles daransetzen musste, ihr Ziel zu erreichen. Wie steinig der Weg auch sein würde, wie viele Umwege sie auch gehen musste – eines Tages wollte sie ankommen.

20. KAPITEL

Kirchheim,
Juli 1974

Greta holte ihr Fahrrad aus der Scheune und schob es auf den Hof. Kurz drückte sie gegen die Reifen, um zu prüfen, ob sie noch genug Luft hatten.

Sie stieg auf und wollte losfahren, als Renate aus dem Haus trat. Sie hatte vorhin nach dem Kirchgang erzählt, dass Detlef sie abholen und mit ihr in die Eisdiele gehen würde. Elfriede hatte wohlwollend dazu genickt und Harald einen verschwörerischen Blick zugeworfen. Doch Harald hatte nur gleichgültig mit den Schultern gezuckt.

Wie immer zu stark geschminkt, trällerte Renate laut »Der Junge mit der Mundharmonika«, und das schrecklich falsch. Greta biss sich auf die Lippen. Sie hatte ihr schon mehrfach gesagt, dass es so hieß, aber Renate sang wie immer »Der Junge mit dem Hund von Monika«.

Renate blieb stehen. »Was hast du denn vor?«, fragte sie Greta und schaute misstrauisch zum Fahrrad. Sport war ihr suspekt.

»Ich brauche etwas Bewegung nach dem Sitzen auf der harten Kirchenbank«, meinte Greta. »Willst du mitkommen?«

»Ganz sicher nicht. Detlef holt mich gleich mit seinem

neuen Wagen ab.« Sie musterte Greta. »Da hast du ja mit deinem selbstgebatikten Rock die passende Kleiderwahl zum Radfahren getroffen«, bemerkte sie spitz.

»Soll ich dir auch einen machen? Ist einfach. Ein weißer Rock, eine Färbetablette und ein paar Schnüre«, bot Greta ihr an. Sie war sicher, dass Renate ablehnen würde.

»Ich trage nicht so lang. Mein Stil ist mini«, sagte Renate selbstgefällig und strich sich über ihren kräftigen Po, als wenn sie den Rock etwas verlängern wollte.

Renate hatte im letzten Jahr, seit sie mit Detlef ausging, noch ein paar Kilos zugelegt. »Ich kann mir nicht vorstellen, dass Detlef etwas Selbstgebasteltes gefällt.« Sie warf einen Blick auf Gretas braune Jesuslatschen. »Außerdem mag Detlef hohe Absätze«, fügte sie hinzu. »Er sagt, die machen schöne Beine.«

Greta sah an sich herunter, auf ihre schlanken, gebräunten Beine und ihre zierlichen Fesseln. Ohne Renates Einwand zu kommentieren, stieg sie aufs Rad. »Dann viel Spaß im *Venezia* beim Spaghetti-Eis.« Sie wusste, dass das Renates Lieblingseis war. »Und grüß Detlef.«

Greta bog in den Steilweg zum südlichen Weinberg der Hellerts ein. Gerade der erste Anstieg war beschwerlich. Immer wieder raffte sie ihren Rock zusammen, damit er nicht in die Speichen kam, bis sie endlich den kleinen Abzweig zum Wäldchen erreichte.

Robert hatte seine Honda an derselben Stelle abgestellt wie beim letzten Mal. Am See angekommen, ließ Greta ihr Fahrrad ins Gras fallen und winkte ihm zu. Er saß auf der Ansammlung von Findlingen im Wasser, hatte die Hosenbeine hochgekrempelt und ließ die Füße in den See baumeln. Als er Greta sah, stieß er sich von dem Stein ab, glitt in das seichte Wasser und watete auf sie zu.

Bei ihr am Ufer angekommen, zog er sie wortlos an sich und küsste sie leidenschaftlich. »Du bist spät heute.«

Greta löste sich von ihm. Hand in Hand gingen sie zu der Decke, die Robert hinter den Steinen ausgebreitet hatte. »Der Pfarrer hat in der Kirche heute endlos gepredigt.«

»Und was hat er seinen Schäfchen erzählt?« Robert küsste ihren Nacken.

»Ich glaube, zum ersten Mal haben seine Schäfchen verstanden, was er da oben auf seiner Kanzel sagte. Er hat quasi das gestrige WM-Finale nachkommentiert. Jetzt sind wir Weltmeister auch in den Augen des Herrn«, sagte sie mit geschlossenen Augen und fühlte, wie er mit seinen Lippen über ihr Schlüsselbein strich.

»Für mich gibt es nur eine Weltmeisterin«, murmelte Robert und beugte sich zu ihr.

Greta schlug die Augen auf. Robert lag dicht neben ihr und sang leise in ihr Ohr: »*Imagine …*«

Sie blickte in den Himmel, dann legte sie ihren Kopf auf Roberts nackten Bauch. »Wenn doch Johanns Hausentwürfe bald umgesetzt werden!«

»Da muss Dagmar wohl noch ein paar Monate bei ihrem Vater quengeln, dass der den Hausbau finanziert«, kommentierte Robert trocken.

Greta setzte sich auf und schlüpfte in Bluse und Rock. »Ich muss dir was erzählen. Versprich mir, dass du nicht in die Luft gehst.«

Robert griff nach seinem T-Shirt, zog es sich über und runzelte die Stirn. »So schlimm?«

Greta nickte.

»Schieß los.«

»Johann hatte sich ja schon in seiner Hochzeitsnacht danebenbenommen. Und letztes Jahr, als Renate Weingräfin wurde, hat er mir vor allen Leuten an den Po gegrapscht. Auch da war er betrunken.«

»Ich hätte ihn mir da schon vorknöpfen sollen!«, sagte Robert zornig.

Greta legte ihm beruhigend eine Hand auf den Arm. »Und ich bin froh, dass du das nicht gemacht hast.«

Er zog sie an sich.

»Aber letzte Woche, im Weinkeller, da war er nüchtern. Er wollte mich gegen die Wand drängen, hat gesagt, was ich für einen tollen Vorbau hätte, so …«, sie stockte kurz, bevor sie fortfuhr, »… so fest, so prall, nicht so wabbelig wie bei Dagmar. Es war so widerlich. Da habe ich mein Knie angezogen und ihm mit ganzer Wucht, na ja, du weißt schon.«

Robert lehnte sich etwas zurück und sah sie eindringlich an. »Du musst da weg, Greta. Johanns Übergriffe sind einfach das Letzte!«

»Ich wusste, dass du das sagen würdest. Aber ich halte es noch aus«, widersprach sie.

Robert zündete sich eine Zigarette an. »Erinnerst du dich an den Musikagenten, wegen dem ich dich vor ein paar Wochen versetzt habe?«

Greta nickte.

»Er hat mich noch mal kontaktiert.«

»Was wollte er?«

»Er hat sich entschieden! Er nimmt mich als Gitarrist unter Vertrag! Ist das nicht toll?« Er strahlte sie an.

»Und was sagen Benno und Luke dazu?«, fragte sie.

Robert schnipste eine Ameise weg, die über Gretas Fußrücken gekrabbelt war. »Die kommen schon damit klar.«

Greta sah ihn überrascht an. »Das ist jetzt nicht dein Ernst. Du lässt deine besten Freunde fallen?«

»Was meinst du denn mit ›fallen lassen‹? Ich muss schließlich an meine Zukunft denken. Bald werde ich richtig Geld verdienen, Greta«, rechtfertigte er sich.

»Und das heißt was genau? Dass du mich dann auch fallen lässt? Weil du an dich denken musst?«, empörte sich Greta.

»Quatsch. Ich habe doch gerade gesagt, dass du da wegmusst. Zieh zu mir.« Robert sah sie verwundert an.

»Du hast noch lange kein Geld. Außerdem kommst du selbst gerade mal so eben über die Runden. Und jetzt reicht es plötzlich für zwei?« Greta war so enttäuscht, dass ihr die Tränen kamen.

»Na ja, wenn du nächstes Jahr mit deiner Ausbildung fertig bist, dann verdienst du mit.«

»Wenn, dann … Du weißt doch, dass ich noch nicht volljährig bin.«

»Mensch, Greta. Das nervt jetzt wirklich. Ab dem ersten Januar ist man mit achtzehn schon volljährig! Das Gesetz ist doch bereits verabschiedet. Dann machst du, was du willst!«, meinte Robert ungeduldig.

»Und wie soll das gehen? Volljährig oder nicht? Ich ziehe zu dir und den Kiffern, die nachts so laute Musik hören, dass selbst du manchmal zu Luke flüchtest?«, fragte sie hitzig.

»Klar, du bleibst lieber auf dem Hof und stehst Ängste aus und folgst brav allem, was Harald und Elfriede dir vorschreiben. Erst gehst du nicht weg, weil du nicht volljährig bist, dann gehst du nicht weg, weil du deine Ausbildung noch nicht abgeschlossen hast. Und danach bleibst du am besten auch noch da und lässt dich weiter ausbeuten. Du wirst das ewige Mündel bleiben. Und hast nicht begriffen, dass das Mündel Vormund sein soll.« Robert sah sie genervt an, als sei sein herablassender Ton nicht schon überheblich genug.

Greta zuckte zusammen. »Was zitierst du jetzt Peter Handke? Hast du das Stück überhaupt gelesen? Anscheinend nicht, denn ich bin weder ein geistig zurückgebliebenes Mündel noch bringt mir jemand das Rübenhacken bei, was ihn dann selbst den Kopf kostet.«

Wütend drückte Robert seine Zigarette im Moos aus.

Greta sah, dass sie ihn verletzt hatte. Bislang hatte sie es vermieden, ihm gegenüber ihr Wissen zu demonstrieren. Er hatte einmal gesagt, dass er gern so belesen wäre wie sie. Aber wenn er schon ein literarisches Zitat anbrachte, dann sollte es auch stimmen, fand sie.

»Danke, dass du mir immer wieder zu verstehen gibst, dass ich nicht so schlau bin wie du«, sagte er, als er sich wieder aufrichtete.

Greta ging nicht darauf ein. »Du hast echt nichts kapiert. Elfriede und Harald schmeißen mich doch sofort raus, wenn ich zu dir ziehe!«

»Dann machst du deine Lehre eben bei einem anderen Winzer fertig«, gab er zurück.

»Ja, wo denn? Oder glaubst du, der blöde Hirtz wird mir helfen, die Lehrstelle zu wechseln? Der lacht sich doch ins Fäustchen, wenn die einzige Frau in seiner Klasse scheitert!«

»Jetzt vertrau mir mal, Greta. Wir ziehen das zusammen durch. Ich helfe dir. Alles andere ergibt sich schon.« Robert stand auf und begann, zwischen der Decke und den Ufersteinen hin und her zu laufen.

»Wie denn, wenn du auf der Bühne stehst? Du hast echt keinen Plan, Robert!« Greta wandte sich ab, um sich unbemerkt die Wuttränen von den Wangen zu wischen.

Robert blieb am Ufer stehen. »Aber du?«, gab er so laut zurück, dass es über die glatte Wasserfläche hallte.

»Allerdings! Ich will nämlich mein Abitur nachholen an der Abendschule. Und dazu brauche ich eine abgeschlossene Ausbildung. Aber das habe ich dir alles schon hundertmal erzählt. Du hörst mir überhaupt nicht zu, wahrscheinlich, weil du mit deiner eigenen egoistischen Stimme alles übertönst!«

»Du bist unfair!«, rief Robert. »Ich will endlich die Verantwortung für uns übernehmen, mit dir zusammenleben, eine gemeinsame Zukunft aufbauen, und du wirfst mir vor, nur an mich zu denken? Bei dir piept's doch!«

»Weil du nicht zu Ende denkst. Mehr als ›Du musst da weg‹ fällt dir nicht ein. Ich sehe eben weiter voraus als du!«

»Greta, die Zukunftsplanerin! Du begreifst nicht, dass man nicht alles in seinem Leben planen kann. Oder glaubst du immer noch im Ernst, dass du eines Tages Schüler unterrichtest? Denen du dann schöne Gedichte vorliest? Welche Farbe hat der Himmel eigentlich in deiner Welt?«, sagte er kalt.

Greta schnappte nach Luft, dann riss sie den Kopf zu ihm herum. Oft schon hatte sie mit ihrem Schicksal gehadert. Erst neulich, als ihre ehemaligen Mitschüler ihre

Abiturzeugnisse bekommen hatten. Aber dass Robert ihren Wunsch nach Unabhängigkeit nicht verstand, tat weh. Warum begriff er nicht, dass sie ein eigenes Leben haben musste, um eine gemeinsame Zukunft mit ihm haben zu können? »Besser als gar keinen Plan zu haben und bei drittklassigen Veranstaltungen die Klampfe zu schlagen«, gab sie zornig zurück. »Du bist so ein Idiot. Wenn ich volljährig bin, will ich frei sein. Oder glaubst du, ich stolpere von einer Abhängigkeit in die nächste? Vom alten zum jungen Hellert?« Erschrocken hielt sie inne.

»Du vergleichst mich allen Ernstes mit meinem Vater?«, stieß er hervor.

»Und du willst, dass ich zu allem Ja und Amen sage? Und als ungelernter Bettwärmer von dir abhängig bin?«

»Wenn du glaubst, du bist ein Bettwärmer«, äffte er sie nach, »dann such dir doch jemand anderen, dem du das Bett wärmen kannst!«

Greta sprang auf, raffte ihre Sachen zusammen und stieg auf ihr Fahrrad. Wütend trat sie in die Pedale.

Robert sah ihr ungläubig nach: »Du kannst doch jetzt nicht einfach so abhauen. Lass uns reden …«

Doch Greta wollte nicht mehr reden. Zu sehr hatten sie seine Worte verletzt.

»Du musst dich entscheiden!«, war das Letzte, was sie von Robert hörte, dann verschwand sie auf dem schmalen Weg durchs Unterholz.

Es war alles gesagt.

21. KAPITEL

Kirchheim und Bad Dürkheim,
September 1974

Im August, als die Berufsschule wieder angefangen hatte, hatte Greta immer wieder überlegt, ob sie in Roberts Briefkasten nachsehen sollte, ob er ihr eine Nachricht geschrieben hatte. Doch ihre Angst, dass kein Zettel darin liegen würde, war zu groß gewesen.

Gleich nach ihrem Streit in den Sommerferien am See hatte sie bereut, dass sie so überstürzt aufgebrochen war. Natürlich hätte sie mit Robert reden müssen. Albern, dumm, unnachsichtig hatte sie sich seitdem immer wieder geschimpft.

Robert hatte sich die letzten Sonntage immer wieder entschuldigt, dass er nicht zum Essen kommen könnte. Mal schob er eine Erkältung vor, mal einen Bandauftritt.

Greta wusste, dass er heute auf dem Wurstmarkt mit den Purple Floors spielen würde. Sie hatte sich entschieden: Sie würde die Hellerts verlassen, egal, wie schwer es werden würde. Denn sie liebte Robert und wollte mit ihm leben. Für den Rest ihres gemeinsamen Lebens, das so schnell wie möglich beginnen sollte. Das alles hatte sie ihm in einem Brief geschrieben.

»Alla hopp, Mädsche. Johann kann nicht alles allein machen«, rief Harald ungeduldig vom Hof. »Wo bleibst du denn?!«

Greta beeilte sich, den Brief in ihrer Jeanstasche zu verstauen, und lief hinunter.

Seit Wochen hatte es nur ein Thema gegeben: Welche Weinsorten sollten sie auf dem Wurstmarkt in Bad Dürkheim anbieten? Schließlich hatten sie sich für den Riesling und den Spätburgunder entschieden.

Es war das erste Mal, dass Harald und Johann, unterstützt von Greta, einen Stand dort haben würden. Der Markt galt als größtes Weinfest der Welt. Er zog eine halbe Million Besucher an, mit zahlreichen Festzelten und einem historischen Umzug, der an die Anfänge des Marktes im 15. Jahrhundert erinnerte. Damals pilgerten Wallfahrer zum nahen Michaelsberg. Bauern und Winzer hatten ihre Waren auf Schubkarren transportiert, um die Pilger zu versorgen, weshalb man auch heute noch von »Schubkarchstand« sprach.

Greta kam aus dem Weinkeller. Sie hatte zwei Kisten Wein mit Riesling übereinandergestapelt, ging zum Hänger und stellte sie dort aufatmend ab. »Ich muss noch ein paarmal gehen.«

»Mach das«, grummelte Harald und verschnürte die Weinkartons auf dem Anhänger. »Mal sehen, wie viel wir verkauft kriegen. Sonst laden wir morgen nach.«

Greta lief zurück zum Weinkeller. Doch als sie ein Auto auf den Hof fahren hörte, blieb sie stehen und blickte sich um. Was machte Johann hier? Er stieg aus dem Wagen mit der Aufschrift der Metzgerei Dreckmann. Sein Schwiegervater hatte ihm diesen samt Anhänger für den Aufbau des Standes auf dem Wurstmarkt geliehen. Der Metzgermeister war dort seit Jahren vertreten. Dieses Jahr sollte es neben seinem Stand einen kleinen Ausschank der Hellerts geben. Zwar keinen Schubkarchstand, aber es sei immerhin ein Anfang für ihren Weinverkauf, hatte Johann stolz verkündet, als er die Abmachung mit seinem Schwiegervater getroffen hatte.

Jetzt schlug Johann wütend mit der flachen Hand auf das Wagendach.

Harald war mit wenigen Schritten bei ihm und starrte auf den Edelstahltresen, der noch auf dem Hänger stand.

»Was ist los, Buwe?«, fragte er argwöhnisch. »Warum hast du den Tresen noch nicht aufgebaut?«

»Es wird keinen Ausschank geben!« Johann drehte sich zu seinem Vater um.

Harald starrte ihn an.

Die beiden standen sich jetzt gegenüber. Im Profil sah es auf den ersten Blick aus, als wenn einer von ihnen vor einem Spiegel stünde. Nur das Alter unterschied sie. Greta hielt Abstand, denn sie ahnte, dass es zum Streit kommen würde.

»Und warum nicht? Du hast doch alles abgesprochen?«, schnauzte Harald seinen Sohn an.

»Dieser verdammte Tresen ...« – Johann hieb mit der flachen Hand gegen das metallene Seitenteil, verzog das Gesicht, als sein Ehering nicht nur einen blechernen Klang unter der Wucht des Schlages gab, sondern sich tief in seinen Ringfinger grub – »... entspricht nicht den Vorschriften. Die Platte muss aus Holz sein. So etwas Vorsintflutliches.«

Einen Moment lang schwieg Harald, dann polterte er

los: »Du willst mir sagen, dass wir mit diesem Teil, das du extra für teures Geld beim Schlosser in Auftrag gegeben hast, nicht auf dem Worschdmarkt stehen dürfen?!« Er funkelte seinen Sohn an.

Greta kannte diesen Gesichtsausdruck nur zu gut. Harald schien seinen Jähzorn mit den Jahren immer schlechter unterdrücken zu können.

Elfriede kam aufgeregt aus dem Haus gelaufen. Doch bevor sie nachfragen konnte, warum Johann zurück war, holte Harald aus und versetzte seinem Sohn eine schallende Ohrfeige.

»Alles wollte der Herr selbst organisieren. ›Ich kümmere mich, du brauchst nur den Wein bringen‹«, äffte er wutentbrannt Johann nach, der sich vor Schmerz die Wange hielt. »Und wie stehe ich jetzt in meiner Weinbruderschaft da!« Er klappte die Lade vom Anhänger auf, griff nach dem Tresen und versuchte, ihn vom Hänger zu ziehen. Er schrie auf und blickte entsetzt auf seine Hand. Durch die Handinnenfläche zog sich ein tiefer Schnitt, aus dem Blut hervorspritzte.

Elfriede lief zu Harald, riss seinen Arm in die Höhe und übernahm das Kommando. »Halt den Arm hoch! Hol frische Tücher, schnell!«, wies sie Greta an. »Und du, Johann, koppel den Hänger ab. Harald muss ins Krankenhaus! Das muss genäht werden.«

Johann stand wie angewurzelt da. Greta wusste, dass er kein Blut sehen konnte. *Hoffentlich kippt der nicht gleich um,* dachte sie. Laut sagte sie. »Ich mache das mit dem Hänger. Los, Johann, hol du die Tücher. Im Küchenschrank, oben rechts. Beeil dich!«

Johann blickte sie an, als wenn er nicht verstehen würde, was sie von ihm wollte. Doch dann nickte er und setzte sich in Bewegung.

»Ganz ruhig, Harald«, beruhigte Elfriede ihren Mann, aber auch sich selbst. »Das wird schon. Bis zur Ernte ist das verheilt.«

Harald war blass geworden. Er hielt den Arm noch immer nach oben. Das Blut lief aus der klaffenden Wunde den Ärmel hinunter und bahnte sich einen Weg über sein kariertes Hemd.

Greta lief zur Scheune und holte eine Kiste, auf die sich Harald setzen konnte. Dann entkuppelte sie den Anhänger.

Mit einem Stapel heller Handtücher kam Johann aus dem Haus geeilt. Elfriede nahm sich drei und versorgte damit Haralds blutende Hand mit einem Druckverband. Besorgt half sie ihm, sich auf die Rückbank des Wagens zu setzen, und rutschte neben ihn, während Johann hinter dem Steuer Platz nahm. Ganz unüblich für Elfriede herrschte sie ihren Sohn an: »Und jetzt fahr ja vorsichtig ins Kreiskrankenhaus!«

Harald drehte mit der unverletzten Hand die Scheibe herunter und rief Greta zu: »Lad den Hänger ab und bring die Kisten zurück in den Keller. Der Wein muss ins Kühle.«

Greta nickte und blickte dem Wagen nach, der langsam die Auffahrt zur Straße hinunterfuhr. Sie wusste, dass die Hellerts mit den Sondereinnahmen vom Wurstmarkt kalkuliert hatten. Das Geld hatten sie in einen gebrauchten Lieferwagen investieren wollen, um ihren Kundenkreis auszubauen, weitere Restaurants und Geschäfte, die größere Mengen bestellten. Das musste jetzt wohl wieder warten. Sie sah zu den Kisten, die Harald auf dem Hänger festgezurrt hatte, und seufzte. Sie löste den Gurt, den sie ihrem Ziehvater letztes Weihnachten geschenkt hatte und der ihn nur achtlos mit einem kurzen »Danke« zur Seite gelegt hatte. Aber dann hatte er ihn doch gleich am nächsten Tag ausprobiert und seitdem immer wieder in Gebrauch genommen.

Sie griff nach der ersten Kiste.

Oben im Haus riss Matse das Fenster auf. »Warum trägst du alles wieder zurück?«, wollte er wissen. In der Hand hielt er seinen neuen Kassettenrekorder, an den er ein Mikrofon angekoppelt hatte. Greta wusste, dass er gern die neuesten Schlager aus dem Radio auf Kassette aufnahm.

»Weil wir nicht auf den Wurstmarkt gehen. Komm runter und hilf mir«, rief Greta ihm zu und lief weiter zum Weinkeller.

»Und was ist mit meiner Schlagersendung? Gleich kommt Terry Jacks. Ich habe ›Seasons in the Sun‹ noch nicht«, rief er zurück.

»Das wird noch hundertmal gespielt. Jetzt runter mit dir«, pfiff sie ihn an. »Sonst lernst du mich gleich mal richtig kennen.« Sosehr sie Matse liebte, so sehr ärgerte es sie, dass er sich von Renate abgeguckt hatte, sich vor der Arbeit zu drücken. »Kistenschleppen ist das beste Training, besser als gestern die Baumstämme auf dem Trimm-dich-Pfad. Das gibt Muckis.« Vorsichtig ging sie die Treppenstufen in den Keller hinunter.

Als sie wieder nach oben kam, stand Matse am Kellereingang und reichte ihr eine Kiste, die er abgeladen hatte. »Du bist echt fies.«

»Und du faul. Abmarsch, hol die nächste Kiste«, sagte Greta und stieg erneut die Treppenstufen hinunter.

»Ehe wir den Hänger leer haben, ist meine Sendung vorbei«, rief er ihr maulend nach.

Greta beschloss, nicht darauf einzugehen. Sie wusste nur, dass sie heute unbedingt zum Wurstmarkt wollte. Sie musste Robert vor seinem Auftritt abfangen und ihm den Brief geben. Darin hatte sie nicht nur über ihre Gefühle zu ihm geschrieben, sondern ihm auch versprochen, dass sie am Tag ihrer Volljährigkeit bei ihm einziehen würde. In drei Monaten und drei Wochen würde ihr gemeinsames Leben beginnen.

Als sie und Matse den Hänger abgeladen und ihn in die große Scheune geschoben hatten, überlegte Greta, ob sie warten sollte, bis Elfriede, Johann und Harald aus dem Kreiskrankenhaus zurückkamen. Sie entschied sich dagegen. Wahrscheinlich würde der Streit zwischen Harald und Johann sich weiter fortsetzen. Und vielleicht würde sie sogar mit reingezogen werden. Mit den Jahren hatte sie begriffen, dass in dieser Familie immer nach einem Verantwortlichen gesucht wurde. Selbst wenn sie nichts mit dem Metalltresen zu tun hatte, würde Johann etwas einfallen, um ihr die Schuld in die Schuhe zu schieben.

Sie holte ihr Fahrrad aus der Scheune und lehnte es gegen die Hauswand.

»Wohin willst du?«, fragte Matse.

»Zum Wurstmarkt.«

»Ich komm mit.«

»Dann musst du aber kräftig in die Pedale treten.«

»Einverstanden«, sagte Matse, »aber wir schließen die

Räder irgendwo an, wo uns keiner sieht. Sonst werde ich gleich wieder gehänselt, wenn mich einer aus meiner Schule mit Renates ollem Bonanzarad sieht.«

Greta lächelte. Sie wusste, wie sehr Matse unter dem weiß-pinken Rad litt. Nicht weil er Pink und Weiß nicht mochte. Sondern weil die anderen Jungen in seiner Klasse diese Mädchenfarben nicht mochten.

»Ich zieh mir nur noch schnell den Minirock an, den du mir genäht hast.«

Matse strahlte. »Dann bist du die Schönste.«

Kurz darauf schwangen sie sich auf ihre Räder. Greta hatte einen Zettel auf den Küchentisch gelegt. Sie würden Metzgermeister Dreckmann, Dagmar und ihren Bruder Otto, die auf dem Wurstmarkt ihrem Vater am Stand halfen, über Haralds Unfall informieren.

Als sie ihre Fahrräder gegenüber dem großen Weinfass in Bad Dürkheim abstellten, strich sich Matse die Haare aus der verschwitzten Stirn. »Warum bist du denn so schnell gefahren, Mimi?«

»Damit wir auch mal ankommen.« Sie schloss ihr Fahrrad ab.

Matse entsperrte sein Nummernschloss, legte es um einen Laternenpfahl und sicherte das Bonanzarad ebenfalls. Dann sah er zum Weinfass, in dem ein Restaurant untergebracht war, und rollte mit den Augen. »Bloß weg hier, sonst kriege ich schlechte Laune. In Erdkunde haben wir gestern wieder über dieses blöde Fass gesprochen. Dabei musste ich schon in der Grundschule zweimal ein Referat über die doofe Tonne halten.«

»Und was ist davon bei dir hängen geblieben?«, zog

Greta ihn auf. Aus dem Fahrradkorb nahm sie ihre selbstgenähte Jeanstasche, in der sie etwas Geld und den Brief für Robert hatte.

»Weingutsbesitzer und Küfermeister Fritz Keller hat im Schwarzwald 1934 zweihundert Tannen gefällt, um das Dürkheimer Fass zu bauen. Es ist das Herzstück der Weinstraße. Es hat einhundertfünfundsiebzig Fassdauben, die es zusammenhalten, der Rauminhalt beträgt 1,7 Millionen Liter. Es hat zwei Ebenen, und es passen vierhundertdreißig Leute rein«, leierte Matse herunter. Dann grinste er sie an. »Reicht das?«

Greta lachte. »Das war eine glatte Zwei.« Sie hakte ihn ein, als ihr von hinten jemand auf die Schulter klopfte. Sie drehte sich um und sah in Lutz' freundliches Gesicht.

»Hallo, Greta. Ich hatte gehofft, dich hier zu treffen. Gehen wir ein Stück zusammen?« Der Wurstmarktplatz war keine zehn Minuten zu Fuß entfernt.

»Klar, dann wird uns die Zeit nicht so lang«, lachte sie.

Lutz sah sie stirnrunzelnd an. Er brauchte einen Moment, bis er ihre Ironie verstand. Dann nickte er und schlenderte neben ihnen her.

»Wie ist es dir denn ergangen?«, fragte Greta.

Er schob sich seine Sonnenbrille ins Haar. »Mein Abitur habe ich bestanden, wie du ja weißt. Zwar nicht besonders gut, aber ich habe den Wisch. Mein Vater hat drauf bestanden, dass ich ein Praktikum als Krankenpfleger hier im Krankenhaus mache. Ziemlich anstrengend, ich habe nur Nachtschichten. Und ich habe einen Studienplatz für Medizin in Mainz ergattert.« Er fuhr sich durch sein Haar, das länger war, als Greta es in Erinnerung hatte. »Das sind so die Neuigkeiten bei mir. Und bei dir?«

Greta ging nicht auf seine Frage ein. »Das freut mich sehr für dich, Lutz.« Noch während sie es sagte, spürte sie Traurigkeit in sich aufsteigen. Darüber, wie ungerecht es war, dass es manchen so leicht und anderen so schwer mit ihren Berufswünschen gemacht wurde.

»Am Wochenende bin ich oft zu Hause. Wenn du Lust hast, können wir uns ja mal treffen.« Er senkte die Stimme, damit Matse ihn nicht hörte. »Oder sperren dich die Hellerts immer noch ein?«

Greta schüttelte leicht den Kopf und nickte unmerklich zu Matse. »Wir wollen zum Stand vom Dreckmann. Und du?«

Lutz druckste kurz herum. »Ich bin mit Sabine verabredet. Sie hilft beim Schubkarchstand von ihrem Onkel, dem Ganzler, aus.«

»Ach, mit der Schütter«, konstatierte Greta. Ihr lag es auf der Zunge, ihn zu fragen, ob er jetzt mit Sabine zusammen war. Es bestätigte ihr einmal mehr, dass nichts im Leben Bestand hatte. Wie sehr hatte Lutz Sabine abgelehnt, und jetzt war er mit ihr hier verabredet.

»Treffen wir uns später an der Bühne?«, fragte Lutz. Sein Blick ging hinüber zum Ganzler-Stand.

»Klar, da bin ich auch. Robert tritt mit seiner Band auf.«

Lutz zuckte kurz zusammen. »Ach, wirklich? Ja, gut, also, bis dann.«

Dagmar riss die Augen auf, als sie von Greta erfuhr, dass Harald einen Unfall gehabt hatte. Schon wollte sie sich die Schürze abbinden, doch ihr Vater hielt sie zurück. »Hiergeblieben. Du schaffst heute bei Otto und mir. Außerdem sind ja seine Frau und Johann bei ihm.«

»Ja, aber Johann braucht mich doch …«, warf Dagmar hilflos ein. Ihrem erhitzten Gesicht war die Anstrengung, die vielen Kunden zu bedienen, anzusehen. Doch damit kam sie bei ihrem Vater nicht durch. Metzgermeister Dreckmann fuchtelte bedrohlich mit einer spitzen Grillgabel vor ihr herum. »Papperlapapp, Harald ist verletzt, nicht Johann«, entschied er streng, bevor er zum Grill trat, um die Würste zu wenden. »Geh rüber zu Otto und hilf ihm.«

In diesem Moment trat der nächste Kirchheimer an den Stand: Detlef Mahlig. Instinktiv sah Greta sich um. Wo er war, war Renate nicht weit. Aber diesmal schien Detlef allein zu sein. Er begrüßte Greta und Matse, bevor er eine Pfälzer Bratwurst bei Dagmar bestellte. »Mit viel Senf, bitte.«

Dagmar nickte und schob ihm keine Minute später einen Teller mit der Wurst zu. Matse zupfte Greta am Ärmel. »Ich guck mal drüben beim Schießstand zu, da gibt es immer so schöne Rosen.«

Greta nickte. Detlef biss von seiner Wurst ab und musterte Greta aufmerksam. »Steht dir wirklich toll, der Rock«, sagte er mit vollem Mund.

»Danke, den hat Matse mir genäht.«

»Weißt du, Greta, ich freu mich jedes Mal, wenn du zu uns in den Laden kommst. Du strahlst immer so. Und ich kann mich mit niemandem so gut unterhalten wie mit dir.« Detlef biss erneut von der Wurst ab.

Greta ließ ihre Begegnungen mit Detlef Revue passieren. Mehr als Dialoge wie »Bitte zweihundert Gramm Gouda dünn geschnitten« oder »Darf's etwas mehr von dem Saumagen sein?« fielen ihr nicht ein. Sie grüßte ihn immer freundlich, aber ein richtiges Gespräch hatte es nie gegeben.

»Ich finde auch, dass du ein guter Gesprächspartner bist«, gab sie freundlich zurück. Sie wollte ihn nicht verletzen und ließ ihn in dem Glauben, dass auch sie sich gern mit ihm unterhielt.

»Ich kann nicht nur gut reden, ich tanze auch gut!«, grinste er stolz über das Lob.

»Aber ich bin nicht so eine gute Tänzerin wie Renate«, bemerkte Greta und stieß ein kurzes Stoßgebet aus. Wenn Renate sie zusammen sah, hagelte es bestimmt spitze Bemerkungen.

»Können wir ja gleich mal ausprobieren«, gab er kauend zurück.

»Ich warne dich – im Gegensatz zu Renate war ich nicht im Tanzkurs«, versuchte Greta, ihn zu entmutigen.

Misstrauisch verfolgte Dagmar das Wortgeplänkel und sah zwischen Greta und Detlef hin und her. Sie wandte sich erst ab, als zwei junge Männer ungeduldig nach ihr riefen, um ihre Bestellung aufzugeben.

»Das werde ich bei deinem Fliegengewicht gar nicht merken. Renate zu führen, ist dagegen manchmal eine echte Herausforderung. Auch für meine Füße. Tanzstunde hin oder her.« Er lachte auf, um seine kritische Bemerkung etwas abzumildern. »Trotzdem liebe ich sie. Wirklich. Ich finde sie super.« Er nestelte in seiner Jackentasche. »Du verrätst mich doch nicht?«, fragte er vorsichtig.

»Niemals«, versicherte Greta, ohne zu wissen, worum es ging. Sie erfuhr es, als Detlef ein kleines Kästchen hervorzog und es aufklappte. »Wie findest du den?«

In dunklem Samt steckte ein goldener Ring mit kleinen

Granatsplittern. Greta erkannte mit einem Blick, dass es ein altes Familienstück sein musste. »Der ist wunderschön, Detlef«, sagte sie, »Renate kann sich glücklich schätzen.«

Zufrieden klappte Detlef das kleine Schmuckkästchen wieder zu und steckte es zurück in seine Jackentasche. »Ich werde sie nachher oben auf dem Riesenrad fragen. Ich weiß, sie wird mich niemals so lieben, wie ich sie liebe. So ist das eben, es gibt immer einen, der mehr liebt. Wenn sie nachher Ja sagt, wenn ich ihr den Antrag mache, werde ich zum glücklichsten Mann der Pfalz.« Detlef schien über seine eigenen Worte derart gerührt, dass er sich eine Träne aus dem Augenwinkel wischte. »Aber genug davon. Gehen wir zur Tanzfläche? Renate wollte sich nach der Arbeit erst noch frisch machen, bevor sie kommt.« Er grinste. »Und das kann ja bekanntermaßen etwas dauern.«

Greta lachte. »Stimmt.«

Auf der Tanzfläche vor der Bühne, auf der Robert spielen würde, tummelten sich einige Paare. Aber noch mehr standen abwartend am Rand und beobachteten diejenigen, die tanzten. Detlef zog Greta in die Mitte der Fläche und wirbelte sie zu Chris Roberts' Song »Du kannst nicht immer siebzehn sein« herum.

»Cha-Cha-Cha mag ich besonders«, sagte Detlef, als er sie wieder an sich zog.

»Du führst gut.«

»Da gehören ja immer zwei dazu.« Er zuckte zusammen, als ihm jemand auf die Schulter schlug. »Herrenwechsel.«

»Benno«, sagte Greta überrascht.

»Genau«, erwiderte er. »Ich will auch mal mit dir tanzen, Greta.« Roberts Freund, den Greta seit dem Auftritt auf dem Weinfest in Grünstadt nicht mehr gesehen hatte, zeigte hinüber zum Tanzflächenrand, wo inzwischen Renate und Dagmar standen. »Ich glaube, da ist jemand nicht besonders gut auf dich zu sprechen.« Er warf Detlef einen vielsagenden Blick zu, der sich sogleich formvollendet vor Greta verbeugte und zu Renate lief, die ihn schmollend ansah. Greta fing ihren bösen Blick auf und drehte sich zu Benno.

Der zog sie dicht an sich. Für einen so begnadeten Musiker war er ein erstaunlich schlechter Tänzer, setzte nur die Füße von links nach rechts. Er sah sie unverwandt an, während die ersten Klänge von »Après toi« von Vicky Leandros erklangen. »Ich wollte mit dir tanzen, um einmal ungestört reden zu können.« Er holte tief Luft. »Du kannst immer zu mir kommen, wenn du mal Sorgen hast. Also ich meine, wenn du dich allein fühlst. Ich bin für dich da. Das weißt du, oder?«

Greta legte ihre Hände gegen seine Brust und versuchte, etwas Abstand zwischen ihnen zu schaffen. »Ich bin nicht allein. Ich habe Robert.« Als es ihr endlich gelang, sich aus seinen Armen zu winden, blieb sie mitten auf der Tanzfläche stehen. »Musst du dich nicht auf euren Auftritt vorbereiten?«

»Soundcheck war schon. In einer halben Stunde geht's los.«

»Dann viel Glück. Weißt du, wo Robert ist?«

»Wohl hinter der Bühne«, meinte Benno vage.

Greta lächelte ihn an. Gut, dass Robert da war. Sie musste jetzt zu ihm. »War schön, dich mal wiederzusehen!« Sie ging zwischen den Paaren hindurch zum Rand der Tanzfläche, wo Renate und Dagmar noch immer standen. Renate nahm Greta hart am Arm und zog sie zur Seite. »Lass die Finger von meinem Kerl, verstanden?!«

»Ich will genauso wenig etwas von Detlef wie er von mir«, schoss Greta zurück.

Renate funkelte sie an. »Wehe, du sagst ihm ein Wort von Heemstede.«

»Spinnst du? Natürlich nicht. Wir haben nur getanzt.«

»Dagmar hat mir erzählt, dass ihr lange gesprochen habt. Über was?«

Greta ging auf ihre Frage nicht ein. »Hat sie das? An deiner Stelle würde ich mir mal überlegen, wem du trauen kannst und wem nicht.«

Dagmar kam zu ihnen und mischte sich ein. »Ich habe genau gesehen, wie du mit ihm geflirtet hast. Du lässt doch von keinem Mann die Finger.« Sie legte einen Arm um Renate.

»Wie wäre es, wenn ihr einen Verein gründet und ihn *Eris* nennt?«, fauchte Greta. Als sie in die verständnislosen Gesichter sah, fügte sie hinzu: »Die Göttin des Neides und der Missgunst. Solltet ihr nicht wissen, was das ist, schlagt es im Brockhaus nach. Das ist übrigens ein Lexikon. Denn lesen könnt ihr schon, oder?«

Lutz trat zu ihnen. »Komm tanzen, Greta.«

Sie nahm seine Hand und sah ihn dankbar an. »Sehr gern, lieber Lutz.« Greta zog Lutz auf die Tanzfläche. »Danke, dass du mich vor den beiden gerettet hast.«

»Sieht doch ein Blinder mit Krückstock, dass die neidisch auf dich sind.« Er begann einen unkontrollierten Ausdruckstanz und schnippte dazu arrhythmisch mit den Fingern. Dabei schüttelte er den Kopf hin und her. Es wollte nicht so recht zu »Immer wieder sonntags« passen, fand Greta.

Die Tanzfläche hatte sich in der Zwischenzeit gefüllt, sodass kaum Platz für ausfallende Schritte war, doch das schien Lutz nicht zu stören. Wild tanzte er um sie herum. Als er abrupt innehielt, folgte sie seinem Blick zu einer jungen Frau, die bewegungslos am Rand der Tanzfläche stand.

Greta sah in Sabines kalte Augen.

Lutz griff nach ihrer Hand und zog sie mit sich von der Tanzfläche. »Es tut mir leid, Greta, aber ich muss mich jetzt um Sabine kümmern«, flüsterte er ihr zu. »Danke für den Tanz«, sagte er dann laut, als sie bei Sabine ankamen, und gab ihr einen Begrüßungskuss auf die Wange.

»Hallo, Sabine«, sagte Greta. »Danke, dass ich mir Lutz ausleihen konnte. Nur schade, dass ich jetzt so gar keine Zeit zum Plaudern habe. Aber schau mal da drüben.« Sie zeigte zu Renate und Dagmar. »Die beiden haben einen Club gegründet und suchen Mitglieder. Du bist dafür sicher sehr geeignet.«

Damit ließ sie Sabine und Lutz zurück. Sie wollte jetzt unbedingt zu Robert und ihm den Brief geben, bevor er seinen Auftritt hatte. Weg von Detlef, Lutz und Benno. Weg von den hasserfüllten Blicken von Dagmar, Renate und Sabine. Zum ersten Mal in ihrem Leben war es Greta jedoch völlig egal, was andere von ihr dachten, stellte sie überrascht fest. Das war ein gutes Gefühl.

Sie lief um die Bühne herum. Irgendwo hier musste Robert sein. Sie sah, dass Benno und Luke an einer kleinen Treppe standen, um gleich auf die Bühne zu gehen. Auch sie blickten sich suchend um. Benno wedelte aufgeregt mit den Armen in eine Richtung. Die Menschen auf der Tanzfläche formierten einen Sprechchor. Immer wieder riefen sie nach den Purple Floors, es wurde gepfiffen und rhythmisch geklatscht.

Da entdeckte Greta Robert. Er stand etwas weiter hinten und unterhielt sich mit einem Mann, der sein dünnes, schulterlanges blondes Haar mit Pomade glatt gestrichen hatte. Die Koteletten trug er lang geschwungen wie Elvis Presley. Eindringlich redete er auf Robert ein. Greta erkannte, dass der Fremde einen grauseidenen Maßanzug trug. Das sah man hier nur selten. Statt einer Krawatte trug er einen Bolo Tie, ein dünnes Lederband mit einem Türkis, so wie sie es erst neulich bei Johnny Cash im Fernsehen gesehen hatte. Matse wusste gleich um die Entstehungsgeschichte dieser Westernkrawatte und hatte Greta lang und breit davon erzählt.

Robert nickte dem Anzugträger zu und gab Benno ein Zeichen, dass er gleich bei ihnen sein würde. Dann streckte er seinem Gesprächspartner die Hand entgegen, wie um ein Abkommen zu besiegeln, und verabschiedete sich.

Als Robert sich umdrehte, sah er zu Greta. Ihre Blicke trafen sich, und ein Strahlen ging über sein Gesicht. Rasch kam er zu ihr gelaufen. »Greta! Du bist da! Alles wird wieder gut?«

Greta sah in seine warmen braunen Augen, die sie in den letzten Wochen so vermisst hatte, dass es ihr fast körperlich wehgetan hatte. Sie hatte Tränen in den Augen, als sie nickte. Ohne zu zögern, umarmte Robert sie, vergrub kurz sein Gesicht in ihrem Hals.

Sie atmete seinen Geruch ein, wurde ganz ruhig. »Ja, alles wird gut«, murmelte sie.

»Ich muss auf die Bühne«, stöhnte Robert und gab ihr verstohlen einen Kuss in den Nacken. »Und dann muss ich dir etwas sagen«, flüsterte er ihr ins Ohr. »Also, nicht wieder weglaufen, einverstanden?«

Greta nickte und lächelte ihm zu. Es fühlte sich so vertraut, so richtig an, hierhergekommen zu sein. Sie konnte es kaum abwarten, dass er ihren Brief las.

Robert hielt vor der kleinen Treppe, die auf die Bühne führte, kurz inne. »Warte auf mich nach dem Gig.«

Greta lief zurück nach vorn, stellte sich an die Seite, von wo aus sie einen guten Blick auf die Bühne hatte. Schon spielte Luke einen Tusch, und Robert trat ans Mikro. »Hey, Leute. Wir halten uns nicht mit langen Vorreden auf, sondern wollen gleich richtig gute Musik für euch machen. Habt ihr Bock?«

»Ja«, grölte es aus der Menge.

Robert griff in die Saiten seiner Gitarre. Und nach einem kurzen Intro, in das Benno und Luke einfielen, begann er »Maggie May« zu singen.

Greta schloss für einen Augenblick die Augen. So gab Robert ihr also zu verstehen, dass alles gut zwischen ihnen war. Als das Stück endete, applaudierte sie genauso begeistert wie alle anderen. Doch bevor die Band den zweiten Song spielte, gab Robert Luke ein Zeichen, dass er mit seinem Schlagzeug seine Worte, die er jetzt an das Publikum richten wollte, musikalisch untermalen sollte.

»Heute Abend ist einzigartig. Und wisst ihr auch, warum? Ihr seid die Glücklichen, die die Purple Floors noch einmal hören können. Heute ist nämlich für lange Zeit unser letzter Auftritt.« Ein Raunen ging durch die Menge.

Greta zuckte zusammen. Wollte die Band sich auflösen? Aber warum lachte Robert so glücklich?

Robert machte eine beschwichtigende Handbewegung. »Jedenfalls zu dritt. Benno und Luke treten weiterhin auf. Also, natürlich nur, wenn ihr wollt«, grinste er den beiden zu. Dann wandte er sich wieder an das Publikum: »Aber um mich zu hören, müsstet ihr ins Flugzeug steigen. Denn ich gehe auf Tour. Und wann ich zurückkomme …«, er schlug einen Akkord auf seiner Gitarre an, »… das weiß nur der Wind.« Er beugte sich zum Mikrofon und sang leise den Refrain von »Blowin' in the Wind«. Er verbeugte sich in Richtung des Anzugsträgers, der jetzt in der ersten Reihe vor der Bühne stand. »Danke, Uncle Sam, für diesen Super-Deal. Du bist für mich der absolut beste Agent.« Er wandte sich wieder an die Zuschauer. »Und ihr seid die Ersten, die erfahrt, mit wem ich dort auftrete!« Er machte eine kurze Pause, holte tief Luft, bevor er laut und begeistert ins Mikrofon rief: »Mit Billy Joel und seiner Band in den USA! Sein Vater stammt aus Süddeutschland. Wahrscheinlich gibt er deswegen einem jungen, deutschen Musiker eine Chance. L. A., ich komme!« Er nickte Benno und Luke zu. Benno schlug die ersten Takte zu »Piano Man« an, das Stück von Billy Joel, das es in diesem Sommer in die Charts geschafft hatte.

Greta stand wie erstarrt. Ganz leise drang eine Stimme an ihr Ohr: »Mein Bruder ist immer für eine Überraschung gut, nicht wahr?«

Greta sah Renate an. Sie hoffte, dass diese nicht bemerkte, was Roberts Botschaft mit ihr gemacht hatte. Doch sie konnte nicht verhindern, dass sie zu zittern begann und ihr Tränen in die Augen stiegen.

Renates skeptischer Blick wandelte sich in ein überhebliches Lächeln. »So blass? Können Dagmar, Sabine und ich dir helfen? Oder sorgst du dich um Robert? Da kann ich dich beruhigen, der findet schnell Kontakt. Ich habe neulich erst gelesen, dass die Amerikanerinnen ganz verrückt nach deutschen Männern sind. Da drüben wird er bestimmt der Richtigen begegnen.«

Greta wusste nicht, wie lange sie der Musik noch zugehört hatte. Nach und nach hatten sich Lutz, Sabine, Dagmar und auch Detlef wie zufällig um sie versammelt und Roberts Verkündigung kommentiert. Greta fühlte sich wie unter einer Käseglocke. Irgendwann gelang es ihr, sich aus dem Kreis zu befreien, und sie fand sich bei ihrem Fahrrad wieder. Sie suchte nach ihrem Schlüssel. Ihre Handbewegungen waren fahrig, ihr Kopf leer. Als es ihr endlich gelang, das Schloss aufzuschließen, erklang Roberts Stimme hinter ihr. »Greta?«

Sie bemerkte weder sein unsichereres Lächeln noch seinen zarten Versuch, sie in den Arm zu nehmen. Außer sich stieß sie ihn von sich. Sie nahm den Brief aus ihrer Tasche und zerriss ihn. »Und ich war noch so blöd, dass ich dir heute sagen wollte, wie unsere Zukunft aussehen könnte.« Sie warf ihm die Papierschnipsel vor die Füße. »Ich hatte mich für dich entschieden, doch du dich gegen uns!«

»Wo warst du, Greta? Seit Wochen warte ich auf ein Zeichen von dir. Kein einziges Wort habe ich bekommen. Ich musste mich ent…«, versuchte er ihr zu erklären.

Doch Greta schnitt ihm aufgebracht das Wort ab. »Und wo warst du?!«, konterte sie und zog den Mondschein-Ring ab, den sie heute ausnahmsweise ganz offen getragen hatte. Sie streckte den Arm aus und ließ ihn vor Roberts Füße fallen. Doch als sie nach dem Fahrradlenker griff und aufsteigen wollte, hielt Robert sie fest.

Die glänzende Freude war aus seinen braunen Augen verschwunden. »Komm mit mir nach Amerika!«, flehte er.

Sie holte Luft. »Du warst nie meine Zukunft! Die kann ich nur selbst sein. Du hast mich verraten!«

22. KAPITEL

Grünstadt,
Silvesterabend 1974

Greta hatte sich in ihrem Leben schon oft einsam gefühlt. Doch seit der Trennung von Robert hatte sie keinen Boden mehr unter den Füßen. Seit sie denken konnte, war er der Lichtblick in ihrem Leben gewesen – erst als kleines Mädchen und später, als sie ein Liebespaar gewesen waren. Das war vorbei. Manchmal schmerzte sie diese Erkenntnis so sehr, dass sie in sich hineinhorchen musste, um zu hören, ob ihr Herz noch schlug. Ja, das tat es, leise und regelmäßig und unerträglich beständig. Es schien das Einzige zu sein, was ihr blieb.

Und trotzdem hörte ihr Leben nicht auf. Das letzte Jahr an der Berufsschule war angebrochen, die Weinernte war eingebracht worden, mit einem höheren Ertrag als im Vorjahr. Wenn sie nicht zur Schule ging, arbeitete sie auf dem Hof, im Weinkeller und auf dem Weinberg. Es dauerte lange, bis Haralds Hand heilte. Als es kälter wurde, schmerzte die Narbe in der Handinnenfläche, und Johann musste Haralds Aufgaben übernehmen.

Zwei Postkarten hatte Robert bislang aus Amerika geschickt. Die erste hatte er gleich nach seiner Ankunft geschrieben; dass er gut angekommen sei und schon morgen einen »Gig« hätte. Nachdem Greta Elfriede erklärt hatte, was das Wort bedeutete, hatte sie später gehört, wie Elfriede voller Stolz ihrer Cousine Annegret am Telefon davon erzählt hatte. Elfriede hatte die Karte eine Weile in der Küche liegen gelassen, wie sie es auch damals mit Roberts Postkarten aus Berlin getan hatte. Greta hatte sie wieder und wieder gelesen, um nach einer versteckten Nachricht, einem Zeichen, dass Robert sich ihr mitteilen wollte, gesucht. Auf der Vorderseite war ein Stern vom Hollywood Walk of Fame abgebildet, darauf stand *Marlene Dietrich*. Robert hatte sich wohl für diese Karte entschieden, um Elfriede eine Freude zu machen, die die Schauspielerin mindestens genauso verehrte wie *die Sissi*. Somit war es eindeutig kein Zeichen an Greta.

Rechtzeitig zum Weihnachtsfest kam eine zweite Karte von Robert an, diesmal aus New York. Das weihnachtlich erleuchtete Lincoln Center war darauf abgebildet, und Robert hatte geschrieben, dass er dort mit Billy Joel einen Auftritt gehabt hätte und dass sie jetzt weiterfuhren Richtung Chicago, wo sie ebenfalls auftreten würden. Auch hier konnte Greta keine versteckte Botschaft entdecken. Während die Familie freudig-aufgeregt Roberts Nachrichten kommentierte, betrübten sie sie zutiefst. Doch Elfriede ließ ihr kaum Zeit zum Trauern. Greta musste ihr bei den Vorbereitungen zum Fest helfen, und es gab viel zu tun.

Es war das erste Weihnachten mit Detlef, der jetzt schon mehr zu den Hellerts zu gehören schien, als es Greta in ihrem ganzen Leben gelungen war. Insgeheim kam es ihr so vor, als sei Elfriede über die Verlobung glücklicher als Renate selbst, wenngleich diese sich für Detlefs Geschenk, das sie an Heiligabend unter dem Tannenbaum fand, überschwänglich bedankte. Es war ein Paar silberfarbene Tanzschuhe, die Renate sofort anzog. Dagmar insistierte kichernd, dass Renate ihrem Detlef erst einen Groschen dafür geben müsse. Denn sonst, so hieß es, würde man mit dem Geschenk vor dem Schenkenden weglaufen. Alle lachten laut, nur Greta musste sich ein Lächeln abringen. Sie hatte sich den ganzen Abend gelangweilt; wie schon so oft war ihr bewusst geworden, wie wenig gemeinsame Themen sie und die Hellerts hatten. Und Robert fehlte ihr, obwohl sie sich noch immer über ihn ärgerte und ihm nicht verziehen hatte. Es war das erste Weihnachten ohne ihn, fast kam es ihr so vor, als wenn sie – wie in einem Trauerjahr – jedes Fest einmal durchleben musste, bevor sie ihn nicht mehr vermissen würde.

Zum Silvesterfest hatte Detlef seine Eltern und alle Hellerts zu einer Tanzshow in Trier eingeladen. Die Karten hatte er über seinen Tanzclub Bad Dürkheim Grünsilber 03 bekommen, in den inzwischen auch Renate eingetreten war.

Nur Greta ging nicht mit. Detlef hatte zwar auch für sie eine Karte besorgt, aber Greta hatte höflich abgelehnt. Auf keinen Fall würde sie Silvester mit den Hellerts verbringen, wo ihr Johann, Dagmar und Renate so viel Ablehnung entgegenbrachten. Als Lutz sie angerufen und zu einer Silvesterparty eingeladen hatte, hatte sie zugesagt, obwohl sie sich genauso gut ins Bett hätte legen und weinen können. Der einzige Grund zu feiern war für sie, dass sie mit der ersten Sekunde des neuen Jahres volljährig sein würde.

Es nieselte, als sie mit dem Fahrrad nach Bad Dürkheim zum Elternhaus von Lutz fuhr. In ihrem Fahrradkorb hatte sie eine Flasche Sekt, den sie in Kirchheim beim Mahlig Schorsch hatte kaufen wollen. Er hatte ihr die Flasche geschenkt und einen »guten Rutsch« gewünscht.

Wenig später saß sie auf der Ledercouch im Wohnzimmer von Professor Fritsch und versuchte, genauso heiter und lustig zu sein wie Lutz' Freunde, die sie nicht kannte. Mit wenig Erfolg. Alle Leichtigkeit, die sie selten genug in den letzten Jahren empfunden hatte, war verflogen.

Ein junger Mann – Michael? Stefan? Jürgen? – stellte vor sie ein kleines Glas mit einer durchsichtigen Flüssigkeit. »Hier, du Schöne. Trink mal ein Gläschen Danziger Goldwasser, und lächle mich an.«

»Danke schön.« Greta rang sich ein Lächeln ab, auch wenn sie sich nicht danach fühlte. Sie griff nach dem Glas und kippte den würzig-süßen Likör herunter.

Kaum hatte sie ihr Glas abgestellt, kam Lutz und zog sie von dem ausladenden Ledersofa hoch. »Komm, Greta, wir gehen in den Keller. Meine Mutter hat vor einem halben Jahr ein Heimkino installieren lassen.« Er reckte sich stolz. »Und ich habe eine Super-8-Filmkopie organisiert. Das bringt dich sicher auf andere Gedanken.«

Greta entzog ihm ihre Hand. *Lutz hat den ganzen Abend versucht, mich aufzumuntern,* dachte sie. »Ich komme gleich, Lutz. Ich muss mich nur mal schnell frisch machen.« Sie ging zum Eingang, wo sich die Gästetoilette befand. Gerade wollte sie die Klinke herunterdrücken, als Sabine mit frisch geschminkten Lippen herauskam und sich ihren kurzen Rock glatt strich.

Sie lächelte Greta überheblich zu. »Du bist so still heute Abend. Genießt du die Party nicht?« Sie holte aus ihrer Rocktasche eine Papiertröte hervor und blies hinein, sodass sie im ausgefahrenen Zustand kurz vor Gretas Nasenspitze endete.

Greta wich keinen Zentimeter zurück.

Sabine ließ die Hand mit der Tröte sinken und trat einen Schritt auf Greta zu, bis sie ganz nah vor ihr stand. »Ich warne dich. Komm mir bloß nicht in die Quere«, zischte sie. »Ich habe genau gesehen, wie du flirtest. Machst raffiniert auf traurig. Aber das zieht hier nicht. Die Jungs stehen auf Intelligenz, nicht auf blondes Elend. Was machst du noch mal für eine Ausbildung?«

Greta zuckte zusammen.

Sabine schlug sich gespielt theatralisch vor die Stirn. »Ach, wie konnte ich das nur vergessen. Lutz hat mir erzählt, dass du Bäuerin wirst. Dafür braucht man ja zum Glück kein Abitur.«

Die Bemerkung traf Greta. Es verging kein Tag, an dem es sie nicht schmerzte, dass sie ihr Abitur nicht hatte ablegen dürfen. Doch das würde sie Sabine ganz sicher nicht spüren lassen. Sie schlug sich theatralisch vor die Stirn und ahmte Sabine nach: »Ich wusste gar nicht, dass man bei einer Banklehre lernt, wie man sich einen Arztsohn angelt.«

Sabine schnappte nach Luft und suchte nach einer richtigen Antwort. Doch Greta ließ sie nicht zu Wort kommen. »Bevor ich einen Mann nur wegen seines Geldes und Ansehens heirate, stehe ich lieber auf eigenen Füßen und werde ›Bäuerin‹.« Sie öffnete die Tür zur Gästetoilette und drehte sich noch einmal zu Sabine um, die wie angewurzelt dastand. »Als Abiturientin solltest du wissen, dass die korrekte Berufsbezeichnung für eine ›Bäuerin‹, die mit Wein zu tun hat, Winzerin ist.« Damit trat sie in die Gästetoilette und verriegelte die Tür.

Sie hasste diesen Abend. Sie wollte nur noch nach Hause. Doch sie befürchtete, dass die Hellerts schon zurück waren. Und die Vorstellung, zusammen mit Elfriede und Harald auf dem Sofa zu sitzen, die Silvesterschau im Fernsehen zu verfolgen und zu warten, dass die Zeit verrann, war ihr zuwider. Da blieb sie lieber hier, sah sich mit den anderen den Film an und stieg dann auf ihr Fahrrad, um im neuen Jahr zurück nach Kirchheim zu radeln.

Sie spritzte sich etwas Wasser ins Gesicht und sah in den Spiegel. Wenn es Mitternacht schlug, würde sie alle Enttäuschung und Verletzung in diesem schrecklichen alten Jahr hinter sich lassen. Sie hob die Hand wie zum Schwur und versuchte, sich Mut zuzulächeln. Sie musste mit diesem Jahr abschließen, Robert endgültig aus ihrem Herzen und ihrem Kopf verbannen und die Jahre mit ihm, so schön sie auch gewesen waren, hinter sich lassen. Keinen einzigen Gedanken wollte sie mehr an ihn verschwenden, sondern sich auf sich besinnen und ihren Abschluss machen.

Und ab morgen würde sie nicht mehr die Hellerts um Erlaubnis fragen, wenn sie sich verabredete. Über jede Unternehmung würde sie dann selbst entscheiden. Obwohl: Harald hatte erst neulich klargestellt, dass das neue Gesetz zur Volljährigkeit, das am ersten Januar in Kraft trat, ihm wenig imponierte, und gemeint, dass sie weiterhin fragen müsse, wenn sie abends ausgehen wolle: »Solange du die Füße unter meinen Tisch steckst …«

Greta schnitt sich selbst eine Grimasse im Spiegel – wie

sie diesen Satz hasste! Bis zum Sommer musste sie durchhalten. Und dann? Dann würde sie immer noch bei den Hellerts sein. Oder irgendwo eine neue Arbeitsstelle als Winzergesellin annehmen? Der Sommer schien so weit, und alles war so fern von dem, was sie sich ersehnte.

Greta seufzte und öffnete die Toilettentür. Sie lief hinüber ins Wohnzimmer, wo eine Wendeltreppe in den Keller führte. Auf der langen Tafel entdeckte sie ein einziges sauberes Glas. Alle anderen Gläser waren milchig-verschmiert; Lutz hatte zur Begrüßung jedem ein Glas »Kikeriki« überreicht. Greta hatte nur an dem Mix aus Eierlikör und Orangenlimonade genippt, sie mochte dieses süße Getränk nicht. Sie griff nach der Rumflasche, goss sich einen ordentlichen Schluck ein und füllte das Glas mit Cola auf.

Der Käseigel, den Sabine mitgebracht hatte, sah inzwischen unappetitlich aus. Das feine weiße Leinentischtuch war trotz der Korkuntersetzer nicht von Flecken verschont geblieben. Sie hatten Fleischfondue gegessen, das Feuer unter dem Stövchen brannte noch, das heiße Öl köchelte weiter vor sich hin. Greta griff nach dem dazugehörigen Deckel und legte ihn auf die Flamme. Ihr schien es zu gefährlich, das Feuer unbeaufsichtigt zu lassen. Lutz war nicht mehr nüchtern, sicher dachte er nicht mehr an den siedenden Topf.

Als sie das vornehme Geschirr und das Silberbesteck betrachtete, wurde ihr wieder klar, dass dies hier eine andere, eine fremde Welt war. Eine Welt, zu der sie nicht gehörte. Sie war die Einzige unter den Eingeladenen, die nicht studierte und die kein Abitur hatte. Sie sah zu den poppig-bunten Kissen auf der weichen schwarzen Ledercouch, dem großen Strauß Strohblumen, der vor dem bodentiefen Fenster stand. Die Erkenntnis, dass dieser Wohlstand für sie unerreichbar war, schmerzte sie jedoch nicht so sehr wie die Tatsache, dass die Hellerts ihr verwehrt hatten, das Abitur zu machen.

Greta sah zu dem Paar, das auf dem Sofa knutschte. Sie hatte ihre Namen vergessen, nur aufgemerkt, als der Junge, der seine Hand unter den Rock des rothaarigen Mädchens schob, von der Rechtsanwaltskanzlei seines Vaters erzählt hatte. Der hatte seine Kontakte spielen lassen, damit sein Sohn, obwohl ihn die Universität in Mainz abgelehnt hatte, einen Nachrückplatz bekam. Es war also keine Frage von Fleiß oder gar Intelligenz, wer zum Studium zugelassen wurde. Doch benehmen konnten sich die anwesenden Studenten allesamt nicht sonderlich. Auf dem Tisch sah es aus wie auf einem Schlachtfeld, würde Elfriede sagen. Und Greta würde ihr in diesem Fall recht geben, auch wenn sie wusste, dass morgen die Haushälterin durch die Räume eilen und versuchen würde, die alte Ordnung schnellstmöglich wiederherzustellen.

Sie griff nach ihrem Glas, nahm einen großen Schluck und goss sich etwas Rum nach. Dann stieg sie die Treppe hinunter. Hinter dem Barzimmer, wie Lutz es genannt hatte, führte ein schmaler Flur zum Heimkino.

Gretas Augen mussten sich erst an das schummrige Licht gewöhnen, um zu erkennen, wo es einen freien Platz gab. Lutz stand am Filmprojektor und steckte die Filmspule auf. Als Sabine Greta sah, rief sie ihr abwehrend zu: »Hier ist besetzt. Lutz muss ja in der Nähe vom Projektor sein.« Greta setzte sich auf einen freien Einzelsessel.

»Komm doch zu mir«, rief ein junger Mann, dessen groß

gemustertes Blumenhemd so weit aufgeknöpft war, dass die Kragenspitzen auf seinen Schultern lagen. Er reichte ihr einladend die Hand und lächelte sie aus hellbraunen Augen an. »Kino macht doch mehr Spaß zu zweit.«

Greta sah in sein offenes Gesicht und gab sich einen Ruck. *Neues Jahr, neues Glück?*, dachte sie bei sich, als sie sich neben ihn setzte und erneut einen großen Schluck aus ihrem Rum-Cola-Glas nahm.

Der junge Mann stieß mit seinem Glas an das ihre. »Prost, Schönheit«, grinste er sie an. »Ich bin Michi.«

Greta lehnte sich in ihrem Kinosessel zurück. Vielleicht würde es ja doch noch ein netter Abend werden. Auch ohne Robert.

Greta wusste, wie minutiös Lutz diese Silvesterfeier geplant hatte, seit er vor vier Wochen erfahren hatte, dass seine Eltern die Jahreswende in Kitzbühel verbringen würden. Er hatte einen festen Zeitplan aufgestellt, an den er sich strikt halten würde, hatte er Greta am Telefon anvertraut. Und um Mitternacht sollte das »Programm«, wie er es nannte, beendet sein, und sie würden wild tanzen. Nun setzte er sich neben Sabine, startete den Filmprojektor und löschte das Licht. »Meine Damen und Herren, viel Spaß bei dem Hitchcock-Film *Die Vögel*.«

Greta sah, wie Sabine sich sofort an Lutz schmiegte und ihre Hand auf seinen Oberschenkel legte. Das schien Michi als Aufforderung zu verstehen und legte einen Arm um Gretas Schulter.

»Wenn du mir sagst, dass ihr auf dem Land ein Telefon habt und nicht mit Buschtrommeln kommuniziert, würde ich dich glatt einmal anrufen und mich mit dir verabreden.« Michi grinste. »Ihr Landmädchen versteht es wenigstens, richtig zuzupacken.«

Greta schüttelte seinen Arm ab. »Wir Landmädchen geben Dummschwätzern nicht unsere Telefonnummer.« Sie stand auf. Ihr reichte es. »Es tut mir leid, Lutz, aber feiere du mit deinen Freunden besser allein ins neue Jahr.«

Wie hatte sie auch nur einen Moment glauben können, dass sie mit dieser Clique einen guten Start ins neue Jahr haben könnte? Greta wusste, dass es ihr besser ginge, wenn sie mit sich allein war. Sie musste zu sich selbst finden, bevor sie bereit war, sich auf neue Menschen einzulassen.

Kurz vor der Treppe holte Lutz sie ein. »Greta, bitte, bleib.«

Sie drehte sich zu ihm um. »Ich bin hier doch überflüssig, Lutz. Deine Freunde mögen mich nicht.«

Er runzelte die Stirn. »Es tut mir leid, Greta. Ich schäme mich für sie. Und natürlich für …«, er stockte kurz, »… für meine Freundin.«

»Du hast dich rumkriegen lassen. Von der Frau, die du ›die Schütter‹ genannt hast«, stellte sie resigniert fest.

»Ich mag Sabine schon lange«, widersprach Lutz.

»Und ich mag sie leider überhaupt nicht. Sie ist gemein und berechnend.«

Lutz sah sie erschrocken an. »Aber Greta, warum teilst du denn jetzt so aus wie …« Er biss sich auf die Lippe.

»Wie die Schütter?«, ergänzte sie. Als sie sah, wie sehr ihn ihre Worte verletzten, hielt sie erschrocken inne. »Entschuldige, Lutz. Das war gemein von mir. Es tut mir leid.« Sie lief die Treppe hinauf.

Lutz folgte ihr bis in den Vorraum, wo Greta nach ihrer Jacke griff. Sie sah Lutz traurig an. »Du weißt, wie gern ich dich habe. Aber ich kann nicht bleiben. Ich wünsche dir, dass du von deinen neuen Freunden nicht enttäuscht wirst.«

Lutz nickte und überraschte Greta mit einer wortlosen Umarmung.

Im ersten Moment fühlte es sich für sie richtig an. Die kameradschaftliche Nähe, die sie beide über die Jahre miteinander verbunden hatte, lag darin. Doch im gleichen Moment wurde Greta schmerzlich bewusst, dass jeder für sich allein weiterging. Sie wand sich aus der Umarmung, öffnete die Tür und lief zu ihrem Fahrrad. Als sie sich auf den Sattel schwang, wusste sie, dass sie jetzt unmöglich nach Hause fahren konnte.

Das Friedhofstor quietschte, als Greta es öffnete und ihr Fahrrad hindurchschob. Die Regenwolken hatten sich verzogen, und das Mondlicht tauchte die Kirche, den Kirchturm und den Friedhof mit den Grabsteinen in ein diffuses Licht. Greta ging den dunklen Weg entlang, bis sie zum Grab ihrer Mutter kam. Ihr Fahrrad lehnte sie an eine Bank. Sie beugte sich hinunter, betrachtete den verwelkten kleinen Strauß, den sie vor nicht allzu langer Zeit niedergelegt hatte, und wischte die vertrockneten Kastanienblätter fort, die auf dem Grabstein lagen. Dann fuhr sie mit dem Finger den Namen – *Maria Piontek* – nach, als könne sie so zu ihrer Mutter Kontakt aufnehmen. Der Stein war eiskalt. Greta fröstelte.

»Hallo Mama«, flüsterte sie leise. »Ich bin's, Greta. Ich bin nur gekommen, um dir zu sagen, wie sehr ich dich vermisse. Immer noch. Schon mein ganzes Leben lang. Es wird nicht besser, sondern schlimmer.« Sie schluchzte leise auf und wischte sich ungehalten die Tränen von den Wangen. »Ich bin so allein.« Sie trat einen Schritt zurück und zuckte zusammen, als direkt in dem Kastanienbaum hinter dem Grab ein Käuzchen rief. Unheimlich schallte der Schrei über den Friedhof, aber zugleich schien es Greta, als wollte der Vogel sie begrüßen oder gar Trost spenden.

Sie blickte empor und konnte das Käuzchen auf einem Ast, nicht weit über ihr, ausmachen. Es beobachtete sie aus seinen runden Augen. Greta lächelte, dann sah sie wieder hinunter zum Grab, beugte sich nah an den Stein und flüsterte, als wäre dieser Marias Ohr: »Ich kenne dich zwar nicht, Mama, aber du fehlst mir so sehr.« Ein letztes Mal strich sie über den Grabstein und ging.

Ihre Hände waren eiskalt, als sie auf dem Hof ankam. Ihre Handschuhe mussten im Garderobenschrank der Fritschs liegen. In ihrer Wut hatte sie sie vergessen. Sie schob ihr Fahrrad zum Schuppen und stellte es ab.

Das bläuliche Licht, das aus dem Wohnzimmerfenster in den Hof fiel, verriet, dass die Hellerts noch vor dem Fernseher saßen. Greta lief unbemerkt in die alte Scheune. Sie fühlte, dass sie noch eine Aufgabe hatte. Sie wollte Robert in diesem »alten Jahr« lassen, nicht mehr an ihn denken. So wie sie es in den letzten drei Monaten, seit er auf dem Wurstmarkt unter dem Jubel der Leute seinen musikalischen Auslandsaufenthalt verkündet und sie im Schockzustand mit gebrochenem Herzen zurückgelassen hatte, fast jede Minute getan hatte.

Sie wollte alle Erinnerungen an ihn auslöschen. Das ging nur in der alten Scheune. Einmal hatte sie sich morgens zugeflüstert, kaum dass sie wach war: *Mach ihn weg.* Sie war über sich erschrocken und fürchtete sich davor, ihren einzigen Seelenverwandten für immer zu verbannen.

Sie drückte gegen die schwere Holztür, die sich leise knarrend öffnete, und schlich in die hinterste Ecke. Dahin, wo Robert damals das Lager bereitet und sie sich das erste Mal geliebt hatten. Sie setzte sich auf die Holzpaletten und griff nach der alten Decke, auf der sie damals gelegen hatten. Vor ihrem inneren Auge sah sie, wie sie sich liebten, und sah, wie Robert sie anlächelte. Tränen liefen über ihre Wangen. Fest presste sie die Decke an sich, glaubte, Robert riechen zu können, was völlig absurd war nach all der Zeit. Sie presste die Decke gegen ihren Mund, damit niemand ihren verzweifelten Schrei hörte. *Morgen werde ich sie verbrennen,* schwor sie sich.

Die Kirchenglocken schlugen Mitternacht, als Greta die Haustür aufschloss. Aus dem Wohnzimmer klang Peter Frankenfelds Stimme und wünschte dem verehrten Fernsehpublikum ein »Fröhliches, gesundes und gutes neues Jahr«. Greta hörte Gläserklirren und Dagmars Stimme: »Frohes neues Jahr, Bärle.« Es klang beschwipst. »Alles Gute, Daggi. Komm, lass uns nach oben gehen.« Johanns Stimme klang lüstern.

Schnell zog Greta ihre Schuhe aus und schlich die Treppe hoch. Aus Elfriedes und Haralds Schlafzimmer drang verhaltenes, unverkennbares Stöhnen. Greta lief die Stiege hinauf in ihre Kammer.

Zu ihrem Erstaunen saß Matse auf ihrem Bett und sah sie aus blau umrandeten Augen an. Seine Wimpern waren unnatürlich lang und dunkel, die Wangenknochen rot und die Lippen voll und glänzend. »Unten war es mir zu laut, da bin ich in dein Zimmer gegangen. Verrate nicht Renate, dass ich ihre Schminke genommen habe. Ich wollte das mal ausprobieren.« Er kicherte verlegen und zeigte auf Gretas Kissen, auf das sein Make-up abgefärbt hatte. »Nicht böse sein. Aber das riecht so gut nach dir, Mimi, und ich war so allein.« Er nahm das Kissen, drückte es sich erneut aufs Gesicht und zog es sich seitlich über seine Ohren. Dann ließ er es wieder sinken. »Darunter ist es ganz still. Als ob ich mit mir allein bin.« Er hielt ihr das Kopfkissen entgegen. »Willst du auch mal?«

23. KAPITEL

Kirchheim,
Januar 1975

Hell kündigten die Kirchenglocken das Ende des Gottesdienstes an. Der Pfarrer stand am Kirchenportal. Jedem einzelnen Gemeindemitglied reichte er die Hand und wünschte alles Gute zum neuen Jahr. Ihm gegenüber hatte sich der Küster aufgestellt und streckte den Kirchgängern aufdringlich den Klingelbeutel für die Kollekte entgegen. Greta reihte sich hinter Elfriede und Harald ein, die darauf warteten, an die Reihe zu kommen. Durch das schwere Eingangstor sah sie in den strahlend blauen Winterhimmel. Heute war es zum ersten Mal wieder klar. Seit das neue Jahr begonnen hatte, war es bedeckt gewesen, die letzten achtundvierzig Stunden hatte es sogar geschneit. Viel war davon hier unten im Ort nicht liegen geblieben, dazu war es zu mild, doch oben an den höher gelegenen Hängen blitzte es noch hin und wieder weiß auf.

Während Harald und Elfriede kurz mit dem Pfarrer sprachen, beobachtete Greta, wie Fritz Freudberg direkt vor der Kirche seiner Frau Ilse galant die Wagentür aufhielt. Als er bemerkte, dass sie ihn ansah, lächelte er ihr zu. Sie erschrak, als Freudberg auf sie zukam, kaum dass er die Wagentür geschlossen hatte, sich dann aber an den

Küster wandte und vor aller Augen einen Hundertmarkschein in den Klingelbeutel steckte. Greta sah, wie Freudberg Harald einen provozierenden Blick zuwarf.

Kurz darauf standen die Hellerts und Greta als Grüppchen vor der Kirche.

»Jetzt kommt schon. Matse ist allein zu Haus. Und der Sonntagsbraten kocht sich nicht von allein«, sagte Elfriede.

Greta war klar, dass sie Harald aus Freudbergs Blickfeld ziehen wollte, der in diesem Moment den eleganten Sportwagen ausparkte.

Schweigend liefen sie los. Elfriede und Harald vorneweg, dahinter Johann und Dagmar. Greta folgte etwas langsamer. Elfriede hatte darauf bestanden, heute zu Fuß zum Gottesdienst zu gehen. Greta wusste, dass es sie grämte, dass sie sich noch immer kein größeres oder gar ein zweites Auto leisten konnten.

Dabei hätten wir heute zu fünft gut in den Wagen gepasst, dachte Greta. Matse lag mit einer schweren Erkältung im Bett, und Renate zog es seit dem Wurstmarkt, als sie Detlefs Antrag angenommen hatte, vor, sich als Verlobte von ihm abholen zu lassen. In der Kirche hatte sie sogar bei den Mahligs gesessen.

Greta rieb die Hände aneinander. Sie fror. Ein eiskalter Wind, der nach mehr Schnee roch, wehte von den höheren Lagen nach Kirchheim herunter.

Als die Freudbergs in dem weißen Karmann Ghia an ihnen vorbeifuhren und die Hellerts vor dem aufspritzenden Schneematsch am Straßenrand zurückwichen, hob Johann seine Faust und drohte dem davonbrausenden Wagen. »Will nicht wissen, was der an Benzin frisst. An dem ist die Ölpreiskrise vorbeigegangen.«

»Der muss sich nicht an einen autofreien Sonntag halten«, bemerkte Harald verbittert.

Johann stieß mit dem Fuß gegen eine kleine Eisscholle. »Ein Sportwagen auf dem Land – die reinste Angeberei. Eben typisch Freudberg. Der weiß nicht wohin mit seinem Geld.«

»Den Wagen hat Freudberg seiner Ilse zu Weihnachten geschenkt, hat mir meine Mutter erzählt«, wusste Dagmar zu berichten.

»Und woher weiß das deine Mutter?«, grummelte Harald.

»Na, von der alten Frau Freudberg, die ist doch Kundin bei uns«, antwortete Dagmar schmollend, weil Harald ihr nicht zu glauben schien. »So lange hätte ihre Schwiegertochter von solch einem Wagen schon geträumt, hat sie meiner Mutter erzählt.«

»Alle drei Jahre schenkt der ihr ein neues Auto«, stellte Elfriede verbittert fest. »Hätte er ihr lieber ein paar Kinder geschenkt, als sie jung war. Das wäre ihn auf Dauer billiger gekommen«, fuhr sie hämisch fort und sah neidisch dem Sportwagen nach, der jetzt um die nächste Kurve aus ihrem Blickfeld verschwand.

Greta fragte sich, wann ihre Ziehmutter eigentlich so böse geworden war. Sie warf einen Blick zu Dagmar, die bei dem Kinderthema merklich zusammengezuckt war. Seit der Totgeburt vor zwei Jahren hoffte sie jeden Monat erneut, dass ihre Blutung ausblieb, hatte sie Elfriede neulich erst anvertraut. Wieso war Elfriede jetzt vor Dagmar so unsensibel?

Dagmar wollte vom Kinderthema ablenken. »Die alte Frau Freudberg hat meiner Mutter auch erzählt, dass ihr

Sohn und seine Frau immer im neuen Jahr zur Mater-Dolorosa-Kapelle zum Kleinen Kalmit rauffahren. Sie zündet dort eine Kerze an und betet dafür, dass sie schwanger wird.«

»Na, die Kerze kann sie sich ja seit Jahren schon sparen. Das wäre ein größeres Wunder, wenn die noch schwanger wird«, kommentierte Elfriede bissig. Als sie Dagmars traurigen Blick bemerkte, strich sie ihr über den Arm. »Ich habe vorhin für euch eine Kerze angezündet, Dagmar. Das wird schon. Du bist ja noch jung.«

Greta ließ sich ein wenig zurückfallen. Sie hatte aus der Ferne auf der anderen Straßenseite eine Person gesehen, die in dieselbe Richtung wie die Hellerts und sie lief. Als sie näher kam, erkannte Greta, dass es Adela Freudberg war. Elegant wirkte sie in ihrem silbergrauen Persianer und dem dazu passenden Muff auf der einsamen Landstraße. Greta fragte sich, ob der Pelzmantel ein Weihnachtsgeschenk ihres Sohnes war. Es würde zu ihm passen, die Zurschaustellung des Reichtums, die die Hellerts so ärgerte. Andererseits – warum auch nicht? So hatte es die alte Frau wenigstens warm, wägte Greta ab.

Sie hatte Adela Freudberg fast eingeholt, als diese von der Straße abbog und die Auffahrt zum Freudberg'schen Hof hochging. Die alte Frau musste sie auch gesehen haben, denn als die Hellerts sie passierten, wandte sie sich um und blieb regungslos stehen, bis Greta an ihr vorbeilief. Da hob sie die Hand und grüßte mit einer kleinen Geste. Greta winkte lächelnd zurück. Den verbleibenden Heimweg dachte sie darüber nach, was sie in Adelas Gesicht gesehen hatte, bevor sie sich umgedreht und langsam weitergegangen war: Altersweisheit, Wärme, Zuversicht und so etwas wie Zuneigung.

Als Elfriede den Sonntagsbraten aus dem Ofen nahm, klingelte das Telefon. Harald, der in der Freiwilligen Feuerwehr einmal im Monat Bereitschaftsdienst hatte, wurde zu einem Einsatz gerufen. Pflichtbewusst eilte er zur Wache. Kurze Zeit darauf hörten sie die Sirenen der Feuerwehr auf der Landstraße, erst laut, dann in der Ferne immer leiser werdend.

Sie hatten fertig gegessen und abgeräumt, als die Tür aufging und Harald in die Küche kam.

»Er ist tot. Und sie auch«, sagte er atemlos. Er ließ sich auf einen Stuhl fallen und blickte stumm in die ratlosen Gesichter seiner Familie. Dagmar und Johann saßen noch am Tisch, während Elfriede dabei gewesen war, einen Teller für den kranken Matse herzurichten. Sie trat zu ihrem Mann und legte ihm die Hand auf die Schulter. »Was ist passiert, Harald?«

»Freudberg«, flüsterte er. »Und seine Ilse. Gegen einen Baum gefahren. In der scharfen Kurve, hinter Dackenheim.«

»Mit dem neuen Sportcoupé?«, wollte Johann erstaunt wissen.

»Er hatte keine Chance. Blitzeis.« Er blickte zu Elfriede hoch, griff nach ihrer Hand und umklammerte sie. Ganz klein sah sie in seinen großen Händen aus. »Wir mussten sie rausschneiden. Aber unsere Hilfe kam zu spät.«

Johann lachte laut auf und griff nach seinem Glas, hielt es in die Höhe. »Freudberg ist tot. Heute ist ein Freudentag.«

Greta, die an der Spüle stand, zuckte bei dieser herzlosen Bemerkung zusammen. Elfriede warf ihm einen strafenden Blick zu. Harald blickte stumm auf seine zitternden Beine.

»Raus mit euch. Ich möchte mit eurem Vater allein sein«, sagte Elfriede streng.

Johann hob an, um zu protestieren. Doch Dagmar stand auf und zog ihn mit sich. »Komm, Bärle«, sagte sie.

Greta trocknete sich die Hände am Küchentuch und wollte ebenfalls die Küche verlassen.

»Und du bringst Matse sein Essen«, ordnete Elfriede an.

Greta nickte, blieb aber stehen und blickte zu Harald. Nie zuvor hatte sie ihn so fassungslos gesehen, fast schon hilflos wie ein Kind. Elfriede kniete sich vor ihn hin und band ihm die Schuhe auf. »Du bist ja ganz durchgefroren.«

»Das Blut war überall«, flüsterte er. »Und seine Augen … Er hat mich angesehen, als wollte er mir etwas sagen …«, murmelte er.

Greta griff nach der Soßenkelle und goss Bratensoße über die Kartoffeln. Sie wollte die Küche nicht verlassen, sie musste wissen, wie Harald mit dem Erlebten umging. Vielleicht, weil sie selbst Freudbergs Tod nicht einzuordnen wusste.

Elfriede versuchte, Harald zu trösten. »Zwei Menschen sind gestorben. Das ist traurig. Aber es sind doch zwei Menschen, die uns nichts bedeuten.«

Harald schüttelte den Kopf. »Nein, Elfriede. Das stimmt nicht, und das weißt du. Das Bild bekomme ich für den Rest meines Lebens nicht aus dem Kopf. Sosehr ich ihn auch gehasst habe.«

Greta nahm den Teller und verließ die Küche. So hatte

sie Harald noch nie reden hören. Normalerweise wurden bei den Hellerts ernste Themen umgangen, und wenn sie sich nicht vermeiden ließen, drehte sich dabei alles um sie selbst. Aber was war mit Adela Freudberg? Wie musste die sich fühlen? Wusste sie schon, dass sie Sohn und Schwiegertochter verloren hatte? Wer überbrachte ihr diese Nachricht?

Tief in Gedanken öffnete Greta die Tür zu Matses Zimmer. Der Junge lag eingerollt in seinem Bett. Der Kassettenrecorder schnatterte und zeigte damit an, dass das Band zu Ende war. Greta stellte das Gerät aus, nahm Kater Murr vom Bett, der es sich bei Matse gemütlich gemacht hatte, und zog dem Jungen die Decke über die Schultern. Leise verließ sie wieder das Zimmer.

Als sie in die Küche kam, war diese leer.

Greta deckte den Teller für Matse ab und öffnete den Kühlschrank, nahm Margarine und Eier heraus und stellte sie auf den Küchentisch.

»Was machst du da?«

Greta hatte Elfriede nicht zurückkommen hören.

»Ich backe einen Streuselkuchen, für Adela Freudberg.«

Johann, der in diesem Moment die Küche betrat, grinste schief. »Wieso das denn?«, fragte er mit hochgezogenen Brauen, während Elfriede sie erstaunt ansah.

»Wir sind Nachbarn«, sagte Greta bestimmt. »Wenn du möchtest, können wir ihr morgen zusammen kondolieren, Elfriede.«

Am nächsten Tag machte Harald ihr beim Frühstück unmissverständlich klar, dass die Hellerts der alten Frau nicht kondolieren würden. Und er verbat Greta, allein zu gehen.

Aber sie dachte nicht daran, ihm zu gehorchen. Das Backblech mit einem Leinentuch abgedeckt, ging sie heimlich zu Adela Freudberg. Sie bog in den langen, mit Kopfsteinen gepflasterten Weg zum Haus der Freudbergs ein, der von Linden gesäumt war. Rechts und links zogen sich die Weinberge entlang, auf denen überwiegend Riesling wuchs. Die im Januar blattlosen Reihen verliefen sich in der Ferne. Linkerhand erstreckte sich das zweistöckige Wohnhaus. Es war in einem satten Gelb gestrichen, das an Sonnenblumen erinnerte und von dem sich die dunkelgrünen Fensterläden abhoben. Der Weg endete an einem hohen, breiten Bogen, der ebenfalls gelb gestrichen war. Das zweiflügelige Tor stand offen.

Greta ging durch den Bogen, über den sich immergrüner Efeu rankte, und stand in einem Innenhof. Obwohl das Freudberg'sche Anwesen nicht allzu weit von den Hellerts entfernt war, war sie noch nie hier gewesen. Sie schaute sich um. Die rechte Seite des quadratischen Hofes nahm ein Fachwerkhaus ein, das offenbar als kleines Wohnhaus diente. Große Fenster waren eingesetzt worden. Es war weiß gestrichen, aber die Fachwerkbalken waren im selben Grün wie die Läden des Haupthauses gehalten. Gleich neben der Tür stand eine Hundehütte. Auf der hinteren Seite des Hofs erstreckte sich eine große Scheune. Auch diese hatte wohl erst vor Kurzem einen neuen Anstrich bekommen. Das strahlende Weiß hob sich von dem grauen Himmel ab.

Der Hof wirkte sehr gepflegt. Man sah, dass hier investiert wurde, sodass die Anlage wie aus einem Reisekatalog für die Deutsche Weinstraße wirkte. Es gab keine abgeblätterte Farbe, kein trockenes morsches Holz an der Scheune, weil man den Zimmermann nicht bezahlen konnte wie bei den Hellerts. Der linke Scheunenflügel wurde geöffnet, ein junger Mann arretierte das Tor. Zwei Männer rollten jeweils ein großes Fass in Richtung Weinkeller. »Jockel, lauf vor und leg die Latten zum Weinkeller aus. Dann können wir die Fässer vorsichtig runterlassen«, rief einer der Männer dem jungen Mann am Scheunentor zu, der sofort losrannte.

Greta atmete die kalte, klare Winterluft ein und blickte den drei Männern nach. Ja, so sah ein Winzerhof aus, wenn man Geld hatte. Sie wandte sich nach links, zum Haupteingang des Wohnhauses. Neben der Tür standen zwei große Blumenkübel, in denen mächtige, präzise zu Kugeln geschnittene Buchsbäume wuchsen. Sie blickte nach oben. Wie viele Zimmer mochte das Haus haben? Es war deutlich größer als das der Hellerts, und im Grunde viel zu groß dafür, dass hier nur drei Menschen lebten. Gelebt hatten, verbesserte sie sich in Gedanken. Nun wohnte Adela hier alleine.

Das Kuchenblech in der linken Hand balancierend, trat sie an die Tür. Rechts vom Türrahmen war ein Türklopfer angebracht. Sie griff nach dem schweren Ring in dem Löwenmaul und schlug damit gegen den metallenen Knopf darunter, erst zögerlich, dann kräftiger.

Sie musste nicht lange warten, bis ihr Kellermeister Bruno Bachstern öffnete. Neben ihm stand eine weißbraune Promenadenmischung, die Greta aufmerksam mit einem treuen Hundeblick ansah.

Bruno Bachstern strich dem Hund über den Kopf. »Platz, Jolie«, befahl er ihr, und der Hund setzte sich sofort gehorsam. Obwohl der Kellermeister bei dem Weinfest vor über einem Jahr neben Fritz Freudberg eher unscheinbar gewirkt hatte, erkannte Greta ihn sofort. Diesmal trug er keinen Anzug, sondern eine ausgebeulte schwarze Hose und ein dunkelblaues Küferhemd, was ihm deutlich besser stand als der Anzug. Er sah sie überrascht an.

»Greta?«, fragte er, wie um sich zu vergewissern, dass er sich an ihren Namen erinnerte.

Sie nickte.

»Sie möchten sicher zu Adela?« Der Kellermeister trat einen Schritt zur Seite und gab den Weg ins Innere des Hauses frei.

Adela Freudberg trug Schwarz. Sie stand mit dem Rücken zur Tür. Greta sah sich flüchtig in dem vornehmen, großen Wohnzimmer um. Zur Rechten waren eine dunkelgrüne Sofagarnitur, ein Couchtisch, auf dem sich Zeitungen über Weinbau, Winzerei und Kelterei stapelten, und eine Regalwand voller Bücher. Greta fragte sich unwillkürlich, ob Freudberg, Ilse oder Adela viel gelesen oder die Bücher zu dekorativen Zwecken hatten. An der getäfelten Wand hingen Gemälde, die allesamt Weinberge zeigten, im Frühling, im Sommer, im Herbst und im Winter. Auf der anderen Seite des Zimmers befand sich ein hoher Kamin, in dem ein Feuer brannte. Auf dem Sims stand ein Foto von Freudberg und seiner Frau in einem breiten Silberrahmen, daneben brannte eine Kerze.

Adela Freudberg blickte aus dem Fenster. Von hier aus hatte man einen weiten Blick auf die Weinberge, die Freudberg gehörten. Lange Reihen zogen sich hügelaufwärts und -abwärts dahin. Es hatte in der Nacht gefroren, und auf den Weinstöcken lag Raureif, der in der winterlichen Morgensonne schwach glitzerte. Bald würden die Kristalle den wärmenden Strahlen zum Opfer fallen.

Langsam drehte sich Adela zu Greta um.

Greta schluckte. Gestern, nach dem Gottesdienst, hatte sie in ein Gesicht gesehen, das zwar von Falten durchzogen war, aber innere Wärme und Zuversicht ausgestrahlt hatte. Heute schien Adela Freudberg um Jahre gealtert. Der sonst so kerzengerade durchgestreckte Rücken wirkte von den hängenden Schultern gebeugt. Die Augen blickten leer und waren voller Trauer.

Greta räusperte sich und suchte nach den richtigen Worten. Sie blickte auf das Kuchenblech, das sie in beiden Händen hielt. »Ich wollte Ihnen mein Beileid aussprechen«, sagte sie leise.

Adela Freudberg nickte und kam langsam auf sie zu, wobei der dicke Perserteppich, der das Parkett bedeckte, das Geräusch ihrer Schritte verschluckte. Bei Greta angekommen, streckte sie die Hand aus und strich ihr leicht über die Wange. »Danke, mein Kind.« Als wenn sie Gretas unausgesprochene Frage, ob sie Hilfe brauchte, gehört hätte, fügte sie hinzu. »Ich bin nicht allein. Bruno kümmert sich um alles.«

Sie sah Greta noch einmal, jetzt mit klarerem Blick, direkt an. »Kinder sollten nie vor ihren Eltern diese Erde verlassen.« Sie wandte sich ab und sah aus dem Fenster. »Du kommst wieder, Greta«, sagte sie leise.

Greta stellte das Kuchenblech auf eine Kommode, die neben der Tür stand, und verließ das Wohnzimmer.

24. KAPITEL

Kirchheim,
Januar 1975

Die Sonne war hinter den verschneiten Weinbergen aufgegangen, als Harald im blassen Winterlicht den Traktor betankte. Von der Kälte waren seine Hände klamm. Diesel tropfte auf seine Jacke und tränkte den Ärmel, bis er fluchend den Kanister absetzte.

Greta fuhr mit Harald auf den südlichen Weinberg, um den ersten Rebschnitt dieses Jahres bei den Silvanerrebstöcken durchzuführen. Der Januar war dafür ideal. Jetzt war der Pflanzensaft hinuntergezogen in die Wurzeln, und die Weinstöcke hielten den Rebschnitt gut aus.

Harald lenkte den Traktor in die erste Reihe und stellte den Motor aus. Als Greta von dem Seitensitz herunterkletterte und sich dabei an dem Gestänge festhielt, spürte sie trotz ihrer Handschuhe, wie kalt das Metall war. Sie hatte ihre wärmste Jacke und die gefütterten Stiefel an, lange Unterwäsche unter ihrer Hose und ihre selbstgestrickte Mütze auf, und trotzdem fror sie schon jetzt.

Harald holte eine Schubkarre vom Hänger und legte zwei Scheren hinein, dann schob er sie in die Reihe und betrachtete den ersten Rebstock genau. »Pass auf, wo du die Schere ansetzt, Mädsche.«

Seit Jahren wusste Greta, wie die Rebstöcke beschnitten wurden. Sie hatte diese Arbeit immer getan, ohne genau zu hinterfragen, warum man sie so beschnitt – man machte es eben so. Erst auf der Winzerschule hatte sie die Erklärung dafür bekommen. Man nannte es in der Fachsprache Ertragsregulierung, die unverzichtbar war, wenn man ein hochwertiges Aroma erzielen wollte. Greta war sich nicht sicher, ob Harald diesen Begriff kannte. Sie begann, die Rebstöcke zu beschneiden. Das abgeschnittene Holz ließ sie auf den verschneiten Boden fallen.

»Hast wohl alles vergessen?! Leg das Holz in die Karre, damit wir es später bei dem alten Steinplatz verbrennen, wie jedes Jahr«, fuhr Harald sie an, ohne in seiner Arbeit innezuhalten.

Greta richtete sich auf. Ihre Wangen brannten vor Kälte. »In der Schule haben wir gelernt, dass es besser ist, wenn man das Holz häckselt und liegen lässt. Es schützt die Rebstöcke im Frühjahr, wenn sie austreiben, vor Bodenfrösten. Außerdem ist es ein natürlicher Dünger, wenn es verrottet.«

»Was ist denn das wieder für ein Unsinn, den du da erzählst!«, sagte Harald ungehalten. Sein Atem wurde in der klaren Winterluft zu weißen Wölkchen.

»Das habe ich mir nicht ausgedacht. Das habe ich gelesen.«, widersprach Greta. »Das stand in einer Fachzeitschrift.«

»Papperlapapp. Was interessiert mich das Geschmiere in irgendeiner Zeitschrift? Wir haben das hier schon immer so gemacht und sind damit all die Jahre gut gefahren! Lass mich in Ruhe mit dem neumodischen Kram und heb das Holz auf!«

Aber Greta rührte sich nicht. Sie blieb mit verschränkten Armen stehen, das abgeschnittene Holz zu ihren Füßen. »Warum willst du es denn nicht mal probieren? Es klingt doch logisch. Man gibt dem Boden etwas zurück, nachdem man ihm etwas genommen hat. Das Gehäckselte kompostiert, dadurch wird der Humusanteil in der Erde höher. Wir könnten es doch mal in zwei Reihen probieren.«

Harald winkte ab. »War das der Hirtz? Der steht nicht hier und macht die Arbeit in der Kälte, sondern setzt euch im schön geheizten Klassenzimmer solche Flöhe ins Ohr.«

Greta ließ ihn in dem Glauben, dass Lehrer Hirtz die Zeitschrift mitgebracht hatte, obwohl es der Direktor selbst gewesen war, den sie in einer Vertretungsstunde gehabt hatten. Sie machte noch einen letzten Versuch, Harald zu überzeugen. »Vielleicht steigert diese Methode ja deinen Ertrag. Wenn du es nicht mal ausprobieren willst, wirst du es nie erfahren!«

An Haralds Blick merkte sie, dass sie zu weit gegangen war.

»Dem Hirtz werde ich beim nächsten Treffen unserer Weinbruderschaft gehörig den Marsch blasen. Und von den anderen Winzern kriegt der sicher auch etwas zu hören«, schimpfte er los.

»Das glaube ich nicht«, erwiderte Greta. »Dieser Ansatz wird nämlich schon von vielen Winzern umgesetzt. Warum stehst du neuen Ideen immer so ablehnend gegenüber? Auch wenn es dir nicht gefällt, die Zeit bleibt hier auf dem Weinberg nicht stehen. Es gibt neue Entwicklungen, die die Natur braucht und die ihr gerechter werden.«

»Schluss jetzt!« Harald warf sein Holz in die Schubkarre. »Tu dein Holz dazu und dann bring es zur alten Ulme. Ende der Diskussion.«

Greta legte ihre Schere beiseite und schaute die Reihe entlang, wo die Fußstapfen im Schnee zeigten, wie weit sie gekommen waren. Auf ihrer Seite lag noch das abgeschnittene Holz zwischen den Rebstöcken. Sie ging zum Anfang der Reihe und begann, die Ruten aufzusammeln, um sie ebenfalls in die Schubkarre zu legen. Schlagartig wurde ihr dabei bewusst, dass sie Harald in all den Jahren, in denen er sie ernährt, ihr Kleidung gekauft und ihr ein Dach über dem Kopf gegeben hatte, weder erreicht hatte noch jemals erreichen würde. Die unsichtbare Mauer zwischen ihnen schien unüberwindbar. Es hatte nicht nur etwas mit seiner Sturheit und Engstirnigkeit zu tun. Es lag auch an ihrer Weitsicht, die sie jedoch nicht ändern konnte oder wollte, nur um besser mit ihm auszukommen. Ihr war klar, dass sie die Klügere von ihnen beiden war und inzwischen weit mehr Wissen über Weinbau hatte als er, wenngleich er es schon Jahrzehnte länger machte und viele Unwägbarkeiten gemeistert hatte, von denen sie noch nichts wusste. Aber sie würde mit dem, was sie bislang noch nicht gelernt hatte, anders umgehen als er und nicht etwas Neues kategorisch ablehnen.

Während sie beobachtete, wie er sich verbissen nach jedem kleinen Zweig bückte und ihn in die Schubkarre warf, wusste sie auf einmal mit absoluter Sicherheit: Der gemeinsame Weg von Harald und ihr endete nun.

Schweigend arbeiteten sie weiter. Der Holzhaufen an dem Steinplatz wuchs. Es war schon weit nach Mittag, als Harald »Feierabend« murmelte. Immer wieder hatte er dünnes Anmachholz und Holzwolle in den Holzhaufen gesteckt, damit er sich schnell entzündete. »Bring mir die Mistgabel. Die liegt noch auf dem Anhänger«, kommandierte er und lief zur Feuerstelle, um die abgeschnittenen Triebe anzuzünden.

Was für eine Verschwendung, dass nichts als Asche von unserer Arbeit heute übrig bleibt, dachte Greta und nahm die Mistgabel vom Hänger. Sie wünschte, es wäre bereits Sommer und sie hätte endlich ihren Abschluss. Dann wäre sie frei, würde weggehen und hätte nichts mehr mit dieser verbohrten Engstirnigkeit, wie sie Harald hatte, zu tun.

Als sie, mit der Mistgabel in der Hand, zurück zum Steinplatz ging, sah sie, dass Harald die ersten Stellen in dem Holzhaufen angezündet hatte. Hell loderten die Flammen auf und wurden rasch höher.

Harald drehte sich zu ihr um. »Wo bleibst du denn?!«, rief er ihr zu.

Ein leichter Wind war aufgezogen. Harald stand dicht am Feuer. Unvermittelt fuhr eine Böe hinein. Er trat hastig einen Schritt zurück, doch eine Flamme erreichte ihn – und fand offenbar sofort die Stelle seiner Kleidung, auf die heute Morgen der Kraftstoff getropft war.

Greta blieb wie angewurzelt stehen, als sie sah, dass seine Jacke Feuer fing. Einen winzigen Moment lang, so flüchtig wie ein dunkler Schatten, überlegte sie, ob sie sich einfach umdrehen und fortlaufen sollte.

Doch dann rannte sie los, auf ihn zu. »Weg vom Feuer!«, rief sie. Verzweifelt versuchte Harald mit der einen Hand, die Flammen auszuschlagen, mit der anderen Hand, seine Jacke aufzuknöpfen. Beides gelang ihm nicht.

»Wirf dich auf den Boden! In den Schnee, verdammt noch mal!«, schrie Greta.

Doch Harald hörte nicht auf sie, schlug stattdessen weiter mit der Hand auf seinen Arm und seine Schultern ein.

Außer Atem erreichte Greta ihn, warf ihn zu Boden, griff in den Schnee und rieb damit Haralds Rücken ab. Es zischte leise. Als erneut eine Flamme aufflackerte, zog sie rasch ihre Jacke aus und schlug auf sie ein, bis sie erstickte. Harald lag bewegungslos im Schnee. Greta setzte sich neben ihn.

Nur das Knistern des Feuers und das ferne Krächzen einer einzelnen Krähe, die über den Weinberg flog, waren zu hören. Greta atmete tief aus. »Harald?«, fragte sie und berührte ihn vorsichtig. »Alles in Ordnung?«

Er rappelte sich hoch, setzte sich auf. Seine eine Hand war mit Ruß bedeckt. Als er sich damit übers Gesicht strich, blieb ein dunkler Rußstreifen auf seiner Stirn zurück. »Das war knapp, Mädsche«, sagte er und sah sich den Ärmel an. Ein Teil des Stoffs war verbrannt, aber das Winzerhemd, das darunter hervorschaute, schien unversehrt.

Greta betrachtete den Jackenrücken. »Hier sieht man noch weniger«, meinte sie.

Harald hielt die Hand hoch, mit der er versucht hatte, die Flammen auf dem Ärmel auszuschlagen. »Aber verbrannt habe ich mich«, sagte er und zeigte auf seine Finger.

Greta konnte Brandblasen und wunde Haut ausmachen. Sie nickte. »Elfriede wird sie dir verbinden.« Sie sah zum Holzhaufen, aus dem noch die Flammen loderten, und griff nach der Mistgabel, um sich um das Feuer zu kümmern.

Ich muss zu Ende bringen, was Harald begonnen hat,

dachte sie. Sie blickte zu ihm hinab, sah, dass er seine verbrannte Hand im Schnee kühlte. Sie wusste, dass sie kein »Danke« von ihm hören würde.

Zwei Tage später knallte Harald einen Umschlag auf den Küchentisch, an dem Greta mit Matse saß und ihm bei den Hausaufgaben half.

»Was hat das zu bedeuten?«, schnaubte Harald und zeigte auf den Brief, der an *Fräulein Greta Piontek* adressiert war.

Matse sah erschrocken auf und raffte seine Schulsachen zusammen. »Ich hab's verstanden, Mimi. Ich mache oben weiter.« Schnell lief er aus der Küche.

Greta sah Harald erstaunt an. Sie hatte keine Erklärung für seinen plötzlichen Wutausbruch.

»Hast wohl gehofft, Mädsche, dass ich das nicht mitbekomme, was? Aber da täuschst du dich. Ich bin hier der Herr im Haus! Jetzt sagst du mir, was hat das zu bedeuten?«

Greta nahm den Umschlag, zog das Schreiben heraus und überflog es. Erstaunt blickte sie zu Harald. »Ich habe keine Ahnung.«

»Und warum hast du dann eine …« Er riss ihr den Brief aus den Händen, kniff die Augen zusammen und las vor: »… Ladung zur Erbenermittlung des Erblassers Fritz Freudberg bei Notar Lambrecht?«

»Ich weiß es wirklich nicht«, versicherte sie ihm. Sie nahm Harald den Brief aus der Hand und ging zur Tür. Mit zwei Schritten war er bei ihr und verstellte ihr den Weg.

»Wo willst du hin?«, fragte Harald misstrauisch.

Greta sah ihn schweigend an. Dann schob sie ihn zur Seite. »Ich gehe zu Adela Freudberg«, sagte sie. »Sie wird wissen, was das zu bedeuten hat.«

Schon nach dem ersten Klopfen öffnete ihr Adela Freudberg persönlich die Tür. »Komm herein, Greta. Ich wusste, dass du wiederkommst. Ich denke, du hast viele Fragen. Und ich hoffe, ich kann dir Antworten geben.«

Adela brühte in der Küche Tee auf, und Greta trug das Tablett ins Wohnzimmer, wo sie auf der grünen Velourscouch Platz nahmen. Im Kamin knisterte wie bei Gretas erstem Besuch ein Feuer, als wenn es eine eigene Geschichte zu erzählen hätte. Adela wandte sich an eine Frau, die dabei war, das Bücherregal abzustauben. »Lassen Sie uns bitte allein, Frau Schütter? Sie können oben im ersten Stock weitermachen.«

Frau Schütter griff nach ihrem Putzeimer und Staubwedel. »Natürlich, Frau Freudberg.« Sie nickte Greta freundlich zu.

Erstaunt stellte Greta fest, dass Frau Schütter Sabines Mutter war. Sie hatte nicht gewusst, dass sie bei Freudbergs als Putzfrau arbeitete. Sabine hatte oft genug betont, dass sich ihre Mutter nach dem plötzlichen Herztod ihres Mannes selbstständig gemacht hatte. Allerdings hatte Sabine verschwiegen, dass sie dies als Reinigungskraft getan hatte.

Als sich die Tür hinter Frau Schütter schloss, reichte Adela Greta eine Tasse Tee. Greta nippte daran und blickte abwartend zu der älteren Frau.

Adela nahm in einem Sessel Platz und begann unvermittelt mit leiser Stimme zu erzählen, als würde die Vergangenheit vor ihrem inneren Auge noch einmal an ihr vorüberziehen:

»An jenem Abend wunderte ich mich, dass Fritz nicht ins Haus gekommen war. Ilse hatte sich bereits vor Stunden zu Bett gelegt. Doch ich war von einer inneren Unruhe getrieben – eine Unruhe, die man nur als Mutter spürt, die sich schon so lange um ihr Kind sorgt. Ich fand ihn im Weinkeller. Da war nichts mehr von meinem kräftigen Jungen, für dessen Stärke ich ihn immer bewundert hatte. Zusammengekauert kniete er vor einem Weinfass. Als er mich hörte, sah er auf. Und ich erschrak. Fritz weinte. Doch als ich ihn umarmen, ihn trösten wollte, stieß er mich weg. Er hätte weder Verständnis noch Vergebung und schon gar keinen Trost verdient. Ich merkte, dass er getrunken hatte. Es war die Nacht vom 8. auf den 9. Mai 1954.«

Adela öffnete ihre Augen und sah Greta an.

»Der Tag, an dem ich geboren wurde?«, fragte Greta leise.

Adela nickte. »Fritz hatte an diesem Abend die Hebamme im Dorfgasthof getroffen. Sie versuchte, ihren Kummer mit Schnaps zu ertränken, und erzählte ihm, dass sie einer jungen Mutter nicht hatte helfen können. Die Frau starb, kaum dass sie ihre kleine Tochter zur Welt gebracht hatte.« Sie sah jetzt Greta fest in die Augen. »Diese junge Frau war Maria, deine Mutter.«

Greta zuckte zusammen, als im Kamin ein Holzscheit knackend zerbarst.

»Fritz gab sich die Schuld an Marias Tod, weil er sich ihr gegenüber so schlecht benommen, jede Verantwortung von sich gewiesen und sie im Stich gelassen hatte. Er war der Vater ihres Kindes.«

»Fritz Freudberg war mein Vater?«, fragte Greta fassungslos.

Adela nickte und trank einen kleinen Schluck. »Ich glaube nicht, dass das lange zwischen den beiden ging. Fritz war mit Ilse glücklich. Aber deine Mutter war jung und hatte einen ganz eigenen Zauber. Du hast ihn von ihr geerbt. Es ist die Fähigkeit, jemanden innerhalb kürzester Zeit für sich einzunehmen, ein Zauber, der umso stärker ist, wenn man nicht um ihn weiß.« Ihre Hand zitterte leicht, als sie die Teetasse klirrend abstellte. »Jedenfalls war Fritz verzweifelt. Ich spürte seine Zerrissenheit und versprach ihm, das Geheimnis, das er mir in einer seiner schwächsten Stunden anvertraute, zu bewahren. Ilse durfte niemals die Wahrheit erfahren. Wir wussten beide, wie sehr Ilse litt, dass sie nicht schwanger wurde. Und sie trug auch nach Jahren noch so viel Hoffnung in sich. Ich glaube, Fritz hat sich später oft gefragt, ob ihre Kinderlosigkeit eine Strafe für sein Verhalten war.«

»Ich habe einen Vater«, flüsterte Greta benommen. »Und er ist tot.«

25. KAPITEL

Kirchheim,
Januar 1975

Im Haus der Hellerts brannte noch Licht, als Greta zurückkam. Sie hatte sich gerade ihre Jacke ausgezogen, als Harald aus der Küche zu ihr in den Flur trat. »Komm rein. Wir müssen mit dir reden.«

Greta seufzte innerlich. Sie war müde und hätte lieber über alles nachgedacht, was Adela ihr erzählt hatte. Die Tatsache, dass Freudberg ihr Vater war, setzte ihr zu. Sie musste an die wenigen Gespräche mit ihm denken, wie er ihr zugeblinzelt, wie er ihre Arbeit auf dem Weinberg begutachtet und ihre Weinkenntnisse auf die Probe gestellt hatte. Jahrelang hatte er gewusst, dass auf dem Nachbarhof seine uneheliche Tochter lebte, und hatte doch nichts getan, um ihr Leben zu verbessern. Und nun war da dieser Brief von dem Notar.

Bedeutete das, dass Fritz Freudberg sie in seinem Testament bedacht hatte? Adela hatte ihr nicht sagen können, ob und was er ihr vermacht hatte. Greta verbot sich den Gedanken, darüber weiter nachzudenken, wenngleich ihr durch den Kopf geschossen war, ob er vielleicht ein kleines Sparbuch für sie angelegt hatte. Machte man das so für seine unehelichen Kinder? Und wer weiß, ob das nicht als kleines Startkapital reichen würde, endlich von den Hellerts unabhängig zu werden?

Sie stellte ihre Schuhe in das Regal und folgte Harald in die Küche, wo Elfriede am Tisch saß und sie erwartungsvoll anblickte.

Harald legte seine Hände auf den Tisch, als wenn er sich beruhigen und konzentrieren wollte. »Was hat Adela Freudberg dir erzählt?«, fragte er fordernd.

Greta ärgerte sich. Natürlich waren die Hellerts neugierig. Denn dass es eine Verbindung zwischen ihr und Freudberg gab, offenbarte die Einladung vom Notar. Sie holte tief Luft. Der Moment der Wahrheit war gekommen.

»Fritz Freudberg ist mein Vater«, sagte sie schlicht.

Elfriede hielt sich erschrocken die Hand vor den Mund. »Nein, das kann nicht sein«, rief sie.

»Ich kann es ja selbst kaum glauben«, sagte Greta leise. Sie blickte auf. »Habt ihr denn gar nichts mitbekommen?«

Elfriede schüttelte überrascht den Kopf. »Nein, wie denn?«

»Meine Mutter war doch jeden Tag hier, sie hat mit euch gelebt, mit euch an einem Tisch gesessen, unter einem Dach geschlafen. Sie war ein junges Mädchen, erst siebzehn, als sie starb, und ihr habt ihr doch sicher genauso wenig Freiheit gelassen wie …« Greta biss sich auf die Lippe.

»Das bedeutet nicht, dass man nicht etwas verbergen kann – wie wir alle, die hier am Tisch sitzen, wissen!« Elfriede blitzte Harald an. »Jetzt sag du doch auch mal was.«

Er räusperte sich. »Sieht dem alten Freudberg ähnlich,

uns ein Kuckuckskind ins Nest zu legen und sich nicht zu kümmern. Durchtrieben bis zum Letzten.«

»Das bin ich für euch, ein Kuckuckskind?«, fragte Greta verletzt, obwohl sie diese Bezeichnung im Grunde wenig erstaunte.

Die Hellerts beantworteten ihre Frage nicht. Harald trank den Rest seiner Schorle aus und knallte das Glas auf den Tisch. »Nur dass du Bescheid weißt, ich begleite dich zum Notar.«

Greta stand auf. »Das wirst du nicht tun. Und du wirst auch nicht mehr meine Post öffnen und lesen. Misch dich nicht in meine Angelegenheiten ein!«

Elfriede schnappte nach Luft. »Wie redest du denn …?«

»So wie ich es schon längst hätte tun sollen. Ich bin volljährig!«

»Du bist so undankbar, nach allem, was wir für dich all die Jahre getan haben«, begehrte Elfriede auf.

Greta sah, dass Harald seinen Zorn auf sie vergeblich zu unterdrücken versuchte. »Du junges Huhn bist doch viel zu dumm! Du hast gar keine Ahnung, was mit diesem ganzen offiziellen Papierkram da auf dich zukommt. Da muss doch ein Erwachsener einen Blick drauf haben.«

»Ich gehe nicht allein.«

Harald sah sie stirnrunzelnd an. »Mit wem dann?«, fragte er.

»Meine Großmutter begleitet mich!« Damit verließ Greta die Küche. Im Flur lehnte sie sich kurz gegen die Wand und atmete tief durch. »Großmutter«, flüsterte sie. Es war zum zweiten Mal in ihrem Leben, dass sie dieses Wort aussprach. Und es fühlte sich warm, gut und richtig an.

Eine Woche lang straften die Hellerts sie mit Schweigen. Kein Wort fiel zwischen ihnen und Greta. Die Arbeit auf dem Weinberg verrichtete sie allein mit Johann. Ohne sich zu beklagen, fuhr sie morgens zusammen mit ihm in die Weinberge. Johann würdigte sie keines Blickes und behandelte sie, als sei sie Luft. Greta schwieg; nur mit Matse wechselte sie ein paar Sätze, wenn er sich heimlich in ihr Zimmer schlich.

Und dann kam endlich der Tag, an dem sie den Termin bei Notar Lambrecht hatte. Sie hatte mit niemandem an diesem Morgen gesprochen. Johann hatte sich ihr in den Weg gestellt, um sie aufzuhalten. Wortlos hatte sie ihr Fahrrad an ihm vorbeigeschoben und war nach Bad Dürkheim in die Beethovenstraße gefahren, wo sich das Büro des Notars befand.

Viel zu früh stand sie vor dem Haus und hielt nach Adela Ausschau. Unruhig lief sie auf und ab. Sie überlegte, was auf sie zukommen würde. Was hatte Freudberg in seinem Testament für sie vorgesehen? Ihre kühnste Hoffnung war nach wie vor, dass er ihr ein bisschen Geld hinterlassen hatte. Kurz schämte sie sich für diesen Gedanken, der ihr berechnend vorkam. Doch als sie vorhin durch den Ort geradelt war, hatte sie einen Blick in die Auslage eines Reisebüros geworfen. Für 599 Mark konnte man nach New York fliegen.

Obwohl sie sich immer wieder vorgenommen hatte, Robert aus ihren Gedanken zu verbannen, war er in der letzten Woche präsenter als all die Monate nach ihrer Trennung gewesen. Es fehlte ihr, sich mit ihm über die neuen Entwicklungen in ihrem Leben auszutauschen. Immer wieder fragte sie sich, ob es ein Fehler gewesen war, nicht mit Robert gegangen zu sein, wie er es zuletzt von ihr gefordert hatte.

Wenn sie zu ihm fliegen würde, könnte sie alles hinter sich lassen.

Sie dachte an Noah aus der Bibel. Der hatte, als er von seiner Arche stieg, als erster Ackerbauer einen Weinberg bepflanzt.

Im Laufe der Jahre hatte Greta viele Weinstöcke gepflanzt. Vielleicht musste sie den umgekehrten Weg gehen, um ein Zuhause zu finden? Erst Weinstöcke pflanzen und dann die Heimat verlassen? Wenn sie sich in ein Flugzeug setzen würde, um nach Amerika zu Robert zu fliegen, wäre das vielleicht ihre ganz persönliche Arche Noah, überlegte sie. Und hatte sie nicht zu Robert gesagt, dass er ihre Zukunft sei? Wieso hatte sie das aus den Augen verloren?

Weil er einen Teil des Weges ging, der mit dem ihren nicht kompatibel zu sein schien?

Die Zweifel quälten sie, bis sie sich selbst versprach: Wenn sie von Freudberg etwas Geld erbte, würde sie herausfinden, wo Robert mit der Billy-Joel-Band spielte, und zu ihm fliegen.

Sie blickte auf die Uhr. Noch zehn Minuten bis zu dem Termin, noch fünf … Sie sah die Straße entlang. Ein grüner Mercedes bog um die Ecke und hielt neben ihr. Adela stieg aus dem Wagen und begrüßte Greta herzlich. »Es tut gut, dass wir diesen Weg gemeinsam gehen, sosehr er auch schmerzt«, bemerkte sie.

»Und so schwer er ist«, fügte Greta hinzu.

Adela tätschelte ihr den Arm. »Wir müssen jetzt nach vorne schauen. Das habe ich in meinem Leben immer wieder gelernt«, sagte sie mit belegter Stimme. Als wenn sie ihnen beiden Mut zusprechen wollte, fügte sie hinzu: »Wir hören uns jetzt erst mal an, was uns der Notar zu sagen hat.«

Gemeinsam gingen sie auf die Eingangstür zu. Und Greta hatte zum ersten Mal in ihrem Leben das Gefühl, zu einer echten Familie zu gehören, wie klein sie auch war.

Eine Stunde später traten Greta und Adela aus dem Haus. Greta versuchte, die Tränen, die ihr in den Augen standen, fortzublinzeln. Die Worte des Notars, der den letzten Willen ihres Vaters verlesen hatte, hallten in ihr nach. Sie sah in Adelas aschfahles Gesicht.

»Ich weiß nicht, wie es dir geht. Aber ich für meinen Teil könnte jetzt gut einen Schnaps gebrauchen!«, sagte Adela.

Greta zog ein Taschentuch aus ihrer Tasche und schnäuzte sich. »Ich auch.«

Bruno hatte im Mercedes auf sie gewartet. Rasch und sicher fuhr er zurück zum Gut Freudberg und tat, als ob er ihrem Gespräch nicht lauschte. Was nicht stimmte, denn Greta sah, dass er sie im Rückspiegel beobachtete. Einmal trafen sich dort ihre Blicke. Er zog die Augenbrauen über seinen grünen Augen hoch, dann lächelte er so flüchtig, dass Greta sich fragte, ob sie sich dieses Lächeln nur eingebildet hatte. Sie war sicher, dass er sich Gedanken über das Gehörte machte.

Als er den Mercedes im Innenhof geparkt hatte, verschwand er in den Weinkeller, während die beiden Frauen hinüber zum Haus liefen. Adela ging zielstrebig in die Küche und kam mit einer Flasche Schnaps und zwei kleinen, fein ziselierten Gläsern ins Wohnzimmer, wo Greta auf sie wartete.

Adela goss ihnen ein und reichte Greta ein Glas. »Wir haben zwischen zwei Weinbergen gleich hinter Laumersheim eine Kirsch- und eine Birnenplantage. Dieser Kirschbrand ist ausgezeichnet. Fritz hat immer überlegt, ob er ins Geschäft der Obstbrände einsteigen soll.« Sie kippte ihr Glas. Greta tat es ihr gleich.

»Ich bin froh, dass Fritz auf mich gehört hat«, meinte Adela und stellte das Glas ab.

»Das war deine Idee?«, fragte Greta.

»Nach dem Weinfest, als ich mich mit dir unterhalten habe, sprach ich mit Fritz. Ich habe angeregt, dass er dich in seinem letzten Willen berücksichtigt. Aber ich wusste nicht, wie weit er gehen würde.« Sie schenkte ihnen beiden nach. »Wenn du dir solch einen Besitz erarbeitet hast, dann möchtest du, dass er eines Tages weitergeführt wird. Denn natürlich beschäftigte es Fritz, dass er keine Kinder mit Ilse hatte. Er liebte seine Weinberge.« In ihren Augen standen Tränen. »In der Natur kam er zur Ruhe. Er war kein Mann, den man leicht beeindrucken konnte, aber dir war das auf dem Weinfest vorletztes Jahr gelungen. Dein Geschmacksinn, deine Einschätzung. Er hat mir von euren Gesprächen erzählt.«

Greta erhob sich, ging zu dem Fenster und blickte auf die Weinberge. Sie drehte sich zu Adela um, die aufrecht neben dem großen Esstisch stand und sie beobachtete.

Adela zeigte zum Fenster, zu den Ländereien, die sich bis zum Horizont erstreckten. »Fritz hat Ilse ein Leben lang beschützt. Doch nach seinem Tod konnte und wollte er darauf nicht mehr Rücksicht nehmen.«

»Der Brief an Ilse, der dem Testament beilag, hat mich zutiefst berührt. Wie hätte Ilse wohl darauf reagiert, wenn sie überlebt und erfahren hätte, dass ich das Weingut erbe?«, fragte Greta nachdenklich.

Adela suchte nach den richtigen Worten. »Sie hätte Fritz verziehen und ihn verstanden. Ihr Zuhause hätte sie nicht verloren und wäre trotzdem gut versorgt gewesen.«

Sie schwiegen einen Moment und sahen aus dem Fenster. Noch befanden sich die Weinberge im Winterschlaf. Aber nicht mehr lange, dann wurde es auch hier Zeit für den ersten Schnitt des Jahres. Entscheidungen standen an, ob man die Ranken verbrennen oder als allmählich verrottenden Humus gehäckselt zwischen den Weinstöcken liegen lassen sollte. Und etwas später würden sich die Wurzeln in der Erde regen, die ersten Knospen austreiben, kräftig und grün, je nach Ertragsschnitt …

»Ich kann mir kaum vorstellen, dass das jetzt alles mir gehören soll«, meinte Greta.

Adela sah Greta prüfend an. »Vorausgesetzt, du erfüllst die drei Bedingungen.«

Greta griff nach der Abschrift des Testaments, das der Notar ihnen überreicht hatte. Sie las es zum wiederholten Mal, dann ließ sie das Papier sinken und sah Adela an.

»Hat dein Sohn …«, sie stockte, setzte neu an, »hat mein Vater Anton Bender umgebracht?«

Adela sah sie verblüfft an. »Wer sagt das denn?«

»Die Hellerts glauben das. Weil der Vorbesitzer spurlos verschwand und mein Vater das Gut übernahm.«

Adela nickte bedächtig den Kopf. »Als Fritz eines Abends mit Anton Bender zusammensaß und trank, erzählte Bender ihm, dass er 1944 zu einem Sonderauftrag der SS nach Paris abkommandiert wurde. Er war für die Deportation der untergetauchten Juden und deren Hinrichtung zuständig. Das hat Fritz dem französischen Kommandanten erzählt. Noch in der gleichen Nacht holten die Franzosen Bender ab und zogen ihn für seine Kriegsverbrechen zur Rechenschaft. Aus Dank, dass Fritz ihnen einen SS-Offizier ausgeliefert hatte, sprachen sie ihm Benders Weingut zu.«

Greta dachte einen Augenblick über das Gesagte nach. Mit jedem Wort von Adela änderte sich ihr Blickwinkel auf alles, was sie bisher über Fritz Freudberg zu wissen geglaubt hatte.

»Es mag berechnend klingen, weil Fritz Benders Gut übernahm, aber dein Vater hasste die Nazis aus tiefstem Herzen«, fuhr Adela fort. »Er verzieh ihnen ihre Gräueltaten nie und auch nicht, dass sie ihm nicht nur einen Teil seiner Jugend genommen, sondern ihm die fürchterlichsten Schreckensbilder vom Schlachtfeld gegeben hatten. Als Bender mit seinen mörderischen Taten prahlte, wollte Fritz Gerechtigkeit für Benders Opfer. Aber mein Sohn ein Mörder? Nein!«

Wieder schwiegen sie einen Moment.

»Danke«, sagte Greta schließlich. »Danke, dass du mir das erzählt hast. Ich hätte sonst nicht bleiben können.« Sie nickte, wie um sich selbst einen Gedanken zu bestätigen, dann las sie weiter in der Testamentsabschrift, die sie noch immer in der Hand hielt. »Eine der drei Bedingungen ist, dass du hier wohnen bleibst. Das ist selbstverständlich, Adela. Hier ist dein Zuhause.«

»Und es soll auch dein Zuhause werden«, sagte Adela leise.

Greta sah wieder hinaus. Ein Zuhause. In den Weinbergen, die sie noch heute Morgen für immer hinter sich lassen wollte. Ein neues Leben hatte sie beginnen wollen, mit einem Flugticket in die USA zu Robert reisen, der sie vielleicht gar nicht mehr liebte. Auch hier würde ein neues Leben für sie beginnen können – aber ohne Robert.

Sie wandte sich zu Adela. »Ich weiß nicht, ob ich das schaffe«, flüsterte sie.

»Das kannst nur du entscheiden. Niemand kann dir raten, auch ich nicht.«

Greta straffte sich. »Ich gehe zu ihm und spreche mit ihm. Jetzt sofort.«

Adela nickte. »Darf ich dir noch etwas mit auf den Weg geben?«

Greta sah sie fragend an.

»Liebe vergeht, Hektar besteht«, sagte Adela und lächelte still.

Greta wusste, dass Bruno Bachstern im Weinkeller arbeitete. Sie durchquerte die Halle und stieg die ausgetretenen, weiß getünchten alten Steinstufen hinunter. Der Vorraum des alten Gemäuers war in ein dämmriges Licht getaucht. Im hinteren Teil des Weinkellers war es heller, aber das war es nicht, was sie verwunderte. Noch nie hatte sie einen so großen Weinkeller gesehen. Reihenweise lagerten Holzfässer dicht an dicht in dem weitläufigen Gewölbe, das an einen Klostergang erinnerte. Gediegen, fast elegant und doch unendlich viel praktischer als der verwinkelte Keller bei den Hellerts war diese großflächige Anlage, in der die Luft kühl und etwas feucht war, perfekt für die Weinlagerung. An den Stirnseiten befanden sich Regale, in denen Flaschen lagen.

Beeindruckt lief Greta durch den Mittelgang. Rechts

und links standen große Weintanks, wenn auch nicht viele. Auf Gut Freudberg schien der Wein überwiegend in Eichenfässern zu reifen.

Noch während Greta die Fässer betrachtete, lief Brunos Hündin schwanzwedelnd auf sie zu. »Hallo, Jolie«, begrüßte Greta sie und strich ihr kurz über das weiche Fell. Bruno Bachstern trat aus einer der Reihen.

»Ich hatte gehofft, Sie hier zu finden«, begann Greta.

Er lächelte sie an. »Wo auch sonst ist ein Kellermeister anzutreffen? Ich wollte gerade den Gärvorgang des Rotbergers prüfen.«

Greta lächelte zurück. »Ab und zu sind Sie sicher auf dem Weinberg.«

Das Gespräch stockte. Greta wusste nicht, wie sie anfangen sollte, Bruno Freudbergs Bedingung mitzuteilen, diese zweite, ungeheure Bedingung für ihr Erbe.

Bruno räusperte sich. »Das Gut gehört jetzt Ihnen, habe ich aus dem Gespräch im Wagen entnommen. Wenn Sie wollen, suche ich mir eine andere Stelle. Sie möchten sicherlich einen ganz neuen Anfang machen.«

»Nein, nein, deswegen bin ich nicht hier«, erwiderte Greta zögerlich. »Ich weiß nicht, wie ich es Ihnen sagen soll …«

Bruno musterte sie. Dann nickte er und griff nach zwei Weinkelchen, die in einem Glashalter hingen. »Vielleicht bei einem Schluck Rotberger?«

Er ging zu einem Fass, ließ etwas in einen kleinen Krug ab und füllte dann erst die Gläser. Bevor er eines davon Greta reichte, kippte er den Inhalt des Kruges oben in das Eichenfass zurück.

Er hielt sein Glas gegen das Licht. »An diesem Rotberger arbeite ich bereits länger. Dem Fritz hat er gut gefallen, er hat große Hoffnung in den Wein gesetzt.«

Greta stieß mit ihm an, ließ den hellrubinroten Wein im Glas kreisen, bevor sie daran roch und einen Schluck nahm. Sie blickte ihn an: »Ein fruchtiger Roter? Und so ein duftiges Bukett. Kaum geschwefelt?«

Bruno nickte anerkennend. »Ich bin noch am Ausprobieren. Aber ich denke, damit könnten wir nächstes Jahr nach Mainz zur Weinbörse.«

Greta nahm noch einen Schluck, schmeckte den Wein und dachte nach. Sie und Bruno Bachstern verband etwas, das weniger mit romantischen Gefühlen als mit Erde, mit Trauben, Wein, Geschmack und Reife zu tun hatte. Das hatte Freudberg gesehen.

»An mein Erbe ist die Bedingung geknüpft, dass ich heirate«, begann Greta. Sie nahm einen weiteren Schluck, dann stellte sie das Glas auf einem Fass ab und sah Bruno fest an. »Ich soll Sie heiraten. Und das schnell. Innerhalb von drei Monaten. Wenn nicht, verliere ich das Gut.«

Bruno trank sein Glas aus, bevor er es bedächtig abstellte. »Das passt zu Fritz.«

»Er vertraute Ihnen.«

»Und Ihnen vertraut er das Weingut an.«

Sie schwiegen eine kurze Weile.

»Was werden Sie tun, Greta?«, fragte Bruno.

»Es ist ja nicht meine alleinige Entscheidung. Ich kenne Sie überhaupt nicht. Und Sie mich nicht. Ich kann mir ehrlicherweise nicht vorstellen, wie eine Ehe zwischen uns aussehen könnte. Zwei Fremde, die gemeinsam ein riesiges Weingut führen? Glauben Sie, dass das eine gute Basis für eine Ehe ist?«

Er hatte ihr aufmerksam zugehört. Als sie ihn fragend ansah, überlegte er einen Moment und schritt bedächtig die lange Reihe der Fässer ab. Jolie, die zu Brunos Füßen gelegen hatte, sprang auf und begleitete ihn bei seinem Gang. Am Ende des Ganges drehte er sich wieder um und kam zu Greta zurück.

»Es gibt vermutlich Ehen, die auf weit weniger Gemeinsamkeiten als der Herstellung des bestmöglichen Weines basieren. Das hier ist viel mehr als nur ein Weinkeller für mich. Das hier ist mein Leben. Hier lausche ich dem leisen Gluckern der Gärröhrchen. Das ist die Sprache, die ich verstehe, kann sie deuten. Hingegen verstehe ich die menschlichen Zwischentöne nicht immer.« Er hielt einen Moment inne, damit Greta das Geräusch auch hören konnte. »Wenn Sie wollen, werden wir heiraten. Sie verstehen etwas vom Wein. Dieses Weingut zerfällt sonst, und all die Arbeit, die darin steckt, auch meine, wäre umsonst.« Sein Mund verzog sich zu einem kaum wahrnehmbaren Lächeln. »Außerdem bin ich nicht blind. Sie sind eine sehr schöne junge Frau.« Er nahm ihre Hand. »Sie müssen sich sicher sein, dass Sie dieses Leben hier auf dem Gut wollen. Ein Leben an meiner Seite, das für immer an den Wein gebunden ist«, sagte er eindringlich. »Wollen Sie das, Greta?«

26. KAPITEL

Kirchheim,
Januar 1975

»Das glaubt doch kein Mensch!«, rief Elfriede erstaunt aus und warf das Handtuch, mit dem sie eben das Geschirr abgetrocknet hatte, auf den Tisch.

Harald sah Greta mit offenem Mund an und lachte dann bitter auf. »Du, als Frau? Das größte Weingut im Leiningerland? Was ist denn das für ein Kokolores?«

»Wie viel Hektar?«, fragte Johann knapp.

Greta schwieg.

»Spuck's schon aus, Mädsche. Du weißt doch, wie groß dein Erbe ist«, forderte Harald.

»Sechzig Hektar«, sagte Greta.

»Gekauft mit Blutgeld«, stellte Elfriede bissig fest.

»Das ist nicht wahr!«, erwiderte Greta kühl.

»Du solltest uns ein paar Hektar abgeben. Das ist nur recht und billig. Für alles, was die Eltern für dich getan haben. Wir sind ja sozusagen deine Familie«, meinte Johann.

»Das wart ihr nie«, sagte Greta leise.

»Du undankbares Geschöpf«, rief Elfriede.

»Ich habe dich immer wie eine Schwester behandelt. Dir meine Sachen gegeben, dir zugehört, wenn du Sorgen hattest …«, warf Renate ein.

Greta schloss die Augen. Sie wollte sich weder rechtfertigen noch aufrechnen, wie sich jeder Einzelne der Hellerts ihr gegenüber verhalten hatte. Es war müßig, hier etwas klarzustellen, denn die Hellerts fühlten sich im Recht. Sie waren überzeugt von ihrer eigenen Wahrheit, die keine war.

»Freudberg hat drei Bedingungen an das Erbe gestellt. Eine ist, dass das Weingut nicht geteilt werden darf«, sagte Greta. »Sonst verfällt mein Anspruch.«

Johann zuckte mit den Achseln. »Na und? Freudberg ist tot! Wo kein Richter, da kein Henker.«

»Er hat nicht nur deine Mutter auf dem Gewissen«, begehrte Harald auf. »Er hat auch den alten Anton Bender umgebracht.«

»Das hat er nicht«, antwortete Greta ungeduldig. »Es waren die Franzosen, die Anton Bender für seine NS-Verbrechen zur Rechenschaft gezogen haben, Harald. Hör auf, dir die Geschichte deines eigenen Versagens zurechtzubiegen. Begreif endlich, dass du eine große Gelegenheit in deinem Leben verpasst hast, weil du an jenem Abend zu früh gegangen bist.«

Alle sahen entsetzt zu Harald. »Was erlaubst du dir, Mädsche!«, stieß er wütend hervor.

Greta hielt seinem Blick stand. »Ich gehe packen.« Sie trat einen Schritt auf ihn zu. »Und nenn mich nie wieder Mädsche. Ich heiße Greta.«

In der Dachkammer zog Greta den kleinen braunen Lederkoffer unter ihrem Bett hervor, der erst ihrer Großmutter und danach ihrer Mutter gehört hatte.

Sie öffnete die beiden Schubladen der Kommode und

begann, ihr weniges Hab und Gut in den Koffer zu legen, als wenn sie damit ihre Gedanken sortieren könnte. Fieberhaft überlegte sie, wie sie sich entscheiden sollte. Sollte sie das Erbe annehmen? Bruno Bachstern heiraten? Für immer die Nachbarin der missgünstigen Hellerts sein? Oder konnte sie Adela um Geld für ein Flugticket nach Amerika bitten, um Robert zu finden?

Seit Wochen hatte sie auf eine Nachricht von ihm gehofft, doch nichts von ihm gehört. Würde er nicht versuchen, mit ihr in Kontakt zu treten, wenn er sie noch liebte? Sollte sie zu einem Mann fliegen, der sie verraten hatte? Um dann zu erfahren, dass er sie weder liebte noch an eine gemeinsame Zukunft mit ihr glaubte?

Ihr Satz damals »Du bist meine Zukunft« war aufrichtig gewesen. Hatte sie daran festgehalten, weil sie keine andere Zukunft gesehen hatte? War sie blind gewesen, und konnte sie sich heute nicht eingestehen, dass es nichts weiter als eine Jugendliebe war, die sie und Robert hatten? Wenn sie jetzt ihr Schicksal von einem Flugticket abhängig machte, könnte sie am Ende auch mit leeren Händen dastehen? Doch die entscheidende Frage war: Würde sie sich selbst verraten, wenn sie das Erbe annahm?

Sie sehnte sich schon so lange nach einem Ort, an dem sie Wurzeln schlagen konnte. Für den Augenblick wusste sie nur eins: Sie blieb nicht länger bei den Hellerts.

Sie legte den roten Minirock, den Matse ihr genäht hatte, in den Koffer und griff nach dem kleinen Oktavheft, das sie von ihrer Mutter hatte. Wie schon so oft, wenn sie ratlos in ihrem Leben gewesen war, schlug sie es an einer beliebigen Stelle auf. Ihr Blick blieb bei der Überschrift *Ver-*

einsamt hängen. Ja, genau so fühlte sie sich jetzt. Es war ein Gedicht von Nietzsche.

Die Krähen schrei'n
Und ziehen schwirren Flugs zur Stadt:
Bald wird es schnei'n –
Wohl dem, der jetzt noch – Heimat hat!

Heimat, was für ein schweres Wort, dachte Greta und sah aus dem Fenster. Draußen fielen kleine Schneeflocken. Sie beugte sich nieder, hob die Bodendiele an, unter der sie Roberts Nachrichten und das Schmuckkästchen mit dem Medaillon aufbewahrte. Kurz zögerte sie. Dann packte sie alles zusammen in den Koffer. Obenauf legte sie das gerahmte Foto ihrer Mutter Maria und ihrer Großmutter Magda.

Sie sah sich in der Kammer um, ob sie etwas vergessen hatte. Nein, die Schubladen waren leer, das Bett war abgezogen, das Bettzeug sorgfältig zusammengefaltet. Sie öffnete die Tür und stieg die steile Holzstiege hinab. Noch immer knarrten die Stufen leise unter ihren Tritten und flüsterten: »Du bist anders als die anderen.«

Vor der geschlossenen Küchentür blieb sie stehen. Sie atmete tief durch, bevor sie die Hand auf die Klinke legte. Kurz zögerte sie. Sollte sie einfach gehen? *Nein,* dachte sie, *ich werde mich verabschieden*. Entschlossen drückte sie die Klinke herunter und betrat die Küche. Doch der Raum war leer. Keiner der Hellerts schien es für nötig zu halten, ihr Lebewohl zu sagen. Kater Murr sprang von der Fensterbank und strich um Gretas Beine. Sie beugte sich zu ihm hinunter, verbarg für einen kurzen Moment ihr Gesicht in seinem weichen, gewärmten Fell. »Wenigstens du sagst mir auf Wiedersehen. Lebe wohl, alter Murr.« Sie verließ das Haus und ging hinter die alte Scheune. Mit einer alten Grabegabel, die an der Mauer lehnte, stach sie in den harten Boden und grub ihren Silvanerrebstock aus.

Als sie das Ende der Auffahrt erreichte, stieß sie fast mit Matse zusammen, der auf dem weiß-pinken Bonanzarad um die Ecke bog. Sofort bremste er ab.

»Wo gehst du hin, Mimi?«, fragte er erstaunt und sah auf ihren Lederkoffer.

»Ich kann nicht länger hierbleiben, Matse.«

Erschrocken stieg der Junge vom Rad. »Sehen wir uns wieder?«, fragte er ängstlich und umarmte sie.

Greta drückte seinen mageren, aufgeschossenen Körper fest an sich. »Versprochen.«

Sie sah hinüber zu Freudbergs Weinbergen, von denen sie nicht wusste, ob sie ihr ein Zuhause geben könnten.

Ohne noch einmal zurückzublicken, ging Greta.

GRETAS LITERATURLISTE

Johann Wolfgang von Goethe *Gesang der Geister über den Wassern*
Wolfgang Koeppen *Tauben im Gras*
Janosch *Der Mäusesheriff*
Erich Fried *Sie*
Erich Fried *Anpassung*
Erich Kästner *Zeit*
Gabriel García Márquez *Hundert Jahre Einsamkeit*
Karl Ernst Knodt *Die Wasser tragen alles*
Unbekannter Minnedichter *Dû bist mîn, ich bin dîn*
Thomas Mann *Tod in Venedig*
Thomas Mann *Buddenbrooks*
Erich Kästner *Kleines Solo*
Joseph Christian von Zedlitz *Tot nur ist, wer vergessen wird*
Charlotte von Stein *Die zwey Emilien*
Peter Handke *Das Mündel will Vormund sein*
Friedrich Nietzsche *Vereinsamt*

PLAYLIST

Bill Ramsey »Ohne Krimi geht die Mimi nie ins Bett«
Peter Maffay »Du bist anders«
Neil Sedaka »Happy Birthday, Sweet Sixteen«
The Beatles »Birthday«
»Reveille Wake-Up-Call«
The Doors »Light My Fire«
Tony Marshall »Schöne Maid«
Rod Stewart »Maggie May«
The Beatles »The Fool on the Hill«
Siw Malmkvist »Liebeskummer lohnt sich nicht«,
The Mamas & the Papas »Monday, Monday«
The Beatles »I've Got a Feeling«
Roy Black »Ganz in Weiß«
Nana Mouskouri »Stille Nacht, heilige Nacht«
John Lennon und Yoko Ono »Happy Xmas (War Is Over)«
Howard Carpendale »Das schöne Mädchen von Seite 1«
Gitte »Dann kamst du«
Drafi Deutscher »Marmor, Stein und Eisen bricht«
The Beatles »I Want to Hold Your Hand«
The Beatles »I Saw Her Standing There«
Rolling Stones »Let's Spend the Night Together«
Bernd Clüver »Der Junge mit der Mundharmonika«
John Lennon »Imagine«
Terry Jacks »Seasons in the Sun«
Chris Roberts »Du kannst nicht immer 17 sein«

Vicky Leandros »Après toi«
Cindy und Bert »Immer wieder sonntags«
Bob Dylan »Blowin' in the Wind«
Billy Joel »Piano Man«

DANKSAGUNG

Mit großem und wachsendem Vergnügen haben wir diesen Roman zu zweit geschrieben. Doch auch zwei Autorinnen reichen nicht, damit Ihr dieses Buch heute in den Händen halten könnt. Viele Menschen haben uns dabei unterstützt und geholfen.

Wir bedanken uns bei unserer Agentin Petra Hermanns und unserem Agenten Dr. Sebastian Richter, die an unsere »Winzerin« geglaubt und uns unterstützt haben. Ein herzlicher Dank gilt unserer Lektorin Martina Vogl und dem gesamten dtv-Team. Was für eine außergewöhnliche und bereichernde Zusammenarbeit!

Mit zwei lachenden und zwei weinenden Augen haben wir zusammen auf die 1970er-Jahre zurückgeblickt. Dabei geholfen, diese Zeit wieder aufleben zu lassen, haben uns Konrad Künkel vom Museum für Kommunikation in Frankfurt am Main, der Tourismusbeauftragte Matthias Kunkel in Grünstadt und Norbert Ehry, unser ganz persönlicher Motorradexperte aus München. Stefan Hansen als Komponist konnte unsere wichtigste musikalische Frage beantworten: Danke für das Ritenuto.

Wir danken den Familien Lichti und Strohschneider: Andrea, Gernod, Freya, Alex, dem kleinen Traktorfan Ilias und Oma Hannelore. Die gastfreundlichen Winzerfamilien standen uns mit Rat, Tat und Gummistiefeln zur Seite – was für ein Glück. Auf dem Weingut Lichti in der

Pfalz waren Türen und Ohren stets offen. Unermüdlich haben sie unsere Fragen, bei einem guten Glas Wein, beantwortet. Ein besonderes Dankeschön geht an die Jungwinzerin Freya Lichti von *lichti & astroh,* die uns mit ihrer Weinflüsterei sehr beeindruckt hat. Ohne Sorins und Anys Team würden wir wohl heute noch ratlos und verwirrt auf dem Weinberg stehen.

Zwei Autorinnen bedeuten zwei Familien. Ohne Eure Geduld, Eure Unterstützung und Eure Toleranz wäre alles nichts. Danke!

Doch unseren größten Dank senden wir Euch, liebe Leserin und lieber Leser, dass Ihr unserer Greta auf ihrer Reise durch die 1970er-Jahre gefolgt seid. Wir hoffen, Euch ist sie genauso ans Herz gewachsen wie uns, und freuen uns auf ein Wiedersehen.

Nora Engel, Februar 2022